KB237480

비뢰도

飛雷刀

비뢰도 20

검류혼 장편 新무협 판타지 소설

초판 1쇄 찍은 날 § 2006년 7월 3일
초판 4쇄 펴낸 날 § 2006년 7월 28일

지은이 § 검류혼
펴낸이 § 서경석

편집장 § 문혜영
편집책임 § 장상수
편집 § 유경화 · 심재영

펴낸곳 § 도서출판 청어람
등록번호 § 제1081-1-89호
등록일자 § 1999. 5. 31
어람번호 § 제2-0950호

주소 § 경기도 부천시 원미구 심곡1동 350-1 남성B/D 3F (우) 420-011
전화 § 032-656-4452 팩스 § 032-656-4453
http://www.chungeoram.com
E-mail § eoram99@chollian.net

ISBN 89-251-0197-1 04810
ISBN 89-5831-855-4 (세트)

飛雷刀

FANTASTIC ORIENTAL HEROES

검류혼 장편 신무협 판타지 소설

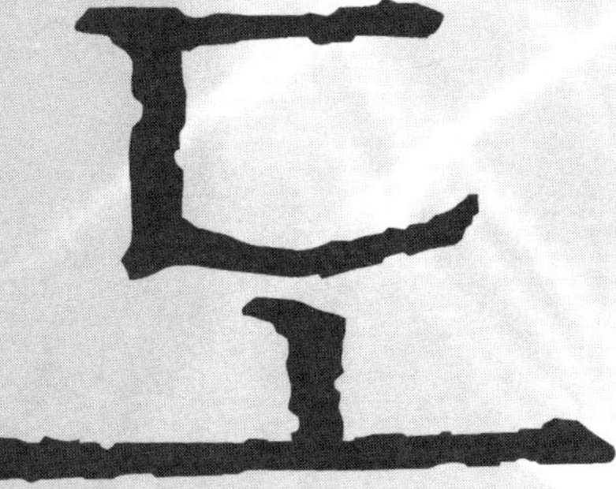

20

위기의 중양표국

도서출판 청어람

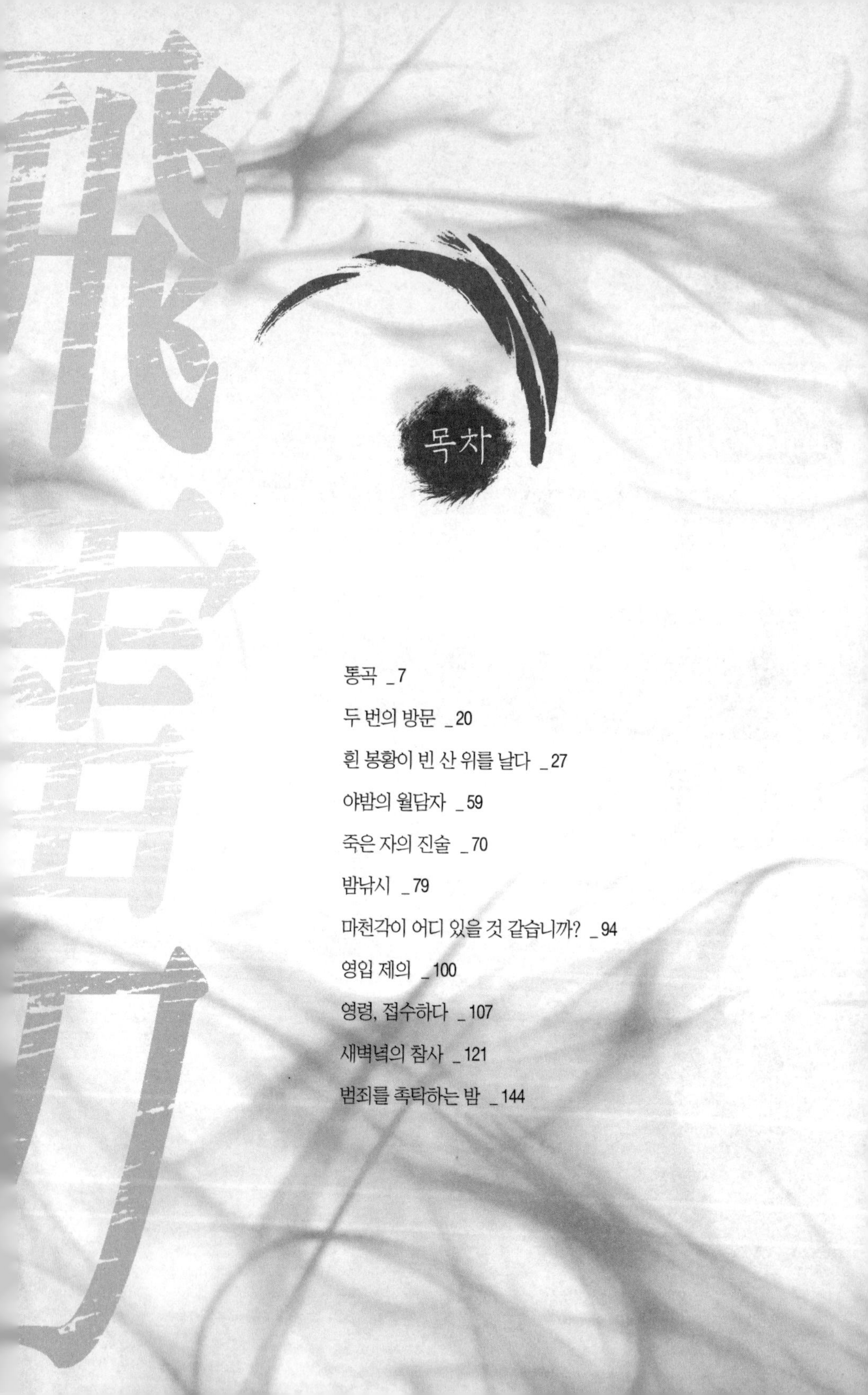

목차

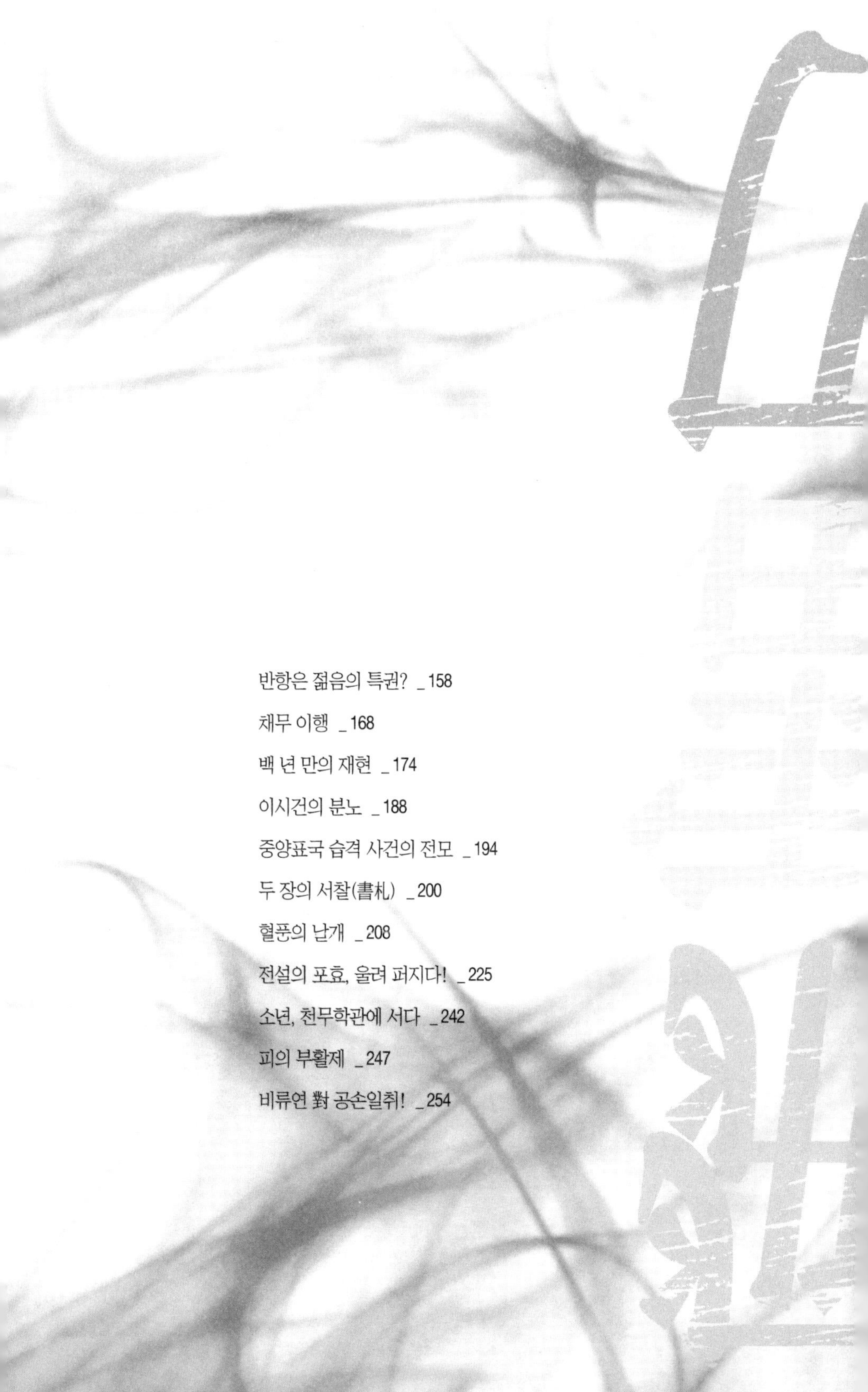

통곡

—그리고 비[雨]

쏴아아아아아!

하늘에 구멍이라도 뚫린 것일까. 굵은 빗줄기가 미친 듯이 땅을 두드린다. 애절한 곡소리가 듣는 이의 심장을 찢어발기듯, 세찬 빗발이 쉽게 천지를 들쑤셔 댔다. 마치 하늘이 터뜨려 낸 울음에 땅도 통곡을 하는 것 같았다. 그 거센 울음소리마저 집어삼킬 것처럼 어디선가 절규에 가까운 통곡 소리가 터져 나왔다. 바로 천무학관의 외진 곳에 자리한 분향소에서였다.

"안 돼요, 상! 날 두고 가면 안 돼요!"

새하얀 상복을 두른 여인이 검은 관을 부여안은 채 절규했다. 아직 앳되어 보이는 여인은 눈물을 하염없이 쏟아내고 있었다. 비 오듯 흐르는 눈물 때문에 가려져 버린 눈은 이제 제대로 떠지지조차 않았다.

"진 소저! 진 소저! …제발 진정하시오."

으스러질 정도로 주먹을 움켜쥔 현운이 괴로움을 참으며 억지로 입을 열었다.

"진령아! 진정해, 제발! 진정해!"

같은 칠봉의 일인이며 동료이자 연인의 누나이기도 한 남궁산산이 손수건으로 눈가를 훔치며 넋이 나가 있는 진령을 진정시키고자 애썼다.

그러나 이 두 사람의 노력에도 불구하고 진령은 불길한 검은 관에 매달려 떨어질 생각을 하지 않았다. 끝없는 눈물에 붉게 충혈된 눈, 격한 흐느낌으로 호흡을 잃고 파리해진 얼굴은 당장이라도 혼절을 할 것처럼 위태로워 보였다. 장마철에 무너진 둑처럼 두 눈에서는 여전히 눈물이 펑펑 쏟아져 내리고 있었다.

"크으으으윽!"

조금 떨어진 곳에 줄지어 서서 그 광경을 지켜보는 주작단원들의 모습은 자못 비장했다. 비통함을 참으려는 듯 어떤 이는 입술을 깨물고, 어떤 이는 피가 배어 나올 듯 주먹을 힘껏 움켜쥐었다. 두 손을 갈퀴처럼 만들어 자신의 허벅지를 쥐어짜는 이들도 있었다. 다들 무언가를 속으로 집어삼키기 위해 필사적이었다.

"곤란하군."

청흔이 고개를 가로저으며 한마디 했다.

"자네 말이 맞네. 정말 골치 아프게 됐어."

백무영이 동의했다.

"일이 이렇게까지 될 줄은 몰랐는데……."

정말 일이 꼬여도 이렇게 단단히 꼬일 수는 없었다. 게다가 이런 상황 속에서 그들이 해야만 하는 일은 검시였다. 비통함에 넋을 잃은 채 저 시커먼 관을 부둥켜안은 여인을 떼어내고, 관을 열어 그곳에 누워 있는 주검을 파헤치는 게 그들에게 주어진 역할이었다.

하지만 백색 상복을 입은 진령처럼 백색 무복에 백색 띠를 동여맨 주작단이 그것을 즐거운 마음으로 흔쾌히 허가해 줄 것 같지는 않았다. 그러다 보니 시신을 확인하겠다는 소리는 감히 입 밖에도 꺼낼 수 없었다. 그 말을 꺼내기만 해도 그 즉시 자신들을 난도질해 버릴 것처럼 벼르고 있는 매서운 눈매가 솔직히 부담스럽기 짝이 없었다. 그들의 담이 비록 다른 이들에 비해 크다고는 하나, 이런 애매하고 쩝쩝하고 얄궂고 지랄맞은 상황에서까지 생명을 담보로 그 견적을 산출해 보고 싶은 마음은 추호도 없었다.

"청혼 자네, 진 소저를 이길 수 있겠나?"

"왜 하필 난가?"

떨떠름한 표정으로 청혼이 반문했다.

"자네 말고 여기서 누가 감히 진 소저랑 검을 맞댈 수 있겠나?"

"왜 자네도 있잖나, 자네도. 같은 구룡칠봉의 한 명인 자네가 왜 애꿎은 날 끌어들이나? 난 자네랑 달라서 여자들한테 약하다네. 그러니 제발 난 빼주게. 게다가 진 소저는 삼 년 전의 그 진 소저가 아니야! 나 역시 상처 없는 승리는 장담할 수 없네. 더군다나 그 옆에 같은 구룡의 유유검 현운이 버티고 있네. 그 친구까지 가세하면 아무리 나라도 역부족일세. 현운 그 친구, 항상 웃는 얼굴이지만 그 검(劍)도 얼굴처럼 부드러운 건 아니거든."

"역시… 피를 보지 않고서는 불가능하단 건가?"

고인을 모욕하고 싶지 않다는 것이 그들, 주작단의 한결같은 주장이었다. 관규는 물론 국가의 법규 또한 이런 경우 검시를 인정하고 있다고 설득해 보려 했으나 소용없었다. 그들은 이미 내부적으로 결사적인 저항 의지를 굳힌 것이 분명했다. 특히 창졸간에 사랑하는 연인을 잃은 진령은 거의 제정신이 아니었다. 관을 건드리기는커녕 다가오기만 해도 가만

두지 않겠다는 기색이 역력했다.

"이제 어찌할 텐가, 문상?"

고민하고 있는 백무영을 향해 청혼이 물었다. 이럴 때 계책을 짜내는 것은 백무영의 몫이었다. 그러나 현재 백무영은 제 몫을 제대로 못하고 있었다.

"하긴 뭘 어떻게 하나?"

그의 어이없어하는 짧은 반문엔 사유의 흔적이 티끌만큼도 담겨 있지 않았다. 아무리 뇌를 닦달해도 뾰족하고 신묘한 해결책이 떠오르지 않는 모양이었다.

"강행 돌파할 텐가?"

이럴 경우 말로 하는 협상은 별무소용일 것이 뻔했고, 그럴 경우 남은 수단은 매우 한정적이었다. 백무영은 고개를 가로저었다.

"아니, 강행 돌파는 불가능해. 그러잖아도 학관 분위기가 흉흉하고 저들에 대한 동정 여론이 들끓고 있는 마당에 고인의 시신을 가지고 분쟁을 일으키는 것은 현명치 못한 처사지. 만일 강행했다가는 악당 자린 따놓은 당상일 테니 말일세."

"자넨 원래 악당이잖나?"

여태 그걸 모르고 있었다니 참으로 놀랍다는 듯 청혼은 눈을 동그랗게 뜨며 반문했다.

"고맙네!"

백무영이 그의 농담을 진심으로 감사하게 받자 청혼은 당황하고 말았다.

"뭐, 뭐가 고맙단 말인가?"

"내 생명을 구해줘서 고맙단 얘길세."

"아니, 내가 언제 자네 생명을 구했다는 건가? 금시초문이네만?"

“자넨 무사는 자신을 알아주는 자를 위해 죽는다는 말 못 들어봤나?”

“물론 들어봤네.”

아마도 그의 기억이 정확하다면 사마천의 사기열전 어딘가에서 나온 대목인 것 같았다.

“바로 그걸세. 그 말인즉 자신을 못 알아주는 놈을 위해선 굳이 죽을 필요가 없단 얘기 아니겠나? 자네를 위해 안 죽어도 되니 내가 얼마나 고맙겠나! 목숨, 한 벌은 번 것 아니겠나?”

“……”

“아니, 자네 왜 그러나? 얼굴이 몹시 떨떠름하고 안색이 좋지 않은데?”

“음… 돌아가세.”

청흔은 그냥 말을 돌리는 걸 포기하고 몸을 돌려 버렸다. 그러자 더 이상 말을 할 필요가 없어졌다.

청흔은 만족하며 앞으로 걸어갔다.

학관은 발칵 뒤집혔다.

남궁세가의 직계손이자 구룡칠봉의 일인이고, 주작단의 단주이자 천무학관을 이끌어갈 차세대 인재로 촉망받고 있던 뇌전검룡 남궁상이 죽은 것이다. 그 여파는 상상 이상으로 엄청났다.

그는 네 개 단 중 최하위로 취급받던 주작단을 명실상부한 사성수단(四聖獸團) 최고의 위치에 올려놓았을 뿐만 아니라 그 뒤를 이은 몇몇 대회에서 연거푸 우승을 거머쥐며 돌풍을 일으켰다. 어디 그뿐이랴! 아직 학생 신분인 주작단을 이끌고 천룡채와 같은 굵직굵직한 산적 집단을 연달아 토벌해 녹림 칠십이 채의 편성표를 서너 번씩 교체하게 만들었으며, 그에게 도전하는 수많은 적들과 정면으로 당당히 맞서 싸우기를 주저하지 않았다. 지난 화산규약지회에서도 그 활약은 대단했다.

어떤 성급한 이는 소림의 빛나는 별, 구정회주 용천명을 쓰러뜨릴 수 있는 사람은 오직 뇌전검룡 남궁상뿐이라고 장담하기도 했다. 학관에 이 제 막 들어온 신입뿐 아니라, 그렇게 되지 못한 이들 사이에서 그는 거의 신화로 자리매김하고 있었다. 그를 따르는 추종자들도 날이 갈수록 늘어 나는 중이었다. 어느덧 삼 년 전과는 확연히 다른 지위에 올라 있었던 것 이다.

사람들이 체감하기에 남궁상은 실존 고수, 즉 비류연처럼 뜬금없고 위화감 느껴지는 고수가 아니라 피부에 착착 휘감기리만치 현실감 넘치 는 진짜 고수였다.

때문에 그가 겨우 햇병아리나 잡으러 다니는 '삐약이' 사냥꾼에게 당 하리라고는 누구도 예상치 못했던 것이다. 모두들 망치로 뒤통수를 세게 얻어맞은 듯한 충격을 받은 것도 어찌 보면 당연한 일이었다.

충격은 일파만파로 퍼져 나갔고 어디서든 그에 관한 이야기를 들을 수 있었다. 이 이야기를 전파하기 위해 굳이 홍보를 할 필요도 없었다. 모두 들 자진해서 이 이야기에 광분했다.

천무학관이 남궁상의 죽음으로 충격의 도가니에 빠져 우왕좌왕하고 있을 때 장홍은 소리 소문 없이 비류연을 방문했다. 지금 밖은 남궁상의 죽음에 광분하느라 비류연 따위는 아무도 신경 쓰지 않고 있었다.

"일이 잘된 모양이군."

다시 한 번 자신을 찾아온 장홍의 얼굴을 보자마자 비류연이 말했다.

"응? 잘됐다고?"

독심술사라도 된 듯 말하는 비류연의 말에 장홍은 의문을 표했다.

"어디서 그런 확신이 나오는 건가? 난 아직 아무 말도 안 했어."

"그걸 꼭 말로 해야 아나? 말로 해도 못 알아듣는 사람이 사방 천지에 널려 있는 판국에, 아직도 말처럼 부실한 수단에 의지하려 하다니, 쯧쯧 쯧! 그리고 뭣보다도 얼굴에 다 써 있어."

"다 써 있다고? 내 얼굴이 무슨 낙서장인 줄 아나?"

감정을 숨기고자 특별 훈련을 받은 장홍 같은 이에게 그런 말은 모욕 그 자체였다.

"잘 알고 있다니 다행이네."

"뭐, 뭐라고!"

비록 지금은 일부러 통제를 늦춰놓고 있긴 했지만 그런 지적을 받는다는 것은 결코 즐거운 경험이 아니었다.

"내 얼굴이 어떤데?"

뭐라고 반박할지 미리 고민하며 장홍이 물었다.

"음… 불장난하다 집 한 채 홀랑 태워먹은 아이 같은 표정이랄까?"

비수처럼 그의 가슴을 후벼 파는 비유에 장홍은 그만 반박할 말을 잃어버리고 말았다.

"맞는 모양이군. 잘됐네."

비류연이 한마디 툭 던졌다.

"그게 잘된 건가? 일이 너무 커졌단 말일세. 솔직히 이 정도로 일이 커질 줄은 몰랐어. 난 가볍게 모닥불이나 피우려 했는데 지금은 돌풍 부는 날의 들불처럼 급속도로 번져 가고 있네. 솔직히 어떻게 이 사태를 수습해야 좋을지 머리가 빠개지려 하네."

"그러니 잘된 거지. 명성이 올라갔잖아."

비류연이 아무렇지도 않다는 듯 태연한 얼굴로 말했다.

"이게 명성이 올라간 건가? 소란스러워진 거겠지! 대소동이란 말일세, 대소동! 학관 전체가 혼란의 도가니라 해도 과언이 아닐세."

"아무 평도 없는 것보단 차라리 악평이 나아. 어디 계실지 모를 악당에게 우리 의도를 잘 알리려면 소란을 좀 크게 벌일 필요가 있어. 그 소란이 크면 클수록 우리에겐 유리해. 기왕 불난 거, 크게 나야 멀리서도 잘 보일 거 아냐? 안 그래?"

"그거야 그렇지만… 그 불을 보고 저쪽에서 달려오기 전에 이쪽이 먼저 전소(全燒)될까 봐 걱정일세."

"그 정도 역량밖에 안 되면 재만 남기는 수밖에."

"냉정하군, 자네."

"그걸 이제 알았어? 아저씨도 꽤 둔하네."

"어흠, 어찌 되었든 궁상 씨에게 미안하게 되었군."

"그런 특이한 경험은 아무나 할 수 없는 거니까 횡재한 거지. 그러니 미안해할 거 없어."

비류연의 말에 장홍은 어이가 없었다.

"내가 혹시 잘못 들었나 걱정이 돼서 다시 묻는데… 자네가 말하는 그 특별한 경험이란 것은 혹시 죽는 것을 말함인가?"

"아니!"

비류연은 고개를 가로저었다.

"그럼……?"

"죽었다 부활하는 것!"

장홍은 잠시 다리를 휘청했지만 간신히 자세를 바로잡았다.

"용케도 궁상 선배가 그 어려운 부탁을 들어줄 생각을 다 했군 그래. 자네 같은 친구에게 자기 목숨을 초개같이 버리다니 말일세."

마지막은 비꼬는 말이었다.

"암! 그렇고말고! 그게 다 그동안 쌓아놓은 인덕 덕분 아니겠어?"

만일 남궁상이 이 자리에 있었다면 피를 토하고 그 웅덩이 위에 쓰러

저 익사했으리라.

"인덕? 그건 자네의 정신에게 분실된 제일 첫 번째 물건이 아닌가? 언제부터 자네에게 무에서 유를 창조하는 능력이 생긴 겐가?"

"글쎄?"

비류연은 장홍이 보내는 의심스런 눈초리를 의도적으로 무시했다.

마침내 장홍은 긴 한숨을 내쉬며 항복했다.

"에휴! 됐네, 됐어. 말하고 싶지 않으면 안 해도 되네. 뭐, 또 분명 쥐어짜 낼 만한 약점이라도 잡은 거겠지."

거기까지가 장홍이 추리할 수 있는 한계였다.

"그러고 보니 관은 어찌 되었지?"

비류연의 질문에 장홍은 머리를 긁적였다.

"그게… 그것 때문에 또 소동이라네. 좀 문제가 생겨서 말이야……."

"문제? 무슨 문제?"

"어떻게든 시체를 검시해야겠단 사람들이 나타났거든. 무원대 소속 사람들인데 검시는 행정상 꼭 필요한 절차라고 주장하고 있다네. 곤란한 건 그게 사실이라는 것이지. 그들은 자신의 임무를 수행하는 것뿐이거든."

"그래서?"

"일단 대치 중이라네. 진 소저가 자신의 시체를 넘기 전에는 절대로 넘겨줄 수 없다고 주장하고 있거든."

"흠, 그렇다면 꽤 시끄럽겠군."

과연 진령을 설복시킬 인재가 있을까? 그 대답이 무척 회의적이었기 때문에 비류연은 여전히 태연자약할 수 있었다.

"이제 어떻게 할 텐가, 류연? 엄청난 일이 되어버렸는데?"

염려스런 어조로 장홍이 물었다.

"잘됐지 뭐. 이 차가운 지하 세계에서도 따끈따끈하게 느껴지는 뜨거운 반응! 기대 이상인걸!"

"그런 태평한 소릴 그리도 태연하게 말할 수 있다니… 젠장, 자네를 볼 때마다 매번 감탄하게 되는군."

"웃훗훗훗, 많이많이 앙모하도록 하시오."

비류연이 우쭐하며 말했다.

"그나저나 이 뒷수습도 그렇고… 잘 끝날 수나 있을지 의문일세……."

"나이 들면 느는 건 주름하고 걱정밖에 없다더니. 걱정 마. 아직도 밖이 조용한 걸 보면 아무 일도 없는 모양이네. 그럼 괜찮겠지."

사건을 벌인 장본인은 태연자약하기만 했다.

"이보게, 류연, 궁금한 게 하나 있네."

장홍이 물었다.

"하나 정도라면 뭐. 물어보시죠."

"그… 시체는 어디다가 유기했나? 그 관은 그러니까……."

"비었다고?"

"그래, 바로 그걸세! 죽은 자에 대한 모욕이 문제가 아니라 관 안에 모욕당할 그것마저도 없다는 게 더 큰 문제 아닌가!"

그렇다. 지금 진령과 현운이 울고불고하며 지키고 있는 관은 텅 빈 관이었다.

"걱정 마! 잘 알고 지내던 곳에 부탁해 놨으니깐."

"내가 지금 걱정 안 하게 생겼나? 도대체 거기가 어딘가? 나한텐 몰래 알려줄 수도 있잖나?"

"그 질문, 두 번째로 간주해도 되겠죠? 답을 하나만 준비해 둔 터라 이제 비축분이 다 떨어졌는데……."

명명백백한 거절이었다.

"이보게, 류연! 우리 사이에 자네, 그러긴가?"

장홍의 항의에 비류연이 화들짝 놀라하며 외쳤다.

"이 아저씨가 누가 들으면 큰일날 소릴! 우리 사이가 무슨 사이긴, 아무 사이도 아니지! 남이 들으면 곡해할 소리 하달 마쇼. 누구 혼삿길 망칠 일 있어요? 게다가 아저씬 내 취향이 아니라구!"

비류연이 단호한 목소리로 딱 잘라 말했다.

"그런 섭한 소릴! 우린 끈끈한 우정으로 뭉쳐진 사이 아닌가! 그러지 말고 대답해 주게!"

"어허, 그러니깐 처음 질문할 때 잘했어야지. 그럼 답은 이미 나와 있었을 것을 말야. 질문을 제대로 못하니 답도 제대로 못 얻지. 이 교훈은 덤으로 그냥 줄 테니 공짜로 가져가요."

그리고는 더 이상 그 일에 관해서 말하기를 그만두었다.

"쳇, 관두지, 관둬!"

비류연의 한번 다물어진 입을 다시 열기 위해서는 막대한 비용이 필요하다는 것을 그는 익히 잘 알고 있었다.

"오늘은 주머니가 비었으니 이만 물러가겠네. 다음에는 꼭 대답을 들려주게."

"먼저 주머니를 두둑이 채워오면 생각해 볼게요."

비류연이 손을 흔들며 배웅하자 멀어져 가던 장홍의 발걸음이 우뚝 멎더니 뒤돌아보며 한마디 한다.

"치사한 녀석!"

그러자 비류연이 생긋 웃으며 화답했다.

"과찬의 말씀!"

“괜찮… 소, 진 소저?”

한 손에 흰 손수건을 든 채 걱정스런 표정으로 현운이 물었다.

“엉엉엉! 어떡하죠, 현운? 눈물이 멈추질 않아요.”

벌겋게 퉁퉁 부은 두 눈을 보이며 진령이 하소연했다. 그 처절한 모습에 현운은 움찔하며 무의식적으로 몸을 살짝 뒤로 뺐다.

“쯧쯧, 천하의 아미일봉이라고는 상상할 수도 없는 그런 몰골이구려. 말벌에 쏘였어도 지금 진 소저의 두 눈덩이만큼은 안 부었을 거요. 도대체 뭘 썼길래 그런 몰골이 된 거요?”

“이거요!”

그러면서 진령은 오른손에 쥐고 있던, 하루 종일 그녀의 눈물을 닦아내던 손수건을 들추어 보였다. 그 안에는 동그랗게 묶인 쌈지 같은 것이 들어 있었다.

“이게 도대체 뭐요?”

“흑흑…… 고춧가루랑… 훌쩍… 양파 다진 거요. 훌쩍.”

“컥!”

현운의 인상이 팍 찌그러졌다. 그는 감히 그 고통을 상상할 자신이 없었다. 물론 경험하는 것은 더 더욱 사양이었다.

“효과 하나는… 끝내줬겠구려.”

“흑흑, 훌쩍훌쩍… 그래서… 아직도 괴로워요. 훌쩍훌쩍.”

“도대체 그런 잔인하고 끔찍한 방법, 누가 권해준 거요?”

“흑흑… 누구긴 누구겠어요…… 훌쩍훌쩍. 한 사람뿐이지……. 훌쩍!”

현운이 알 만하다는 듯 고개를 끄덕였다.

“역시… 대사형인가 보구려…….”

“훌쩍! 맞아요! 훌쩍.”

억울하다는 듯 진령이 고개를 끄덕였다.

“대사형의 말에 곧이곧대로 따른 내가 바보였어요. 훌쩍.”

“하지만 효과 하나는 끝내줬지 않소. 다들 터져 나오는 웃음을 참느라 많이 힘들었다오. 자, 내 손도 보시오.”

진령 앞에 내밀어진 현운의 손은 손톱자국이 깊게 패어 있었고, 매우 벌겋게 변색되어 있었다.

“참느라 힘들었겠네요. 훌쩍훌쩍!”

“그렇소. 다른 친구들도 어디 한곳쯤은 다 이럴 거요. 입술이든 허벅지든 어느 한곳은 말이오.”

“하지만 나보다 상태 심한 사람 있나요?”

잠시 고민하던 현운이 고개를 가로저으며 대답했다.

“으음… 없소!”

두 번의 방문
—빙백봉의 반격

똑똑!

"예, 나갑니다."

하던 일을 멈추고 쪼르륵 달려가 방문을 연 이진설의 눈이 휘둥그레졌다.

"예린 언니! 언니가 여긴 웬일이세요?"

자신이 그녀의 방을 방문하는 일은 잦아도 그녀가 먼저 자신의 방을 찾아오는 일은 좀처럼 없었기에 놀라움은 더욱 컸다.

"부탁이 있어 왔다. 네가 도와줄 일이 있다."

"부, 부탁이라고요? 지금 분명 부탁이라고 하셨죠?!"

이진설은 감격에 겨워 몸을 부르르 떨었다.

"그래, 부탁이라고 했다. 그런데… 왜 울지?"

솔직히 나예린은 이진설의 그 반응이 이해가 가지 않았다. 용안의 능력을 지닌 그녀에게는 원인보다는 과정이 이해가 가지 않았다고 하는 편이 더 정확하리라.

"하지만… 하지만 예린 언니가 저 같은 것한테 부탁을 하다니… 처음 있는 일이라구요. 언제나 모든 일을 혼자서 해결하려고 했잖아요. 물론 언니에게 그만한 능력이 있다는 것을 부정하지는 않지만, 제가 느낀 소외감은 이만저만 큰 게 아니라구요. 하지만 이제 저에게도 기회가 생겼으니……."

이진설은 투지에 불타오르는 눈으로 주먹을 불끈 쥐었다.

"최선을 다하겠습니다!"

"그, 그래, 잘 부탁한다……."

대답은 그렇게 했지만 그 지나친 열성은 다소 부담스러웠다. 이 애를 믿어도 될까? 그러나 다른 방법은 없었다. 혼자서 이 일을 하기에는 너무 위험했다.

"계란을 한 바구니에 담지 말라는 격언도 있잖아요. 위험은 분산시키는 게 최고죠. 투자랑 마찬가지예요. 괜히 한 번에 뒤집어쓸 필요 있나요? 안 그래요?"

"그 말 역시 그 사람의 입버릇이었지……."

혼잣말로 중얼거리며 나예린은 피식 웃었다.

"어, 예린 언니, 방금 뭐라고 말했어요?"

"아니, 아무 말도 안 했는데?"

"언니, 방금 웃은 것 아니에요?"

이진설이 의심을 버리지 못하고 물었다.

"글쎄, 그런 기억은 없구나."

나예린이 고개를 가로저었다.

“어라, 이상하다……. 분명 본 것 같은데…….”

번쩍이는 섬광처럼 한순간에 벌어진 일이지만, 그녀의 눈이 정확하다면 방금 나예린의 입가에 맺혔다가 순식간에 사라진 것은 분명 통칭 미소라 불리는 것으로, 평소의 나예린에게서는 죽었다 깨어나도 볼 수 없는 것이었다.

“어쨌든, 잘 부탁한다.”

“맡겨만 주세요. 우선 뭘 하면 될까요?”

“이 일을 하려면 설이 너 말고도 한 사람이 더 필요하단다. 그 사람을 좀 불러주겠니?”

“그게 누군데요? 제가 아는 사람인가요?”

“물론이다. 그 사람은 바로…….”

한 남자의 고개가 돌아갔다. 또 한 남자의 고개가 돌아갔다. 이진설이 한 걸음 걸음을 내밀 때마다 사내들의 시선은 그곳에 붙잡혔다.

“오!”

“어!”

“우어~”

웅성웅성웅성!

이날 밤, 남자 전용 기숙사 검혼각의 밤은 매우 소란스러웠다 할 수 있겠다. 야수들이 드글거리는 금녀 구역에 한 여인이 겁도 없이 발걸음을 들여놓은 탓이다. 이 초유의 사태에 사내들이 얼어붙은 것도 무리는 아니었다. 하지만 이진설은 그런 사내들의 시선에 아랑곳하지 않고 복도를 지나 계단을 오른 후 자신이 목적하던 곳에 다다랐다.

똑똑!

이진설은 기다리지 않고 문을 벌컥 열었다.

"푸우우우웁!"

효룡이 입에 물고 있는 차를 분수처럼 내뿜었다.

"으악!"

함께 차를 마시던 윤준호가 기겁하며 몸을 뒤로 날렸지만 이미 때는 늦어 있었다. 뿜어져 나온 차가 윤준호의 옷에 직격했다.

"이, 이 소저?"

자신의 방문을 벌컥 열고 들어온 의외의 인물을 바라보며 효룡은 두 눈을 부릅떴다. 두어 번 소매로 눈을 비벼봤지만 별달리 달라지는 것은 없었다.

"여, 여긴 어떻게……."

와락!

그의 말이 채 끝나기도 전에 이진설이 효룡의 앞섶을 붙잡았다.

"저랑 함께 가줘야겠어요, 룡!"

의지에 가득 차 있는 그녀의 눈을 보자 효룡은 감히 그 명령을 거부할 수 없었다. '예, 분부대로 하겠습니다'의 마음가짐이 된 효룡은 이진설이 이끄는 대로 얌전히 그녀의 뒤를 따랐다.

휘이이이익!

숨을 삼키며 전 과정을 지켜보고 있던 검혼각의 관도들 중 하나가 손가락을 입에 물고 소리 높여 휘파람을 붉었다.

"누군 좋겠다! 삐이이이익!"

"부럽다, 진짜!"

"오오! 끝내준다!"

"잘해봐라! 이휴~"

휘파람뿐만이 아니었다. 남자들만 있다 보니 천박한 우스갯소리도 몇 개 섞여 들렸다. 이런 때 이런 천박한 이야기를 던지지 않으면 남자가 아니라고 생각하는 머저리들이 여기에도 있었던 것이다.

"오늘 총각 딱지 떼는 거냐?"

"동정은 안녕이구나! 효룡!"

"아가씨한테 살살 해달라 그래!"

"허리 조심하고."

여기저기서 이진설의 당당함과 적극성에 경의를 표하는 박수 소리가 들려왔다. 뜨겁다 못해 펄펄 끓는 주위의 열광적인 반응에 얼굴을 붉히며 효룡은 묵묵히 이진설의 손길이 이끄는 대로 끌려갔다. 그에게는 이미 상황을 주도할 선택 권한이 박탈당해 있었다.

"나 언니! 데리고 왔어요."

"그래. 수고했다."

기다리고 있던 나예린이 고개를 끄덕였다.

"어라? 장 형?"

이진설에게 이끌려 모종의 장소로 끌려온 효룡은 그곳에서 기다리고 있던 두 사람 중 남자 쪽을 보자 눈을 휘둥그레 떴다. 여자 쪽이 나예린이었다는 사실도 놀랍긴 마찬가지지만, 그 옆에 장홍이 함께 있다는 사실이 더욱더 놀라웠다.

"여긴 어떻게……."

"어, 그래. 룡룡이, 자네도 왔나?"

뻘쭘한 표정으로 장홍이 대답했다. 상당히 엉거주춤한 자세가 아닐 수 없었다.

"장 형도 끌려온 거유?"

효룡이 전음으로 물었다.

"그렇네. 잡혀왔다는 게 맞겠지. 도대체 어떻게 찾아낸 건지……. 보아하니 자네도 그렇구먼."

"그렇게 됐습니다."

"소근거리는 건 그만 하시죠. 제 용건은 간단합니다. 장 대협에게 묻고 싶은 것은 딱 하나뿐입니다. 그 외에 다른 용건은 없으니 안심하세요."

"아니, 뭐 대협씩이나……."

천하 절색의 미녀에게 대협이란 소리를 듣는 것은 무척이나 황홀한 일이라는 것을 장홍은 오늘 뒤통수를 긁으며 처음 깨달았다.

"그자는 어디 있죠?"

나예린이 물었다.

"그자라뇨?"

"이시건, 그자 말입니다."

"그자가 어디 있는지 제가 어떻게……."

"어디 있습니까?"

나예린이 다시 단도직입적으로 물었다. 장홍은 그녀의 눈을 바라보았다. 검고 깊은 눈은 모든 거짓을 파헤치는 그런 눈이었다. 그 눈앞에서 모든 거짓말은 통용되지 않는다는 사실을 장홍은 직감적으로 깨달았다.

'할 수 없군.'

장홍은 사실밖에 말할 수 없었다.

'다른 선택의 여지는 없는 건가…….'

"있는 곳! 제가 알고 싶은 것은 그것뿐입니다. 장 대협은 그것만 알려주시면 됩니다. 그 뒤는……."

단호한 결심이 어린 목소리로 나예린이 말했다.

"모두 제가 알아서 하겠습니다."

“나 소저께 거짓말은 통하지 않는다더니 사실이었구려. 할 수 없지요. 알려 드리는 수밖에.”

마침내 장홍이 항복했다.

“그는 현재 중원표국 남창지국에 머무르고 있습니다.”

흰 봉황이 빈 산 위를 날다
—무주공산

"여기가 중원표국 남창지국인가요?"

"그렇스…… 호곡!"

고개를 돌려 막 대답하려던 문지기 둘의 눈이 퉁방울만 해졌다. 평생 가도 한 번 보기 드문 절세미인이 느닷없이 나타난 탓이었다. 황송하다 못해 눈이 부실 지경이었다.

"무, 무, 무, 무슨 용무로 오, 오셨는지요?"

풍 맞은 게 아닌가 의심스러운 정도로 문지기의 목소리는 심하게 떨리고 있었다.

"들어가도 될까요?"

섬섬옥수 중의 손가락 하나가 정문을 가리켰다.

"무, 물론입지…… 아, 안 됩니다! 오늘은 아무도 들이지 말라고 하셨습니다."

문지기가 화들짝 놀라며 대답을 바꿨다. 하마터면 상사의 명을 거역할

뻔한 것이었다.

"열어줄 수 없다는 건가요?"

나예린의 말에 말단 문지기 조강의 마음은 찢어지는 듯했다. 그러나 그 명을 거역했다가는 마음이 아니라 몸뚱어리 중 한곳이 찢어질 위험이 있었다.

"안타깝지만 저도 어쩔 수 없습니다, 소저."

"할 수 없지요."

문지기 조강이 다시 한 번 송구스럽다는 표정으로 사과했다.

"정말 죄송……."

그런데 나예린의 말은 아직 끝난 게 아니었다.

"직접 열고 들어가는 수밖에요."

"예?!"

우스꽝스런 반문이 튀어나왔다.

'도대체 어떻게 한다는 거지?'

방법은 의외로 간단했다.

'어! 어!'

사락사락!

무게가 느껴지지 않는 우아한 발걸음으로 나예린은 계단을 올라 정문 앞에 섰다. 손 끝으로 살짝 정문을 건드려 본 그녀는 만족했는지 신형을 돌렸다.

그냥 돌아가는가 보다. 조강은 그리 생각했다.

쉬익!

세 발짝째 발을 떼던 그녀의 신형이 춤을 추듯 사르륵 회전했다. 동시에 그녀의 애검 '빙령'이 새하얀 백광을 내뿜었다.

지잉지잉지잉!

나예린이 자세를 바로 하며 검을 늘어뜨린 후에야 단단한 철목으로 만들어진 거대한 정문에 가느다란 선들이 종횡으로 나타나기 시작했다. 그리고는……

우르르릉, 쾅!

천둥 치는 소리와 함께 문은 열두 조각으로 나뉘어져 무너져 내렸다.

"그럼 들어가 보겠습니다."

사태를 일으킨 장본인의 목소리는 여전히 차분하기 그지없었다.

"그, 그러시죠."

완전히 넋이 빠져 버린 조강은 그렇게밖에 대답할 수 없었다. 이것이 꿈인지 생신지 심각하게 고민하고 있는 문지기를 뒤로한 채, 나예린은 정숙한 발걸음으로 무너진 정문 더미 위를 넘었다.

"룡, 방금 저거 검강… 아니에요?"

"그, 그런 것 같소."

뒤에서 함께 지켜보고 있던 효룡이 약간 얼빠진 목소리로 대답했다.

"왜 그래요? 마치 넋 나간 사람 같잖아요?"

사실 그랬다.

"서, 설마 그 정숙하고 조용하기로 소문난 나 소저가 저런 과격한 짓을 저지를 줄은 상상도 못해서 말이오."

"언니 지금 엄청 화났거든요."

이진설의 대답에 효룡의 고개가 갸우뚱해졌다.

"화났다고요?"

"그래요. 나 언니가 저렇게 화내는 모습은 처음 봐요."

효룡의 고개가 또다시 갸우뚱 기울어졌다.

"저 모습 어디가? 나한테는 평소랑 똑같은 것으로 보이오만?"

긴가민가한 표정으로 효룡이 반문했다.

"쯧쯧, 이래서 남자들이란! 당신은 불처럼 뜨거운 분노보다 얼음처럼 차가운 분노가 더 무섭다는 것도 몰라요?"

"모, 몰랐소."

"그럼 지금부터라도 알아둬요. 특히 그 상대가 빙백봉 나예린이라면 더욱더!"

중원표국 남창지국을 가로지르는 나예린의 발걸음엔 추호의 망설임도 없었다.

땡땡땡땡!

의외의 사태에 얼이 빠져 있던 문지기들이 정신을 차렸는지 경종이 울렸다.

"뭐, 뭐야?"

"무슨 일이야?"

"침입잔가?"

대기하고 있던 표사들이 우르르 몰려나와 나예린의 앞길을 막아섰다. 일류표국다운 재빠른 대응이었다. 그러나 침입자의 모습을 일견한 순간, 살기등등하던 표정은 어디론가 사라져 버리고 말았다. 모두들 나예린의 미모에 말을 잊고 말았던 것이다.

"저… 어떡하죠, 강 표두님?"

표사 하나가 물었다.

"그, 글쎄……."

부하들을 이끌고 나예린을 막아선 강 표두 역시 고민스럽긴 마찬가지였다.

"침입자 확실한 거지?"

“아마도요.”

아무리 봐도 침입자 같지 않은 분위기에 즉각적인 대처를 하지 못하고 있었다. 어딜 보더라도 침입자라기보다는 귀한 고객처럼 보였다. 저 여인을 공격하려는 자신들이 오히려 불손하기 짝이 없는 죄인 같았다.

“비켜주시지요.”

무표정한 얼굴로 나예린이 말했다.

“그, 그렇지… 아, 아니지! 아, 안 됩니다, 소저! 비킬 수 없습니다!”

하마터면 그러십시오, 라고 대답할 뻔한 강 표두는 가슴을 쓸어내려야만 했다.

자신의 입이 자신의 의지와 따로 노는 것 같았다.

“할 수 없군요. 비키시지 않는다면 강제로 지나가겠습니다.”

말을 마치자마자 나예린은 망설임없이 걸음을 떼었다.

“어, 어쩌죠, 강 표두님?”

당황한 목소리로 표사가 또 물었다.

“에잇, 썅! 그런 걸 왜 자꾸 나한테 물어?”

참다못한 강 표두가 버럭 소릴 질렀다.

“그야 여기서 제일 높으니깐요.”

표사가 찔끔하며 대답했다.

“끄응, 할 말이 없다.”

“그럼 이제 어떡하죠?”

“막아야지.”

“정말 괜찮을까요?”

“몰라! 그걸 내가 어떻게 아냐!”

그들이 티격태격 말을 주거니 받거니 하는 사이 그들과 나예린 사이의 거리는 극도로 좁아져 있었다.

"에잇, 마, 막아라!"
마침내 강 표두가 지령을 내렸다.
"에… 예!"
엉거주춤한 자세로 표사들이 움직였다.
한가로이 나예린의 뒤를 따라오던 이진설이 어쩐지 기뻐하는 목소리로 외쳤다.
"언니 먼저 가세요. 여긴 우리가 치울게요! 문제없죠, 효룡?"
"어? 아! 뭐… 물론이오."
휙! 휙! 휙! 휙!
픽! 픽! 픽! 픽!
역시 고수의 싸움은 양보다는 질이라는 것을 증명하는 광경이었다. 십수 명의 표사들이 포위망을 형성해 덤벼들었으나, 다들 힘 한 번 제대로 써보지 못하고 두 사람의 손짓에 차례대로 이리저리 내던져졌다. 검도 쓸 필요가 없는 모양이었다.
"미안하지만 먼저 지나가겠습니다."
연신 막고 흘리고 던지는 와중에도 나예린의 발걸음은 결코 멈춰지지 않았다.
그녀가 그 다음 문에 다다랐을 때쯤, 멀쩡하게 서 있는 표사는 단 한 사람도 남아 있지 않았다. 표두 강씨만이 얼빠진 표정으로 그 광경을 멍하니 바라보고 있을 뿐이었다.
"그럼 실례!"
나예린은 가볍게 목례를 한 후 중문을 열고 내원으로 발을 옮겼다.

내원에 들어서자 일단의 무리들이 무기를 빼어 든 채 나예린을 기다리고 있었다. 이들의 기도는 외원을 담당하던 이들과 비할 바가 아니었다.

이들이야말로 중원표국의 정예라 할 만한 자들이었다. 그리고 현재 이들을 이끌고 있는 것은 대표사 천정원이었다.

"이게 무슨 소란이냐? 중요한 손님이 와계신 판국에!"

언성을 높이며 윤이정이 뛰쳐나왔다. 그의 두 부하인 오가 형제를 이끌고서였다. 하지만 기세등등하던 그의 기세도 다른 이들과 마찬가지로 그리 오래가진 않았다. 그 역시도 나예린의 모습을 보고는 순간 말을 잊고 말았던 것이다. 아무래도 나이 따윈 관계없는 모양이었다.

"소저께선 여기 무슨 일로 오셨소이까?"

윤이정이 물었다.

"한 사람을 찾으러 왔습니다."

조용한 목소리로 나예린이 대답했다.

"여긴 그런 청탁을 받는 곳이 아니오만……."

"찾는 사람은 이곳에 있으니 달리 수고하실 것 없습니다."

"대체 누굴……?"

"이시건이란 사람을 찾고 있습니다."

그 이름 석 자에 윤이정의 몸이 불시에 칼 맞은 사람처럼 움찔했다.

'그, 그걸 어떻게?'

자신과 자신의 심복밖에 모르는 극비사항을 어찌 저 여인이 알 수 있었는지 윤이정은 이해할 수 없었다.

"애석하게도 그런 사람은 이곳에 없습니다, 소저. 장소를 잘못 찾아오신 모양이구려."

그 사실만은 절대 함구해야만 했다.

"그 말 사실인가요?"

나예린이 두 눈을 맑게 빛내며 물었다.

"물론 사실이오."

망설임없는 대답이 돌아왔다.

"거짓말이군요."

확신에 찬 어조로 나예린이 말했다.

'그, 그걸 어떻게?!'

윤이정은 속으로 긴장하지 않을 수 없었다. 보아하니 변명이 통할 상대도 아니었다.

"거, 거짓말이라니? 어찌 그렇게 장담할 수 있소?"

"그게 진실이니까요. 방금 전 말씀하신 중요한 손님이란 누군지 무척 궁금하군요."

나예린의 눈빛은 이미 모든 것을 알고 있다는 듯 깊고 고요하게 가라 앉아 있었다. 거짓으로 흐려지기에는 너무도 투명해 보였다. 윤이정은 딱히 대답할 말이 없었다.

"그래도 여전히 시치미를 떼실 생각인가요?"

"모두 물러가랏!"

윤이정이 큰 소리로 외쳤다.

"예?"

의외의 명령에 다들 주춤했다.

"듣지 못했나? 여긴 모두 내가 책임진다. 다들 물러가라!"

"하지만 윤 대표두님……."

누군가의 조심스런 반문은 터져 나온 노성에 파묻혀 버리고 말았다.

"시끄럽다! 물러가라면 썩 물러가!"

윤이정의 살기등등한 눈빛을 정면으로 받은 불쌍한 표두는 몸을 차렷 자세로 경직시키며 대답했다.

"예… 옙!"

더 이상 윤이정을 자극하면 필시 재미없는 일이 일어날 판국이라 표사들은 부랴부랴 물러나기 시작했다. 뜰은 곧 텅 비었다.

"이제 다시 얘길 시작해 볼까요, 소저?"

입가에 결코 호의적이지 않은 미소를 지으며 그가 말했다. 여차하면 입막음도 불사하겠다는 의지가 분명했다. 그러나 나예린은 그런 위협에 대단히 둔감했다.

"제 요구는 하나뿐입니다."

변함없는 목소리로 나예린이 대답했다.

"이시건, 그자가 어딨는지만 알려주면 족합니다."

'그게 되겠냐!'

그것은 자신의 권한을 벗어난 일이었다.

"그건 무척 곤란하오만……."

바로 그때였다.

"이야, 이야! 아니, 이게 누구신가? 그 유명하신 백도제일미 빙백봉 나예린 소저가 아니신가?"

방문을 열고 나타난 이는 다름 아닌 이시건이었다.

"고, 공자!"

예기치 않은 이시건의 등장에 윤이정이 식겁하며 외쳤다.

"됐다."

금붕어처럼 입을 뻐끔거리는 윤이정을 제지하며 이시건이 말을 이었다.

"이런 절세가인이 그리움을 이기지 못하고 애써 예까지 찾아왔다는데 사내대장부가 꼭꼭 숨어 있을 수야 없지."

"저 사람 지금 제정신인가요?"

몰래 숨어서 그 광경을 지켜보고 있던 이진설이 어이없는 표정을 하며 효룡에게 물었다.

"수많은 남자들이 착각 속에 빠져 살고 있으니, 딱히 저 친구 하나만 제정신이 아니라고 하긴 힘들다고 보오."

"쯧쯧, 남자들이란……."

이진설이 한심하다는 듯 혀를 찼다. 두 사람은 효룡의 입장상, 그리고 목격자로서의 직무를 성실히 수행하기 위해 외원의 표사들을 처리한 후 내원의 담벼락에 올라앉아 있었다. 거대한 버드나무 덕에 적당히 그늘이 드리워진 사각지대였다.

"흐흐흐, 마침 잘됐소."

음험한 미소를 한껏 지으며 이시건이 입을 열었다.

"……?"

"그렇잖아도 용건이 있었는데 이렇게 제 발로 찾아주다니! 수고를 덜지 않았겠소."

이렇게 빨리 기회가 올 줄은 이시건 자신도 짐작 못한 일이었다.

'흐흐흐, 설마 먹이가 제 발로 올가미 안으로 걸어 들어올 줄이야!'

그렇잖아도 어떻게 하면 나예린을 손에 넣을 수 있을까 궁리하고 있던 참이었던 것이다. 그다지 뾰족한 수가 생각나지 않던 참에 나예린 자신이 직접 찾아온 것이다. 이런 횡재가!

이시건의 입이 헤벌쭉 벌어지는 것도 무리는 아니었다.

"소저께선, 돌아가실 생각을 안 하는 게 좋겠소."

이시건의 눈이 뱀처럼 빛났다.

하도 여러 번 겪는 상황인지라 나예린은 동요하지 않았다.

"과연 댁한테 그런 능력이 있을까요?"

나예린의 검이 새하얀 백광을 내뿜으며 이시건을 향했다.

“물론!”

갈고리처럼 구부린 오른손을 들어올리며 이시건이 자신있게 대답했
다.

‘절대 잊을 수 없는 밤을 만들어주마!’

이시건의 두 눈에서 욕망이 이글대며 불타올랐다.

‘설마 그 기술을 쓸 일이 생길 줄이야……. 살인술도 아닌 포박술 따
윈 쓸모가 없다고 생각했는데.’

그걸 배울 때만 해도 쓸모가 없다고 생각했는데 살다 보니 요긴하게
쓰일 데가 있었다.

“그럼 조심하시오!”

자운(紫雲) 암풍(暗風).

비기(秘技).

주박인(呪縛刃).

보이지 않는 실의 그물이 나예린을 사로잡기 위해 어둠 속에서 요동쳤
다.

“이제 넌 내 거다!”

회심의 미소를 지으며 이시건이 외쳤다.

스르륵!

그러나 그의 보이지 않는 바람이 나예린을 포위하려는 찰나, 그녀의
몸이 미끄러지듯 움직였다. 흐르는 물처럼 유려한 움직임이었다. 그 우
아한 움직임이 끝나자 어느새 나예린은 포박의 범위에서 벗어나 있었다.

“어, 어떻게……!”

이시건이 경악하며 외쳤다. 자신의 기술이 간파당하는 경우는 단 한

번도 생각해 보지 않았음이 분명했다.

"역시 사검이었군요. 하지만 그 정도 기술은 다소 평이해 보이는군요."

감정의 기복이 느껴지지 않는 목소리로 나예린이 말했다.

"평이하다고?"

자존심에 심대한 타격을 입은 이시건이 반문했다.

"그렇습니다. 당신보다 월등히 사검을 잘 쓰는 사람을 알고 있습니다만, 그 사람에 비하면 당신의 실력은 그저 그렇습니다."

자존심 빼면 시체인 이시건에겐 심장에 비수를 꽂는 말이었다.

"거, 거짓말!"

그딴 걸 인정할 수 있을 리가 없었다.

"당신 같은 사람에게 거짓말할 이유가 없군요. 사실입니다."

나예린의 태도에는 한 치의 흔들림도 없었다.

"정 믿지 못하겠다면 시험해 봐도 좋습니다. 직접 증명해 드리죠."

"오냐! 과연 네년의 능력이 얼마나 출중한지 두고 보자!"

이성이 날아가 버린 이시건이 외쳤다.

"상처 없이 잡으려고 봐줬더니 기어오르는구나! 과연 이 초식도 받을 수 있을까?"

이시건의 양손이 거칠게 교차했다.

자운(紫雲) 암풍(暗風).

살식(殺式).

추살령(追殺令).

눈이 뒤집힌 이시건은 살인술도 마다하지 않았다. 그의 자존심은 상처

받았고, 무슨 수를 써서라도 그것을 회복하지 않으면 안 되었다.

"그 정도로는 소용없습니다."

나예린의 눈이 어둠 속에서 은은하게 빛나기 시작했다.

보이지 않는 질풍의 궤적이 그녀의 눈 안에 들어왔다. 그녀는 살기가 지나가는 길을 보고 느낄 수 있었다.

좀 전의 공격과는 비교할 수 없을 정도로 강력하고 위력적인 초식이었다. 하지만……

'그 사람 것에 비하면…….'

이 정도는 아무것도 아니었다.

"보이지 않는다 해서 존재하지 않는 것은 아니죠. 존재를 느낄 수 있다면 피하는 데 무슨 문제가 있겠어요?"

나예린은 서서히 용안의 능력을 개방해 나갔다. 모든 것이 확연하게 보이기 시작했다. 동시에 나예린의 발이 미끄러지듯 움직였다.

수류보(水流步).

물이란 틈만 있다면 어디든지 스며들 수 있다. 그녀가 보기에 이시건의 기술은 여기저기 빈틈투성이였다.

"소용없다 말했습니다."

그리고 그녀는 자신의 말을 행동으로 증명해 보였다. 자운의 살풍도 그녀에겐 아무런 해도 끼치지 못했다.

"하, 한 번도 아니고… 두, 두 번이나……."

자만하던 기술이 연달아 두 번이나 파훼당하자 이시건은 완전히 넋이

나가 버렸다.

"이제 순순히 따라오겠습니까?"

나예린이 다시 물었다.

"흥, 웃기는 소리!"

이시건이 코웃음 쳤다.

"자신의 패배를 인정하지 않는 건가요?"

"패배? 지금 누구더러 패배했다는 거냐?"

분을 삭이지 못한 이시건이 버럭 소리를 질렀다.

"당신 말고 또 다른 사람이 여기 있나요?"

벌갛게 달아올라 있던 이시건의 얼굴이 피라도 뒤집어쓴 것처럼 시뻘겋게 변했다.

"흥! 네년에게 한 수 재간이 있다는 건 인정하지. 하지만 난 패배하지 않았다!"

이시건이 신경질적인 목소리로 외쳤다.

"말끝마다 년년년이네, 기분 나쁘게! 이래서 남자들이란! 자기가 질 것 같으면 여잘 깔보려 든단 말이에요. 안 그래요?"

숨어서 지켜보던 이진설이 씩씩거리며 한마디 했다.

"그, 그러게 말이오."

같은 남자라는 사실이 찔리는지 효룡이 식은땀을 삘삘 흘리며 대답했다.

"졌으면 졌다고 인정할 것이지, 추하게 말이에요. 안 그래요?"

"그, 그러게 말이오."

그 한결같은 반응이 이진설의 화를 돋우었다.

"그러게 말이오, 그러게 말이오. 효룡, 당신은 그 말밖에 할 줄 몰라요?"

“그, 그러게 말이오.”

“……”

그 변함없는 반응에 이진설은 그만 털썩 힘없이 어깨를 떨구고 말았다. 필시 효룡도 부끄러웠으리라.

“아직도 자신만만할 수 있다니 어떤 의미에선 대단하군요. 비장의 한 수라도 남아 있다는 건가요?”

“흥, 이래서 계집들이란! 봐줬더니 머리 꼭대기에 오르려 드는군.”

남성 우월주의에 가득 찬 말투였다. 하긴 지금까지 여자를 노리개 이상으로 본 적이 없는 인간에게 그 이상의 태도를 요구하는 것도 무리라면 무리였다.

“설마 오늘 이걸 풀게 될 줄은 몰랐는데, 운이 좋은 줄 알아라!”

스윽! 스윽!

이시건이 양팔의 소매를 걷자 팔뚝 전체를 감싸고 있는 검은색 토시가 모습을 드러냈다.

철컹! 철컹!

토시답지 않은 소리를 내며 그것들이 떨어져 나왔다.

“자, 그럼 이제 이회전을 시작해 볼까?”

쿵! 쿵!

묵직한 연속음이 땅을 울렸다.

“철토시인 모양이군. 저 녀석, 설마 저런 걸 차고 있었을 줄이야……”

지켜보던 효룡이 침음성을 내뱉었다.

“언닌 괜찮을 거예요!”

시선을 떼지 않은 채 이진설은 애써 자신을 진정시켰다.

"흐흐흐! 어떠냐? 놀랐느냐? 뭐 이 몸의 무한한 능력에 경악하는 것도, 훗! 무리는 아니지."
그러나 나예린은 전혀 놀라는 기색이 없었다.
"놀라긴요. 그 정도로 식상한 행위에 놀랄 만큼 견문이 좁지는 않습니다."
"뭐, 뭣! 식상하다고!"
평이함 다음은 식상함이었다.
"그건 몇 근이죠?"
전혀 동요하지 않은 목소리로 나예린이 물었다.
"듣고 놀라지 마라! 하나에 무려 열 근이다!"
자랑스럽다는 듯 가슴을 활짝 펴며 이시건이 말했다.
"겨우 열 근이었군요."
시시하다는 어조로 나예린이 한마디 했다.
"뭐, 뭣!"
그 태도에 이시건은 또다시 상처 입었다. 화려함을 좋아하는 이 청년에게 상대의 저런 무심한 태도는 가장 참을 수 없는 종류의 것이었다.
"울며불며 애걸복걸하게 만들어주마!"
분을 참지 못한 이시건이 씨근덕거리며 외쳤다.
"엄청난 살기……."
멀리서 지켜보던 효룡과 이진설의 피부까지 따끔따끔 자극할 정도로 강렬한 살기가 피어올랐다. 좀 전의 투기와는 비할 바가 아니었다.
"역시 당신은 날 이길 수 없어요."
흔들림없는 눈동자로 나예린이 선언했다.

“패배를 인정하게 해드리죠, 전력으로!”

나예린이 검을 뽑자 주위가 백설이 내린 듯 하얀빛으로 뒤덮이는 것 같았다.

“언니, 진심인가 봐요!”

“그게 무슨 말입니까, 이 소저?”

“전 아직까지 예린 언니가 전력을 다하는 걸 본 적이 한 번도 없어요. 하지만 오늘은 볼 수 있을지도 모른다는 그런 예감이 드네요.”

“빙백봉 나예린의 전력이라…….”

상상이 가지 않았다.

“그걸 아느냐? 이미 네 주위는 나의 손길로 가득 차 있다는 것을! 넌 이제 거미줄에 걸린 나비에 불과해!”

그의 말대로 나예린의 주변은 종횡으로 펼쳐진 사검으로 빽빽하게 잠식당해 있었다. 이런 상태에선 한 발짝을 떼는 것도 위험했다.

“자, 이래도 과연 계속해서 자신만만할 수 있을까?”

이시건이 비웃음을 지으며 손가락을 튕겼다.

팅!

거미줄처럼 둘러쳐진 사검들이 그 울림에 반응하며 움직였다. 그러 자,

사락!

나예린의 백색 치맛자락 한쪽이 살풋 베어져 나가며 그녀의 뽀얀 허벅 지가 달빛 아래 드러났다.

“어머, 어떻게 저럴 수가! 사내가 수치도 모르고!”

이진설이 분노하며 외쳤다.

"그, 그러게 말이오, 꼴깍!"

눈을 휘둥그레 뜨며 시선을 한곳에 못 박은 효룡이 마른침을 삼키며 대답했다.

"…아요!"

"네?"

여전히 시선을 돌리지 않은 채 효룡이 반문했다. 딴 곳에 정신이 팔려서 제대로 못 들은 탓이다.

"그 눈 감아요! 콱 찔러 버리기 전에!"

무시무시한 살기를 내뿜으며 이진설이 위협적인 갈고리손을 효룡의 눈앞에 가져갔다.

"네, 넵! 감겠습니다. 감고말고요!"

자신의 눈이 도려 파질지도 모른다는 위기감에 효룡은 아쉬움을 뒤로한 채 재빨리 눈을 질끈 감았다.

"자, 어떠냐? 이제 이 몸이 얼마나 대단한 분이신지 알겠느냐?"

의기양양한 목소리로 이시건이 소리쳤다. 이렇게 자신의 우위를 확인할 때마다 그는 항상 쾌감을 느끼곤 했다.

"불쌍한 사람……."

"뭐, 뭐라고?"

전혀 동요하지 않은 나예린의 시선이 똑바로 이시건을 향했다.

"남을 학대하고 깔보고 무시하고 괴롭히는 것으로밖에 자신의 우위를 확인할 수 없다니, 당신도 참으로 불쌍한 사람이군요."

"뭐, 뭣이!"

이시건의 얼굴이 휴지 조각처럼 구겨졌다.

“조금 전의 말은 정정하겠습니다.”

나예린이 말했다.

“무슨 말을?”

“전력을 다하겠다는 말, 취소하도록 하죠. 당신은 그럴 가치조차 없는 인간이니까요.”

그것은 어떤 면에서 가장 혹독한 판결이었다.

“뭐, 뭐라고!”

분명히 자신의 우위가 분명할 텐데도 이시건의 마음은 그렇지 못했다.

‘뭐, 뭐냐? 이 더럽고 찝찝한 기분은? 난 분명 이기고 있어! 내가 최고라고!’

그러나 물밀듯 밀려오는 패배감은 쉽사리 사라지지 않았다.

나예린은 아무렇지도 않은 표정으로 자신의 잘려 나간 허벅지 부위의 치마를 질끈 동여맸다. 그리고는 이시건을 정면으로 바라보며 말했다.

“전력을 다하지 않고 이겨 드리지요.”

그녀의 눈동자 속에서 자신에 대한 두려움을 조금도 발견할 수 없자 이시건의 알량한 자존심이 폭발했다.

“날 그런 눈으로 보지 마!”

자신의 존재를 완전히 무시하고 있는 그 심원한 눈동자를 그는 참을 수 없었다.

“갈기갈기 찢어주마! 그때도 그런 눈으로 날 볼 수 있는지 두고 보자!”

자운(紫雲) 암풍(暗風).

살식(殺式).

삭풍참살인(朔風斬殺刃).

내원에 거미줄처럼 포위망을 펼치고 있던 자운사가 일제히 나예린을
향해 덤벼들었다.

"아직은 미완성이지만……."

나예린도 한 번 시험해 보고 싶은 게 있었다.

용안(龍眼) 개방(開放).

억누르고 있던 용안의 힘이 개방되자 엄청난 정보가 그녀의 눈을 통해
물밀듯 흘러들어 왔다. 그것이 제아무리 복잡한 움직임이라 해도 지금
그녀가 읽지 못할 것은 아무것도 없었다.

한상옥령신검(寒霜玉靈神劍).

비설보(飛雪步) 오의(奧義).

현란무답(眩亂舞踏).

바람에 흩어지는 눈꽃처럼 그녀의 신형이 눈보라 같은 잔영을 남기며
흩어졌다.

"뭐, 뭐지?"

나예린의 신형이 일순간 시야에서 사라지자 이시건이 당황하며 외쳤
다.

"주, 주군!"

이시건의 등 뒤에 홀연히 나타난 나예린을 먼저 발견한 것은 다름 아
닌 오가 형제였다. 사라진 그녀의 형상을 찾기 위해 이리저리 정신없이
둘러보던 그들의 눈에 나예린의 신형이 순간적으로 포착된 것은 거의 우
연이었다.

"위험합니다!"

평소 그다지 충성심이 강한 편은 아니었지만, 그들은 나예린을 막기 위해 달려들었다. 콩고물이라도 떨어지길 바란다면 우선은 이시건이 무사해야 했던 것이다. 그러나 그 대가는 상상 이상으로 컸다.

참(斬)!

나예린의 검이 설광처럼 번뜩였다. 상습 부녀자 강간범에게 줄 측은지심 따윈 어디에도 없었다.

"꾸엑!"

돼지 멱따는 소리가 울려 퍼지며 피가 분수처럼 하늘 높이 뿜어져 올랐다.

"이런!"

수족처럼 부리던 오가 형제가 허무하게 스러지는 것을 본 윤이정이 재빨리 풍마도법의 살초를 전개했다.

풍마도법(風魔刀法) 비기(秘技).
풍마귀혼(風魔歸魂).

거칠고 사나운 도풍이 나예린의 전신을 쇄도했다. 오가 형제랑은 비교할 수 없는 위용이었다.

그러나 나예린은 끝까지 침착했다. 지금 그녀는 이 좁은 세계 안에서 벌어지는 모든 것을 파악하고 있었다. 미세한 바람의 움직임까지 속속들이 읽어내고 있는 그녀에겐 풍마의 난동조차 가벼운 장난에 불과했다.

사라라락!

나예린의 검이 춤을 추듯 허공중에 휘저어지자 사납던 바람은 어느새 잔잔한 미풍으로 돌변해 있었다.

‘이, 이럴 수가! 나의 도세가!’

여인의 가벼운 손놀림에 자신의 자만하던 도초가 무위로 돌아가자 윤이정은 경악하고 말았다. 경악은 틈을 낳고 틈은 피를 낳았다.

스팟!

그의 빈틈을 정확히 파고든 나예린의 검이 윤이정의 뺨을 훑고 지나갔다.

“큭!”

다급히 나려타곤의 초식으로 꼴사납게 바닥을 뒹굴지 않았다면 이듬해 오늘은 그의 제삿날이 되었을 터였다.

핏빛 눈보라, 피의 설풍이 휘몰아쳤다. 피의 꽃이 일제히 흩날린다. 그 핏빛 꽃잎의 눈보라 속에서 표표히 움직이는 나예린의 백의에는 단 한 장의 꽃잎도 떨어지지 않았다.

“강하군요. 정말 강해요. 이 정도로 강하리라고는 생각도 못했는데…….”

이진설은 거의 넋을 잃은 표정으로 나예린의 신위를 바라보았다. 아름답고, 차갑고, 그러면서도 매혹적이었다. 보고 있는 것만으로도 그 검무 안으로 혼이 빨려 들어갈 것만 같았다.

“그러게 말이오.”

어느새 눈을 뜨고 그 광경을 넋 나간 듯 보고 있던 효룡이 맞장구쳤다.

“빨리 다시 감아요.”

시선을 떼지 않은 채 이진설이 경고했다.

“네, 넵!”

찔끔한 효룡이 얼른 다시 눈을 감았다.

“왜! 왜! 왜! 통하지 않는 거냐!”

이제껏 한번도 경험해 보지 못한 무기력함을 체험한 이시건의 외침은 악에 받쳐 있었다.

“당신이 ‘그 사람’ 보다 약하기 때문입니다.”

검무를 멈추지 않은 채 나예린이 대답했다.

“그 사람?”

이시건은 서둘러 양손을 교차시키며 방어 자세를 취했다. 자운사를 그물처럼 얽어 자신의 몸을 보호하고자 한 것이다.

“어차피 당신은 그 사람 흉내밖에 낼 수 없는 가짜에 불과합니다.”

그제야 이시건은 ‘그 사람’ 이 누군지 감 잡을 수 있었다.

“비류연, ‘그 녀석’ 을 말함이냐?”

핏대 선 목으로 이시건이 고함쳤다.

“인정하는 거군요?”

나예린의 날카로운 반문에 이시건은 아차 했다.

“엉성하군요, 그 방어!”

나예린은 대답을 기다리는 대신 검을 꽂아 넣었다. 빛살처럼 빠른 찌르기는 이시건의 수비를 뚫고 그의 목젖을 향해 일직선으로 나아갔다.

‘틀렸다!’

이시건은 그만 눈을 질끈 감고 말았다.

“……”

한동안 기다려도 자신의 목을 꿰뚫는 차가운 감촉이 없자 이시건은 감았던 눈을 살짝 떴다.

나예린의 검은 그의 목 바로 한 치 앞에서 실낱같은 근소한 거리만을 남겨둔 채 멈춰 있었다.

“아직 당신에겐 들어야 할 증언이 있습니다.”

그 덕분에 무사하단 이야기였다.

"내가… 내가… 졌단 말인가?"

바로 그때였다.

데구르르르!

주먹만 하게 생긴 동그랗고 시커먼 구체 하나가 나예린의 발치로 굴러왔다.

'설마 폭탄?'

그걸 본 이진설이 다급한 목소리로 외쳤다.

"언니, 피해요!"

나예린이 재빨리 몸을 뒤로 날리는 순간,

쿠쾅!

엄청난 굉음과 함께 눈부신 섬광이 번쩍였다. 너무나 밝고 환한 빛에 나예린은 눈을 제대로 뜰 수 없었다. 귀가 멍멍했다.

겨우 시야가 회복되었을 땐 이미 윤이정도, 이시건도 없었다. 폭탄이 터진 자리는 멀쩡했다. 파괴 위주의 화탄이 아닌 소리와 섬광으로 사람의 감각을 혼란시키기 위한 일종의 섬광탄이었던 것이다.

"놓쳐 버리고 말았군."

나예린이 조용한 목소리로 중얼거렸다.

"아니, 저 상것들이 감히 도망을! 효룡! 효룡?"

급히 효룡을 부르던 이진설은 이상스레 허전한 무반응에 고개를 홱 돌렸다.

"효… 룡?"

없었다. 조금 전까지 분명 자신의 곁을 지켜주던 효룡의 존재가 감쪽같이 사라진 것이다.

“설마 그놈들 뒤를 쫓으러……”

자신을 내버려 두고 혼자만 몰래 갔다는 사실이 얄미웠으나, 이를 눈치 채지 못한 자신에게도 책임은 있었다. 역시 이성과 감성은 움직이는 영역이 다른 법이었다.

“무슨 흉계를 꾸미고 있는 거지?”

급히 신형을 옮기던 이시건과 윤이정의 발걸음이 우뚝 멎었다. 워낙 강력한 섬광탄을 사용한 탓에 장원 주위를 감싼 연막이 아직까지도 완전히 걷히기 전이었다.

“누구냐? 모습을 드러내라!”

이시건이 날카로운 목소리로 외쳤다.

머리에 녹색 건을 교차해서 두르고 등에는 쌍검을 맨 청년이 연막 속을 헤치며 걸어나왔다.

이시건의 눈이 크게 떠졌다.

“네 녀석은… 설마 효룡?”

효룡은 긍정도 부정도 하지 않았다.

“네 녀석이 어떻게 여기에?”

의외의 사태에 이시건은 잠시 어떻게 대응해야 할지 알 수가 없었다.

“그건 이쪽에서 할 말이오. 당신 왜 여기에 있는 거지?”

효룡은 평소 그를 아는 사람이라면 상상할 수 없을 정도의 매서운 눈으로 노려보며 반문했다. 이시건의 한쪽 안면 근육이 실룩거렸다.

“사형이라고 해야겠지, 사형(師兄)! 안 그런가, 사제?”

이죽거리는 목소리로 이시건이 말했다. 그는 효룡의 태도가 몹시 못마땅했다.

“당신 같은 사람은 내 사형이 아니오.”

"우리 삼공자님께서 무척 매몰찬 말씀을 하시는구만 그래. 같은 동문끼리 말이야."

명백한 비아냥에 효룡의 검미가 분노로 꿈틀거렸다.

"난 겁쟁이 도망자 따윌 사형으로 둔 기억이 없소."

예전부터 그는 저 이시건이란 인간이 생리적으로 싫었다.

"거, 겁쟁이? 누구더러 감히 겁쟁이 도망자라는 거냐! 이번엔 그냥 물러나 준 것뿐이야. 그년의 실력으로 이 몸에게 감히 상처라도 하나 입힐 수 있을 것 같나?"

흥분한 목소리로 이시건이 외쳤다.

"이미 입혔는데?"

손가락으로 이시건의 한쪽 뺨을 가리키며 효룡이 말했다.

"뭣?!"

급히 오른쪽 뺨에 손을 가져다 댄 이시건은 깜짝 놀랐다.

"어, 어느새……."

뺨을 가르는 기다란 자상(刺傷) 사이로 붉은 핏물이 흘러나오고 있었다.

"베이고 눈치도 못 챈 모양이군."

효룡은 코웃음을 치며 조소를 터뜨릴 절호의 기회를 놓치지 않았다.

"다시 한 번 묻겠소. 왜 이런 일을 저지른 거요? 지금 마천각이 굳이 천무학관과 척질 일은 없을 텐데?"

"네 녀석 따위에게 알려줄까 보냐? 정 궁금하다면 스스로 알아봐라."

"설마 그것이 각주님의 의사는 아니겠지?"

"글쎄, 과연 어떨까?"

이시건은 긍정도 부정도 하지 않았다.

"이시건!"

효룡의 입에서 일갈이 터져 나왔다. 그러나 이시건은 꿈쩍도 하지 않았다.

"흥, 사형이라 불러라! 이 무례한 놈아! 당장 훈계를 내리고 싶다만 지금은 너랑 노닥거릴 시간이 없구나. 오늘은 바빠서 이대로 물러난다만 다음에는 용서없다."

이시건은 마음이 급했다. 저 버르장머리없는 사제 녀석하고 입씨름할 여가 따위 단 일각도 없었다. 당장 가서 응급처치를 해야만 했다.

'그렇지 않으면 이 잘생긴 얼굴에 흉터가 남잖아!'

그런 일은 절대 참을 수 없었다.

"다음을 기약하는 사람치고 제대로 된 사람 못 봤소."

오늘은 떠보려고 온 것이지 부러 싸우려고 온 것은 아니었다.

"두고 봐라. 두고 보면 알게 된다. 아참! 재회의 선물로 좋은 걸 알려주지. 다시는 돌아올 생각을 안 하는 게 좋을 거다. 이미 네가 있을 장소 따위 그곳에 없으니 말이야."

"닥치시오!"

효룡이 외쳤다.

"아하하하하하!"

이시건은 폭소를 터뜨리며 담을 넘었다. 효룡은 뒤쫓지 않았다.

"어떻게 됐어요, 효룡?"

터벅터벅 걸어오는 효룡을 발견하고 이진설이 반색하며 물었다.

"놓쳤소. 미안하오."

풀 죽은 말투로 효룡이 답했다. 그의 머릿속은 조금 전 있었던 일들로 매우 복잡했다.

"할 수 없지요."

이진설의 목소리에는 안타까움이 배어 있었다. 혹시나 하던 기대가 여지없이 무너져 내린 탓에 절로 한숨이 새어 나왔다. 상심한 모습을 보자 효룡은 괜시리 미안해졌다. 물론 그의 미묘한 입장 때문이긴 했지만, 이시건의 추격에 최선을 다하지 않은 탓이었다.

"그럼 여길 뜰까요? 별 도움도 안 됐는데 얼굴 비추기도 그러네요."

몰래 따라온 것도 아니고 오히려 도와달라고 요청받은 처지였지만, 기실 체면치레를 할 만한 공적은 하나도 세우지 못했다. 그들은 단지 구경꾼에 목격자일 뿐이었다. 그렇게 큰소리를 떵떵 쳤는데 별다른 활약도 못하고 석상처럼 멍하니 서 있었더니, 나예린을 만나기가 왠지 부끄러웠던 것이다. 한시라도 빨리 이 자리를 뜨고 싶었다.

"그것도 그렇구려. 어서 이 자리를 뜹시다."

여기 계속 머물고 싶지 않은 것은 효룡도 마찬가지였다.

나예린의 목소리가 들린 것은 바로 그때였다.

"어딜 가려 하니? 이제 그만 나와도 괜찮다."

잠시 뜸을 들이는 사이 이진설과 효룡은 몰래 빠져나갈 기회마저 잃고 말았다.

"헤헤! 미안해서 어쩌죠, 언니! 내가 도울 건 하나도 없었네요. 그저 지켜보는 것 말고 말이에요."

숨어 있던 곳에서 효룡과 함께 걸어나오며 이진설이 실망스런 어투로 말했다.

"그걸로 충분했으니 상심할 것 없다. 만일의 사태를 대비한 것이었고, 나 이외의 증인이 필요했던 것이니까. 지금은 소용없어졌지만……."

이시건이 도망간 이상, 모든 것이 무의미해졌다.

"중원표국에서 문제 삼지 않을까요?"

현 무림맹주의 금지옥엽이 중원표국 남창지국을 쑥대밭으로 만들었다는 것은 자칫 잘못하면 크나큰 문제로 번질 수 있는 내용이었다.

"저들도 찔리는 게 있다면 크게 문제 삼지 않겠지. 그 이시건이란 인물이 왜 이곳에 머물러 있었는지 설명해야 할 테니까. 그리고 만일 문제 삼는다 해도……."

"해도?"

"이미 각오한 바다."

예전의 나예린에게서는 찾아볼 수 없었던 면모에 이진설은 깜짝 놀랐다.

'무엇이 언니를 이렇게 변화시켜 놓은 것일까?'

오늘 일들은 무엇 하나 쉽사리 납득되는 것이 없었다.

"효 공자께 괜한 폐를 끼쳤군요."

"아, 아닙니다. 폐라뇨… 그런 황송한 말씀을……."

잘려진 치마 사이로 드러난 나예린의 눈부신 각선미에 시선을 몽땅 빼앗겨 버린 효룡이 맹한 목소리로 대답했다.

"어딜 봐욧!"

쐐애애액!

이진설의 두 손가락이 매의 발톱처럼 쾌속하게 효룡의 두 눈을 찍었다.

"그아아아아아아악!"

한 남자의 처절한 비명 소리가 밤하늘을 가득 메웠다.

"미안해요, 류연."

나예린이 시선을 낮추자 긴 속눈썹이 투명한 눈동자에 그늘을 드리웠다.

"아니, 뭘요?"

비류연이 아연한 얼굴로 반문했다.

"그 사람, 사로잡으려 했는데……."

애석하게도 마지막 순간에 가서 놓치고 말았다. 정말 아까운 일이었다.

"…설마 직접 움직인 거예요?"

나예린이 살며시 고개를 끄덕이자 비류연은 싱긋 미소를 지었다.

"그럼 성공이네요."

무척이나 밝은 목소리였다. 나예린은 문득 할 말을 잃었다. 분명 자신은 실패했고 그는 여전히 감옥에 갇혀 있는데, 어떻게 그렇게 웃을 수 있는 걸까. 비류연은 마치 자신의 처지 따위는 아무래도 좋은 듯했다.

"예린이 직접 움직였잖아요, 몸소. 아마 적극적으로 세상에 대응하기로 한 거겠죠?"

범인을 잡기 위해 나예린이 몸을 움직인 일은 수많은 규칙을 무더기로 내던져야만 가능한 것이었다. 평소의 그녀라면 절대 하지 않았을 일이었다.

"그건 그렇지만……."

어쨌든 실패는 실패였다.

"괜찮아요. 나에게 이보다 더 반가운 소식은 없으니까. 그에 비하면 그런 피라미 따위야 어찌 되든 상관없어요. 이미 손도 써놨고……."

사실 나예린이 직접 움직이는 일이야말로 예정에 없던 일이었다.

"하지만 뭔가를 해주고 싶었어요."

나예린이 보일 듯 말 듯 살짝 얼굴을 붉히자, 비류연의 얼굴이 순간적으로 멍해졌다.

번쩍!

그때 좋은 생각이 비류연의 머릿속을 스치고 지나갔다.

"그래요? 그럼 잘됐네요. 오직 예린만이 해줄 수 있는 일이 하나 있거든요."

"나만이 할 수 있는 일? 그게 뭐죠?"

"그건 바로……."

"……?"

"사식(私食)!"

"사식?"

비류연이 '응' 하며 고개를 끄덕였다.

"예린이 손수 만든 음식을 먹고 싶어요."

지금껏 그 누구도 감히 꺼내볼 생각을 못했던 말을 비류연은 정말 아무렇지도 않은 얼굴로 꺼냈다. 만일 여기에 빙백봉 나예린의 추종자가 있었다면 거품을 물고 기절하는 것만으로는 끝나지 않았을 것이다.

"그… 그건……."

나예린은 당황해서 말을 더듬었다. 설마 그런 부탁일 줄은 상상도 못 했으니 당연한 일이었다.

'아무래도 다시 이시건을 잡으러 가는 게 더 편할지도…….'

그것이 솔직한 심정이었다.

"사실 한 번도 해본 적이……."

"괜찮아요. 누구든 뭔가를 하려면 처음이란 걸 겪어야 하잖아요? 이번처럼 새로운 것에 도전하려는 용기가 중요한 게 아닐까요? 예린은 이미 용기를 갖추고 있으니 문제없어요. 내가 보증할게요."

비류연이 그렇게까지 말하니 왠지 정말 할 수 있을 것도 같았다.

"정말 할 수 있을까요?"

"물론! 날 믿어요."

주변에서 가장 신뢰받고 있지 못한 이의 말이었다.

"그럼 한 번……."

아직은 망설임이 남아 있는 어조로 나예린이 중얼거렸다.

'작전 완료!'

비류연은 속으로 회심의 미소를 지었다.

야밤의 월담자
—달의 그림자

해가 그림자를 만들 듯 달도 그림자를 만든다는 사실을 많은 사람들은 간과하고 지나친다. 다만 밤의 어둠 속에서 그녀[月]가 만든 어둠이 그리 돋보이지 않을 뿐인 것을.

스스스슥!

달빛이 닿지 않는 그림자와 밤의 어둠이 중첩된 곳, 높고 긴 담벼락을 따라 길게 덧씌워진 어둠에 묻혀 두 개의 그림자가 은밀히 내달린다. 달빛의 온정마저 거부당한 이곳을 바람처럼 달리는 두 인영(人影)의 발에는 침묵이 덧신겨져 있다.

조금만 더 가면 정문이었다. 여타의 장원들처럼 그 정문 위에는 편액이 걸려 있을 것이고, 그곳에는 중양표국이라고 적혀 있을 것이다. 그리고 아마도 오른쪽 기둥에 달린 편액에는 남창지국이라고 적혀 있을 것이 분명했다. 그곳에 사람들이 드나들라고 만들어놓은 문이 하나 있다. 그러나 이들은 그 평범하기 짝이 없는 정문이란 것을 이용하는 것을 사회에 만연한 관습에 자신들의 정체성이 매몰되는 행위로 간주하고, 그것에 적극 저항하기로 했다.

그들의 결심은 매우 바람직하게도 곧바로 실천으로 이어졌다. 원래 들어오지 말라는 거부의 목적으로 설치된 물건을 통해 안으로 들어간다는 획기적인 발상의 전환이었다. 그러나 이 획기적인 발상의 전환은 월담이라는 비교적 식상한 행동으로 전환됨으로써 허무한 종말을 맞이했다.

선두에 선 남자가 검지로 조용히 입을 가리더니 먼저 담 위로 뛰어올랐다. 제자리에서 가볍게 뛴 것처럼 보임에도 불구하고 사내는 무척 가뿐하게 담 위에 몸을 올려놓았다. 두어 번 고개를 돌려 주위를 살핀 첫 번째 남자가 왼손을 두 번 움직여 두 번째 남자에게 신호를 보내자 아래서 기다리고 있던 남자가 마지못한 듯 도약했다. 그러자 기다란 끈 하나가 어둠 속에서 뱀처럼 출렁거렸다. 두 사람 사이에는 기다란 끈 하나가 연결되어 있었는데 첫 번째 남자는 이것을 통해 신호를 보냈던 것이다.

바늘 떨어지는 소리가 천둥소리보다 크게 들릴 듯한 밤의 정적을 깨뜨리기 두려운 듯 두 사람의 운신은 지극히 조심스럽고 정숙했다. 곧이어 둘은 담 옆에 일 마장쯤 떨어져 심어져 있던 아름드리 나무를 향해 도약했다. 아무도 입을 여는 이는 없었다.

'저기군!'

첫 번째 남자가 주위를 둘러보며 목표한 곳을 찾았다. 그들이 찾는 곳은 이 야심한 시각에도 아직 불이 켜져 있을 터였다.

'저기가 바로 국주 집무실……'

비록 임시라고는 하나 이 두 사람이 목표하고 있는 곳은 바로 저곳이 분명했다.

두 침입자가 막 몸을 움직이려 할 바로 그때였다. 비상(飛翔)하기 위해

가지를 박차다가 실패한 새처럼 두 사람의 신형은 도약하려던 자세 그대로 얼어붙고 말았다.

"움직이지 마라!"

'헉!'

비록 한밤중에 등 뒤에서 아무런 기척도 없이 울려 퍼진 여인의 목소리였다고는 하지만 무섭지는 않았다. 그러나 목덜미 옆에서 달빛을 머금은 채 요요히 빛나고 있는 길고 가느다란 날붙이는 소름 끼치도록 무서웠다.

"이런!"

첫 번째 남자의 움직임이 봉쇄되자 그 즉시 두 번째 남자는 자신의 처지도 망각한 채 신형을 뒤로 뽑으려 했다. 그러나 그 시도 역시 불발로 끝나고 말았다.

"움직이지 말게! 뒤통수에 구멍나고 싶지 않으면!"

남자의 목소리가 채 울려 퍼지기도 전에 어느덧 날카롭고 뾰족한 무언가가 밤의 한기를 모은 차가운 냉기를 그의 골수 속까지 저릿하게 전해 주고 있었다. 뒤통수가 시큰했다.

"자자, 가만히 있게. 난 담이 작아서 사소한 일에도 깜짝깜짝 잘 놀라거든. 만일 자네가 움찔하기라도 한다면 나는 너무 놀라 팔을 마구잡이로 휘두를지도 모르고, 그럼 자네를 비롯해 주위에 있던 사람이 크게 다칠 수도 있는 노릇 아니겠나? 나도 이런 야심한 밤에 검에 묻은 피나 닦고 앉아 있긴 싫다네. 그건 너무 처량한 노릇 아니겠나?"

눈 깜짝할 사이에 기척도 없이 두 번째 남자의 배후를 점한 남자—스스로 소심하다고 주장하는—의 목소리는 태연하다 못해 일말의 장난기까지 섞여 있었다.

"검은 집어넣어라."

여인이 차분한 목소리로 지시했다. 어느새 첫 번째 남자의 검이 달빛 아래 전신을 드러내고 있었던 것이다. 앞으로 한 치만 더 나아갔다면 출검하여 검기를 사방에 흩뿌렸으리라. 앉은 자세 그대로 검병을 쥔 오른손은 그대로 둔 채 왼손으로 검집만을 뒤로 잡아 빼 검을 뽑으려 한 남자의 발검술은 매우 고명했지만, 아쉽게 한 치 차로 간파되고 말았다.

"자네는 그냥 손만 떼면 되겠군."

두 번째 남자의 뒤통수에 검극을 갖다 대고 있는 사내가 조용히 말했다. 위협적인 기색은 전혀 없었다. 긴장감도 느껴지지 않았다. 오히려 자신감과 여유가 느껴지는 그런 태도였다.

두 번째 남자는 겨우 왼손 엄지로 검을 조금 밀어 올리는 게 고작이었다. 이런 작은 사실 하나만으로도 두 사람의 실력 차를 가늠해 볼 수 있었다. 둘 다 제압당하기는 마찬가지였지만 말이다.

첫 번째 남자의 목을 썰기 바로 일보 직전인 듯한 여인이 잠시 짬을 내어 차분한 목소리로 질문했다.

"며칠 전부터 이 주위를 서성거리던 놈들이 바로 자네들인가?"

"……."

대답이 없자 잠자코 지켜보고 있던 중년 사내가 낮지만 엄한 목소리로 꾸짖었다.

"신녀의 말이 들리지 않느냐? 어서 대답해라!"

그는 여인의 질문에 대한 답변에 성의가 부족한 것에 대해 화가 나 있는 듯했다. 대답은 여전히 돌아오지 않았다.

"이놈들이 감히!"

침묵은 중년인의 화를 더욱 돋구었다.

"그렇잖아도 요 며칠 동안 정체불명의 자들이 주위에 어슬렁거려서 수상하게 여기고 있던 터였다! 그래서 밤에도 푹 잘 수 없었지! 하나 오늘 너희들을 붙잡았으니 오늘부터는 숙면을 취할 수 있겠구나. 그런데 너희 둘이 그토록 입을 조개처럼 꾹 다물고 있으니 이 일을 어쩌면 좋겠느냐? 번거롭지만 직접 알아볼 수밖에 없지 않느냐!"

성가셔 하는 기색이 역력한 말투였다.

"두 사람 다 천천히 돌아서라! 단, 허튼수작은 부리지 않는 게 좋을 게다! 어떤 꼴을 당할지 아무도 확신할 수 없으니 말이다. 자, 돌아서라! 어서!"

쭈뼛쭈뼛 몸을 긴장시킨 채 두 사람은 천천히 몸을 돌렸다. 두 자루의 검끝에서 뿜어져 나오는 무형의 압력은 두 사람을 질식시킬 정도라 허튼수작은 감히 꿈도 꿀 수 없었다.

마침내 두 사람이 모두 돌아섰다.

그러나 둘 모두 두건을 쓰고 있던 탓에 여전히 얼굴을 알아볼 수 없었다.

"벗어라!"

그러자 첫 번째 남자가 매우 수줍어하는 동작으로 앞섶의 단추를 하나둘 풀기 시작했다.

"거기 말고!"

중년인이 당황하며 외쳤다. 그의 시선이 급히 여인을 향했다. 차라리 쳐다보지 말 것을……. 남자는 후회막급한 마음만 안고서 고개를 떨구었다. 자신을 특이한 취미의 소유자로 의심하고 있는 여인의 시선은 그에게 살인하고 싶은 충동과 자살하고 싶은 충동을 동시에 불러일으키고 있었고, 사내는 그 사이에서 치열한 싸움을 벌여야만 했다.

"에잇, 누가 옷을 벗으라 했느냐! 두건을 벗으란 말이다! 두건을! 니놈들 낯짝을 가리고 있는 그 빌어먹을 놈의 두건 말이다!"

중년인의 입에서 평상시라면 입에 담지 않았을 거친 말이 자연스레 튀어나왔다. 그러나 두 사람은 사내의 일갈에 움찔하긴 했어도 계속 머뭇거리며 명령을 실행에 옮기지 않았다.

"왜 그러느냐? 뭐라도 숨기는 게 있느냐? 무슨 비밀이 그리도 많다고 망설이는 게냐? 어서 벗어라!"

그리고는 서둘러 한마디를 덧붙였다.

"…두건 말이다, 두건!"

그러나 붙잡힌 둘의 행동은 여전히 굼떴다.

빠직!

중년인의 인내는 여기까지가 한계였다.

"벗고 싶지 않으면 벗지 않아도 된다. 의지를 투철히 관철시킨 그 상으로 자네들은 검이 사람을 베는 것 이외에도 여러 가지 역할을 할 수 있다는 사실에 대해 안계를 넓힐 수 있을 테니 말이다. 그중에는 두건 벗기기 같은 기술도 있을 수 있겠지."

첫 번째 남자는 한참을 망설이다가 마침내 결심한 듯 입술을 굳게 깨물고는 천천히 두 손을 두건으로 가져갔다. 이윽고 두건의 그림자 속에 감춰져 있던 어둠이 달빛 밖으로 끌려 나왔다.

"헉!"

진소령의 입에서 기함이 터져 나왔다. 너무 놀란 나머지 그녀는 즉각적이고 신속하고 강력한 퇴마행(退魔行)을 결심했다. 가까이 있던 유은성이 가까스로 말리지 않았다면 그녀의 검은 두건을 벗은 첫 번째 사내의 몸을 정확히 이십칠 등분했을 것이다. 그와 동시에 그녀의 조카는 결혼하기도 전에 과부가 되고 말았으리라.

"네, 네가 어떻게……?"

두려움을 모르는 이 철의 여인도 목소리를 떨 때가 있었다.

"분명 죽었을 텐데?"

그녀는 죽었어야 할 자의, 비석에 새겨지는 것 이외에 목적을 상실했어야 할 그 이름을 불렀다.

"…남궁상! 네가 어떻게 여기에……?"

두건 속에서 나타난 얼굴은 다름 아닌 며칠 전에 죽었다고 알려진 남궁상이었다. 귀신이 나타난 줄 알고 깜짝 놀란 진소령이 비전문적인 퇴마행을 결심한 것도 충분히 납득 가는 처사였다.

"그게 저……."

사실 남궁상은 입이 열 개라도 할 말이 없었다. 게다가 그 상대로 아미신녀 진소령만한 최악의 선택은 따로 없었다.

"자네가 지금 날 희롱한 건가?"

그녀의 경악이 분노로 바뀌는 데는 그리 오랜 시간이 걸리지 않았다.

"아, 아닙니다. 불초소생이 감히 어찌……."

남궁상은 정말로 억울했다. 그러나 그런 변명이 통할 상대가 아니었다.

"난 항상 죽은 자가 부활하면 어떤 이야기를 들려줄까 궁금했었다. 어디 임사 체험기를 들어볼까, 아니면 염라전 탈출기라 해도 상관없다."

스롱!

진소령의 검이 남궁상의 턱 끝에 가 닿았다.

"그… 그러니깐… 그게… 저……."

쿠당탕탕!

남궁상이 일생일대의 위기에 몰려 있을 바로 그때 느닷없이 문이 부서지는 게 아닐까 걱정될 정도로 과격하게 임시집무실 방문을 박차고 나온 장우양이 양손을 가로저으며 달려오면서 외쳤다.

"앗! 아닙니다! 아닙니다!"

그의 목소리는 벌새의 날갯짓만큼이나 분주한 팔만큼 다급하기 짝이 없었다.

“그분들은 침입자가 아닙니다!”

겨우겨우 네 사람이 모여 있던 나무 밑에 당도했을 때 장우양의 숨은 턱까지 차올라 있었다. 얼마나 다급했는지를 여실히 알 수 있는 광경이었다.

“그럼 뭐란 말입니까, 장 국주?”

약간 의심 섞인 어조로 유은성이 물었다.

“그분들은… 헥헥!”

장우양은 잠시 고상하게 두 번 심호흡했다.

“천천히 말씀하십시오.”

유은성이 그를 진정시켰다.

“가, 감사합니다.”

야생마처럼 날뛰던 숨을 겨우 진정시킨 장우양이 다시 외쳤다.

“이, 이분들은 그러니까… 제 손님들입니다!”

진소령과 유은성은 어이없어하는 얼굴로 서로를 마주 보았다.

“손님?”

유은성은 비웃음이 새어 나오려는 것을 가까스로 참아야만 했다.

“참으로 독특한 방식으로 들어오는 손님이군요, 장 국주.”

게다가 그중 한 명은 지금 지하에서 안식을 취하고 있어야 할 처지였다.

“손님이라 함은 이들이 이 시각에 이곳에 올 것이란 사실을 알고 있었다는 말씀입니까?”

“그, 그렇습니다, 진 여협!”

장우양이 식은땀을 훔치며 대답했다.

진소령의 날카로운 시선이 다시 남궁상을 향했다. 남궁상은 자신을 해부하는 듯한 그 심원한 눈빛에 가슴이 뜨끔했는지, 아니면 켕기는 게 있어선지 고개를 돌려 그 시선을 외면했다.

"약속 시간을 잘 지키는 귀신이라……. 그럼 그 죽은 귀신의 동반자가 누구인지 한번 보도록 할까요?"

그녀의 검끝이 두 번째 남자를 향했다. 검끝의 날카로움만큼 진소령의 목소리도 싸늘했다.

"얼굴을 보여라!"

두 번째 남자 역시 처음에는 잠시 망설였으나 상황이 여의치 않음을 알고 천천히 쓰고 있던 두건을 벗었다. 그러자 그 밑으로 약간 앳돼 보이지만 준수한 용모의 청년이 모습을 드러냈다.

"다행히 이쪽은 모르는 얼굴이로군."

그는 지금의 상황이 무척이나 수치스러운지 미간을 찡그린 채 얼굴을 붉히고 있었다. 아직 감정 조절이 미숙하다는 증거였다.

"이름을 대라!"

"절… 절휘라 합니다."

청년이 대답했다.

"성(姓)은?"

다시 청년은 머뭇거렸지만 재차 반복되는 질문에 대답하지 않을 수 없었다.

"공손씨입니다."

진소령은 미처 알아차리지 못했지만 강호에 모습을 잘 드러내지 않는 그녀에 비해 강호 경험이 풍부하고 견문이 넓은 유은성은 그 성씨에 짚이는 점이 여럿 있었다.

허리에 매달린 검을 볼 것도 없이 청년은 검객이었고, 그것도 그 나이 또래에서는 짝을 찾기 힘들 정도의 성취를 이루고 있었다. 저 정도의 젊은 신진고수를 배출할 수 있는 역량을 지닌 문파나 가문을 세는 데는 열

손가락이면 족했다. 복식으로 보거나 검으로 보거나 신태로 보건대 귀한 집 도련님 티가 역력했다. 엄격한 단체 생활을 하는 대문파의 제자라고 보기는 힘들었다. 그렇다면 남은 선택지는 많지 않았다.

"검존 그분과는 어떤 관계냐?"

청년은 유은성의 물음에 흠칫하는 것 같았으나 존재의 뿌리 그 자체라고 할 수 있는 것을 부정하고 싶지는 않았다.

"제… 조부님 되십니다."

공손절휘는 사실대로 고했다.

"역시!"

짐작하고 있었다는 듯 유은성은 나직하게 읊조렸다. 장우양은 깜짝 놀랐다. 그는 유은성만큼 평상심을 유지할 수가 없었다. 이 젊은 청년 역시 상당한 거물이었던 것이다.

'젠장……'

장우양은 자신의 인맥을 이토록 넓혀준 어느 한 사람을 향해 속으로 욕을 퍼부었다. 이런 식으로 연관돼서 좋을 일은 하나도 없었던 것이다.

그러나 공손절휘의 신분이 탄로났음에도 불구하고 진소령은 눈썹 하나 깜짝하지 않았다. 지금 이 청년의 족보 탐색은 전혀 그녀의 관심사가 아니었다. 현재 그녀의 머릿속을 가득 채우고 있는 것은 오직 한 가지 의문뿐이었다.

"자, 죽었다던 남궁상 군! 지금 자네가 죽음의 권능을 부정하며 화려하게 부활한 게 아니라면 이제 자초지종을 들어볼까?"

거부를 용납하지 않는 목소리였다.

"나도 듣고 싶군. 게다가 무슨 일이 두 사람 사이를 그렇게 끈끈한 인연으로 묶어놨는지도 궁금하다네."

남궁상과 공손절휘의 팔목에 묶여 있는 가죽 끈을 가리키며 유은성이 한마디 덧붙였다.

"그게… 저……."

자신의 변명이 그다지 설득력이 없을 경우 자기를 놀라게 한 대가를 매우 알뜰살뜰하게 받아내고야 말겠다는 의지로 가득한 그녀의 서늘한 안광을 정면으로 받으며 남궁상은 감히 입을 열지 않을 수 없었다.

"그러니깐 그게 말이죠……."

목숨은 아직 아까운 관계로 사건의 핵심이자 몸통이자 원인이자 원흉이라 할 수 있는 비류연의 이름은 쏙 뺀 상태에서 남궁상은 이야기를 시작했다.

죽은 자의 진술
―기억이 안 납니다

"에휴~"

남궁상은 궁상스런 한숨을 내쉬며 밤 골목을 터덜터덜 걸었다. 자신이 조금이라도 더 허점투성이에 습격하기 딱 알맞게 보이기를 바라면서. 자신의 등은 지금 얼마나 빈틈투성이일까? 왠지 칼로 쑤셔보고 싶은 등짝일까?

"그렇다면 다행이지……. 다행인가?"

걸으면 걸을수록, 생각을 하면 할수록 절로 한숨이 터져 나왔다.

"이게 무슨 꼴이람……. 아아……!"

이 무슨 기구한 운명의 장난이란 말인가. 왜 자신이 야밤에 이런 위험한 일을 도맡지 않으면 안 된단 말인가?

"게다가 이 악취미 다분한 분홍빛 옷은 뭐람! 게다가 매화라니……. 꼴사납게!"

아무리 시간이 지나도 전혀 적응되지 않았다.

'화산파 녀석들은 부끄럽지도 않나? 어떻게 이런 볼썽사나운 옷을 걸칠 생각을 다 했을까?

혹자는 이 옷을 보고 겨울 매화처럼 화려하고 멋지다고 평가하기도 했지만 그는 그럴 때마다 그런 평을 한 이들의 미의식을 의심해 보고 싶었다.

'나라면 파문당하면 당했지 이런 옷은 절대 걸치지 않았을 텐데!'

그런데 지금 자신이 문제의 그 부끄러운 옷을 걸치고 있다는 사실이 그를 더욱 주눅 들게 했다.

"아, 옷은 준호 걸 빌려 입고 가라!"

"왜요?"

"그래야 더 잘 습격당하지."

"그, 그런가요?"

"그래, 혹 네가 팔대세가 사람이란 걸 알면 습격 안 할지도 몰라. 그래선 곤란하지 않겠어?"

"제가 습격 안 당하면 곤란한 건가요?"

"당연하지, 이 바보야!"

"그, 그렇군요."

"흠, 이제야 네가 바보라는 사실을 인정하는 거냐? 생각보다 좀 많이 늦었다."

"그게 아니라 무슨 말씀인지 알았다는 의미였습니다. 하지만 그런……."

"왜, 싫냐?"

"안 하겠다는 건 아닙니다.. 단지 그런 걸 입는다는 건 좀……."

"꼴사납지 않느냐고?"

"예······."

"할 수 없지. 함정 파는 데 이것저것 가려야 되겠냐? 왜? 이참에 야식(夜食)도 싸줄까? 출출할 때 까먹게."

"아, 아닙니다. 그렇게 하겠습니다. 하면 되죠. 죽으면 되잖습니까, 죽으면······."

"이보게, 왜 이야길 안 하나?"

유은성의 목소리가 상념에 잠긴 남궁상을 흔들어 깨웠다.

"아, 죄송합니다. 제가 어디까지 했죠?"

퍼뜩 정신이 든 남궁상이 되물었다.

"쯧, 그걸 나한테 물으면 어떡하나?"

그러면서도 친절하게 그가 중단한 대목을 알려주었다.

"화산파 제자의 꼴.사.나.운. 옷을 빌려 입고 어두운 골목길을 걷는 데까지 했지, 아마?"

"아, 알아주시는 겁니까?"

남궁상은 눈을 반짝반짝 빛내며 물었다. 유은성은 팔짱을 낀 채 거침없이 고개를 끄덕였다.

"음, 물론이고말고! 본인도 예전부터 화산파 녀석들의 그 계집애 취향 옷이 마음에 안 들었다네. 사내라면 모름지기 강건해야 하거늘 꽃무늬 연분홍색 도복이 뭔가! 그런 건 정말 꼴불견이지 않나?"

"맞습니다! 맞고말고요! 알아주시는군요!"

찡—

자신과 같은 미의식을 가진 사람을 만난 사실에 고양된 남궁상은 하마터면 감격의 눈물을 흘릴 뻔했다. 사실 점창파와 화산파는 같은 구대문파에 속해 있는 처지임에도 불구하고 사이가 그리 썩 좋은 편은 아니었다. 정확히 말하면 지나치게 가까운 거리가 문제의 원인이었다. 화산파는 항상 자신들이 오악(五嶽)의 으뜸이라 생각하고 있었고, 언제나 오악에 속하지 않는 점창과 청성을 눈 아래 깔았다. 물론 수백 년에 걸쳐 쌓아온 그 저력은 인정하지만 점창파 사람인 유은성으로서는 화산파의 케케묵은 오만이 그리 달가울 리 없었다. 화산은 언제나 그와 그의 사문에 있어 넘어야 할 산이자 쏘아 떨어뜨려야 할 해였던 것이다.

"그. 래. 서?"

토막토막 뚝뚝 끊어지는 고드름처럼 차가운 한마디가 남궁상과 유은성 사이에 세대를 초월해 이루어지는 영적 교감을 차단했다. 유은성은 진소령의 섬뜩할 만큼 차가운 목소리에 찔끔하며 얼른 남궁상을 재촉했다.

"자자, 그 얘긴 나중에 하고 이야기를 계속해 보게. 아직 도입 부분도 채 못 지났지 않나?"

"그, 그러지요."

열심히 함께 맞장구치다가 느닷없이 손을 피해 버린 꼴이었다. 남궁상은 '박수는 한 손 갖고 칩니까?'라고 외치고 싶은 마음을 참아야만 했다.

남궁상은 서둘러 청자들이 지루하지 않게 도입을 지나 발전 단계로 이야기를 옮기기로 했다.

"다시 재습격이 있은 이후 순찰은 반드시 두 명 이상이 돌도록 엄격한 지침이 내려왔지만 전 혼자 학관을 나섰습니다. 그래야 잘 습격당할 수 있을 테니까요. 그리고 저 친구가 나타났지요."

질긴 가죽 끈이 묶인 자신의 왼팔을 들어올리며 남궁상이 말했다. 진소령과 유은성과 장우양의 시선이 저절로 공손절휘를 향했다. 이야기를 끊지 말라는 무언의 압력이 공손절휘의 마음과 양어깨를 짓눌렀다. 그는 마침내 항복했다.

"전 절 시험하고 싶었습니다. 그리고 그날 밤이야말로 단 일 초에 황금 완장을 쓰러뜨릴 수 있을 거라 생각했습니다."

"일 초?"

자신을 한 방 거리로 보고 있었다는 그의 이야기에 어이없다는 듯 남궁상이 반문했다. 이건 그도 처음 듣는 이야기였다.

"약해 보였으니까요."

공손절휘의 서슴없는 대답에 남궁상은 그만 가슴을 치고 말았다. 자신이 일초지적으로 보였다는 말에 기뻐할 무인은 변태 이외에 아무도 없었다.

"왜 일 초에 집착했나?"

"모용휘, 그가 그렇게 했으니까요."

그 이름을 내뱉는 공손절휘의 눈에서 불꽃이 번쩍였다.

"모용휘? 모용세가의 그 칠절신검 모용휘 말인가? 작금 강호에서 가장 뛰어난 후기지수 중 하나라는?"

유은성도 그 이름은 꽤 귀 따갑게 들은 바가 있었다.

그다지 인정하고 싶은 내용은 아니지만 공손절휘는 말없이 고개를 끄덕였다.

"전 규칙을 이용해 그에게 도전하고 싶었습니다. 때문에 그자가 할 수 있는 일이라면 저도 할 수 있어야 했습니다. 그래서 일 초에 상대를 쓰러뜨릴 수 있을 만큼 제 검기를 날카롭게 연마해 놓지 않으면 안 됐습니다. 그러기 위해선 실전이 꼭 필요했습니다!"

"왜 그렇게 모용휘에 집착하나?"

유은성이 궁금증을 참지 못하고 물었다.

"제가 그자를 꺾어야 하니까요!"

망설이지 않고 공손절휘가 대답했다.

"모란의 꽃은 제 손으로 꺾을 겁니다. 때문에 오직 황금 완장에게만 도전한 것입니다. 모용휘 역시 황금 완장이었으니까요."

"잠깐! 그럼 최근에 일어난 입관 후보생 연쇄 살인 사건은 자네의 소행이 아닌가?"

유운비의 물음에 공손절휘가 엉덩이가 데인 사람처럼 화들짝 놀라며 손을 가로저었다.

"아, 아닙니다! 결단코 아닙니다! 제가 왜 그런 가문에 누를 끼치는 일을 했겠습니까? 제가 비록 상대에게 부상을 입혔을지는 모르지만 죽이지는 않았습니다."

"그래서?"

"전 그날 밤이 마지막이라고 생각하고 있었습니다만… 그만 함정에 빠지고 말았죠."

"책략이라 해주게. 유. 인. 책!"

옆에서 남궁상이 정정해 주었다. 역사를 고쳐 쓰는 것은 언제나 승자의 특권이었고 그는 그 권한을 최대한 휘두르기로 결심한 모양이었다.

"그 뒤는 제가 말씀드리지요. 저희는 어떻게든 미끼가 필요했습니다. 그들이 이미 목적한 바를 달성했을지도 모를 그 시점에서 다시 유사한 일이 벌어진다면 그들이 기껏 쌓아놓은 공이 무너질 수 있다는 위협을 그들이 받을 수 있었기 때문이지요."

"그들의 목적?"

"예, 아주 지독한 악당 한 명에게 누명을 씌워 감옥에 처넣는 일입니다."

남궁상이 단호한 어조로 말했다.

"그건 좋은 일 아닌가?"

어이없는 어조로 진소령이 반문했다.

"어, 그렇게 되나요? 하지만 그 지독한 악당에겐 죄가 없었습니다. 그러니 그들의 행동은 잘못된 것이죠."

"좀 이상한 논리군."

"그, 그런가요?"

남궁상은 자신의 이야기가 점점 설득력을 잃어가고 있음을 깨달았다.

'하지만 사실인데……'

다만 잘 설명할 수 없을 뿐이었다.

"그들의 목적이 어떠했든 그 수단으로 살인을 택했다는 것은 용납받지 못할 일입니다. 그것도 건방지긴 하지만 죄없는 햇병아리들을 상대로 말입니다."

"그건 그렇지."

다행히 두 사람은 납득해 주는 모양이었다.

"게다가 그들은 '승천무제'를 훼방 놓으려 한다는 혐의도 받고 있었습니다."

"그래서 목적을 이루고 잠적했을지도 모를 범인들을 끌어낼 미끼가 필요했다?"

"예, 명찰하신 바 그대로입니다. 그러기 위해서는 일을 좀 더 크게 벌일 필요가 있었죠. 이 친구가 저지른 일은 한번 꺼진 소란의 불길을 다시 일으키는 데는 턱없이 부족했으니까요."

"이 미끼는 어디서 구했나?"

공손절휘를 손가락으로 가리키며 유은성이 물었다.

"낚았습니다."

"뭘로?"

남궁상은 자신의 허리에 걸린 검을 한번 툭 쳐 보였다. 그것으로 충분했다.

"그렇군! 이해했네. 그럼 마지막으로 한 가지만 더 묻겠네."

"예, 하문하십시오."

"그때의 상황을 이야기해 줄 수 있겠나?"

"예?"

이제까지 질문에 거침없이 대답하던 남궁상이 처음으로 반문했다.

"자네가 어떻게 저 아이를 이겼는지 그 무용담을 들려달라는 것일세."

"그게⋯⋯."

당장이라도 자랑하듯 자신의 무용담을 떠들 것 같던 남궁상이 오히려 말끝을 흐렸다.

"그게 뭐?"

유은성이 대답을 재촉했다. 남궁상은 한숨을 내쉰 다음 세상 앞에 정직해지기로 결심했다. 그래서 그는 진실을 말했다, 정직하게.

"기억이 안 납니다!"

"뭐라고?"

그 어처구니랑 이혼한 듯한 대답에 진소령과 유은성이 동시에 반문했다.

"이겼는데 기억은 안 난다?"

"예⋯⋯."

한참 고민하던 유은성은 자신이 내린 결론을 확인하고 싶었다.

"너, 바보냐?"

"아닙니다!"

남궁상이 단호한 목소리로 대답했다.

"그래⋯⋯?"

비록 확답은 받지 못했지만 여전히 의혹이 가시지 않은 말투였다. 그건 진소령도 마찬가지였다.

"자네의 주장은 이해할 수도, 납득할 수도 없군. 설득력이 매우 부족하단 말일세. 그러니 그냥 그때의 상황을 생각나는 대로 이야기해 보게. 자네의 말이 진짠지 가짠지는 우리 두 사람이 이야기를 다 듣고 판단하도록 하겠네."

세상에서 가장 무서운 사람은 아니지만 세 번째쯤 무서운 사람이 이렇게까지 나오는데 더 이상 거절할 수가 없었다.

"그러니까 그게 말이죠……."

남궁상은 그날 밤 달 아래에서 일어났던 일련의 사건에 대해 이야기하기 시작했다.

"제가 '여어!' 라고 인사하자 저 친구가 이렇게 반문했죠."

밤낚시

―두건이냐, 수갑이냐

"뉘쇼?"

공손절휘가 경계심이 섞인 날카로운 어조로 물었다.

"그냥 평범한 낚시꾼일세. 월척을 잡기 위해 먼저 미끼를 잡으러 온."

남궁상의 말은 다르게 들으면 공손절휘의 가치를 매우 평가 절하하는 모욕이 될 수도 있었다.

"지금 내가 미끼밖에 안 되는 그런 존재라고 말하고 싶은 거요?"

분노한 목소리로 그가 반문했다. 예상대로였다. 그처럼 아직까지 한 번도 좌절을 맛보지 않은 젊은이는 그 알량한 자존심에 작은 불씨 한 조각만 던져 줘도 산불처럼 타오르게 마련이다. 자신도 한때 그랬던 적이 있었었다. 그것은 미숙함의 또 다른 증거이건만 이들은 절대 그 사실을 인정하려 들지 않는다.

'좋아, 일단 불은 붙여놓았고……'

여기까지는 의도대로였다.

‘쉽군. 나도 많이 늘었는걸.’

계획은 맥빠질 정도로 순조롭게 진행되고 있었다. 그만큼 단순하기 때문에 쉽게 읽히고 마는 것이다.

많이 당하다 보면 저절로 익히게 되는 것도 있는 모양이다.

‘그럼 다음 단계로 넘어가 볼까?’

남궁상은 손가락의 관절을 풀면서 여기에 오기 전 푸석푸석해 보이는 창살을 사이에 두고 비류연과 나누었던 이야기들을 떠올렸다.

“오늘이냐?”

“예, 반드시 나타날 겁니다. 일단 학관 밖까지는 둘이서 나갔다가 순찰은 저 혼자 돌 겁니다. 분명 노리고 있을 겁니다.”

“정말 멍청이라면 그렇게 하겠지.”

“하지만 그럴 거라고 생각하시잖아요?”

“그렇긴 하지.”

“역시 그렇죠? 오 일이나 똑같은 식으로 움직인다는 것은 생각이 부족하다는 소리를 들어도 싸죠. 하지만 지난 사 일 동안도 똑같은 방식으로 행동했으니 오늘만 예외로 삼으리라고는 예상하기 힘듭니다.”

“마침 잘됐네. 이번 기회에 ‘그걸’ 한번 시험해 봐라.”

“예에? ‘그걸’ 말입니까? 하지만……”

“왜?”

“그건 아직 미완성입니다.”

망설임이 가득한 대답에 비류연은 기가 막힌 듯 헛웃음을 터뜨렸다.

“너, 바보냐? 미완성이니까 시험해 봐야지. 이미 완성됐다면 뭣 하러 귀찮게 실험 따윌 하겠어?”

듣고 보니 일리가 있었다.

"그, 그것도 그렇군요."

"그런 거다."

"하지만… 그렇게 여유 부려도 되는 걸까요?"

여전히 안심이 안 되는지 남궁상이 재차 질문했다.

"여유? 실패하면 죽는다는 각오로 임하는 게 좋을 거다. 아마 그게 사실일 테니까 말이야."

"그런 겁니까?"

"그런 거야."

비록 마지막 말이 매우 미덥지 못하긴 했지만 남궁상은 비류연의 말에서 깨친 바가 있었다. 실전에 앞서서 확인을 위한 예행연습이 필요한 것이다.

'한번 해볼까?'

남궁상은 결심의 끈을 더욱 확고히 조이기 위해 앞으로 할 일에 대해 조용히 속으로 되뇌며 검병을 만지작거렸다. 큰 비무를 앞두고 자기 자신에 대해 보다 확신을 가지고 싶다는 욕구는 무인이라면 누구나 본능적으로 지니고 있는 바람이라 할 수 있었다. 이 일전에서 상대와 맞붙어 이기면 그는 자신감이라는 크나큰 선물을 얻게 되고, 그 선물은 그의 마음을 굳건히 지키는 방패가 된다.

'아마 이자도 그런 생각으로 이 일을 벌인 거겠지.'

어느 정도 같은 입장이 된 지금에야 비로소 그는 상대의 심리를 일부분이나마 이해할 수 있었다. 저쪽도 누군가 쓰러뜨릴 상대가 있는 것이다. 목표가 있다. 그 목표를 향해 저자는 검을 갈고 있었던 것이다. 거기까지 생각이 미친 남궁상은 깜짝 놀라고 말았다.

'이게 바로 인과응보(因果應報)라는 건가, 아니면 자업자득(自業自得)?

설마 대사형은 거기까지 계산하고 있었다는 건가?

인정하고 싶지 않은 마음에 남궁상은 고개를 세차게 흔들었다.

'아냐, 그냥 우연이겠지…….'

그렇게 생각하는 편이 편했다. 이 이상 대단해지면 매우 곤란한 것이다. 때문에 그는 현실에서 일단 잠시 눈을 돌리고 있기로 했다.

"이보게, 자네! 한 가지 충고해도 되겠나?"

마침 신경을 딴 데 분산시키기에 그만인 대상이 바로 눈앞에 있었다.

"말해보시오."

사내가 무뚝뚝한 목소리로 대답했다.

"그 두건, 벗는 게 어떤가? 안 어울리는 것 같은데?"

남궁상의 말마따나 이 사내는 얼굴에 두건을 쓰고 있었다. 물론 정체가 드러나는 것을 저어했기 때문이다.

"필요없소!"

안 벗겠다는 이야기였다. 예상대로의 대답이었지만 그냥 수긍할 생각은 없었다.

'서로 의견이 안 맞는다 해서 그냥 포기할 수야 없지!'

섣부른 포기는 잠시 접어두고 합의점을 찾기 위해 의사 조율의 과정을 거쳐야만 올바른 행동이라 할 수 있었다. 마침 그의 허리에는 유사시의 의견 조율을 위한 훌륭한 도구가 매달려 있었다.

"그건 곤란하군. 난 눈에 거슬리는 것은 참지 못해서 말이야. 그리고 이건 사실 다 자네를 생각해서 하는 말일세. 그 시꺼먼 장신구는 정말 자네한테 안 어울린다 그 말일세. 이참에 다른 장신구를 찾아보는 게 어떤가? 음, 이를테면… 검고 단단하고 무거운 팔찌 같은 것 말일세. 일부 사람들은 수갑이나 족쇄라고 멋없이 부르기도 하지만 해놓고 보면 꽤 볼만

할 걸세! 어떤가?"

나날이 발전을 거듭해 가는 남궁상의 이죽거림은 이제 꽤 경지에 올라 있었다.

"괜한 참견 마시오. 정 그렇게 죽을 정도로 남의 옷맵시를 바꾸고 싶다면 말보다 실력이 어떻겠소?"

"힘으로 해보라 그건가? 그것 좋군."

남궁상은 그 말에 엷은 미소를 입가에 머금었다.

"그 부분에 대해서만큼은 서로 의견이 일치한 모양일세. 사양할 필요는 없겠지. 어차피 그럴 생각이었으니깐!"

비류연과 만난 이후 그는 이미 세상이 자기 생각대로 순순히 돌아간다는 몽상은 쓰레기통에 내다 버린 지 오래였다.

백 마디 말, 천 번의 기도보다 한 번 움직이는 게 더 낫다는 것이 비류연의 입버릇이었다.

"그럼 떼러 가겠네."

친절한 예고와 함께 남궁상은 편안한 발걸음으로 사내를 향해 걸어갔다.

"어, 어……."

그 자연스러운 모습에 사내는 적잖이 당황했다. 설마 올 줄은 알았지만 저런 식으로 느긋하게 오리라고는 예상치 않았던 것이다. 폭풍처럼 매섭게 공격해 들어올 줄 예상하고 있던 그는 온몸의 긴장이 일시에 풀려 버릴 것만 같았다.

'대체 무슨 수작인 거지?'

그는 다시 풀어지려는 긴장의 끈을 팽팽히 잡아당겼다. 상대방이 자신의 두건을 정중히 떼러 올 리는 만무했다. 그도 남궁상을 향해 마주 걸어가기 시작했다.

　두 사람 사이에 상대적으로 존재하던 공간이 두 존재의 움직임에 따라 점점 더 짧아졌다. 그리고 마침내 그의 오른쪽 어깨와 남궁상의 오른쪽 어깨가 일직선이 되자 줄어든 거리에 반비례해 긴장감은 더욱더 높이 증폭됐다. 공간이 사라지자 시간 또한 사라진 것 같았다.

　다음 걸음을 내딛는 발걸음이 너무나도 느리게 다가왔다. 정지된 시간 속에서 둘의 머릿속으로 수백 가지 공격 초식과 그에 대응하는 같은 수의 방어 초식이 섬전처럼 스치고 지나갔다.

　둥!

　두 사람의 왼발이 동시에 바닥을 굴렀다. 여전히 시간은 느리게 흘러가고 있었다. 남궁상은 검의 손잡이를 향해 움직이는 자신의 손등에 나 있는 미세한 잔털 하나하나까지 셈할 수 있었다. 그가 털들을 이백오십 개 정도까지 셌을 때쯤에야 겨우 그의 손이 손잡이에 가서 닿았다.

　남궁상은 매우 천천히 뒤돌아섰다. 눈앞에서 상대의 검이 다가오고 있었다. 타오르는 불과 명장(明匠)의 힘찬 담금질 아래에서 제련된 훌륭한 보검이었다. 푸른 한기가 감도는 잘 연마된 칼날은 물론 장식 또한 흠잡을 데 없었다. 틀림없이 이름 높은 명검일 것이다.

　'저 정도 보검이면 분명 한 집안의 가보쯤 될 것 같군. 우리 남궁세가에도 저만큼 뛰어난 보검과 견줄 수 있는 검은 내가 아는 한 단 한 자루밖에 없어! 그렇다면……'

　꽤 명망있는 집안의 자손이라는 것은 쉽사리 추측할 수 있었다.

　'역시 팔대세가 중 한곳인가? 그런데 저런 귀한 물건을 이런 잡한 일에 쓰다니! 아무래도 대사형의 추리대로 철이 덜든 도련님이 틀림없는 모양이군.'

　이런저런 잡생각을 하고도 시간이 조금 남자 그제야 남궁상은 한 가지 까먹고 있던 일을 생각해 냈다.

‘아참, 검이 날아오고 있는 중이었지!’

지루한 시간 속을 열심히 용쓰면서 날아온 검은 이제 그 끝이 거의 그의 목젖에 닿아 있었다. 특급 보검이다 보니 스치기만 해도 깊은 상처를 입을 위험이 있었다.

‘우선 피해야겠군.’

남궁상은 천천히 생각하며 느릿느릿 몸을 움직였다. 어차피 찔러 들어오는 검은 굉장히 느린 속도로 다가오고 있었다. 그러나 생각만큼 몸이 빨리 움직이지는 않았다.

‘어라? 왜 이러지?’

다가오는 검의 느릿한 속도만큼이나 그의 동작 역시 굼떴다. 자칫 잘못하면 시간을 못 맞출지도 모른다는 생각이 문득 들었다.

다행히 남궁상은 천천히 그 검을 딱 일 촌의 거리를 두고 살짝 피했다.

두건 위로 빼꼼히 나와 있는 사내의 눈이 경악으로 크게 떠진다. 속눈썹 개수를 다 셀 때쯤 그의 눈이 다 떠졌다. 어지간히 놀란 모양이군. 쯧쯧쯧. 남궁상은 혀를 끌끌 찼다. 좁쌀만큼 조그맣던 허점이 갑자기 깊은 구덩이처럼 커졌다.

‘쯧쯧, 평정을 잃으면 안 되지. 마음이 겉으로 다 드러나잖아?’

남궁상은 혀를 차며 검을 뻗었다. 검이 두건 밑으로 파고든다. 어, 저기서 더 커질 수도 있나? 사내의 부릅떠진 눈은 이제 거의 찢어질 듯하다.

숨통을 끊을 기회는 충분했다.

‘안심해. 죽일 생각은 없으니까.’

죽은 미끼는 미끼로서의 가치가 없다. 그런 사태는 피해야 마땅했다. 그렇지 않으면 자신이 죽는 보람이 없지 않은가.

두건 밑으로 파고든 검이 사내의 볼 쪽으로 빠져나온다. 손목을 살짝 흔들자 두건이 사선으로 갈라지며 얼굴이 드러났다. 꽤 준수한 얼굴. 아직 어리군. 젊다고 하기보다 어리다. 열아홉에서 스물 정도? 분명 입관 희망자겠지. 이 정도 실력이면 굳이 이런 일을 벌이지 않아도 될 텐데? 저 어린 친구의 목표가 천무학관 입관만이 아닌 것은 분명했다.

막 그런 생각을 하고 있을 때 정체를 들켰다는 사실에 놀란 청년이 다시 헛손질한 검을 몸 앞으로 끌어들이며 제이격을 준비하고 있었다. 비싸디비싼 검끝에서 밤처럼 짙은 살기가 일렁인다.

오래된 강호의 격언(?) 하나가 문득 머릿속에 떠올랐다.

'살인멸구(殺人滅口)?'

에이, 설마 아니겠지? 잠시 회의하고 있을 때를 틈타 다시 이격이 발출되었다. 첫 번째보다 훨씬 사납고 흉포한 일격이었다.

'너무 놀라 이성이 마비됐나? 어쨌든 죽을 수야 없지.'

아, 물론 죽긴 죽어야 하지만 이런 식으로는 아니었다. 그래서 그는 다시 검병을 틀어 사내의 검끝을 교란시켰다. 남궁상의 검신에 미끄러진 검이 방향을 잃고 표류한다.

파바바밧!

궤도가 비껴난 검이 부르르 진동했다. 이윽고 검영이 흐릿해지며 검의 개수가 불어나기 시작했다. 하나, 둘, 셋, 넷, 다섯. 그중 좌측 상단 왼쪽에 있는 것과 우측 하단에 있는 변초 두 개는 신경 쓸 필요가 없을 것 같았다.

'어차피 허초……'

남궁상은 검을 날래게 움직이며 분화된 검들과 차례로 맞서 나갔다. 상대만 느린 게 아닌지라 움직임에 있어 낭비란 용서될 수 없었다. 그는 세 개의 검을 향한 가장 짧은 직선을 그렸다. 그리고 그가 움직일 가장 짧고 효율적인 동선을 상정했다. 거리가 부족하다면 몸을 움직여 부족한 거리를 채우면 된다.

'어차피 공간이란 상대적인 것! 절대 공간이란 존재하지 않아!'

아마 대사형의 말이었지?

'하나!'

쨍!

그는 우선 심장을 향해 다가오는 첫 번째 검을 막아냈다.

'둘!'

두 번쨀 배를 향해 날아오는 검격을 막을 차례였다.

'세 번쨀 넘어가고!'

꼭 검으로 막아야만 공격을 무력화시킬 수 있는 건 아니었다. 요는 몸에 꽂히지만 않게 하면 그만이었다.

'그렇다면 이야기는 쉽지!'

남궁상이 왼쪽 다리를 뒤로 천천히 빼자 그의 몸이 뒤를 향해 반원을 그렸다. 간발의 차로 검날이 그의 배를 비껴갔다.

'계산대로군!'

한번의 운신으로 상대편 검과의 거리는 급속도로 단축되어 있었다. 흡족한 마음으로 남궁상은 검을 조금 뺐었다. 검끝에 실려 있던 검력이 완전히 소멸하는 것이 느껴졌다. 여기서 남궁상은 잠시 고민했다. 머리, 어깨, 무릎, 발 어디를 만져 줘야 할지 매우 고민이 되었던 것이다. 잠시 잠간 대사형의 평소 고충을 이해해서는 안 됨에도 불구하고 이해할 수 있을 것 같았다. 그는 묘수(妙手)보다는 정석(定石)을 택하기로 했다. 그가 택한 곳은 무릎과 발 사이로 보통은 정강이라 불리는 곳이었다.

"언제나 모든 일에 최선을 다해야 한다."

'아버님! 걱정 마십시오!'

항상 그의 가슴속에 남아 있는 부친의 말을 되새기며 남궁상은 자신이 할 수 있는 한의 최선을 다해 사내의 정강이를 걷어찼다.

뻑!

사내의 입이 매우 천천히, 그러나 고래의 그것처럼 큼직하게 벌어졌다. 남궁상은 마치 깊고 거대한 동굴의 어두운 내면으로 한 발짝 한 발짝 걸어 들어가고 있는 듯한 착각에 잠시 사로잡혔다. 그는 그 안에 있는 치아의 개수와 혀의 돌기까지 볼 수 있었다. 잘하면 목구멍의 깊이도 잴 수 있을 것 같았지만 포기하기로 했다.

아무래도 비명이란 것을 지르고 있는 것 같았다. 그러나 잘 안 들렸다. 때문에 그는 인간의 입에서 인간 같지 않은 소리를 끌어냈다는 사실에 대해 별로 양심의 가책을 받지 않을 수 있었다. 그때서야 남궁상은 비로소 나른하면서도 몽환적인 꿈에서 깨어나는 듯한 감각을 느끼며 정신을 차렸다. 그리고는 생각이란 걸 해보았다.

'어라? 방금 무슨 일이 일어난 거지?'

쓸모없는 생각이었다. 기껏 해봤는데. 남궁상 역시 뭔가 꿈을 꾼 것 같았다.

'어라라라?'

아무리 다시 떠올려 보려 해도 기억이 나지 않았다. 그 몽롱하고도 꿈결 같으면서도 왠지 나른하고 조금은 지루한 그 감각을 다시 재생할 수 없었다. 아무리 다시 떠올려 보고 재현해 보려 해도 모든 기억이 이미 그의 머릿속에서 휘발된 이후였다. 이제 그 감각을 기억하고 있는 것은 그의 몸뿐이었다.

"언젠가 그걸 다시 재현할 수 있을까?"

알 수 없는 갈증이 그의 목을 잠식했다.

한 가지 확실한 점은 그가 자신도 모르는 새에 미지의 경지에 다녀왔
다는 것이다.

'어쩌면… 이게 바로 열린 시야라는 건가?'

자신이 보고 있는 것과 초절정고수들이 보고 있는 시야가 전혀 다른
것은 그도 잘 알고 있었다. 그러나 아직은 잠시 그 세계를 맛보기만 겨우
해본 수준이었다. 여전히 눈높이가 맞지 않았다.

"눈높이를 높여라. 안 그럼 끝장이다."

아미신녀와의 결투를 위해 특훈을 하던 그에게 비류연이 했던 말이었
다.

'대사형도 조금 전의 그런 세계를 보고 있었던 걸까?'

"네가 그런 비전을 장시간 유지한다는 것은 불가능하다. 그 시계는 막대
한 정신력 소모를 초래한다. 아직 너에게는 무리야. 하지만 방법이 아주 없
는 건 아니지. 장시간은 무리겠지만 잠시 잠깐이라면 꼭 불가능하지만은 않
다. 문제는 자신이 원하던 때에 스스로의 의지로 그 세계에 들어갈 수 있는
가 하는 것이지. 너는 순간적으로나마 그 시계를 가질 수 있도록 노력해야
해. 네가 그녀에게 이길 수 있는 것은 그 길뿐이다."

스르륵!
둘의 신형이 교차했다.
서로의 곁을 스치고 지나간 후에도 여덟 발자국을 더 간 다음에야 남
궁상은 걸음을 멈추었다. 그리고는 빙글 몸을 돌려 경악하고 있는 공손
절휘의 얼굴을 바라보았다.

"어떤가?"

그의 손에는 어느새 벗겨냈는지 모를 두건이 들려 있었다.

"그 편이 훨씬 보기 좋군."

"믿기 힘들군."

몽롱한 눈빛을 한 채 나른하게 이어진 남궁상의 이야기를 듣고 있던 중 진소령이 처음 보인 반응이었다.

"사실입니다."

그러나 그의 말은 신뢰하기 힘든 기억에 의지하고 있는 주장이었다.

"그건 자네 주장이고… 우선 기억도 못한다면서 사실인지 아닌지 어떻게 아나?"

유은성이 지적했다.

"감(感)입니다!"

뻔뻔할 정도로 당당하게 남궁상이 대답했다.

"오늘 세상의 감이 다 떨어지겠군. 이보게, 자네. 이 친구 말이 사실인가?"

당사자에게 물어봤자 헛수고라고 생각한 유은성은 생각을 바꿔 공손절휘를 향해 진위 여부를 물어보기로 했다.

"모릅니다."

공손절휘는 정직하게 대답했다.

"제가 알고 있는 것은 제가 졌다는 것뿐입니다. 느릿느릿하다니요? 그것은 바람보다도 더 빠르고 번개처럼 신속한 공방이었습니다. 듣고 있는 것만으로도 하품이 나오는 그런 결투는 벌인 적이 없습니다."

공손절휘는 잠시 매서운 눈으로 남궁상을 노려보았다.

"저 사람의 의식 세계 속에서 무슨 일이 일어났는지 제가 어떻게 알겠습니까?"

"하긴, 그것도 그렇군."

"다만……."

공손절휘는 아직 할 말이 남아 있었다.

"제가 기억하는 것은 검광이 어지러이 난무하는 가운데서도 저 사람은 뭐가 그리 좋은지 몇 번이고 실실실 쪼갰다는 것입니다."

"아니, 내가 언제……."

그때 진소령이 손을 들어 두 사람의 언쟁을 중지시켰다. 그녀의 손짓 하나에 두 남자는 약속이라도 한 듯 동시에 입을 꾹 다물었다. 현재 상황의 주도권과 권력 서열이 어떻게 되는지 여실히 보여주는 일이었다.

"그러니까 자네의 말은… 그 젊은 나이에 자신이 벌써 '심안(心眼)'의 경지에 도달했다고 말하고 싶은 건가?"

진소령이 남궁상으로서는 생각도 못하고 있던 말을 꺼냈다. 이 이야기는 그 나름대로 더욱 신빙성이 떨어졌다.

"예? 심안이라뇨?"

어리둥절한 목소리로 남궁상이 반문했다.

그런 놀라운 능력을 자신도 모르는 새에 지녔다고 주장하는 사람이 나타났으니 남궁상으로서도 당황스럽지 않을 수 없었다.

"그럼 자넨 자신이 다다른 곳이 어딘지도 모른단 말인가?"

진소령은 이런 한심한 놈은 태어나서 처음 본다는 투로 질문했다.

"그럼 그게 진짜로……."

남궁상이 얼빠진 얼굴로 되물었다. 진소령은 갑자기 한숨을 내쉬고 싶어졌다.

"그건 분명 심안의 경지일세."

진소령마저 인정하자 남궁상은 당황해서 어찌할 바를 몰랐다.

"하지만 그 정도로 그 경지 안에 완전히 들어갔다고 할 수 있겠습니까? 잠시 잠깐 백일몽처럼 체험해 본 것뿐이고 다시 재현하지 못하고 있지 않습니까?"

남궁상 스스로도 잘 믿기지 않는 모양이었다.

"아니, 별로 위급하지도 않은 순간에 그런 경지에 들어갈 수 있었다는 사실 하나만으로도 충분히 놀랍네."

잠시 뜸을 들인 진소령이 다시 운을 뗐다.

"자네에게 사과하지 않으면 안 되겠네."

"전 사과받을 일 없는 것 같습니다만……."

불안한 목소리로 남궁상이 대답했다. 어째 감이 안 좋았다.

"아닐세. 그동안 자네의 실력을 내가 너무 무시했던 것 같군."

"그런 건 굳이 사과하지 않으셔도……."

그러나 진소령은 그의 말을 듣고 있지 않았다.

"자네의 실력에 경의를 표하는 뜻에서 이번 비무에서 전력을 다하겠네. 조금 봐주려고 했던 내가 안이했네. 사과하겠네."

"아니, 진짜 사과 안 하셔도 되는데……."

남궁상은 울고 싶어졌다. 오늘따라 왜 이리도 감이 잘 맞는단 말인가!

"하던 이야기나 마저 해보게. 다 들으면 정말인지 아닌지 알 수 있겠지."

"정말 아닌데… 그러시면 안 되는데……."

남궁상은 억울하기 짝이 없었다.

＊　　　　＊　　　　＊

"드디어 미끼도 갖추어졌고… 분위기도 슬슬 고조된 듯하니 이제 함께 그물을 던질 사람 한 명만 더 있으면 되겠군."

비류연이 들고 있던 젓가락을 허공중에 이리저리 휘저으며 말했다.

"그게 누군가?"

장홍이 궁금증을 참지 못하고 얼른 물었다.

"있어, 그런 사람. 나한테 빚을 몇 번씩이나 진 녀석이지."

비류연은 짧게 대답했다.

"쯧쯧, 자네 같은 사람을 빚쟁이로 삼다니… 누군지 몰라도 그 친구 인생도 참으로 기구하군."

"남 말 하지 마요. 아저씨도 잘 아는 사람이니까."

"으잉? 그게 누군가?"

"있어. 바른생활 청년에 깔끔 청결하고 용모 단정한 게 신붓감으로는 안성맞춤인 그런 친구야."

짚이는 데가 있었다.

"설마 모용휘 그 친구인가?"

비류연이 히죽 웃으며 대답했다.

"맞아! 그 녀석 말고 또 누가 있겠어."

마천각이 어디 있을 것 같습니까?

—모릅니다, 손님

백도의 천무학관과 쌍벽을 이루는 또 하나의 기관, 마천각. 그곳의 소재는 그 유명세에 비해 놀라울 정도로 아리송한 안개에 싸여 있었다. 그 정도 유명세면 당연히 누구나 알 법도 한데 막상 확인해 보려 할라 치면 모호함의 안개 뒤로 모습을 감추고 마는 것이다.

'마천각이 어디 있을 것 같습니까?'

지나가던 무림인을 붙잡고 이와 같이 물으면 열이면 열, 변경 외딴곳 심산유곡 깊숙히 은밀하게 틀어박혀 있는 거대한 검은 성채를 떠올리곤 한다. 그러나 그것은 흑도의 생리를 잘 모르기 때문에 나올 수 있는 대답이라 하겠다. 평생 손에 꼽을 정도밖에 쓰지 않았던 녹슨 뇌에 기름칠하고 조금만 굴려주면 이 대답이 제법 그럴듯하지만 현실과 얼마나 멀리 동떨어진 '정신적 인습'의 산물인 것인지 금방 알 수 있다.

흑도는 폭력을 통해 이윤을 추구하는 자들이다. 그러자면 그 대상이 필요한데, 변경의 외진 땅에서는 좀처럼 인간의 흔적을 보기 힘든 게 인지상정이다. 한마디로 인구 유동성이 극히 낮아 시장성이 극도로 떨어지는 것이다. 겉으로 이윤 추구에 관심이 없고 땅 부자라 농지 대여나 소작농을 고용해 합법적 고수익을 보장받을 수 있는 백도의 명문정파라면 산 깊은 곳, 물 맑은 곳에 틀어박혀 풀뿌리나 씹으며 버틸 수 있을지 모르나, 불법 영업이 주 수익원인 흑도방파는 절대 그럴 수가 없다. 그들은 고매한 정신이나 지식보다는 권력과 황금을 추구하는 자들이었다. 때문에 흑도방파는 심산유곡이 아닌 가장 많은 수익을 얻을 수 있는 기회를 잡을 수 있는 번화한 도회지의 한가운데를 당연히 선호할 수밖에 없다.

밤의 세계에서 자리 싸움은 언제나 살벌하고 치열하다. 하지만 좋은 자리, 소위 돈을 갈퀴로 끌어 모은다는 명당을 차지할 수 있는 것 또한 그 방파의 능력을 상징하는 것이기 때문에 쉽사리 포기하는 이들은 없다. 그들은 자리를 틀 때면 언제나 보통—항상이라고 해도 좋을 만큼 자주—위장 신분을 전면에 내세운다. 흑도방파 중에는 의외로 상업에 종사하는 자들이 많은 것도 그런 연유에 기인한다. 숙박업, 주류업, 마상업, 그리고 가장 오래된 직업인 매춘업까지. 그들이 손대지 않는 직업은 거의 없다고 봐도 과언이 아니다.

그러니 흑도의 후예들을 가르치기 위한 장소인 마천각이 인구의 유동성이 매우 크고, 관광지로서의 명성 또한 높아 언제나 번화하며, 수로 교통의 요지라고 할 수 있는 동정호에 위치한다 해도 그것은 크나큰 잘못이 아닐 것이다. 영령이 몽환쌍무(夢幻雙霧) 두 시녀와 함께 이곳에 온 것은 결코 관광이 목적이 아니라 이곳에 마천각이 있기 때문이었다. 그런데 오자마자 문제가 생겼다.

“예, 뭐라고요?”

“모른다고 했습니다, 손님.”

“아니, 당최 모른다는 게 말이나 돼요? 그런 큰 곳을 어떻게 모를 수가 있어요?"

"하지만 마천각이라는 이름은 금시초문이구먼요. 모르는 걸 모른다고 하는데 별수있나요."

"말도 안 돼……."

몽무는 그만 입을 쩍 벌리고 말았다. 벌써 몇 번째 허탕이란 말인가! 비단 이곳뿐만이 아니었다.

"몰라요."

"모릅니다."

"글쎄요? 그런 데가 있었나요?"

"처음 듣는뎁쇼!"

마천각의 위치를 물을 때마다 들려온 대답은 크게 이 네 가지 범주를 넘지 않았다.

"이상하네요, 아가씨. 왜 아무도 모를까요? 마천각이라고 하면 엄청 유명한 곳이잖아요?"

한참 실갱이를 벌이던 몽무가 돌아와 이상하다는 듯 고개를 갸웃거렸다.

"하긴 이상하긴 이상하구나. 하지만 다르게 생각하면 하나도 안 이상할 수도 있지."

"다르게라뇨? 어떻게요?"

몽무가 그 속뜻을 모르겠는지 다시 되물었다.

"그들은 정말 모르는 게 아니다. 다들 숨기고 있는 것뿐이다… 이렇게 말이야."

"한마디로 알면서도 모른 척하고 있단 얘기잖아요!"

"그런 거지. 그것이 무림에 속하지 않으면서도 무림의 영향을 받는 자들의 선택이 아니었을까?"

영령이 친절하게 자신의 짐작을 자세히 설명해 주었다.

"그럼 저치들이 지금 시방 우릴 속였단 말이에요?"

발끈한 몽무가 앙칼진 목소리로 외쳤다.

"읍……."

길 한복판인지라 사람들의 눈도 많아 영령은 화급히 시녀의 입을 손으로 틀어막았다.

"왜 소린 지르고 그러느냐. 깜짝 놀랐잖느냐."

"정말 같은 동기로서 부끄럽습니다, 아가씨! 원하신다면 제가 당장 이 녀석 입을 꿰매놓지요."

환무가 정말 한심하다는 듯 한마디 했다.

"우부부붑!"

몽무가 항의했다.

"뭘 그런 걸 가지고 열을 내고 그러느냐? 그것이 규칙일 게다. 법 밖에 존재하는, 때때로 법 위에 존재하는 보이지 않는 규칙. 어기면 반드시 무력의 제재를 받게 되는 그런 암규(暗規) 말이다. 외지인인 우리들이 그 암규를 가지고 왈가왈부할 수야 없지. 게다가 정말로 어디 있는지 모를 수도 있고."

"그건 또 이해할 수 없는 말씀이시네요, 아가씨."

영령이 손을 떼자마자 몽무가 입을 삐죽 내밀며 말했다.

"그건 몽무 네가 멍청해서 못 알아듣는 거다. 이상."

옆에서 환무의 가차없는 한마디가 튀어나왔다. 몽무가 발끈해서 외쳤다.

"뭐라고? 그럼 넌 이해했단 말이니?"

"물론이다. 이런 평민들의 입쯤은 직접 나설 것도 없이 대리인만으로도 충분히 통제할 수 있다는 이야기다. 이상."

"그런 얘기지."

영령이 환무의 해석에 전적인 동의를 표했다.

"하, 하지만 마천각이라면 흑도에서 가장 큰 조직 중 하나잖아요. 학생들까지 합치면 그곳 상주 인원만도 천 명은 족히 넘을 텐데 그 큰 곳을 어떻게 숨기겠어요?"

한순간에 자기만 바보의 자리에 남게 된 몽무는 어떻게든 그 자리에서 벗어나고 싶은 듯 보였다.

"여기가 어딘지 잊었느냐?"

"동정호요."

뾰루퉁한 목소리로 몽무가 대답했다.

"그럼 동정호는 어떤 곳이지?"

"물이 많은 곳이죠. 게다가 더럽게 넓고. 호수 주제에 수평선 보이는 데는 이곳밖에 없을걸요?"

"그래, 엄청 크고 넓은 곳이지. 바다를 옮겨놓은 게 아닐까 할 만큼."

"그러니깐 아가씨 말씀은……."

그제야 몽무도 감이 잡히는 모양이었다.

"그래. 몰래 거점을 만들고자 한다면 난 이곳보다 더 조건이 좋은 곳을 찾기 힘들 것 같구나. 저 넓은 호수 어딘가에 둥지를 틀고 있다면, 물새처럼 날개가 있거나 물고기처럼 지느러미가 없는 한 그곳을 침범하긴 매우 지난한 일이 될 테니 말이다."

"그럼 우린 어떻게 해야 하죠? 헤엄이라도 쳐야 하나요?"

"익사가 꿈이라면 그래도 좋겠지. 하지만 우리는 조금 더 기다려 보도록 하자꾸나. 난 아직 물고기들 점심상에 오르고 싶은 생각은 없으니까 말이다. 우선 머물 곳을 찾아야겠다."

"제가 지금 가서 알아볼까요?"

"아니다. 오다 보니 환상객잔이란 이름의 객점이 하나 보이더구나. 우선 그곳에다 여장을 풀고 간단히 요기나 하자꾸나."

"와~ 밥이다."

때마침 시장기가 돌던 몽무가 두 손 들어 환영했다. 조금 전에 받던 구박은 몽땅 꿈속으로 던져 놓은 모양이다.

"몽무, 주책이다!"

환무가 한마디 쏘아붙여 주었다.

"남이사!"

혀를 비죽 내밀며 몽무가 대꾸했다.

"자자, 그만 싸우고 어서 가자꾸나. 이러다 날 어두워지겠다."

들불처럼 번지려는 두 시녀의 싸움을 영령이 말렸다. 여기까지 오는 내내 몇 번이고 봐왔던 모습인지라 이제는 익숙한 풍경이었다.

"예, 아가씨."

두 사람이 티격태격하던 것을 멈추고 일제히 대답했다.

영입 제의

—혈옥선자 옥유경

우당탕탕! 쿠당탕탕!

동정호 변에 위치한 환상객잔의 밤은 탁자 무너지는 소리와 함께 요란히 시작되었다.

한 상 휘어지게 차려진 탁자가 넘어지는 것과 동시에 네 명의 사내가 객점 바닥을 보기 좋게 나뒹굴었다.

"썩 사라져라!"

식탁에 앉은 채 싸늘한 눈빛으로 그 꼬락서니를 지켜보고 있던 영령이 차가운 목소리로 명령했다.

"꺼져 버려! 젓가락으로 콧구멍을 후벼 파기 전에!"

손바닥을 탁탁 털며 몽무는 조금 더 과격하게 소리쳤다. 엉거주춤한 자세로 일어난 사내들은 줄줄 흘러내리는 코피도 훔칠 생각 못하고 걸음아 나 살려라, 줄행랑을 놓았다. 그 모습을 냉랭한 눈길로 바라보며 환무가 한마디 했다.

"버러지들이 너무 많군요, 아가씨."

"그렇구나. 이걸로 도대체 몇 번쨴지……."

자세를 바로 한 영령이 한숨을 내쉬며 대답했다.

'여긴 분명 마천각의 영역일 텐데? 왜 저런 떨거지들을 가만 놔두는 걸까?'

시정잡배가 이토록 활개 치는데도 그냥 내버려 두는 마천각의 저의가 궁금했다.

"여긴 순찰도 안 도는 걸까?"

짝짝짝!

짧고 규칙적인 세 번의 박수 소리와 함께 뒤에서 한 여인의 목소리가 들린 것은 바로 그때였다.

"멋진 솜씨더구나."

말이 나오기 전까지 아무런 기척도 느끼지 못했던 영령은 화들짝 놀라 몸을 휙 돌렸다. 삼십대쯤 되었을까? 당당한 표정에 언뜻 냉혹함이 엿보이는 아름다운 여인이 그곳에 서 있었다.

'엄청난 박력…….'

언뜻 보는 것만으로도 전율할 정도의 강함이었다.

"선배님께선 누구시죠?"

영령이 잔뜩 긴장하며 물었다.

"내 이름은 일단 옥유경이라고 하는데… 우리 앉아서 이야기할까?"

빈자리 한곳을 손가락으로 가리키며 옥유경이 말했다.

"아, 예! 물론입니다. 어서 앉으세요."

영령은 벌떡 의자에서 일어나 서둘러 자리를 권했다.

"고맙구나."

“흐음, 그러니까 여기에는 마천각이란 곳에 시험을 치기 위해 온 것이
란 말이지?”

“예. 그렇습니다, 선배님.”

“내가 보기엔 그곳 전체를 통틀어도 너만한 기운을 뿜는 이는 많지 않
은데, 너 같은 인재가 어느 산구석에 처박혀 있다가 이제야 나왔는지 그
것이 의문이구나. 그런 궁벽한 산골에 있었던 것치고는 교육도 아주 잘
받은 것 같은데? 옷차림도 그다지 유행에 뒤처진 것 같지 않고. 그 모습
이면 명문정파의 후기지수라 해도 믿겠구나.”

그녀의 평가대로 영령의 옷차림은 나무랄 데 없이 매우 단정하고 깔끔
했다.

“예, 시녀 중 한 명이 무척 그런 쪽에 민감해서요. 주인인 제가 모욕을
당하거나 비웃음당하는 것은 곧 자신의 수치라고 생각하거든요.”

여기까지 오는 동안 그 일로 몽무에게 얼마나 시달렸는지 모른다.

“흐음… 좋은 시녀구나. 그런데 아무도 마천각이 어디 있는지 모른다
고 해서 곤란해하던 참이었다고?”

“예, 선배님!”

“그렇다면 자넨 운이 좋군. 여기서 날 만났으니.”

“예?”

“지금 자네에게 나만큼 우수한 길잡이는 없을 거란 얘기지. 왜냐하면
난…….”

그러나 그녀의 말은 끝까지 이어지지 못했다.

“앗, 대장님! 어디 가셨나 했더니 여기 계셨군요.”

전신을 빠짐없이 불꽃 색의 옷으로 휘감은 이십대의 여인 한 명이 빠
른 걸음으로 객잔 안으로 들어오더니 큰 소리로 여인을 불렀다. 보는 사
람의 감탄을 자아낼 만큼 눈에 띄는 미인이었다.

"응? 류하구나? 네가 여긴 웬일이냐?"

그녀는 바로 화산 천무봉에서 염도에게 일격을 맞고 기절한 전적이 있던 진홍의 검희 석류하(石榴霞)였다.

"저기… 좀 문제가 생겼습니다! 잠시 같이 가주셔야겠습니다."

다급한 목소리로 석류하가 말했다.

"여기에 언제 문제가 생기지 않은 적이 하루라도 있었느냐?"

"그건 그렇지만 이번 건은 좀 더 특별합니다."

"그러더냐?"

도대체 무슨 일로 자신이 필요한지 물으려던 옥유경의 말은 영령에 의해 끊기고 말았다.

"저… 그런데 누구시죠?"

영령이 경계심을 지닌 채 물었다.

"아, 신경 쓰지 말게. 내 제자 중 하나라네. 류하야, 인사하거라. 몽환산장의 몽영령, 몽 소저란다. 곧 우리 식구가 될 사람이지."

"어머, 인재 영입 중이셨어요?"

"그래, 쓸 만한 인재 같았거든. 너도 그 활약상을 봤으면 좋았을 텐데, 아쉽구나. 다른 멍청한 사내 녀석들이 눈독들이기 전에 먼저 획득해 놔야지."

당연하다는 듯 옥유경이 고개를 끄덕였다.

"저, 무슨 말씀인지 통……."

자신이 모르는 사이에 뭔가 이야기가 하나 끝나 있었다. 영령으로서는 황당하기 짝이 없는 일이었다.

"아, 자네가 마천각에 입각하게 되면 우리 부대 '혈봉대' 를 지원하라는 이야기일세. 자네에게 어울리는 자리를 하나 만들어놓지."

"입각하면이라니요? 당신께선 누구시죠?"

누구길래 그런 말이 가능할까?

"어머, 이분 모르세요? 이분이 바로……."

"쓸데없는 소개는 됐다. 난 마천각에서 아이들에게 검을 가르치는 일을 하고 있는 사람이다. 그리고 제칠(第七)기숙사를 담당하고 있기도 하다. 그 부대에 들어오라는 이야기다."

"……?"

워낙 갑작스런 일이다 보니 영령은 어안이 벙벙했다.

"보아하니 무슨 이야긴지 아직 모르겠는 모양이구나."

영령이 맞다는 표시로 고개를 끄덕이며 말했다.

"예, 전혀 모르겠습니다. 게다가 부대에 들어오라뇨? 전 배우러 마천각에 들어가는 건데요?"

"너, 정말 아무것도 모르는구나."

옥유경이 눈을 크게 뜨며 말했다.

"죄송합니다."

엉겁결에 사과하고 만 영령이었다.

"좋아, 곧 우리 대에 들어올 사람이니 본녀가 선심 써서 성심성의껏 가르쳐 주마. 이곳에는 총 십삼 대가 있지. 그리고 총 열두 개의 기숙사가 있다. 그리고 각 기숙사를 총괄하는 대장은 전통적으로 '무교관'이 맡고 있지. 물론 예외도 있지만."

의문이 풀리기보다는 더욱 깊어질 따름이었다.

"넌 천무학관과 마천각의 기숙사 체재 중 가장 다른 점이 무엇인지 아느냐?"

"잘 모릅니다."

"그건 바로 기숙사의 운영에 대한 차이이다. 우리 자랑스런 마천각의 열두 기숙사는 모두 하나의 부대와 동등한 체재를 갖추고 있다. 그 안에서의 서열도 엄격하지. 대장과 부대장 이하 백여 명이 언제든 전투에 나갈 수 있도록 훈련하고 있지. 비상사태를 대비해서 말이다. 기숙사가 밥만 먹고 잠만 자는 곳인 줄 아는 어디의 멍충이들과는 엄격함의 차원이 다르다고나 할까.”

“과연 그렇군요. 두 곳에 그런 차이가 있었다니 놀랍군요. 처음 알았습니다!”

“아직 놀라긴 이르다! 무작위로 뽑힐 때도 있지만, 보통은 심사를 한다. 인재인 경우에는 서로 차지하기 위해 난투를 벌이기도 하지. 뭐, 흔히 있는 일이지. 그중에서도 본녀가 총괄하고 있는 제칠혈봉대는 마천각 ‘상삼대(上三隊)’, 혹은 ‘마삼천(魔三天)’ 이라 불리고 있지.”

드러난 그녀의 신분에 영령은 깜짝 놀랐다.

“그럼 당신은……”

그녀는 허리에 손을 대고 가슴을 당당하게 앞으로 내밀었다. 자신이 누군지 아는 게 당연하다는 듯한 그런 당당함이었다. 그러나 이번만은 그 당연한 감이 빗나가고 말았다.

“선생님이셨군요!”

영령이 보여준 의외의 반응에 놀라 발목을 삐끗한 것은 오히려 석류하 쪽이었다.

“서, 선생님이라니… 하하……”

그리 틀린 말이 아닌데도 굉장히 생소하게 들렸다.

“본녀를 그런 식으로 부르는 건 너밖에 없구나. 혈나찰이란 별명은 많이 들었지만 선생님이라……. 그 말을 들은 적이 언제인지 기억도 나지 않는다. 좋아, 점점 맘에 들었다!”

“아니, 그게… 아직 결정된 게……”

“이쪽도 잘 부탁해요, 후배님!”

그제야 석류하의 시선이 영령을 향했다. 그녀의 고개가 잠시 옆으로 갸우뚱한다.

"응? 우리 전에 만난 적이 있지 않나요?"

"글쎄요, 전 기억에 없는데요?"

"그래요? 확실히 낯이 익은 얼굴인데… 이상하네……."

석류하는 의혹이 완전히 걷히지 않은 모양인지 연신 고개를 이리저리 움직였다.

"회포는 나중에 풀고. 그래, 무슨 일이더냐?"

옥유경이 석류하를 향해 물었다.

"아참, 내 정신 좀 봐! 그 일도 있었지. 그러니까 그게……."

영령의 시선을 의식해서인지 석류하가 귓속말로 소곤소곤 이야기를 시작했다. 그 이야기가 길어지면 길어질수록 옥유경의 얼굴에 드리운 노기는 짙어졌다.

"그 녀석들이 또다시 감히……."

옥유경, 그녀는 차갑게 분노하는 사람이었다.

"알았다. 내가 곧 가마. 그럼 다음에 보자, 영령!"

"살펴가십시오."

바람처럼 갑작스레 사라지는 옥유경을 향해 영령이 포권하며 말했다.

"아, 그리고 내일 동쪽 다섯 번째 부두로 가보는 게 좋을 거다. 그곳에 네가 필요한 것이 있을 테니."

"예? 그게 뭐죠?"

멀어져 가는 옥유경을 향해 영령이 다급한 목소리로 물었다.

"접수처!"

그 말을 끝으로 두 여인의 신형은 객잔에서 사라졌다.

영령, 접수하다
—정체불명의 흑의서생

다음날 아침.

몽무와 환무, 두 사람은 객점에서 짐을 지키도록 놔두고 영령은 혼자 거리로 나왔다. 두 사람이 시중들어 주면 편하긴 하지만 때때로 감시받거나 속박받는 것 같은 느낌이 들 때가 있어 가슴이 묘하게 답답해지곤 했다. 혼자 있고 싶어졌고, 구실은 널려 있었다. 그중 적당한 것을 하나 골라잡은 다음 그녀는 혼자 밖으로 나왔다. 가슴이 뻥 뚫린 듯 시원했다.

"동쪽 선착장이리고 했지, 아마?"

그 여인의 말에 거짓이 없다면 그곳에 마천각으로 통하는 길이 있을 터였다. 호수 바람도 쐴 겸 우선 그곳에 가보기로 했다.

영령의 예상대로 마천각은 육지에 있지 않았다. 그곳은 물 위에 있었다. 때문에 보통 마천각이 어디냐고 물어도 대답하지 못하는 경우가 많았다. '동정호 안에 있습니다' 같은 건 대답이 되지 못하기 때문이다.

변방의 작은 나라는 그 안에 통째로 쏙 들어갈 정도로 동정호는 넓고 거대했다. 그 큰 동정호 내 어딘가에 위치한 마천각의 소재를 찾으라는 것은 바다 위를 해도(海圖)도 없이 항해하라는 것과 마찬가지인 요구였다.

뱃사람들 사이에서 그곳은 용왕성이라 불리었다. 그곳으로 가는 배는 한정되어 있었다. 다른 고기잡이배들은 살해당할까 두려워 감히 그 근처로 접근하지도 못한다. 하지만 금역을 침범하지만 않으면 그들을 보호해 주기 때문에 매우 잘 따른다. 단 한 곳의 선착장에서만 마천각으로 가는 배를 탈 수 있었다. 그 선착장의 초입에 쳐진 조그만 간이 천막 안에는 작은 책상 하나만이 덩그러니 놓여 있었는데, 그 옆의 깃발에는 간결하게 '접수처'라고만 적혀 있었다.

"무슨 일로 오셨소, 아가씨?"
조그만 접수처에 혼자 앉아 책상 위에 놓인 종이 위에 붓을 들고 무언가를 쓰고 있던 흑의서생이 하던 일을 멈추고 무심한 눈빛으로 영령을 바라보았다. 이십대 후반 정도로밖에 보이지 않는 젊고 준수한 얼굴이었는데 눈이 마치 고요하게 가라앉은 밤 호수처럼 보였다. 깊고 어두워 생각을 읽을 수 없는 그런 눈이었다. 표정 역시 감정의 편린이 조금도 느껴지지 않는 그 말투만큼이나 무뚝뚝했다. 평소 안면에 피나 제대로 돌고 있는지 의심스러웠다.
"당연히 마천각의 입각 시험에 응시하려고 왔죠."
당연한 걸 뭘 하러 묻느냐는 투로 영령이 대답했다.
"아가씨 같은 처녀가 말이오?"
흑의서생이 미심쩍다는 듯 반문했다.
"어머, 그냥 흘려들을 수 없는 말이네요. 처녀면 어떻고 유부녀면 또 어때요? 겉모습만 보고 판단해선 안 되는 게 강호의 상식 아닌가요? 틀렸나요?"

영령이 매섭게 쏘아붙였지만 흑의서생의 대응은 차분하고 간결했다.

"틀렸소."

흑의서생이 무뚝뚝하게 대답했다.

"왜 틀렸죠?"

조금 황당해진 영령이 반문했다.

"아가씨의 주장은 아직 이 강호에서 비상식이기 때문이오. 강호인들 대부분은 여전히 사람들의 겉모습만 보고 판단하오. 상식이란 보다 다수에게 통용되는 것을 가리키오. 그러니 아가씨의 주장이 상식이 되려면 몇십 년, 혹은 몇백 년쯤은 더 기다려야 할 거요. 물론 영원히 오지 않을 수도 있소. 그러니 틀렸다는 거요."

"그, 그건 궤변이에요!"

왠지 분해진 영령이 외쳤다.

"당신은 억지요."

흑의서생이 간단하게 대꾸했다.

"뭐, 뭐라구요! 말 다 했어요?"

영령은 왠지 더 더욱 분해졌다. 그의 이죽거림이 왠지 일리있고 조리 있게 들려서 하마터면 납득할 뻔했기 때문에 더욱더 분하고 원통했다.

'뭐, 이딴 남자가 다 있지?'

이유를 알 수는 없지만, 태연하게 앉아 있는 사내를 보자 왠지 가슴 깊숙한 곳으로부터 화가 치밀었다.

"이름이 뭐요?"

툭 던져진 흑의서생의 질문은 너무나 갑작스러웠기에 영령은 잠시 당황했다.

"네?"

그녀가 생각하기에도 한심한 물음이었다.

"접수시켜 주겠다는 거요. 그러려면 먼저 이름을 알아야 할 거 아니오."

흑의서생이 벼루에 붓을 두어 번 찍으며 귀찮다는 듯 대꾸했다.

"영령이에요."

"성(姓)은?"

"몽(夢)씨예요."

"나이는?"

"스물… 넷이에요."

"응? 스물넷이면 조금 늦었구려. 보통 이 나이 때는 입각을 포기하는데 말이오."

"사고가 있었거든요."

한쪽으로 길게 드리워져 왼쪽 눈을 가리고 있는 머리카락을 만지작거리며 영령이 대답했다. 안대는 하지 않고 있었지만, 그렇다고 시력이 있는 것도 아니었다. 그녀의 왼쪽 눈은 아무것도 볼 수 없었다. 흑의서생은 잠시 그녀의 그런 모습을 물끄러미 바라보다가 다시 무심하게 서류 쪽으로 고개를 돌렸다.

"출신은 어디요? 사문이든 가문이든 뭐든."

다시 붓을 먹물에 찍으며 흑의서생이 물었다.

"몽환산장이에요."

영령이 대답했다.

"몽환산장? 그런 곳도 있었나?"

"있어요. 제가 그곳 출신이니깐요. 절 보면 알 수 있잖아요?"

"위치가 어디쯤이오?"

"그건 비밀이에요."

“모르는 건 아니고?”

흑의서생이 지나가는 투로 한마디 툭 던졌다.

“지금 시비 거시는 거예욧? 제가 거기서 태어나고 자랐는데 모르긴 왜 모르겠어요. 원래 흑도에선 문파의 위치나 거점 같은 건 함부로 가르쳐 주면 안 되는 것 아닌가요? 마천각만 봐도 그렇잖아요?”

“일리있소. 반박할 말이 없군.”

그러면서 흑의서생은 다시 위치란에 ‘불명(不明)’ 이라고 큼지막이 적어 넣었다. 그러나 그러고도 종이 위에는 아직 빈 공간은 많이 남아 있었다. 저 종이 쪼가리 한 장으로 자신을 알 수 있다고 생각하고 있다면 그건 크나큰 오산이라는 사실을 알려주지 않으면 안 된다고 생각한 그녀가 한마디 했다.

“그 나머지 빈 여백에 또 뭘 적어 넣어야 하죠? 제 인생을 그 안에 담기에는 무척 부족해 보이는데요?”

“그건 두고 보면 알 일이오. 그리고 없는 것보다는 있는 게 더 낫소. 적어도 근거 하나는 늘어나니까.”

흑의서생이 무뚝뚝하게 대답했다.

“결혼은 했소?”

“아직 미혼이에요.”

영령이 새침하게 대답했다.

“그럼 연인은 있소?”

무심한 듯 무덤덤한 어조로 묻는 그 질문에 갑자기 영령의 얼굴이 빨개졌다.

“무, 무슨 질문이 그래요? 시험이랑 연인이랑 무슨 관계가 있다고 그런 사적인 질문을 하는 거죠?”

“그냥 적으라고 하기에 묻는 것뿐이오. 혹시 연인이 있다면 거기에 정신이 팔려 수련에 방해된다고 생각하는지도 모르지 않소. 있소, 없소?”

자신은 알 바가 아니라는 듯 흑의서생이 반복해서 질문했다.

“어, 없어요, 아직은요…….”

“아직이라… 그럼 혹시 짝사랑하거나 마음에 두고 있거나 노리고 있는 사람은 없소?”

“좀 집요하시네요.”

“만전을 기하자는 것뿐이오.”

흑의서생은 여전히 태연자약했다.

“마음에 품은 분이라면 있어요. 제 목숨은 그분 것이에요.”

대답하는 영령의 얼굴이 약간 붉어졌다.

“그 마음은 진정 진심인 거요?”

흑의서생이 진지한 목소리로 물었다. 우아하게 드리워져 있던 영령의 오른쪽 아미가 하늘 위로 솟구쳤다.

“지금 제 진심을 의심하시는 건가요?”

불쾌해진 영령이 한마디 날카롭게 쏘아붙였다.

“혹시 거짓일 수도 있지 않겠소?”

그러나 흑의서생은 끄떡도 하지 않았다. 그는 할 말은 다 해야겠다고 작정한 모양이었다.

“진심이에요, 틀림없는. 그리고 거짓없는! 어떻게 자신이 자기 마음을 모를 수 있죠? 어떻게 이 애틋한 마음이 거짓일 수 있는 거죠?”

“그건 천만의 말씀이오. 소저가 잘 몰라서 그러는가 본데, 대부분의 사람들은 자기 마음을 잘 모르오. 그리고 마음은 형체가 없는 만큼 진심으로든 거짓으로든 빚어질 수도 있는 거요. 그 왜 최면 효과라는 것도 있지 않소?”

“지금 제가 최면에라도 걸렸다는 건가요? 이 사람이 보자 보자 하니까!”

영령이 빽 소리쳤다.

"그렇게까지 말한 적은 없소. 넘겨짚지 마시오."

영령의 분노 앞에서도 그는 어깨를 한번 으쓱했을 뿐이다.

'뭐, 이딴 인간이 다 있어! 무례한 것도 정도껏이지!'

영령은 기가 막혔다. 그게 어디 첫 대면에 대놓고 할 말인가?

"아무튼 전 진심이에요. 이 이상 그 얘기를 계속하면 저에 대한 모욕으로 간주하겠어요."

그러자 흑의서생은 항복했다는 듯 두 손을 조금 들어올리는 시늉을 해 보였다.

"지금 그 마음 잊지 마시오. 당신이 그 마음을 진심으로 여기는 이상 그것은 무엇보다 확실한 진심일 테니 말이오. 그럼 그 남자도 행복할 거요. 그 남자가 누군지 부럽소. 그는 이 세상에서 가장 행복한 사람이거나 혹은… 가장 불행한 사람일 거요!"

무뚝뚝하던 흑의서생의 입에서 살짝 감정의 파편이 얼음에 비친 햇빛의 깜빡임처럼 잠시 잠깐 나타났다가 사라졌지만 당황하고 있던 영령은 그 사실을 눈치 채지 못했다.

"또 다른 필요한 사항은 없나요?"

"없소. 원래 흑도는 자잘한 일에 신경 쓰지 않소."

"좀 전에 시시콜콜 물었던 건 자잘한 일 아닌가요?"

영령이 샐쭉한 표정으로 핀잔을 주었다.

"마음대로 생각하시오. 우리 마천각에 입관하기 위해 가장 중요한 건 두 가지요. 그중 하나는 물론 실력이오. 그리고 또 하나는……."

사내는 대답 대신 손바닥을 불쑥 그녀 앞으로 내밀었다.

"이 손바닥은 뭐죠?"

하늘이라도 받칠 듯 펼쳐져 있는 손바닥을 손가락으로 가리키며 영령이 물었다.

"내시오."

"뭘 말인가요?"

영령이 고개를 갸우뚱하며 반문했다.

"그것도 모르고 이곳에 응시했소?"

"몰라요."

흑의서생은 나직이 한숨을 내쉬더니 퉁명스레 가르쳐 주었다.

"응시비!"

"응시비? 그런 것도 있나요?"

"물론이오. 영업도 못하고 이 짓에 며칠이나 묶여 있어야 하니 어쩔 수 없잖겠소? 세상엔 공짜가 있을지 몰라도, 흑도엔 공짜가 없소."

진리를 말하는 고승 같은 표정으로 흑의서생이 말했다.

"얼마죠?"

흑의서생이 손가락 다섯 개를 활짝 펴 보였다.

"은화 다섯 냥이요?"

그러자 사내는 손을 한번 쥐었다가 다시 폈다.

"아니오. 금화 열 냥이오."

"예? 금화 열 냥이라고요? 너무 비싼 거 아닌가요?"

그 어마어마한 액수에 눈이 휘둥그레진 영령이 거센 어조로 항의했다.

"원래 흑도의 자제는 돈이 많소. 돈이 없는 흑도방파는 무능한 방파요. 그 보통 무능한 방파는 무능한 제자를 배출하기 마련이오. 우린 무능한 놈은 필요없소. 그러니 이 정도 가격이 책정되어도 무방하다 생각하오."

"돈으로 실력을 측정하는 게 가능하다는 건가요?"

"어느 정도 가능하오. 특히 개인의 윤리 의식 따윈 그저 거치적대는

물건 정도로 여기는 흑도에서 ‘돈’ 과 그것을 모으는 능력이란 능력을 재
는 절대가치요.”

매우 냉정한 평가였다.

“그럼 응시생은 보통 어느 정도인가요?”

“보통 천 명에서 천오백 정도요.”

그 어마어마한 숫자에 영령의 눈이 휘둥그레졌다.

“그렇게나 많이요? 일 년 동안 영업하지 않아도 될 것 같네요.”

“놀아서 뭐 하겠소, 영업이나 해야지. 원래 돈은 다다익선인 거요. 흑
도에선 더욱 그렇소. 특히 흑도는 명예나 정의 같은 애매모호한 가치에
의해 유지되지 않소. 이곳은 돈과 힘으로 유지되오. 그리고 그 돈의 그물
은 너무 복잡하오. 그러니 돈이 많은 만큼 들어가는 곳도 많소.”

“그렇군요. 반은 납득이 가는군요.”

영령이 고개를 끄덕였다.

“나머지 반은 왜 남겨뒀소?”

흑의서생이 되물었다.

“하지만 가끔 돈이 없어도 재능이 있는 사람이 있을 수 있잖아요? 은
거고인의 제자이거나?”

그냥 지고 싶지 않았다. 이대로 납득해 버리면 왠지 자신이 패배한 듯
한 느낌이 들었던 것이다.

“보통 흑도의 거두들은 은퇴는 해도 은거는 하지 않소. 물론 은퇴한
다음에는 한적한 심산에 들어가 사는 경우도 있소. 그러나 그때도 상납
은 들어오오. 그리고 반드시 몰래 모아둔 재물이 있게 마련이오. 그게 없
으면 그자는 무능한 자가 틀림없소. 그럼 거두가 아니오. 그러니 만일 그
은거고인이 흑도 사람이 아니라 백도 사람이라면 이야기가 다르겠으나
흑도의 고인이라면 재산이 없을 수 없소.”

"매우 극단적인 생각이로군요. 그래도 혹시 있을지도 모르잖아요? 사부가 백도라도 흑도로 들어올 수도 있는 거구요."

"아가씬 상당히 끈질기구려. 그렇소. 꽤 날카로운 지적이오. 사실 그런 경우도 가끔 있소. 물론 자주 있지는 않지만 말이오."

"그렇죠. 그런 경우는 어떻게 해야 하나요?"

"그럴 경우를 대비해서 무일푼인 응시생들에게 자그마한 기회를 주고 있소. 그들에게 아무런 방법도 주지 않을 만큼 야비하지는 않소. 반대로 능력만 있으면 출신 따윈 상관하지 않는 게 흑도의 생리요."

"어떤 기회죠?"

"만일 그들이 그러고 싶다면 그들은 어떤 관문을 통과하면 되오."

"어떤 관문이죠?"

"거참, 궁금증이 되게 많은 낭자로군. 어떤 수를 써서라도 마천각에 도착하면 되오. 정규 운항선을 이용하지 않고 말이오. 그러면 되오. 다만……."

"다만 뭐죠?"

"그러다 죽어도 우리는 책임지지 않소. '입각 요강'에도 분명히 나와 있소. 아가씨도 이걸 읽어보고 맨 마지막에 서명해야만 하오."

영령이 그가 손가락으로 가리킨 부분을 읽어보았다.

"이 시험은 본인의 자율적인 의사에 의해 행하는 것이므로, 만일 이 시험 도중 사고가 나거나 심지어 사망하는 경우가 있다 해도 귀 각에 절대 책임을 묻지 않겠습니다."

그리고 옆에 서명하는 부분이 있었다.

"그 부분을 보고 포기하는 사람도 꽤 되오. 어떻게 하겠소?"

먹을 찍은 붓을 건네주며 흑의서생이 물었다. 영령은 망설이지 않고 그 붓을 건네받은 다음 말했다.

"물론 서명하겠어요."

이 정도로 물러날 생각은 애초부터 없었다.

"응시비를 내겠소? 아니면 특별관문에 도전하겠소?"

"으음… 그냥 응시비를 내겠어요."

한참 고민하던 영령이 대답했다.

"정말 그렇게 하겠소?"

"왜요? 이상해요?"

"아니오. 그저 내가 아는 소저라면 특별관문을 택했을 것 같단 느낌이 들었던 것뿐이오."

"우린 오늘 처음 만났잖아요?"

"다른 사람 이야기요. 잘 생각했소. 그게 현명한 거요. 흑도는 원래 대도를 가는 자가 아니라 지름길을 가는 자요. 하지만……."

"그런가요? 그런 건 비겁한 거 아닌가요?"

"흑도에 비겁은 없소. 과정이 중요한 게 아니라 결과가 중요한 곳, 그게 바로 흑도요. 어설픈 마음으로 함부로 발을 들여놓다가는 큰코다칠 거요."

"그건 경고인가요?"

"그냥 단순한 충고요. 사실 너무 상식적이고 당연한 말이라 경고라 할 것도 없소."

"기억해 두죠. 자, 여기 금화 열 냥이 있어요."

흑의서생이 옆에 놓여 있던 상자의 자물쇠를 열고 그 안에서 패 하나를 꺼냈다.

"자, 이 패를 받으시오. 그리고 내일 묘시(卯時) 정각에 선착장에 닿는 붉은 깃발의 배를 타시오. 이 패를 보여주면 태워줄 거요."

"만일 없다고 시치미 떼면요?"

약간 장난기 섞인 목소리로 영령이 물었다.

"나라면 그런 모험 안 하겠소. 이곳 물고기들은 충분히 배가 부르오. 아가씨가 들어간다 해도 그리 환영받지는 못할 거요. 아마 남길지도 모르지."

물에 빠뜨린다는 말보다 훨씬 무서운 말이었다.

"조언 감사해요. 그럼 내일 뵙죠."

"잘 가시오. 아마 내일 나는 없을 테지만 말이오. 행운을 비오."

"어머, 그거 아쉽네요. 고마워요. 아참, 그러고 보니 우린 통성명도 안 했네요. 우린 오늘 처음 만났지만 앞으로는 종종 자주 만날 것 같은 느낌이 드는데 통성명이나 하죠. 제 이름은 다 알았으니 그쪽 이름도 알려주지 않으시겠어요?"

"……."

영령의 물음에 흑의서생은 잠시 침묵했다.

"왜요? 알려주기 싫으세요?"

"아니오, 그건 아니오. 내 이름은… 내 이름은……."

말을 하는 데 있어 거침이 없던 흑의서생이 겨우 이름 하나를 입에 올리는 것을 힘겨워하고 있었다. 왜인지는 모르겠지만 영령의 눈에는 마치 자기와 치열하게 다투고 있는 듯 보였다. 그러다 마침내 결심한 쪽이 승리한 듯 사내가 입을 열었다.

"은… 명……."

"예? 뭐라고요? 잘 못 들었어요."

흑의서생이 뭔가 다짐한 듯 굳은 표정으로 고개를 들었다.

"딱 한 번만 다시 말할 테니 잘 들으시오. 내 이름은 은명(隱名)이오."

'응?'

갑자기 가슴 한구석이 아릿했다. 이유를 알 수 없는 따끔함이었다. 이 이름을 어디서 들은 적이 있었나? 영령은 그 이름을 혀 위에 놓고 한 번 굴린 다음 천천히 음미해 보았다.

"은명… 이라? 누가 지었는지 모르겠지만, 별난 이름이네요. 분명 별 생각없이 지었을 거예요."

영령이 활짝 웃으며 말했다. 사내, 자신을 은명이라 소개한 그 사내는 웃지 않았다.

"나도 그렇게 생각하오."

"누가 지었는데요? 아버지? 어머니? 아니면 할아버지?"

흑의서생의 눈동자 안으로 괴로운 고통의 빛이 스치고 지나갔다.

"알 필요 없소. 잘 가시오."

"쳇, 빼기는. 알았어요. 그럼 곧 다시 뵙죠."

검은 패를 받아 든 영령은 발걸음을 돌려 자신이 묵고 있던 객잔으로 발걸음을 옮겼다.

그 뒷모습을 사내는 물끄러미 바라보았다. 조금 전 밤의 호수처럼 고요하게 가라앉아 있던 그의 눈동자는 세찬 격랑으로 뒤흔들리고 있었다.

그때 검은 헝겊으로 싼 길고 넓적한 막대기 같은 것을 등에 진 날카로운 눈빛의 사내가 다가오더니 그에게 예를 올리며 공손하게 말했다.

"그만 가시지요, 주군. 곧 대장회의가 시작됩니다."

탁자 위를 정리하던 흑의서생의 동작이 딱 멎었다.

"또, 주군이라 부르는구나."

고개도 돌리지 않은 채 흑의서생이 못마땅하다는 듯 말했다.

"죄, 죄송합니다. 실수했습니다, 대장님."

"알면 됐다. 잊지 마라, 지금의 나는 너희들의 주군이 아니라는 것을. 네가 네 자신의 날개를 숨겼듯 나 역시 나의 이름을 감추었다는 것을."

"며, 명심하겠습니다."

　흑의서생은 가볍게 고개를 끄덕이고는 '서류'를 챙겨 자리에서 일어났다. 그리고는 힐끗 다시 한 번 그녀가 사라지는 모습을 보고 몸을 돌렸다.

　생각보다 예산이 많이 들기는 했지만 무사히 입각 응시 절차를 마치고 객잔으로 향하는 영령의 발걸음은 무척 가벼웠다. 그녀는 지금 조금 전 나루터에서 만난 흑의서생을 생각하고 있었다. 만난 적이 한 번도 없음에도 무척이나 친숙한 느낌이었다. 왠지 신경 쓰이는 남자였다.
　"은명이라……."
　입 안에 조각 얼음을 넣었을 때처럼 음미하며 두어 번 굴려본다.
　"역시 이상한 이름이야."
　이제는 그 이름을 불러보아도 가슴은 언제 그랬냐는 듯 조금도 아릿하지 않았다.
　혀끝이 알싸했다.

새벽녘의 참사
—안개 낀 선착장에 물새가 날아오르다

희뿌연 새벽. 물안개에 휩싸여 고요히 잠들어 있던 선착장으로 사람들이 하나둘씩 모여들기 시작했다. 허리춤이나 등에 제각기 병장기를 둘러멘 험상궂은 사내 다섯 명이었다. 아직 약관이 채 안 되어 보이는데도 하나같이 어딘가가 어긋나거나 비뚤어진 인상이었다. 맹수처럼 살겠다고 맹세라도 한 듯 다들 눈빛들이 흉흉했다.

이들은 아직 새파랗게 젊은 나이에 폭행, 강간, 강도, 살인까지 안 해본 것이 없는 인물들이었다. 그들의 부모들은 똑같은 범죄들을 통해 돈까지 벌어들여서, 그렇게 번 돈으로 이런저런 생떼를 다 받아주며 이들을 귀하게 길러낸 자들이었다. 결국 필연적으로 인간 말종이 되어버린 사내들의 눈에는 방금 전에 안개를 헤치며 나타난 백의여인과 그녀의 두 시녀 역시 먹음직스러운 먹이로 보일 수밖에 없었다.

혹여 칼에서 피가 마를세라 조바심 치며 온갖 악행을 끊임없이 저질러온 이들에 비해, 백의여인은 너무도 이질적인 분위기를 지니고 있었다.

깨끗하고 선량한 얼굴은 얼핏 순진하게 보이기까지 했다. 그녀들은 바로 영령과 몽무, 환무였다.

"어때?"

악당들 사이에서 재빨리 전음이 오갔다.

"삼삼하군."

"어떡할까? 아직 시간도 있는데."

"여가 선용인가. 좋아! 난 찬성!"

"나도 찬성."

대세가 정해지자 누군가가 문제점을 지적했다.

"근데 셋밖에 안 되잖아? 모자란데."

"새삼 뭘? 자원 부족이야 항상 있어왔던 문제 아냐? 나눔의 미덕을 실천하자고."

누군가가 타개책을 제시하자 다섯 명의 악당들은 재빨리 뜻을 모았다. 전원 찬성이었다.

원래 대인은 대인과 통하고 소인은 소인과 통하는 법. 오늘 모인 사내들은 모두 한 지역에서 온 떨거지들로, 다 같이 허리에 붉은 띠를 차고 있었다. 강남의 유명 흑도문파 '철심장(鐵心莊)'을 이끄는 다섯 장주의 후계자들, 통칭 '강남오소귀'라 불리는 골칫거리들이었다. 그들은 부모들의 비호 속에 아쉬울 것 하나 없이 안하무인의 생활을 해왔는지라, 여자는 무슨 쓰다 버리는 노리개 정도로만 취급했다.

그러다가 요 며칠 마천각 시험 준비로 바빠 여자 맛을 제대로 못 봤던 터에, 눈에 확 띄는 미인들이 떡하니 나타난 것이다. 이건 하늘이 내린 선물이라는 벼락 맞을 생각을 하며 그들은 슬금슬금 영령과 시녀들 주위로 몰려들었다. 금세라도 침이 질질 흐를 것 같은 입, 탐욕으로 달뜬 눈이 한결같이 발정난 수캐를 연상케 했다.

"크흐흐흐!"

"고것들 참. 아흐!"

"자자, 가만있어. 지금부터 듬뿍 귀여워해 줄 테니."

"천국으로 보내주마. 케케케."

"맛있게도 생겼네. 스읍!"

딱 보기에도 정신이 나간 기분 나쁜 사내들이었다. 보아하니 여자는 무조건 힘으로 찍어 눌러야 한다고 믿고 살아온 모양이었다.

"환무야, 이것들은 대체 뭐냐?"

언제나 객관적이고 이성적인 판단을 내려주는 믿음직스런 시녀 환무를 향해 영령이 물었다.

"보시는 대로 인간 말종들입니다, 아가씨!"

환무의 대답은 짧고 정확했다.

"역시 그런가 보네?"

"진짜 그런가 봐요, 아가씨. 이제 어쩌죠?"

몽무가 두려운 듯 몸을 움츠리며 말했다.

"글쎄 어쩔까. 대화로 해결될까?"

"미친개에겐 몽둥이가 약이랬습니다, 아가씨."

무뚝뚝하고 간결한 환무의 말에 악당들은 눈에서 불을 뿜어냈다.

"이 계집이 말하는 뽄새 좀 보소! 이것아, 서방님들을 잘 모셔야지!"

"그래그래, 이제부터 네년들을 귀여워해 줄 어르신들께 감사드리진 못할망정!"

"그 버르장머리없는 입술을 곧 지그시 눌러주마!"

갈수록 지저분해지는 폭언에 영령은 인상을 찌푸리며 고개를 내저었다.

"잡스런 피는 묻히고 싶지 않았거늘… 하지만 짖는 소리가 너무 시끄러워 더 이상 들어줄 수가 없구나!"

빽!

"크아아아악!"

'…없구나' 라는 말과 '빽' 소리는 한 치의 오차도 없이 동시에 울렸
다. 번개처럼 내질러진 영령의 검집이 첫 번째 사내의 입을 박살 냈다.
피와 함께 이빨이 몽창 날아가며 비명이 울려 퍼졌다. 너무나 급작스런
공격에 나머지 사내들이 일제히 눈을 부릅떴다.

"욱!"

입이 박살난 사내가 다시 허리를 반으로 접으며 고꾸라졌다. 어느새
날아든 환무의 팔꿈치가 도리깨처럼 날카롭게 복부를 강타했던 것이다.

"어어……."

부상품쯤으로 여겼던 시녀들 역시 한가락 실력이 있음을 안 사내들의
눈이 휘둥그레졌다.

"어딜 봐?"

그새 두 번째 사내 뒤로 돌아간 몽무가 그의 오른팔을 돌려 꺾으며 왼
쪽 어깨를 사신으로 비스듬히 내리눌렀다. 사내의 면상이 대번에 바닥으
로 직격했다. 몽무는 비명이 터져 나오기도 전에 무릎으로 상대의 얼굴
을 가차없이 차올린 후, 비틀어 잡고 있던 오른팔을 주저없이 마저 꺾었
다. 인정사정없는 능숙한 관절기였다.

"끄아아아아악!"

"이, 이년들이!"

당황한 사내들이 우왕좌왕했다.

"입만 살았군."

세 번째 사내의 코앞에 불쑥 나타난 환무가 눈부시게 빠른 솜씨로 손
을 휘둘렀다. 세 뼘 길이의 가늘고 날카로운 침이 사내의 왼쪽 귀밑에 꽂

혀서 목을 관통, 경추 사이를 지나 오른쪽 귀밑으로 뚫고 나왔다. 죽지는 않았지만 섣불리 움직일 수도 없게 되었다.

사내는 입을 쩍 벌린 채 석상처럼 굳어버렸다. 환무는 손도 대기 싫다는 듯 발로 차 넘어뜨리고는 뒤로 물러서며 무표정한 얼굴로 말했다.

"입냄새 난다, 이상!"

어느덧 허리에 붉은 띠를 차고 서 있는 사내들은 둘밖에 남아 있지 않았다.

"튀, 튀자!"

그제야 사태를 파악한 그들에게, 바닥에 쓰러진 '옛' 친구 따윈 이미 염두에도 없었다. 그들이 말하는 '친구'란, 좋은 시절만 함께하고 나쁜 시절엔 모른 척하는 존재. 그리고 이제 좋은 시절은 끝나지 않았는가!

"어딜 가시려고?"

돌아선 두 사내의 앞에는 싸늘한 표정을 한 영령이 서 있었다. 검집이 씌워진 검이 두 사람의 머리통 사이를 열두 번 왕복했다. 순식간에 벌어진 일이었다. 사내들의 눈앞에 별들이 번쩍였다.

'이 정도면 됐겠지?'

영령이 막 검을 거두려던 그때, '퍼걱' 소리와 함께 두 사내의 눈이 더 이상 커지기 힘들 만큼 커졌다.

"꾸웨에에에에엑!"

처절한 비명이 고요한 새벽 호숫가를 진동시키자, 놀란 물새들이 수면을 박차고 날아올랐다. 사내들은 입에 거품을 물고 무너져 내렸다. 영령은 그중 한 명의 다리 사이에서 몽무의 발바닥을 발견하고 이내 원인을 알아차릴 수 있었다.

"몽무, 그게 무슨 짓이냐! 여자가 조신해야지 어딜 함부로 발길질이냐. 불결하게!"

환무가 영령 대신 몽무를 힐난했다.

"흥, 너한테 그런 말 듣고 싶지 않아. 환무, 네 손에 든 그 몽둥이는 뭔데? 아까 보니 나보다 더 무지막지하던걸. 아예 작살을 낸 것 같은데?"

영령은 어흠, 헛기침을 하며 고개를 살짝 돌려 옆을 흘깃 바라보았다. 마지막으로 쓰러진 사내의 뒤로 환무가 어디서 난지 모를 나무 몽둥이 하나를 들고 서 있었다.

"난 신체가 직접 닿지 않았으니 괜찮아. 난 내 소중한 신체의 일부로 그런 불결한 감각을 느끼고 싶지 않다. 상상만 해도 끔찍하니까."

환무가 문제 삼았던 것은 사용한 도구의 종류였던 모양이었다.

"어흠, 이제 둘 다 그만 하지 그러니?"

영령은 얼굴을 살짝 붉히며 헛기침을 해댔다.

"나머지 세 놈도 똑같이 만들어주고요, 아가씨. 친구끼리 싸우지 않게 하려면 공평하게 해줘야죠."

"꼭 그래야 할까?"

떨떠름한 얼굴로 재고의 여지를 묻자 몽무가 단호하게 답했다.

"그럼요. 멀쩡해 봐야 민폐밖에 안 돼요."

"맞습니다. 그전에 삭초제근(朔草除根)해야 합니다."

환무의 맞장구에 재고의 여지는 없어졌다.

"그 말, 어째 오늘따라 무섭게 들리는구나."

"아가씨, 여긴 흑도입니다. 여자는 생리상 언제나 약자의 입장. 참으면 더 더욱 당할 뿐 동정해 줄 이는 아무도 없습니다. 특히 이런 쓰레기들은 반성이란 걸 모르니, 기회가 될 때마다 경각심을 심어줘야 합니다. 안 그러면 다른 여성들마저 애꿎은 피해자가 될 뿐입니다."

영령은 환무의 말에 반박할 말이 없었다.

"그럼 난 뒤돌아 있을 테니 빨리 끝내렴."

“예, 아가씨.”

뒤로 돌아서자 확 뚫린 동정호가 시야 한가득 들어왔다. 영령은 그 순수한 대자연의 모습에 정신을 집중해 보려 했으나, 곧이어 들려온 이런저런 소음들이 그녀의 마음을 무척 산란하게 만들었다.

퍽!

무시무시한 소리에 이어 찰나의 정적. 뭔가가 들썩이다 잠잠해지는 소리.

“빌려줄까? 난 다 썼는데.”

“아냐, 이미 버린 몸. 이걸로 계속 가지 뭐.”

퍽! 부르르.

나루터의 진동이 발밑에까지 느껴졌다. 영령은 귀를 막고 싶은 것을 가까스로 참았다. 주인으로서 조금은 의연한 모습을 보일 필요가 있었다.

“앗, 또 하나는 어떻게 하지?”

“음, 할 수 없지. 동시에 가자.”

“좋아. 하지만 내 발 때리면 안 돼!”

“문제없다. 쓸데없는 걱정 마라, 이상.”

퍼퍽!

연속음과 함께 찾아든 무시무시한 정적 속에서 영령은 고심했다.

‘근데 난 언제 고개를 다시 돌려야 하는 걸까?

영령이 이러지도 저러지도 못하고 머뭇거리고 있을 때 몽무의 외침이 들려왔다.

“앗, 배다! 배예요, 아가씨!”

시선을 약간 위로 든 채 아래를 바라보지 않으려고 애쓰며 영령은 천천히 고개를 뒤로 돌렸다.

호수 위에 잠들어 있던 희뿌연 안개 속을 가르며 흑선이 나타났다. 위로 솟구친 두 개의 넓은 돛과 좌우로 열두 개의 노가 달린 큰 배였다. 돛대 위에 걸린 붉은 깃발이 새벽 호수 바람에 사납게 펄럭였다. 아직 채 안개가 걷히지도 않은 상태인데도 수천 번을 왕복한 듯, 좌우 총 스물네 개의 노를 일사불란하게 움직이며 흑선은 마치 미끄러지듯 가볍게 호수 위를 가로질렀다. 이러다 부딪치는 게 아닌가 의심이 들 정도로 빠른 속도로 접근하던 흑선은 익숙한 솜씨로 속도를 늦추더니 미세한 노의 움직임을 이용해 한 치의 오차도 없이 정확하게 나루터 옆에 그 큰 몸을 붙였다. 놀랍도록 정교한 솜씨였다. 그러나 배는 유령선처럼 조용하기만 했다.

"조용하네요, 아가씨."

"그렇구나. 말소리 하나 들려오지 않다니, 마치 유령선 같구나."

배는 여전히 침묵하고 있었다. 몽무는 그런 침묵이 싫었다.

"어때요? 무공 상태는 많이 회복된 것 같아요, 아가씨?"

잠시 동안 배 위에서 아무런 낌새도 느껴지지 않자 영령의 왼쪽에 시립해 있던 몽무가 그 잠시를 참지 못하고 작은 목소리로 조곤조곤 물었다.

"저런 허섭스레기를 상대했는데 제 실력이 발휘됐겠니? 준비운동거리도 안 되는 쓰레기들인데."

영령의 오른쪽에 시립한 환무가 회의스럽다는 어조로 말했다.

"그것도 그렇네."

그래도 여전히 몽무의 두 눈은 기대로 차 있었다.

"글쎄, 환무의 말대로 아직 완전하진 않아도 한 오 할에서 육 할 정도는 회복된 것 같구나."

몽무가 가슴을 쓸어내리며 말했다.

"그나마 다행이에요, 아가씨. 지난번 싸움으로 큰 상처를 입어서 자칫 잘못하면 무공이 전폐될 뻔했잖아요. 지난 삼 개월 동안 가문의 비전검법을 회복하기 위해 얼마나 많이 노력하셨어요."

"하지만 아직 검법이 마치 몸에 맞지 않는 옷을 입은 것처럼 익숙지가 않구나. 정말 내가 크게 다치긴 크게 다쳤었던 모양이다. 빨리 회복해야 할 텐데……."

아직 자신의 상태가 만족스럽지 않은 영령이었다. 아무리 지난번 싸움의 후유증이 크다고는 하나 생각 이상으로 증세가 오래가고 있었다. 자기 몸이 아닌 듯한 그런 불편한 느낌이 들 때가 한두 번이 아니었다.

"그게 다 그 '검각' 년들 때문이라니깐요."

몽무가 씩씩거리며 외쳤다.

"그들을 가만두면 안 됩니다, 아가씨. 피에는 피를. 반드시 복수해야 합니다, 아가씨!"

환무도 맞장구쳤다.

"그건……."

그때 드르륵 소리가 나며 기다란 나무 계단 하나가 내려와 배와 선착장 사이에 놓였다.

"그 얘긴 나중에 하자꾸나. 지금은 눈앞에 닥친 일부터 처리해야지."

"예, 제가 입이 너무 가벼웠던 모양입니다."

환무가 고개를 숙이며 사죄했다.

나무 계단이 고정되자 등롱 하나가 배 난간 위에서 반짝 빛을 발했다.

"오늘은 당신들 세 명뿐이오?"

안개가 감도는 배 난간 위로 불쑥 얼굴을 내민 사내가 물었다. 뺨에 기다란 상처가 나 있는, 꽤 연륜있어 보이는 사내였다. 평범한 수부는 아닌 듯 보였다. 사내의 물음에 영령은 시선을 여전히 약간 위로 유지한 채 고개를 돌려 주위를 둘러보았다.

"아무래도 저희들뿐인 것 같네요."

"좋소. 타시오."

"고마워요."

영령이 답례한 후 두 시녀를 쳐다보았다.

"그만 배에 오르자꾸나."

"예, 아가씨."

마침내 영령과 몽무, 환무는 마천각으로 향하는 흑선에 올랐다. 다섯은 이미 게거품을 물고 쓰러져 있었고, 배에 타는 사람은 오직 그녀들 세 명뿐이었다.

그런데…….

어제 접수처의 흑의서생에게 물경 황금 열 냥을 주고받았던 표식을 보여주고 배에 오르려 하는 영령의 발걸음은 남자에 의해 그만 저지당하고 말았다. 남자가 한쪽 손을 내밀었다.

"이게 뭐죠?"

영령이 물었다. 어이없어한 쪽은 오히려 사내 쪽이었다.

"당연히 뱃삯이지, 다른 게 뭐가 있겠소?"

"또 돈을 내야 한단 말인가요? 뱃삯도 어제 접수비에 포함되어 있는 것 아닌가요?"

어제 황금 열 냥을 털린 영령이 황당한 듯 물었다.

"어허, 이 아가씨가 이상한 소릴 다 하는군. 이봐, 아가씨. 그럼 아가씬 이 배를 공짜로 탈 생각을 했단 말이오? 이 배를 움직이기 위해 지금 몇 사람이나 새벽잠을 설치며 움직이고 있다 생각하시오? 최소 서른 명이 이 배를 움직여 지금 댁들을 태우기 위해 꼭두새벽부터 잠도 못 자고 용쓰고 있는 거요. 그리고 물 위에 나무만 잘라 띄워놓으면 배가 되는 줄

아쇼? 이 큰 배를 현 상태로 유지하는 데 얼마나 많은 금액이 들어간다고
생각하시오? 사람이 양심이 있다면 공짜로 탄다는 말은 못하지. 암, 못하
고말고."

한두 번 해본 솜씨가 아닌 듯 사내의 언변은 청산유수였다.

"그… 그런……."

상대가 이렇게 나오자 영령도 더 이상 강하게 나갈 수가 없었다.

"좋아요. 내죠, 내면 되잖아요. 얼마죠?"

사내가 영령의 어깨 너머에 있는 몽환쌍무를 힐끗 보더니 말했다.

"한 사람당 황금 한 냥이니 세 사람이면 황금 석 냥이오."

영령의 눈이 휘둥그레졌다. 어제 막 황금 열 냥이라는 거금을 소비한
터였던 것이다. 그런데 또 황금 석 냥을 더 내라고 요구하고 있었다.

"그것 바가지 아닌가요?"

"싫으면 내려도 상관없소. 다만 이 배 이외에 '섬' 에 갈 수 있는 배는
없다는 것만 알아두시오."

사내가 퉁명스레 대꾸했다. 전혀 두려울 것도 아쉬울 것도 없다는 그
런 말투였다. 사실 울며 겨자 먹기로 이 배를 이용할 수밖에 없는 것이
다. 이른바 '독점상회' 의 횡포였다.

"이 애들은 제 시녀예요. 그런데도 황금 한 냥씩이나 받는단 말이에
요?"

"어허, 이상한 말을 다 하는 아가씨로구려. 남자든 여자든, 귀족이든
노예든 간에 물 위에서 한 근당 배를 누르는 압력은 같은 법이오."

어떤 의미에선 매우 철저한 평등주의인 사내가 다시 주위를 에둘러 가
리키며 말했다.

"자, 주위를 한 번 둘러보시오. 다들 군말없이 뱃삯을 냈고 아가씨만
남았소. 아가씨를 기다리느라고 출발하지 못하고 있는 거요. 죄책감이

든다고 생각하지 않으시오? 낼 거요, 내릴 거요?"

아무런 의문 없이 현실을 습관적으로 받아들이고 싶지는 않았지만, 현실을 바꾸려 해도 아직 그녀에게는 힘이 부족했다.

뭔가 이상했다. 시키는 대로 주위를 둘러봤다. 아무도 없다는 사실에 그녀는 안심했다. 자신이 잘못 알았으면 어쩌나 걱정했던 것이다.

"저기… 여긴 저희들밖에 안 탔는데요?"

사내는 주먹으로 손바닥을 철썩 때렸다.

"아참, 그랬지. 미안하오! 그만 습관이 되어놔서."

"스, 습관……"

영령이 입을 쩍 벌렸다. 말버릇이었단 말인가! 그런 말이 입에 밸 정도라면 아무래도 이런 일이 한두 번이 아니었던 모양이다.

"그래서 실패한 적 있나요?"

돈을 못 받은 적이 있느냐는 물음이었다.

"없소. 그리고 앞으로도 없을 거요."

사내의 의지는 명확했다. 더 이상의 실랑이는 시간낭비일 것 같았다.

"알았어요. 내면 되잖아요, 내면."

마침내 영령이 백기를 들었다.

"잘 생각했소. 이런 사소한 일로 이렇게 시간을 끌어서야 앞으로의 일들은 어떻게 처리하겠소? 빨리빨리 내시오."

"아직도 돈 낼 일이 더 남았다는 건가요?"

사내의 말속에 바늘처럼 감추어진 불길한 낌새를 알아차린 영령이 되물었다.

"가보면 아오. 곧 알게 될 테니."

사내가 무뚝뚝하게 대답했다.

"아, 그런데 저들은 안 데려가나요? 분명 응시비는 냈을 텐데요?"

여전히 새벽 나루터 찬 바닥에 몸을 누인 채 부르르 하고 꿈틀꿈틀하며 움찔움찔하는 것들을 손가락으로 가리키며 영령이 물었다.

"뭐야, 아직 살아 있었군."

시시하다는 듯한 한마디.

"일없소. 본 각에 패배자는 필요없으니까."

싸늘한 두 마디였다.

"쳇, 가보면 안다니… 아가씨, 저 사람 무슨 뜻으로 그런 신경 쓰이는 말을 한 걸까요?"

사내의 말이 마음 한 켠에 걸렸는지 고개를 빼꼼 반쯤 뒤로 돌려 사내를 다시 한 번 쳐다본 후 몽무가 물었다.

"그것도 모르냐? 앞으로 돈 쓸 일이 계속 있을 거라는 얘기다. 이상."

환무가 냉정한 어조로 퉁명스럽게 대답했다.

"내가 더 보탤 말이 없구나."

영령이 할 수 있는 말은 그것뿐이었다.

"출발!"

사내의 지시와 동시에 다리가 올라가고 노가 뒤로 움직이자 배가 나루터로부터 멀어져 자신을 든든히 받쳐 줄 깊은 물을 향해 나아갔다.

"야, 환무! 너 그 몽둥이 왜 아직도 들고 있니? 아까 그것 아냐?"

"응? 그러고 보니 그렇군."

그제야 눈치 챘다는 듯 환무가 말했다.

왠지 모를 미묘한 대화에 갑자기 선장이 움찔했다. 그것은 본능적인 공포였다.

"그 끔찍한 물건, 버려주지 않겠나? 아니, 이왕이면 던져 주게. 되도록 멀리."

약간 방어적인 자세로 다가온 선장이 정중한 어조로 부탁했다. 그 평범해 보이는 몽둥이에는 무의식적인 공포를 자극하는 뭔가가 있었다.

"그러죠. 수질 오염이 우려되지만 갖고 있을 수도 없으니."

환무는 순순히 고개를 끄덕였다. 순간, 갑자기 몽무의 눈이 장난기로 반짝였다.

"음. 뭐 꼭 버릴 필요도 없겠는걸. 단단해 보이니 치한 방지용으로 쓴다던가, 아니면 날짜라도 새겨 넣어서 기념품으로……."

몽무는 어느새 환무에게서 몽둥이를 받아 들고 장난치듯 숫자를 새겨 넣는 시늉을 했다.

"그, 그딴 건 빨랑빨랑 버려 버리시오!"

선장이 외쳤다.

"맞소, 빨리 버리시오!"

어디선가 유령처럼 나타난 선원 하나가 맞장구쳤다. 그러고 보니 갑판 위에는 꽤 많은 수의 선원들이 나와 있었다.

"왜요? 아깝잖아요."

몽무가 몽둥이를 휘적휘적 돌리며 반문하자 남자들은 몸을 움찔거리며 뒷걸음질쳤다.

딱!

"그만 해, 이것아!"

환무가 몽무의 머리를 쥐어박으며 말했다.

"그런 건 빨랑 물에 버려. 불결하다."

"내 생각도 같구나."

조금 전부터 일행이 아닌 척 외면하고 있던 영령이 기회를 잡자 한마디 했다.

"쳇, 재밌을 텐데……."

몽무는 마지못한 얼굴로 몽둥이를 호수 저 멀리에 던져 버렸다. 여기저기에서 안도의 한숨이 흘러나오는 가운데, 몽무는 아쉬움이 가득한 눈으로 입을 삐죽거렸다.

배는 동정호의 푸른 물살을 가르며 미끄러지듯 앞으로 나아갔다. 호수 위에 걸린 아침 해에 안개도 어느 정도 걷혀가자 시야가 점점 더 넓어졌고, 덧칠된 안개 덕에 흐릿했던 상이 점점 더 또렷해졌다. 자신감의 표현인지 자신들이 어디를 향하는지 궁금해하며 연신 주위를 둘러보는 사람들의 시선을 막지는 않았다. 그러나 동정호란 곳이 원체 넓어서 물길에 익숙지 않은 사람들은 자신들이 어디로 향하고 있는지 특정할 수 없었다. 그건 영령도 마찬가지였다.

한 반 각쯤 노를 저었을 때 여기저기서 하나둘씩 작은 깃발을 선미에 꽂은 순라선들이 보이기 시작했다. 삼인 일조로 구성된 순라꾼들은 다들 허리에는 갖가지 병장기를 갖추고 있었는데, 그중 한 명은 물의 침입을 막아주고 헤엄치기를 수월하게 해주는 몸에 착 달라붙는 검은색 피수의를 입고 있었다. 만일의 사태에 언제든 대비할 수 있는 철두철미한 편성이었다.

"저기가 바로 그대들이 들어가길 원하는 마천각의 둥지, '자죽도(紫竹島)'요."

"자죽도? 자줏빛 대나무 섬이라……."

그때 옅어진 안개 사이로 작은 섬 그림자가 나타났다.

"어머? 생각했던 것보다 작군요."

나타난 섬의 음영은 의외로 조그마했다. 너무 작지는 않았지만 그렇다고 그리 크지도 않았다.

"맞아요. 너무 쬐끄마해요, 아가씨."

몽무가 대실망했다는 투로 맞장구쳤다.

그 안에 많은 시설들이 들어가기에는 무리가 있어 보였다. 건물 세 채 정도가 들어가면 꽉 들어찰 것 같았다.

"동의한다. 이상."

환무도 이의없는지 고개를 끄덕였다.

그러자 사내가 어깨를 으쓱하며 한마디 했다.

"어딜 보고 있는 거요? 지금 그대들이 보고 있는 건 본섬에 붙어 있는 네 개의 작은 섬 중 하나일 뿐이오. 그 뒤를 보시오. 안개에 가려져 있어서 잘 안 보였지만 이제 곧 나타날 테니."

그 뒤에 나타난 그림자는 앞의 그림자의 족히 열 배는 되어 보이는 거대한 크기였다. 산 하나가 호수 위에 불쑥 솟아 나오기라도 한 듯한 그런 모양이었다. 아침 해가 점점 더 높이 올라가며 안개를 밀어냄과 동시에 섬의 모양이 점점 더 뚜렷해졌다.

섬은 온통 대나무로 둘러싸여 있었다. 섬 윗부분도 아랫부분도 온통 푸른색 대나무 천지였다. 심지어는 물 위에도 대나무가 자라 있었다. 게다가 섬 주위는 푸른 장벽으로 빙 둘러쳐져 있었는데, 자세히 살펴보니 생 대나무를 엮어서 만든 죽책이었다. 십 장은 족히 되는 기다란 대나무들의 잔줄기와 잎은 모두 떼어낸 다음 윗부분을 날카롭게 자른 후 그것들을 틈새 없이 붙여놓았다. 대나무는 자생 상태로 보아 저런 죽책이 여러 겹 있을 것 같았다.

"저기가 바로 마천각의 본거지 '지죽도' 요."

사내의 설명이었다.

"정말 대나무가 많군요."

"여기서 대나무는 뭐든지 된다오. 무기, 성벽, 함정, 집기 등등 그 쓰임이 무궁하다는 것을 알게 될 거요."

푸른 대나무로 만든 죽책이 보이고 그 뒤에 숨겨진 성벽, 중간 크기의 섬들이 옆에 붙어 있다. 나무 기둥들이 박혀 있는 곳은 암초가 있다는 곳이다.

"행여나 뛰어들 생각 마시오. 당장 꼬치구이 신세가 될 테니."

사내가 퉁명스런 어조로 한마디 했다. 적의 침입을 막기 위해 얕은 물 여기저기에 대나무 끝을 날카롭게 베어 꽂아놓았던 것이다.

"걱정 마세요. 태어나서 계속 산에서 자란 탓에 헤엄에는 별 취미가 없으니깐요."

"그런 것치고는……."

사내가 말을 끌었다.

"왜요?"

"아니오. 그냥 그런 것치고는 배 타는 것에 익숙해 보여서 말이오. 뱃멀미도 안 하고. 그냥 느낌일 뿐이었소. 신경 쓰지 마시오."

신경 쓰였다.

섬을 따라 빙 둘러쳐진 죽책을 따라 이동하자 입구가 나타났다. 두 개의 커다란 기둥이 거대한 들보를 받치고 있는 특이한 형태의 문이었다. 수백 년 묵은 아름드리 거목만큼이나 두껍고 거대한 쇠기둥을 무슨 수로 만들어 어떻게 이런 물 위에다가 박아놓을 수 있었을까? 궁금증이 일지 않는다면 오히려 그쪽이 이상한 일이었다. 그 엄청난 역사에 절로 압도되는 힘을 그 구조물은 지니고 있었다. 쇠기둥으로 만들었을 수도 있다. 기둥 양옆에서는 글자가 새겨져 있었는데, 그것은 다음과 같은 내용이었다.

동정호를 붉게 물들인다 해도 이 문을 통과할 수는 없다.

배는 그 출입구에 멈추어 섰다.

두 기둥 양편 위쪽에는 보초를 서는 망루가 설치되어 있었다.

"푸른 대나무를 여는 것은 무엇인가?"

망루 위에서 목소리가 들려왔다. 흑화였다.

"그것은 오직 호반을 물들이는 붉은 노을뿐."

사내가 위를 바라보며 대답했다. 다시 위에서 소리가 들렸다.

"개문(開門)!"

'자죽책'의 입구가 열리자 배는 미끄러지듯 그 안으로 들어갔다. 안쪽으로 초승달 모양으로 파인 넓은 곳이 나타났다. 곳 전체는 놀랍게도 돌로 쌓은 높은 성벽으로 둘러싸여 있었다. 입구는 중앙의 철문 단 하나였다. 철문은 무척 거대해서 멀리서도 잘 보였다. 양옆에는 귀신이 웃고 있는 어마어마하게 큰 귀면(鬼面) 청동상이 걸려 있었다. 그것은 지옥문을 지키는 파수꾼이라 해도 믿음이 갈 만큼 소름 끼치고 불길한 모습을 하고 있었다. 그때 무언가를 발견한 몽무의 눈이 휘둥그레졌다.

"앗! 아가씨, 저기 보세요. 사람이 물 위에 떠 있어요!"

몽무는 한곳을 손가락으로 가리키며 흥분한 나머지 팔짝팔짝 뛰었다.

"이름값 한다고 새벽부터 꿈꾸니? 어떻게 사람이 물 위에… 정말이네."

몽무가 분명히 착각했으리라고 생각하며 고개를 돌린 환무의 눈이 동그래졌다. 정말로 작살처럼 생긴 긴 병장기를 등에 멘 사람이 물 위에 떠 있었다. 배는 없었다. 게다가 한 명이 아니었다. 오 장 정도의 일정한 간격을 두고 열 명의 흑의인이 검은 망토를 흩날리며 물 위에 붙박인 듯 서 있었다.

“아, 저들은 바로 마천각의 입구를 지키는 열 명의 수문장 ‘귀문십장(鬼門十將)’이오. 물 위에서든 물 아래에서든 물에서라면 그 누구에게도 지지 않는 수공의 고수들이지요. 어느 누구도 그들의 허락 없이는 입구로 들어갈 수 없소.”

선장이 친절하게 설명해 주었다.

“그럼 평상시에도 내공만으로 물 위에 떠 있을 수 있는 고수란 말인가요?”

몽무가 호기심에 가득 찬 눈을 반짝이며 물었다.

“글쎄… 그것까진 나도 모르지. 알아도 가르쳐 줄 수 없고.”

함부로 많이 떠들어서 좋을 것은 없었다. 그는 자제할 줄 아는 남자였다.

“설마 그럴 리가 있겠느냐. 아무리 저들이 고수라 해도 하루 종일 내공의 힘으로 물 위에 떠 있는 것은 불가능하다. 아마도 눈에 보이지 않는 말뚝들이 저 아래에 무수히 많이 박혀 있을 것이다. 다만 수면 바로 밑에 있기 때문에 여기서는 보이지 않을 뿐이겠지.”

사내는 영령의 설명에 감탄했다.

“호오, 대단한 눈썰미요! 그것을 단 한 번 보고 대번에 파악해 내다니.”

선장은 부정하지 않고 오히려 감탄했다.

“부정하시지 않는군요?”

“그걸 뭐 하러 부정하겠소. 그 사실이 밝혀진다 해도 저들은 여전히 물에서 무적일 테니 말이오.”

비록 수면 밑에 말뚝이 박혀 있다고는 하나 그 말뚝들의 위치는 저들밖에 모른다. 그것의 위치를 전부 파악하고 있는 것은 저들뿐이다. 게다가 그 위를 이리저리 뛰어가며 싸우려면 적지 않은 훈련이 필요했다.

"저기가 바로 마천각의 입구, 통칭 '귀문(鬼門)'이오."

불길하게 생긴 철문을 가리키며 사내가 말했다.

"누가 지었는지 상당히 악취미군요."

설마 여기가 동북 방향? 지남철이 없기 때문에 그것까지는 알 수 없었지만, 미약한 태양의 위치로 미루어볼 때 엇비슷하긴 했다.

'귀신이 될 각오가 된 자만이 이곳에 들어올 수 있다는 그런 뜻인가?

안개와 연기에 휩싸인 섬뜩한 귀신 문양이 새겨진 검은 철문은 정말로 지옥으로 들어가는 입구처럼 보였다. 곳은 얕지 않았다. 성벽과 바로 붙어 있는 곳도 상당히 깊어 보였다. 그러다 보니 배를 대기에 마땅한 곳이 없었다.

'설마 저 섬뜩한 문양이 새겨진 철문 옆에 바로 붙이는 건가?

죽책의 출입구와 귀문 사이에는 푸른 호수 이외에는 아무런 장애물도 보이지 않는데도 배는 똑바로 가지 않고 비스듬하게 항로를 잡았다.

"왜 암초나 별다른 장애물이 보이지 않는데 이런 식으로 운항하는 거죠?"

영령이 궁금증을 참지 못하고 물었다. 그러자 사내가 건성으로 대답했다.

"그냥 본인의 취미요."

"취미가 아니란 얘기군요."

말해줄 수 없다는 대답만으로도 어느 정도 대답이 되었다.

"보이는 곳에는 아무것도 없는 듯 보여도, 보이지 않는 곳에는 무언가가 있다, 그런 뜻인가요?"

영령의 물음에 사내가 나직이 탄성을 터뜨렸다.

"소저는 정말 눈썰미가 비범하구려. 다시는 돌려보내기 싫을 정도로 말이오. 원래 비밀을 너무 많이 알게 되면 종종 그런 일이 일어나지 않소? 바로 그렇소. 마천각에서는 배를 전복시키고 싶은 사람만이 똑바로 운항하오."

정말 곳곳에 전투시를 위한 용의주도한 안배가 첩첩으로 도사리고 있었다. 삼엄하기가 양산박도 이보다는 못할 것 같았다.

"전쟁이라도 할 셈인가요? 상대는 관(官)?"

"공격이 아니라 어디까지나 방어를 위한 거요. 갑작스럽게 관군들이 쳐들어오면 곤란하니 그때를 대비하고 있는 것뿐이오."

정말 믿기 힘든 대답이었다. 그렇게 생각하던 참에 배가 멈추었다.

마천각의 입구 좌우에는 쇠로 주조된 이마에 긴 뿔이 달린 귀신 얼굴 두 개가 붙어 있었다. 두 눈과 입이 모두 어둠 속으로 뻥 뚫려 있어 더욱 섬뜩한 모습이었다.

"지옥에 들어오고자 하는 자가 누구인가?"

"끼아아악!"

귀면에서 튀어나온 웅웅거리는 목소리에 놀란 몽무가 자지러지며 영령에게 달라붙었다. 마치 귀신이 외치고 있는 듯한 그런 형상이었다.

"진정해라. 겁주려고 일부러 저러는 것이다. 저 위의 누군가가 쇠통을 통해 말하고 있겠지. 저 심하게 웅웅거리는 소리는 그 탓이다."

일부러 방문객의, 특히 시험 희망자의 기를 죽이려는 의도적인 연출이 분명했다.

"피를 대가로 힘을 원하는 자요."

사내가 귀면의 뚫린 입에다 대고 대답했다.

그것이 약속된 암호였다.

"소속은?"

"제일귀령선의 선장 해대경, 방금 마천각 입각 희망자를 데리고 돌아왔소."

"잠시 기다리시오."

그리고는 성벽 위에서 외침 소리가 들려왔다.

"나루터를 올려라!"

'아니, 나루터를 올려?'

그때 응답하듯 아래쪽에서 복창 소리가 울려 퍼졌다.

"나루터를 올려라! 부상(浮上)!"

"부상!"

몽무뿐만 아니라 모두가 한참 이상하게 생각하고 있을 때 정말로 나루터가 올라왔다. 거대한 도르래에 쇠사슬이 감기는 소리가 울려 퍼지면서 그것은 수면을 헤치며 서서히 모습을 드러냈다.

"저게 정말로 올라오네!"

몽무가 입을 쩍 벌리며 감탄했다.

"정말 신기하구나."

놀라기는 영령도 마찬가지였다.

"쓸데없는 짓을."

오직 환무만 냉소했을 뿐이다.

"이것 역시 관군들이 함부로 배를 댈 수 없도록 하기 위한 장치 중 하나요. 유사시엔 함정으로도 쓸 수 있고 매우 유용하다오."

해대경의 친절한 설명이 끝나자마자 배가 완전히 멈추어 섰다. 드르륵 소리와 함께 계단이 내려졌다. 그가 앞장서서 내리자 영령과 몽무, 환무가 그 뒤를 따라 내렸다.

그는 거대한 철문 앞까지 걸어가서야 발걸음을 멈추었다. 당장이라도 귀신의 무리들이 뛰쳐나올 것 같은 무시무시한 형상이 그 철문에 조각되어 있었다. 지옥으로 통하는 문이라 해도 믿을 것 같았다. 아직 여기서도 검문을 받고 통과해야 하는 모양이었다.

"이 지옥을 찾는 자는 누구인가?"

문 오른편에 붙어 있는 청동 귀면에서 으스스한 목소리가 흘러나왔다.

"피를 대가로 힘을 구하는 자, 귀신이 되기를 두려워하지 않고 수라의 길을 걸으며 피를 흩뿌리고자 하는 자요."

해대경이 대답했다.

"얼마의 피를 흘릴 셈인가?"

"한 방울의 피와 두 방울의 물을 흘리고자 한다."

응시자 한 명에 시녀 둘이라는 뜻이었다.

"절차 한번 되게 복잡하네."

"시끄러워. 조용히 하고 있어."

몽무의 투덜거리는 전음에 환무가 핀잔을 주었다.

그그그긍!

마침내 묵직한 소리를 내며 귀신의 문이 열렸다. 아마 지옥에 문이 있다면 이런 소리를 내며 열렸을 것 같은 그런 소리였다. 해대경이 몸을 돌리며 두 손을 활짝 폈다.

"어서 오시오, 현세의 지옥에! 지옥은 당신들을 환영합니다."

각오가 되어 있으면 들어가라는 말에 영령은 망설이지 않았다.

"가자!"

영령이 먼저 발걸음을 옮기자 시녀 두 명이 그 뒤를 따랐다. 이윽고 어둠이 완전히 그녀들을 삼켰다.

그그그긍!

철문은 다시 요란한 포효를 내뱉으며 굳게 닫혔다.

범죄를 촉탁하는 밤

—팔 할의 확률

냠냠쩝쩝.

"그 녀석은? 출발했어?"

감옥 철창을 사이에 두고 연신 입을 오물거리던 비류연이 물었다.

"방금 배웅하고 오는 길이네."

장홍이 얼굴을 숨기기 위해 뒤집어썼던 검은 피풍의를 벗으며 대답했다.

"좋아! 그럼 이제 결과만 기다리면 되겠군."

두 손을 마주 비비며 비류연이 웃었다.

"자넨 정말 오늘이라고 확신하나?"

여전히 미심쩍다는 어조로 장홍이 물었다.

"쯧쯧, 나이가 들면 들수록 의심만 많아진다더니. 아직도 미심쩍은 거유?"

딱하다는 투로 한마디 쏘아준다.

"누, 누가 아저씨라는 건가! 난 자네들과 엄연히 동갑인 이십대 청춘이란 말일세, 이십대 청춘!"

장홍이 발끈해서 외쳤다. 그러자 비류연이 안됐다는 듯 혀를 차며 고개를 가로저었다.

"쯧쯧, 아무리 발악해도 시간의 화살은 막을 수 없는 법. 이제 그만 포기해요. 그리고 내가 지금 '아저씨'라고 했나? 그냥 나이가 들었다고 했지. 안 그래요? 흥 아. 저. 씨! 찔리는 건 있어갖고. 쯧쯧!"

"뭐, 뭐라고! 자네 말 다 했나?"

분함을 이기지 못한 장홍의 인상이 대번에 험악해졌다. 하지만 비류연의 태도는 여전히 태연자약하기만 했다.

"말은 다 했지만 진실은 영원하죠. 원래 진실은 엄격한 법. 그걸 받아들이는 것 또한 용기. 젊어지고 싶다면 먼저 늙었다는 사실부터 인정해야 되는 거 아닌가? 자기 자신을 외면한 채 무슨 발전을 할 수 있겠어요? 안 그래요, 호응~ 아. 저. 씨?"

그치기는커녕 청산유수같이 이어지는 비류연의 달변 공세에 장홍은 앓는 소리를 냈다.

"끄응, 내가 자네랑 입씨름을 하다니 미쳤지, 미쳤어! 본전도 못 뽑을 것을. 그 얘긴 그만 하고 본론으로 돌아가세."

"그럼 믿는 셉니까?"

"그래, 믿지, 믿어. 그런데 믿는다 해도 정말 그 친구 혼자서 되겠나?"

"괜찮아, 궁상이도 있으니깐."

걱정 말라는 투로 비류연이 대답했다.

"자넨 분명 오래 살 걸세!"

그의 태평함에 질린 장홍이 속으로 투덜거렸다.

'전혀 걱정이 안 되나? 아님 나도 모르는 새 이미 이중 삼중의 안배를 다 마쳐 놓은 건가? 그렇지 않고서야 아무리 심장이 강철로 됐다 해도 저리도 느긋할 수가 있겠는가!

"준비된 자만이 다가올 미래를 느긋하게 기다릴 수는 없는 법. 그편이 정신 건강에도 훨씬 좋다구요."

열심히 젓가락을 놀리며 비류연이 여유 넘치는 목소리로 말했다.

"물론 그렇기야 하겠지. 근데 자네 지금 먹고 있는 게 뭔가?"

연신 부지런히 젓가락을 놀리는 비류연을 보며 장홍이 물었다. 그가 여기 왔을 때부터 그의 손에 계속 들려 있던 것이었다. 검은 칠기로 만든 찬합이었는데, 밥과 여러 가지 반찬들이 들어 있었다. 하지만 그 반찬이 정확히 무엇인지는 장홍 자신의 눈썰미로도 판별할 수 없었다. 그가 요리에 문외한이어서가 아니라 형체를 파악하기가 불분명했던 까닭이다.

"아, 이거. 사식."

"사식? 혹시 그 안에 독 들어 있는 것 아닌가?"

심각한 표정으로 장홍이 물었다.

"왜? 아무 일도 없는데?"

"그렇지 않고서야 누가 자네에게 손수 만든 사식을 넣어준단 말인가? 분명 독이 들어 있을 걸세. 암, 그렇고말고."

거의 확신에 찬 어조로 장홍이 말했다.

"걱정도 팔자요. 나한테도 그럴 만한 사람이 있다구. 그건 그렇고 이 야채볶음 말이야, 재료의 절단면은 가히 신의 경지라 할 만한데, 화력 조절에 실패한 것 같아. 냠냠얌냠!"

"자네 잘도 그런 걸 맛있게 먹을 수 있군 그래."

"응, 그야 이 도시락엔 사랑이 담겨 있으니까 그렇지. 사랑하는 님이 만든 건데 당연히 맛있게 먹어야 하지 않겠어?"

"사랑하는 님? 그게 대체 누군데?"

상식인을 자처하는 장홍으로서는 그런 불가사의한 존재가 이 강호에 존재한다는 사실을 믿을 수 없었다.

"나한테 그런 사람이야 딱 한 사람뿐이지."

뻔한 걸 왜 묻느냐는 투로 비류연이 반문했다.

"서, 설마… 그럴 리가……."

아무리 상상력을 동원해 봐도 상상이 가지 않았다.

"바로 그 설마 맞아. 냠냠."

입을 오물거리며 비류연이 건성으로 대답했다.

그러면서 또 한입 집어넣는다.

"마, 말도 안 돼! 설마 그 나예린 소저가? 거짓부렁 치지 말게."

장홍의 두 눈이 경악으로 휘둥그레졌다. 하지만 허풍에도 정도가 있는 법, 무절제한 허풍은 어떤 설득력도 지니지 못한다는 게 그의 평소 지론이었다.

"거짓말은 무슨, 엄연한 사실인데. 때론 현실이 상상을 능가한다는 사실도 몰라요? 허구보다 더 허구처럼 보이는 현실도 있는 법이라구. 예린이 굳이 타인의 빈약하고 볼품없는 상상력에 맞춰 행동할 필요는 없잖아?"

"그건 그렇지만… 자넨 그 귀한 걸 먹으면서 잘도 그런 소릴 지껄일 수 있었군 그래. 그게 설마 나 소저가 만든 음식이었더니……. 예린 소저가 만든 음식이라면 그 안에 독이 들어 있다 공표해도 행복하게 먹을 사람들이 줄을 서 있다는 걸 모르나? 황제도 먹을 수 없는 음식이라 그 말일세."

이 사실이 알려지면 또다시 비류연은 만인의 공적이 되리라. 안 봐도 눈에 훤했다. 자기들의 우상을 변화시키지 마라. 정확하게는 오염시키지 마라, 라고 말할 게 뻔했다. 그런 여신 따위 보고 싶지 않으니까. 그들에게 그녀는 잡을 수 없는 달이면 족했다.

달은 결코 땅에 내려와서는 안 되었다.

*　　　*　　　*

어둠에 몸의 대부분을 갉아 먹힌 달은 이제 반쪽짜리 지륜(指輪) 같은 엷은 빛의 찌꺼기만 남긴 채 하늘의 중앙에서 지평선 바로 위까지 끌어내려져 있었다. 별은 밤바다의 칠흑 같은 수면 아래에 빠져 익사한 지 오래였다. 자신의 행위가 드러나지 않는다는 것은 뒤가 켕기는 일을 하고자 하는 사람들에게 묘한 안도감을 가져다준다. 철저한 익명성이 보장되는 덕분에 자신의 행동에 대해 눈을 돌리는 것이 그 어느 때보다 수월해지기 때문이다. 범죄를 촉탁하는 듯한 그런 밤이었다. 습격하기 좋은 날이었고, 습격받기 좋은 날이기도 했다. 순간적인 오싹함에 몸을 부르르 떨며 남궁상은 조용히 뜰 위에 내려섰다. 밤의 한기 때문은 분명 아니었다.

'대사형이 또 무슨 얼토당토않은 괴(怪)생각이라도 하나?'

불길한 느낌이 들었다.

마음과 생각은 행동을 일으키기 위한 동력원이라는 게 대사형 비류연의 지론이었다. 거기까진 좋다. 아주 좋다. 아무 이상 없다. 훌륭하기까지 하다. 근데 문제는 그의 경우 그게 좀 정도가 심했다. 생각과 행동 사이의 간격이 너무 없다 보니 때때로 거의 허무맹랑한 망상까지도 현실화되어 버리는 경향이 종종 있었던 것이다.

현실화된 망상의 가장 큰 피해자는 물론 그들 주작단이었다. 그중에서도 자신이었다. 자신이 지금 이곳에서 이러고 있는 것도 그것과 전혀 무관하지 않았다. 평범하게 살고 싶었지만, 매일매일 비상식을 현실 속에 토해내는 대사형 비류연 곁에서는 허망한 꿈에 불과했다. 하루빨리 이

지긋지긋한 악연이 끝나기를 속으로 빌지만 큰 기대는 하지 않는다. 기도만으로 안 되는 게 있는 것이다.

"기도? 웃기시네. 빌기만 하면 하늘에서 뭔가 뚝 떨어질 거라 생각하는 거냐, 지금? 신이 무슨 만능심부름꾼이라도 되는 줄 아냐? 신의 수준을 깔봐도 정도껏이지. 그게 오히려 신에 대한 모독이란 걸 왜 몰라? 아무 행동도 안 하면서 뭔가를 바라는 것만큼 뻔뻔한 일도 드물지. 암, 드물고말고. 가장 큰 기도가 뭔 줄 알아? 그건 바로 행동이야! 기도를 왜 하는 줄 아냐? 생각을 실천으로 옮기기 위한 의지를 다지기 위해서 하는 거라구."

그런 대사형을 상대하려면 기도만으로는 약발이 안 먹힐 게 분명했다. 차라리 그보다는 자기 자신을 단련해서 대사형을 이길 만한 실력을 쌓는 쪽이 훨씬 현실감있었다.

"진짜 나타나긴 나타나는 걸까? 이거 괜히 헛수고만 하는 거 아냐?"

바로 그 대사형이 예상하기로는 오늘쯤이었다. 사실 예상이라고 할 것도 없었다. 공손절휘는 바보라도 능히 알아챌 수 있을 정도로 단순 반복적 규칙성을 가지고 일을 벌여왔던 것이다. 바보 같은 짓이었다. 하지만 덕분에 오히려 남궁상으로서는 덕을 볼 수 있었다.

"하루도 거르지 마! 바로 미끼를 잡은 다음날 만반의 준비를 갖추고 대비해. 발빠른 자들이라면 분명 바로 그 다음날 곧바로 다시 습격해 올 거야. 팔 할 정도의 확률이지. 하지만 그놈들이 조금 눈치가 없고 굼뜨다는 가정하에서 하루나 이틀 정도 유예를 둘 가능성도 배제할 수는 없지."

"만일 안 나타나면 어떡하죠?"

"그럼 할 수 없지. 또 습격하는 수밖에."

습격이란 말을 너무도 가볍게 입에 담는 비류연을 찌푸린 눈으로 바라보며 남궁상이 반문했다.

"또요?"

"그래. 아무 녀석이나 만만한 녀석 하나를 잡아서 처리하도록 해. 단, 하루도 거르지 마. 그 다음날 저녁에도 반드시 나타날 거라는 확신을 심어주는 게 중요해. 적이 나를 신뢰하도록 만들어야 한다 이 말이야. 알아듣겠냐?"

"꼭 그래야만 합니까… 아무 잘못도 없는 사람들에게……."

"사건이 이렇게까지 크게 벌어졌는데도 여태껏 대비 안 한 녀석들이 잘못이지. 불행이 자기 한 사람만 비켜갈 거라고 생각했다면 그게 아니란 걸 보여주는 수밖에!"

"그런……."

남궁상의 입이 쩍 벌어졌다. 아무렇지도 않다는 듯한 무사안일한 태연함의 극치에 질려 버리고 말았다. 한두 번 겪은 게 아닌데도 아직 적응이 잘되지 않았다.

"순찰 도는 녀석들한테 걸리지 않도록 조심하고!"

남궁상은 자신이 죽기 전에 남긴 비류연의 마지막 경고가 떠오른다. 그렇다! 자신은 죽었다, 공식적으로! 자신이 죽은 후에 벌어질 광경을 한 명의 관조자로서 바라본다는 것은 묘한 기분이었다. 수십 년의 세월이 지나고 피할 수 없는 운명의 그날이 오면 그때도 이런 분위기, 이런 모습일까? 이런 걸 미리 예행연습이라도 하듯 훔쳐볼 수 있는 것은 과연 행일까, 불행일까? 결코 같지는 않을 것이다. 현재는 과거의 제약을 받게 마련이기에. 수십 년의 미래가 과거가 되어 만들 그때의 모습은 결코 지금과 같을 수 없으리라. 그런 생각을 하니 조금 우울해졌다. 이미 자신은 비류연이란 이 인간을 대사형 삼은 그 업보로 인해 범죄자로 낙인찍혀 버린 게 아닌가 하는 섬뜩하기 짝이 없는 예감이 엄습했던 것이다. 과연 앞으로의 자신은 그 그림자로부터 벗어날 수 있을까? 자신의 의지가 약하기 때문인 것을 감히 누구를 탓할 수 있겠는가.

'제발 오늘 나타나라……'

남궁상은 속으로 조용히 그렇게 비는 수밖에 없었다. 간절히 바라면 이루어진다고 하지 않던가. 대사형의 말대로 바란다는 것이 단순히 골방에 처박혀 기도만 하는 게 아니라 그것을 이루기 위해 자신이 할 수 있는 모든 것을 다 하고 하늘의 뜻을 기다리는 것이라면 자신도 할 만큼은 했다. 이미 죽기까지 했으니까. 더 이상 죽은 채로 남아 있는 것은 사양이었다. 게다가 자신의 뒤를 따라오는 공손가의 젊은 친구랑도 하루빨리 헤어지고 싶었다.

'령아……'

갑자기 진령이 미칠 듯이 보고 싶었다.

'그래, 하늘에 소원 비는 사람이 어디 한둘인가! 언제 돌아올지 모를 번호표 받은 채 하릴없이 기다리는 것보다 직접 해결하는 게 더 빨라!'

그 모든 사람들 민원을 몽땅 해결해 주려면 하늘도 눈코 뜰 새 없이 바쁠 게 분명했다. 남궁상은 초상비(草上飛)의 신법을 전개하여 소리없이 중앙표국의 한쪽 담 그림자 밑으로 접근했다. 풀만 밟으며 그 반동으로 움직였기에 어떤 잡음도 울리지 않았다. 밤 보초는 조금 전 이곳을 지나간 터라 한참은 오지 않을 터였다.

'좋아!'

남궁상은 안심하고 담을 넘을 준비를 했다. 경계가 잠시 게을러졌다. 그러나 방심은 금물이라고 했던가? 그를 불러 세우는 목소리가 있었다.

"사내대장부라면 모름지기 대도행(大道行)을 해야 하거늘 어찌 도둑 괭이처럼 살금살금 움직이는가?"

등 뒤에서 느닷없이 들려온 여인의 준엄한 꾸짖음에 남궁상은 화들짝 놀라 몸을 핵 돌렸다. 어느새 나타났는지 성장을 모두 갖춰 입은 진소령이 팔짱을 낀 채 엄한 눈초리로 그들을 바라보고 있었다. 허리에 검까지 매달려 있는 것으로 보아 이미 준비를 다 마치고 기다리고 있었던 모양이었다.

"어제도 비슷한 일이 있었던 것 같은데? 벌써 이로써 두 번쨴가?"

어제는 들어오려다가, 오늘은 나가려다 딱 걸리고 만 남궁상은 은신잠행(隱身潛行)에 대한 자신의 미숙함을 반성하지 않을 수 없었다. 고백하자면 소위 강호에서 야행술(夜行術)이라 불리는 은신잠행술에 대한 그의 성적은 다른 여타 과목에 비해 그다지 썩 좋은 편은 아니었다.

"예의 그 습격자를 잡으러 가나?"

"네… 그렇습니다."

감히 거짓을 고할 수 없기에 남궁상은 사실대로 고했다. 설령 반대한다 해도 자신의 의지를 꺾을 생각은 없었다. 가야 할 만한 충분한 이유가 있었기에. 충분히 주의를 기울이지 못한 자신이 원망스러울 따름이었다.

"나도 함께 가겠다."

갑작스레 진소령이 선언했다. 거부를 용납하지 않겠다는 태도로 그녀는 단숨에 핵심에 접근했다.

"예? 하, 하지만……."

그건 정말 뜻밖의 반응이었다. 갑작스레 닥친 의외의 사태는 단숨에 남궁상의 사태 처리 능력을 넘어서고 말았다. 그것은 그의 예상 범주 안에 포함되어 있지 않은 열외의 일이었던 것이다. 고작 말이나 더듬는 게 전부였다. 거절하자, 아니, 반드시 거절해야 한다. 남궁상은 그렇게 결심했다. 진소령이 이 일에 끼어들 이유가 없었다.

"불가(不可)합니다. 저희들만 가게 해주십시오."

"왜 안 되지? 이유를 들어볼까?"

조용하고 침착한 응대였지만, 만일 설득력없다면 무시하겠다는 뜻이 듬뿍 담겨 있었다.

잠시 망설이던 남궁상이 간절한 목소리를 담아 외쳤다.

"당신께 폐를 끼치고 싶지 않습니다!"

진소령은 감동하지 않았다, 전혀!

"전혀 설득력이 없군. 그게 나에게 폐가 되는지 안 되는지 자네가 어떻게 판단할 수 있나? 그런 판단은 전적으로 나의 의지에 달려 있는 걸로 알고 있는데, 그동안 내가 잘못 알아온 건가?"

별 희한한 소릴 다 들어보겠다는 투로 진소령이 반문했다. 말이야 바른말이지, 무엇을 택할 것인지 스스로 결정하고자 하는 진소령의 주체적 지향에 타인에 불과한 남궁상이 감 놔라 배 놔라 할 수는 없는 일이었다.

"그, 그건… 사회 통념적으로……."

변명 시작부터 말문이 막혔다.

"만일 내가 그 사회적 통념을 거부한다면?"

진소령이 반문했다.

"…자신의 의지에 따르셔야겠지요."

비류연과 오랜 시간 엮인 덕분에 남궁상은 포기해야 할 때와 포기하지 말아야 할 때를 구분하는 법을 익혔다. 이건 확실히 전자였다. 만근거력도 그녀의 굳은 의지를 뒤흔들 수는 없을 것 같았다.

"그럼 결정난 건가?"

사실 남의 의지에 자기가 함부로 개입해서 왈가왈부하는 것도 주제넘는 짓이었다.

"예, 그렇습니다."

남궁상은 고개를 푹 숙이며 대답했다. 그러나 남궁상의 수난은 아직 여기가 끝이 아니었던 모양이다.

"잠깐! 진 소저께서 가신다면 나도 간다."

그것은 매우 당연하고 지극히 자연스러운 일이라는 투로 말하며 나타난 이는 점창제일검 유은성이었다.

'저 아저씬 또 왜?'

남궁상은 속으로 비명을 두 번 질렀다. 지끈거리는 골을 쥐어 싸매고 싶은 심정이었다. 그러나 그런 호사를 누릴 여유는 주어져 있지 않았다.

"왜 대답이 없나? 설마 불만인 건가?"

강경한 어조로 유은성이 재차 물었다. 거부를 용납하지 않는 패기 가득한 목소리. 그에게 있어 남궁상이나 공손절휘가 어찌 되든 아무런 상관도 없었다. 이 남자의 관심사는 오로지 진소령뿐이었다.

"그, 그건……."

바야흐로 남궁상의 사태 처리 능력은 마비 상태에 이르렀다. 진소령 한 사람도 감당하기 힘든데 거기에 거의 동급이라 할 수 있는 유은성까지 따라붙겠다니. 이 일은 은밀 기동이 생명인데 이래서는 식구가 너무 많아지고 말았다.

"뭔가, 그 거무죽죽한 얼굴은? 설마 자네……."

날카로운 어조로 유은성이 추궁하자 남궁상은 급히 손사래를 쳤다.

"아닙니다. 그럴 리가요. 아무런 불만도 없습니다."

'에라, 될 대로 되라! 난 모르겠다.'

당시 남궁상의 마음에서 울려 퍼지던 공허한 메아리였다.

"두 분께 폐를 끼치고 싶지 않았습니다. 그런데 결국 이렇게 되고 마는군요."

풀 죽은 목소리로 남궁상이 말했다.

"신경 쓸 필요 없다. 이것은 너의 선택이 아닌 나의 선택이니 말이다. 아직 자네를 그 아이의 배필로 인정한 것은 아니지만, 만일 자네에게 무슨 일이 생긴다면 그 아이는 분명 슬퍼하겠지? 그 아이가 슬퍼하는 얼굴은 아직 보고 싶지 않구나. 게다가……."

"……?"

"게다가 만일 너에게 무슨 일이 생기면 나는 누구랑 싸워야 하느냐? 싸울 상대가 없어지고 말지 않겠느냐?"

"가, 감사합니다, 고모님!"

코허리가 시큰해진 남궁상이 감격한 목소리로 대답했다. 그러자 진소령이 정색하며 말했다.

"잠깐! 아직 그 호칭으로 날 부르지 마라. 그 호칭으로 나를 부르기 위해서는 약속된 승부에서 날 이겨야 한다. 알겠느냐?"

그녀는 맺고 끊는 게 확실한 여인이었다.

"알겠습니다, 진 여협!"

남궁상이 또박또박한 목소리로 대답했다. 얼렁뚱땅 넘어가려던 경솔한 자신을 책망하지 않을 수 없었다.

"그럼 가도록 할까요, 유 대협?"

"그러지요."

"그전에 우선……."

진소령이 잠시 말을 끊었다. 그리고는 뒤돌아보지도 않고 조용한 목소리로 말했다.

"뭣 하고 있는 게냐? 어서 나오지 않고?"

엄격한 한마디에 삼 장쯤 떨어진 객사 구석에서 부스럭거리는 소리가 들렸다. 보이지 않는데도 망설이는 기색이 역력히 느껴졌다.

"빨리 나오너라. 뭘 그리 꾸물거리느냐? 내가 직접 끌어내야겠느냐?"

그제야 두 사람이 어두운 그림자 아래에서 모습을 드러냈다. 유란과 유운비였다. 두 사람은 모두 켕기는 게 있는지 뻘쭘한 얼굴이었다. 움직이는 품새 또한 감옥에 끌려가는 죄수의 걸음걸이를 보는 듯 위태롭고 엉거주춤했다. 옆에 있던 유은성이 그 모습을 보며 한심하다는 듯 혀를 끌끌 찼다.

"거기서 야심한 밤에 남녀 둘이서 무슨 짓을 하고 있었던 거냐?"

"무, 무슨 짓이라뇨. 저흰 그저……."

어떻게 들으면 매우 야해질 수 있는 그런 질문에 두 사람 모두 당황해서 어쩔 줄을 몰라 했다. 따라오고 싶었던 것이다. 한몫 끼고 싶었으리라. 그러나 두 사람 다 아직 반편이 검객들을 데리고 갈 만큼 생각이 없지는 않았다.

"너희들에게는 아직 무리다. 두 사람은 여기 남아 있도록 해라!"

진소령이 단호한 어조로 딱 잘라 말했다. 고개를 떨군 채 무릎을 꿇고 있던 유란과 유운비의 고개가 번쩍 치켜들렸다.

"어째서요? 저희도 데려가 주세요, 사부님."

유란이 애원했다. 유운비도 거들었다.

"부탁입니다. 저희도 데려가 주십시오!"

진소령은 고개를 가로저었다. 그리고는 약간 엄하면서 슬픈 목소리로 말했다.

"그런 당연한 이야기를 꼭 다시 한 번 내 입에서 듣고 싶으냐? 그렇게 나를 무능한 사부로 만들고 싶은 게냐? 날 더 이상 무능한 사부로 만들지 말아주려무나."

"그, 그건……."

유란의 고개가 아래로 떨구어졌다. 너무 뻔한 이유 하나 제대로 유추해 내지 못하는 무능무지한 제자를 길러냈다는 오명을 갖지 않게 해달라는 뜻임을 알아차렸던 것이다.

'너희들은 약하다!'

그녀라고 해서 어찌 그 질문에 포함된 이면의 의미를 알아차리지 못했겠는가. 다만 알면서도 인정하고 싶지 않은 일이 있는 법이다.

"진 소저의 말씀대로다. 이 일은 너희들이 함부로 끼어들기엔 너무 위험천만하다. 너희들이 왜 이곳에 왔는지 잊지 말아줬으면 좋겠다. 너희들은 살인 사건의 범인을 잡기 위해서가 아니라 천무학관에 입관하기 위해 왔음을. 자기가 할 수 없는 일에 뛰어들기 전에 먼저 자신이 할 수 있는 일을 찾거라!"

일언지하에 거절당하고 말았다. 당연했다. 발목을 잡을 수 있는 것은 물론이고 큰 부상을 입을 수도 있었다. 심지어 죽을 수도 있었다. 장난치러 가는 게 아니었다. 지금 그들이 가야 할 곳은 자칫 잘못하면 철과 철이 부딪치는 불꽃 아래에서 생명이 교차할 수 있는 실전의 장이었다.

"더 이상 이견은 없는 줄 알겠다."

반항은 젊음의 특권?

— 말린다고 말려지는 것이 아니다

그리고 그들 넷은 떠났다.

중앙표국에는 아직 젊은 혈기와 열정을 주체하지 못하는 소년, 소녀 두 사람만이 남겨졌다. 두 사부, 사백님과 눈엣가시 같은 남궁상과 꽤나 취향인 공손절휘가 사라지자 유란은 재빨리 부풀어 있던 두 볼의 바람을 빼고는 초롱초롱한 눈빛으로 시무룩해 있던 유운비를 바라보았다. 유운비도 그녀와 같은 생각이었는지 두 사람의 시선이 딱 마주쳤다. 이미 시무룩함은 사라진 그의 눈은 생기로 반짝이고 있었다.

"어찌시겠어요, 유 소협?"

"예, 어떻게라뇨?"

어리둥절해하는 유운비의 반문에 유란이 짜증스런 어조로 나직이 소리쳤다.

"그냥 얌전히 여기서 죽치고 앉아 있을 건지 묻고 있잖아요."

유운비는 대답 대신 밤하늘을 한 번 올려다보았다.

"왜요? 하늘에 뭐 두고 온 거라도 있어요?"

그제야 유운비는 시선을 돌려 유란을 바라보았다.

"아뇨, 좋은 밤이다 싶어서요. 달도 없고. 알면서 묻다니 유 소저도 참 짓궂습니다."

두 사람의 입가에 악동의 미소가 어렸다. 사부의 속을 팍팍 썩이는 제자들의 입에서 종종 발견되곤 하는 그런 종류의 미소였다.

"진짜 괜찮겠어요? 댁의 큰 백부님께서 가만 안 놔두실지도 모르는데도요?"

유란이 짓궂은 목소리로 유운비의 아픈 곳을 찔렀다. 유운비의 얼굴이 살짝 일그러졌다. 그가 가장 두려워하는 사람이 바로 그의 큰 백부이자 사백인 점창제일검 유은성이었던 것이다.

"두렵지 않다면 거짓말이겠지요. 하지만 그때는 그때, 지금은 지금 아니겠습니까? 이런 절호의 기회를 그냥 멍하니 놓쳐 버릴 수야 없죠. 유 소저야말로 괜찮을까 걱정입니다. 신녀님께서는 꽤 규율에 엄하다고 들어서 말이죠."

자신만 당하고 있을 수만은 없다는 생각에 유운비는 반격을 감행했다.

"오호호호호! 걱정없어요, 걱정없어. 전혀 걱정없어요. 사부님도 반드시 이해해 주실 거예요."

손을 입가에 가져다 대고 요란하게 온몸으로 웃는, 크고 높고 날카로운 웃음이었지만 어쩐 일인지 매우 가식적으로 들렸다. 웃고 있는 것은 목소리뿐, 그녀의 눈은 전혀 웃고 있지 않았다. 그대로 그들은 젊었고 반항을 젊음의 특권쯤으로 여기고 있었다.

"이번엔 웬일로 저랑 마음이 맞았네요!"

하지만 마음이 맞았다 해도 그녀의 진행 속도는 너무 지나치게 빨랐다. 유란이 그 자리에서 입고 있던 무복을 훌훌 벗기 시작하자, 그녀의 갑작스런 이 대담한 행동에 유운비는 화들짝 놀라 외쳤다.

"유 소저… 무, 무슨 짓입니까! 전 아직 마음의 준비가……."

그러나 이미 젊은 청년의 방심은 열정으로 뜨겁게 화르륵 불타오르고 있었다. 아무리 세차게 손사래를 치고 눈을 질끈 감은 채 맘에도 없는 말을 더듬고 있어도 마음의 화재(火災)만은 어쩔 수 없었다. 질끈 감았던 눈 주위 근육의 힘은 어느새 빠져 있었고, 시커멓던 시야가 빼꼼히 열렸다.

"댁이야말로 무슨 황당한 짓거립니까, 유.운.비. 소.협?"

아니, 어느새? 안타깝게도 젊은 청년의 가슴에는 청천벽력할 일이었지만 눈앞에 펼쳐진 것은 한 여인의 아름다운 나신(裸身)이 아니었다.

"어?"

순식간에 검은 야행의(夜行衣)를 차려입은 유란이 이상한 눈으로 그의 광태(狂態)를 뚫어져라 바라보고 있었다. 그녀는 이미 무복 아래에 야행의를 몰래 갖춰 입고 있었던 것이다.

"유 소협도 빨리 옷을 갈아입으세요. 설마 그런 옷을 입고 두 분의 뒤를 밟을 만큼 어리석지는 않겠죠?"

우회적인 비난이었다.

"그건……."

유운비는 자신의 옷을 바라보았다. 넉넉한 소매, 바람에 펄럭이는 청색 두루마기… 어디서나 흔히 볼 수 있는 점창파의 공식 옷차림이었다. 그러나 그게 문제였다. 이런 넉넉한 소매와 풍성한 두루마기는 움직일 때 바람과 공기의 마찰을 통해 어쩔 수 없이 소리를 내게 마련이다.

때문에 경험이 많은 강호인들은 다들 언제나 야행의 한 벌을 따로 지참해 다닌다. 그것은 밤의 어둠 속에 자신을 녹아들게 하고, 몸에 딱 달라붙기에 소리가 잘 나지 않으며, 신발 또한 부드러운 털가죽으로 되어 있어 소리를 최대한 줄여준다. 은밀한 행동을 하기 위해서는 가장 기본적인 도구라 할 수 있었다. 그런 이유로 인해 몇몇 광명정대를 표방하는 문파에서는 야행의 지참을 금지하고 있기까지 했는데, 그 옷을 입는다는 것은 난 어떤 의도가 있다는 것을 공식적으로 표명하는 것이나 다름없었기 때문이다. 그 때문에 보통 이 옷으로 갈아입는 것을 다른 사람의 눈에 들키면 매우 곤란한 일이 발생할 수 있었다.

"준비가 철저하시군요. 이 유모는 감탄했습니다."

"잔말 말고 빨리 갈아입고 와요, 두 분을 놓치기 전에."

"아, 알겠습니다."

허둥지둥 방에 들어간 유운비는 서둘러 야행의로 갈아입고 밖으로 나왔다. 검은 비단 야행의를 걸친 탓인지 그의 목 아래는 마치 어둠에 녹아들어 간 듯 잘 보이지 않았다.

"나중 일은 나중에 생각하도록 하죠, 중요한 건 지금이니까. 그럼 갈까요, 유 소협?"

"갑시다."

둘은 흙을 밟는 자그마한 소리조차 내지 않은 채 담을 넘어 어둠 속으로 녹아들어 갔다.

자신들의 가벼운 판단이 어떤 결과를 초래하게 될지 모른 채.

＊　　　　＊　　　　＊

"감히! 이 몸을 번거롭게 하다니!"

어둠 속에 몸을 숨긴 사내가 신경질적인 목소리로 투덜거렸다. 긴 앞머리가 눈을 가리는 독특한 머리 모양을 지닌 사내였다. 그 사내의 오른쪽 귀에는 황금으로 만든 다섯 개의 귀고리가 걸려 있었다. 바로 이시건이었다.

"이럴 줄 알았으면 부하 녀석들을 시킬 걸 그랬나?"

그는 지금 한 청년의 뒤를 은밀히 뒤쫓고 있던 참이었다. 오늘은 덮치기 위해서가 아니었다. 요 며칠간 자신이 깔끔하게 처리해 놓은 일에 초를 치려는 녀석이 나타났던 탓이다.

범인이 잡혔는데도 범행이 계속 일어나면 곤란했다. 그 비류연이란 망할 놈에게 씌워진 혐의가 점점 옅어질 수 있었다. 만약 한두 번으로 그쳤다면 단순한 모방 범죄로 치부할 수도 있었으리라. 그런데 설상가상으로 남궁상이라는, 남창으로부터 수천 리 떨어져 있는 마천각에서도 이름을 들을 수 있을 정도로 유명한 놈이 그 정체불명의 습격자에게 당해 덜컹 뒈져 버리고 말았다. 사태는 상상 이상으로 심각하게 변했고, 또다시 그 자신이 직접 움직이지 않을 수 없는 지경에 이르게 된 것이다.

한 손으로 뺨에 난 상처를 어루만지며 이시건이 신경질적으로 중얼거렸다.

"얼마 전 일도 있고……."

그 일만 없었어도 그냥 부하들에게 맡겨놓을 생각이었는데 마음이 놓이지 않아 예의적으로 이렇게 몸소 행차한 것이었다.

"저 녀석이 제물인가?"

자신이 뒤를 쫓고 있는 줄도 모르는 불쌍한 미끼는 밤바람을 막기 위한 피풍의를 걸치고 손에 '천무(天武)'라는 글자가 적힌 등롱 하나를 든 채 남창의 골목길 사이를 지나가고 있었다. 사내의 왼팔에 얼핏 보이는 것은 황금 완장이다. 아무래도 지금 순찰 중이었던 모양이다. 최근 잇따른 습격 사건으로 인해 모두들 몸을 사리고 있는데도 그는 용감하게도 혼자였다.

"쳇, 이제 밤바람 맞을 일 없을 거라 생각했는데……."

밤의 그림자 속에 숨어 사내의 뒤를 몰래 밟던 이시건의 입에서 불평이 터져 나왔다. 그는 이렇게 직접 실무를 뛰는 것보다 앉아서 명령을 내리는 게 더 적성에 맞았다.

'저놈을 따라가다 보면 그놈이 나오겠지? 그럼 둘 다 그 자리에서 우아하게 토막 쳐주마!'

증거 따윌 남기는 것은 용납되지 않았다. 바로 그때였다.

"잠깐 멈추시오!"

등롱을 들고 가던 황금 완장의 사내가 걸음을 멈추고 전면을 바라보았다. 어둠 속에서 피풍의를 머리까지 뒤집어쓴 한 남자가 느릿한 발걸음으로 걸어나왔다.

'저놈이다! 드디어 찾았다.'

피풍의 때문에 얼굴이 보이지 않았지만 이시건은 직감했다. 감히 자신의 완벽한 계획에 차질을 빚어놓다니, 그 죄는 오직 참혹한 죽음으로써만이 그 채무를 변제할 수 있을 것이다.

눈앞에서 두 팔을 교차시켜 열 개의 손가락을 들어올리는 그의 입가에 잔인한 회심의 미소가 떠올랐다. 더 이상 기다릴 필요 없다고 생각한 그의 대응은 성급할 정도로 재빨랐다.

"나의 손에서 춤춰라, 바람아!"

자운(紫雲) 암풍(暗風).

오의(奧義).

살식(殺式).

질풍참살(疾風斬殺).

"갈기갈기 찢겨 죽을지어다!"

"방심하지 마! 방심하는 그 순간이 곧 죽는 날이니까."

미리 경고받지 않았었다면 아마 피하지 못했을지도 모른다. 날카롭게
곤두세워 뒀던 감각 안에 희미한 살기가 포착되자마자 그는 재빨리 신형
을 날렸다.
'감각을 최대한 활성화시켜 놔!'
대비하고 피한다고 했는데도 불구하고 보이지 않는 칼날이 그의 옷자
락을 스치고 지나가자 옷자락이 예리하게 베어졌다.

"아마 추측컨대, 상처로 미루어보아 사검(絲劍)일 거야!"
"사검이라면 그……?"
"뭐, 이 몸에 비하면 백만 년은 멀었지만, 이 정도면 꽤 하는 수준이라
할 수 있지."
"어떻게 대처해야 합니까?"
"보고 피하려 하지 마, 그럼 이미 늦으니까. 보려 해봤자 잘 보이지도
않고."
"보고 피하지 말라구요?"
"그래. 낮에도 보기 힘든데 밤이면 더하지. 그러니깐 보는 건 포기해."
"그럼 그냥 죽으라는……."
뻑!
"누가 내 허락도 없이 죽으래? 맞을라꼬!"
"그럼……?"
"느껴!"

　가느다란 살기의 그물이 그들을 덮치려는 순간 남궁상과 또 한 명의 사내는 거의 동시에 몸을 날렸다. 그들이 몸을 피한 자리 위로 살기 어린 질풍이 무참히 휩쓸고 지나갔다. 그 여파는 상상 이상으로 강력했다.
　‘이대론 위험하다!’

　뇌전검법(雷電劍法) 구명절초(求命絶招).
　성막밀밀(星幕密密).

　남궁상의 검이 무수한 선을 허공중에 그리며 그의 몸을 보호하는 방패가 되었다.
　스샤샤샤샥!
　골목좌우로 뻗어 있는 담장에 실낱같은 상처들이 무수히 새겨졌다. 그러나 정작 베어야 할 그것은 베지 못했다.
　‘거기냐!’
　대사형의 조언대로 검막으로 몸을 보호한 채 위쪽으로 몸을 날린 남궁상은 재빨리 암습자가 있다고 예상되는 곳으로 신형을 날렸다.

　‘이, 이럴 수가!’
　절대 실패하지 않으리라 자신했던 공격이 실패했다는 충격에 이시건은 잠시 몸을 움직일 수 없었다.
　“자, 이제 정체를 밝혀주실까?”
　이시건이 다시 정신을 수습했을 때 그는 이미 자신이 표적으로 삼았던 두 사람에게 양쪽으로 포위당한 채였다. 잠시 당황하긴 했지만 그건 잠시 잠깐의 일일 뿐이었다. 그는 자존심이 남달리 강한 만큼 회복이 빨랐다.
　“쳇, 할 수 없군. 조용히 끝내려 했더니.”

그는 두 사람에게 포위당한 채로도 그다지 긴장하는 기색을 보이지 않았다. 그만큼 실력에 자신이 있었다. 그러나 그의 속마음은 상처 입은 자존심 때문에 부글부글 끓고 있었다. 자신의 기술을 피해낸 놈들이 이런 곳에 있다는 것을 인정하고 싶지 않았던 것이다. 이대로는 손상된 체면이 회복되지 않는다. 어떻게 하면 좋을까? 결론은 간단했다. 피해낸 놈들이 이 세상에서 사라지게 하면 깔끔하게 끝날 일인 것이다. 떠올려 놓고 보니 정말 아주 좋은 생각이었다.

"내 기술을 피하다니, 곧 죽을 몸들이지만 이름과 별호 정돈 기억해주마. 영광으로 알아라."

그가 해줄 수 있는 최대한의 배려였다. 역시 자신은 너무 멋진 남자였다. 물론 두 사람은 전혀 그렇게 생각하지 않았지만.

"당신, 뭔가 지금 단단히 착각하고 있는 것 아냐? 이름이 알고 싶다면 가르쳐 주지! 네놈을 잡아갈 이 몸의 성함은 천무학관 주작단 단주 남궁상이다! 사람들은 뇌전검룡이란 과분한 이름으로 불러주고 있지."

남궁상이 목을 뻣뻣이 치켜들며 당당한 목소리로 말했다.

"뭐, 뭐라고! 네놈이 바로 그 남궁상이라고!"

이시건이 경악하며 외쳤다.

"네놈은 죽었잖아?"

'그게 누구 때문이라고 생각하는 거야!'

"그래, 바로 당신 때문이었지. 댁만 아니었음 나도 죽을 일 없었다고."

이 일의 원흉을 눈앞에 마주 대하고 보니 자연스레 언성이 높아지는 남궁상이었다.

"그럼 그쪽의 형씨는? 쓰고 있는 복면은 이제 그만 벗는 게 어때?"

잠시 망설이던 복면인이 머리에 쓰고 있던 '두건'을 벗자 매우 준미한 얼굴이 그 안에서 나왔다. 자신의 미모에 나름대로 자신만만하던 이시건도 잠시 움찔하게 만드는 그런 미모였다.

"본인은 모용휘라 하오. 사람들은 보통 칠절신검이라 불러주고 있소."

그 이름을 들은 이시건의 눈이 크게 떠졌다.

'왜 그 검성의 후계자가 여기 이 자리에 있는 거지?'

짚이는 바가 전혀 없는 건 아니었다.

"이런, 제길! 함정에 걸린 건 나였단 말인가?"

"그걸 이제 아셨나? 의외로 둔하네."

남궁상이 빈정거렸다.

'재수가 없으려니……'

하지만 그에게는 아직 믿는 구석이 있었다.

아직 놀이는 끝나지 않았다.

채무 이행

―빚 청산

'나는 왜, 여기에서 이러고 있는 걸까?'

달조차 뜨지 않는 어두운 심야의 밤하늘 아래에서 모용휘는 속으로 반문하지 않을 수 없었다. 애석하게도 이유는 잘 알고 있었다. 다만 납득이 안 갈 뿐.

'선불일세.'

그때 비류연은 그렇게 말했다. 한참을 망설이던 모용휘는 내밀어진 친구의 손을 맞잡으며 말했다.

'외상일세!'

그러자 그의 친구는 절망하며 통곡했다.

'아아, 이럴 수가! 오호 통재라! 휘, 나의 친구여! 지난날 티없이 맑고 깨끗했던 너는 대체 어디로 가버리고 말았느냐! 한 점 티없이 순순했던 과거의 너를 이리도 타락시킨 이는 대체 누구란 말이냐! 아아! 아아! 예전의 그 귀엽고 순진했던 청년을 난 다시는 볼 수 없는 것인가! 이제 우

리는 어딜 가서 그를 찾아야 한단 말이냐! 아아, 하늘이시여, 하늘이시여!'

낯 뜨거울 정도로 과장스런 표현에 모용휘는 버럭 화를 내며 소리쳤다.

'누, 누가 귀엽고 순진한 청년이라는 건가?!'

비류연의 손가락이 곧장 모용휘의 심장을 향했다.

'바로 너! 그때의 너였다면 외상 같은 비도덕적이고 불성실스럽기 짝이 없는 언사는 감히 입에 담지 못했을 테지. 그것이 바로 타락의 증거!'

'남을 함부로 타락시키지 말아주게, 외상 따위로.'

'외상 따위라니! 이 친구 큰일 낼 친구네! 내 사전에 외상은 없네. 돈이 없다면 할 수 없지… 몸으로 갚는 수밖에!'

'모, 몸으로……'

'그래, 몸으로.'

'모, 몸으로 어떻게 말인가?'

마른침을 삼키며 모용휘가 물었다.

'흐흐흐, 땀 좀 흘려줘야겠어.'

'뭐, 뭐라고! 어떻게 그런 걸……'

순진무구한 청년 모용휘의 얼굴이 몰라볼 정도로 새빨갛게 변했다.

'야야, 너 지금 무슨 망상하냐? 아서라. 일없다. 그런 식의 몸과 땀 말고 다른 식의 몸과 땀 말야. 알겠어?'

'그, 그런가? 휴우~ 난 또……. 그런 거라면야……'

그때 고개를 끄덕이지만 않았더라도…….

'이렇게 되진 않았겠지!'

모용휘는 나직이 한숨을 쉬며 앞을 바라보았다.

"잠깐!"

막 그의 일 년 선배인 남궁상이 괴한에게 질문을 하나 던지고 있었다.

"잡아가기 전에 하나만 물어봐도 될까?"

이시건이 퉁명스런 어조로 대답했다.

"내키면 그 질문에 답해주지. 죽이기 전에 말이야!"

"내키지 않아도 들을 생각이지만… 굳이 그(비류연)를 택한 이유가 뭔가? 그가 너희들에게 위협적인 존재이기 때문인가?"

돌아온 것은 뀌다 만 콧방귀였다.

"흥, 위협적인 존재? 우리는 그 어떤 것으로부터도 위협받지 않는다. 비류연이란, 그런 웃기지도 않는 모습을 한 녀석의 이름 따윈 요 얼마 전까지만 해도 본 적도, 들은 적도 없었다. 들려오는 몇 가지 소문도 다들 황당하고 괴상한 것들뿐, 운수가 억세게 좋다는 것 이외에는 뭐 하나 제대로 된 얘기가 없었다. 아무도 그 무명지배(無名之輩)의 실력에 대해 관심조차 가지지 않더군. 다만 미워하고 증오하고만 있을 뿐이었다. 그런데 우리가 뭣 하러 그런 별 볼일 없는 놈을 무서워할 필요가 있지?"

그의 비류연에 대한 평가는 가차없었다.

"그럼 왜 굳이 그를 택했나?"

이시건은 어깨를 으쓱했다.

"사실 누구라도 상관없었다. 그저 지난번 화산지회의 우승자이기만 하면 그 누구라도 전—혀 상관없었지. 우린 단지 그 상징적인 명칭이 필요했을 뿐이야. 근데 설마 그렇게 고른 놈이 화산지회에서 '얼떨결'에 우승한 놈인 줄 어떻게 알았겠나? 사실 그 때문에 고민도 좀 했지. 용천명이라던가 마하령이라던가, 아니면 저쪽에 서 있는 모용세가의 도련님이라던가 좀 더 그럴듯하게 보이는 인간들도 많았거든. 여기 와보니 모두들 그러더군. 그놈, 비류연은 비겁한 놈이라고. 화염 때문에 우왕좌왕하며 정신없는 틈을 타서 엉겁결에 우승을 차지한 천하의 비겁무쌍한 놈이라고, 다들 입 모아 성토하더군. 상금에 눈이 멀어 그런 비겁한 짓을 서슴없이 저지르다니 천하에 나쁜 놈이라고 말이야."

아무래도 관주 집무실 앞마당에서 벌어졌던 궐기대회를 이야기하고 있는 모양이었다.

'뭐, 상금도 목적 중 하나였겠지.'

남궁상도 그 부분에 있어서는 전적으로 동의하는 바였다.

하지만 그것이 전부가 아니라는 것도 그는 알았다. 언제나 일석삼조 이상의 극대화된 효율을 노리는 것이 바로 비류연이란 인간이었다.

'역시 이 녀석은 그 사람의 진면목을 몰라!'

그때 그 광경이 꽤나 웃겼던지 회상하던 이시건이 피식 웃으며 말을 이었다.

"그래서 우리가 손을 쓰기도 전에 자기들이 먼저 죽이려 하더군. 살다 살다가 그런 꼴을 보긴 또 처음이었지. 별로 여론 조작 같은 걸 할 필요조차 없더군. 꽤 재미난 구경거리였다. 그런 걸 보고 자중지란(自中之亂)이라고 하나?"

자신 역시 천무학관의 일원이었고 그들 역시 천무학관의 일원이었기에 남궁상은 자신의 얼굴이 다 화끈거렸다.

"그런 걸 적에게 지적당하다니 좀 부끄럽긴 하군. 내 얼굴 좀 빨개지지 않았나? 그 보답으로 충고 하나만 하지!"

"충고? 무슨 충고?"

남궁상이 냉소하며 말했다.

"당신은 아직 몰라, 그의 진짜 무서움을. 몰라도 정말 한참 모르고 있어. 그 무지(無知)가 자신의 목을 죄는지도 모르고 말이지. 안 그런가, 휘?"

모용휘가 동의한다는 뜻으로 고개를 끄덕였다.

"그는… 좀 무섭죠."

"이보게, 휘. 그 사람한테 직접적이고도 금전적인 피해를 안겨주고 정말 저 친구가 무사할 거라 생각하나?"

이시건을 사이에 두고 모용휘가 매우 회의적인 투로 대답했다.

"그건 좀 힘들다고 생각합니다, 선배님. 저도 빚 한 번 잘못 져서 이 한밤중에 이 자리에 있는 것이니까요."

그 마음 왜 이해 못하겠냐는 듯 남궁상이 고개를 끄덕였다.

"이해하네, 이해하고말고. 그래도 자넨 나보다 행복한 줄 알아야 하네. 빚은 갚으면 청산할 수 있지만, 아무리 발버둥 쳐도 청산이 안 되는 지긋지긋한 인연이란 것도 있단 말일세."

남궁상이 푸념하며 말했다. 이미 그들 사이에 끼어 있는 이시건의 존재는 안중에도 없는 모양이었다.

"그게 무슨……."

비류연과 남궁상과의 관계를 자세히 모르는 모용휘는 남궁상의 한탄에 어리둥절할 수밖에 없었다.

"아닐세, 그냥 푸념일 뿐이었네. 절. 대. 그 사람에겐 말하지 말게."

남궁상이 다짐시키며 말했다. 너무나 진지하고 왠지 간절한 어조였기에 모용휘는 차마 거절할 수 없어 '네' 라고 대답했다.

이 광경을 멀뚱히 지켜보고 있던 이시건의 입에서 헛웃음이 흘러나왔다.

"허허……."

태어나서 이렇게 깔끔하게 '개무시' 당한 적은 처음이었다. 어느새 주제와 관심사는 자신에게서 그가 한 번도 본 적이 없는 비류연이란 인물에게로 옮겨가 있었던 것이다. 어떤 힘이 그 일을 가능케 했는지는 그의 관심사가 아니었다. 그는 불쾌했고, 어떻게든 쌓인 화를 풀어야 했다.

"자자, 그럼 이제 잡담은 끝난 것 같으니 이제 그만 죽어주실까?"

양손을 탁탁 털며 이시건이 말했다. 남궁상은 어이가 없었다.

"너무 자신만만한 것 아니오? 이쪽은 둘인데, 과연 그게 가능하기나 하겠소?"

"물론!"

자운(紫雲) 암풍(暗風).

오의(奧義).

질풍인(疾風刃).

흑응비섬(黑鷹飛閃).

이시건이 매의 손톱처럼 구부린 양손을 가슴 부근에서 교차하자 다시 한 번 보이지 않는 질풍이 몰아닥쳤다.

백 년 만의 재현
—후예사일(后羿射日)

"난 존재하지도 않나?"

공손절휘는 이시건과 남궁상, 그리고 그가 평생의 숙적으로 여기고 있는 모용휘조차 자신의 존재를 망각하고 있다는 사실에 화가 났다. 상대는 그를 적으로 간주하지 않았고, 남궁상과 모용휘는 그를 전력으로 여기지 않았다. 그래서 화가 났다.

'이대로 무시당하고 있을 수야 없지!'

이 승부욕에 불타는 청년은 어떻게든 자신의 존재를 부각시키고 싶었다.

'감히 공손씨를 무시해……'

무시당하는 것은 그의 가문 사람 모두가 가장 싫어하는 일이었다.

'기다려라! 반드시 공손씨의 실력을 다시 보게 만들어주마!'

자신이 가장 극적으로 등장할 수 있는 기회를 호시탐탐 노리고 있던 그에게 마침내 기회가 왔다.

한순간 이시건이 그에게 등을 보인 것이다.

'이때다!'

공손절휘는 기회를 놓치지 않고 지존검법의 절초를 펼치며 적을 무찔러 갔다. 뒤늦게 그 모습을 발견한 남궁상의 입에서 경호성이 터져 나왔다.

"안 돼! 유인책이야!"

'뭣?'

그러나 이미 기호지세인지라 공손절휘는 초식을 물릴 수 없었다. 그는 아직 초식의 발출과 회수가 자유자재로 능수능란하게 이루어지는 경지에 이르지 못하고 있었던 것이다.

'걸렸군!'

내심 회심의 미소를 지으며 이시건은 기다렸다는 듯이 위력적인 살초를 내뿜었다.

'우선 한 놈 잡고!'

이럴 땐 약한 놈부터 때려잡는 게 최고였다.

서늘한 바람이 공손절휘의 코앞에서 휘몰아쳤다.

'이제 끝장인가……'

공격을 방어로 돌리기에는 이미 때가 늦어 있었다.

'젠장! 끝이다!'

공손절휘는 눈을 질끈 감았다. 만일 그의 할아버지가 알았다면 위기를 극복할 생각도 안 해보고 너무 일찍 서둘러 포기했다고 경을 쳤을 일이었다.

그때 저 뒤편에서 비명이 들려왔다.

"그만두시오, 진 소저! 위험……!"

어디선가 튀어나온 검광이 그의 앞에서 번득였고,

그리고 피가 튀었다.

"꺅! 사부니… 웁!"
몰래 숨어서 상황을 지켜보던 유란의 입에서 외마디 비명이 터져 나왔
다. 그 소리에 깜짝 놀란 유운비가 기겁하며 서둘러 그녀의 입을 손으로
틀어막았다.
"조, 조용히 하시오, 유 소저. 그러다 들키겠습니다."
"하, 하지만 사부님이…… 웁!"
항의하려던 유란의 말이 다시 끊겼다.
"우웁— 우우웁!"
유란이 항의했다. 유운비가 그런 그녀를 안심시켰다.
"걱정 마시오. 살짝 스친 것뿐이니까."
"정말인가요?"
유운비가 고개를 끄덕였다.
"정말이고말고요. 보시오!"

"윽!"
짧은 외마디 비명을 지르며 진소령이 오른팔 어깻죽지를 움켜쥔 채 뒷
걸음질쳤다.
'어, 어떻게?'
이시건은 물론이거니와 도움을 받은 공손절휘도 그녀의 갑작스런 등
장에 깜짝 놀랐다. 어디서 어떻게 무슨 수단으로 이렇게 홀연히 나타날
수 있었는지 그는 짐작조차 할 수 없었다.
공손절휘의 위기를 발견한 진소령이 십수 장의 거리를 단숨에 압축하
며 재빨리 검을 휘둘러 그를 보호한 것이다. 만일 그녀가 구해주지 않았

다면 공손절휘는 수십 토막으로 토막난 이후였을 것이다. 그러나 촉박한 시간상 그의 보호에 중점을 두다 보니 자신에 대한 방어가 소홀해져 상처를 입고 만 것이었다.

"진 소저!!"

진소령이 상처 입는 것을 본 유은성의 눈이 '홱까닥' 뒤집혔다.

"감히—!"

밤하늘을 쩌렁쩌렁 울리는 불꽃 같은 노호가 터져 나왔다.

"어이쿠!"

숨어 있던 달도 깜짝 놀라 튀어나올 만큼 거센 포효에 남궁상과 모용휘가 움찔했다.

취링!

순식간에 검을 뽑아 든 유은성의 신형이 천벌받을 놈을 향해 번개처럼 빠른 속도로 도약했다. 거리는 단숨에 좁혀졌다.

사일검법(射日劍法) 쾌속식(快速式).

첨돌(尖突).

사우란지(射雨亂地) 폭우쾌섬(暴雨快閃).

파바바밧!

유은성의 날카로운 협봉검 끝에서 점창의 절기가 연이어 쏟아져 나왔다.

그 한여름의 소나기 같은 맹렬한 찌르기의 연쇄 공격은 가히 절경이라 할 만했다.

'뭐… 이딴……'

먹구름 낀 하늘에서 번쩍이는 번개마저 무색케 하는 그 빠르기는 이시건이 그동안 접해본 그 어떤 검초보다도 쾌속하고 위력적이었다.

그는 속으로 불평불만을 터뜨릴 시간조차 없었다.

"빠르군요! 점창의 찌르기가 쾌속무비하다는 소문을 들었지만 저 정도일 줄은 몰랐어요. 마치 화살비가 쏟아지는 것 같군요."

"그, 그렇군요. 과연 백부님의 무공은 대단하기 그지없습니다. 우리 점창파 내에서도 저보다 빠른 찌르기를, 저토록 연속적으로 구사할 수 있는 사람은 아마 거의 없을 겁니다. 난 언제나 되어야 저런 경지에 도달할 수 있을는지……."

저런 막강한 신위를 보여주는 백부가 한없이 자랑스러웠다. 하지만 한편으론 자신이 도달하기에 아득히 먼 곳에 이미 도달해 있는 백부가 얄밉고 야속하기도 했다.

"하지만 저쪽도 대단하군요. 아직 나이도 젊은 것 같은데 저런 맹공을 아슬아슬하게 모두 피해내고 있다니 말이에요."

유란이 감탄하며 말했다.

"동감입니다. 하지만 백부님의 검은 집요하지요. 아마 시간문제일 겁니다. 점창의 찌르기는 적을 꿰뚫기 전에는 결코 멈추지 않습니다!"

유운비의 말대로 유은성의 검초는 속도가 줄어들기는커녕 오히려 더욱더 가속하고 있었다.

슉슉슉슉!

빠르기만이 아니었다. 속도가 곧 힘이라는 것을 그의 쏟아지는 일초일초가 잘 보여주고 있었다. 섬광의 창, 그 끝에 실린 그 관통력은 무시무시했다.

한 번 수세에 몰린 이시건은 어떻게 해도 초반의 불리함을 만회하고 흐름을 바꿀 수가 없었다.

"젠장!"

그는 계속해서 뒤로 물러나야만 했다.

파바바밧!

슈슈슈슉!

"감히! 그녀의 옥신에 상처를 입힌 무엄, 그 목숨으로 사죄하라!"

눈 뒤집힌 중년 남자의 일격은 무시무시하다는 말이 무색할 정도로 강렬했다. 부글부글 들끓는 분노, 이글이글 타오르는 격정 속에서도 그의 검초는 냉정하고 정확하게 한 치의 오차도 없이 상대를 압박하고 있었다. 평범한 무인이었다면 이미 수천 번도 더 꼬치구이 신세가 되었으리라.

이시건 역시 특별히 전수받은 비전의 신법이 없었다면 이미 예전에 벌집이 되고도 남았을 것이다. 맹렬히 공격을 퍼붓던 유은성도 그 점에서만큼은 꽤 놀란 듯 보였다.

"꽤, 하는구나! 쫄래쫄래 도망가는 실력 하나만은 인정해 주마! 하지만 이것도 막을 수 있을까?"

"후읍!"

깊은 숨을 들이마신 후 검끝을 앞으로 향한 채 오른팔을 최대한 뒤로 당긴 유은성의 선신 근육이 당겨진 활처럼 팽팽하게 당거졌다.

"서, 설마……!!"

유은성이 취한 독특한 자세를 본 유운비의 눈이 부릅떠졌다.

"왜 그러시죠, 유 소협?"

그러나 유운비는 유란의 말이 들리지 않는지 마치 얼이 나간 사람처럼 혼잣말로 중얼거릴 뿐이었다.

“설마… 저 특유의 자세는…….”

“저 자세가 뭐 어때서요?”

지금 그의 귀에 유란의 말은 하나도 들어오지 않고 있었다.

“지난 백 년 동안 아무도 성취한 바가 없다는 사일검법 최후의 절
초…….”

유운비의 입이 크게 벌어지며 경악 섞인 목소리가 튀어나왔다.

“후. 예. 사. 일!”

당겨진 시위에 걸린 화살처럼 뒤로 뻗어 있던 검이 그가 갈 수 있는 가
장 짧은 거리를 가장 빠른 속도로 달려나갔다.

사일검법(射日劍法) 비전기(秘傳技).

최후절초(最後絶招).

후예사일(后羿射日) 낙일일시(落日一矢).

오늘날의 점창을 있게 해준 점창파의 독문기명검법에 이름을 붙여준
그 초식이 백 년 만에 한 전인의 손을 빌려 다시 시현되었다.

피육!

무시무시한 빠르기로 날아온 한줄기 검광이 이시건의 어깨를 꿰뚫었
다.

“으아아아악!”

처절한 비명이 밤하늘의 정적을 깨뜨리며 울려 퍼졌다.

“방금 무슨 일이 있었죠?”

“나도 못 봤소.”

“나는 그렇다 치고 유 소협, 당신은 점창파 문인이잖아요? 점창파 사

람이 자기 사문의 검초 하나 제대로 못 봐요?"

"볼 게 있어야 보지요."

점창의 전설적인 검초는 생각보다 화려하지 않았다. 아니, 무슨 일이 있었는지 모르겠다가 더 정확한 평이었다. 그들이 확인할 수 있었던 것은 유은성의 오른팔이 뒤로 팽팽히 당겨져 있던 그 순간까지였다. 그 후에는 뭐가 어찌 된 건지 감조차 잡을 수 없었다. 그들이 눈을 한 번 깜빡하는 순간, 이미 이시건의 오른쪽 어깻죽지는 붉은 선혈을 내뿜으며 땅바닥을 뒹굴었고, 유은성은 재빨리 그가 다시 일어나지 못하도록 등짝을 발로 밟은 후 그의 목에 검을 들이댄 이후였다.

"저, 저것이 바로 후예사일……!!"

보고 있는 이들에게 감상의 기회조차 주지 않는 쾌속무비함. 쾌의 절정. 유운비는 문파의 전설이 현현하는 광경을 직접 목도했다는 사실에 감격해서 몸을 부르르 떨었다.

"저 초식이 완성되기 전, 백부님의 실력은 분명 천하오검수의 아래였는지도 모릅니다. 그러나 이 오의가 완성된 지금 그 누구도 그분을 천하오검수의 아래에 놓을 수는 없을 것입니다!"

감격에 겨운 목소리로 유운비가 말했다.

"축하드려요, 유 소협. 기쁘시겠네요."

"나도 축하하네."

"감사…… 응?!"

제삼의 축하에 깜짝 놀란 유운비와 유란이 급히 고개를 돌렸다. 그러나 이미 때는 늦어 있었다.

"자자, 가만히들 있게. 젊은 나이에 비명횡사하고 싶지 않으면 말일세."

"어, 어느새……."

유란이 입술을 짓씹으며 물었다.

"아무리 관전도 중요하지만 주위 경계를 소홀히 하면 쓰나. 하지만 두 사람 모두 안심하게. 그리 쉽사리 죽이지는 않을 테니까 말이야. 너희들은 소중한 인질이거든. 한 사람의 목숨과 맞교환할 소중한."

눈가에 상처가 있는 남자가 그들을 보며 웃고 있었다. 그리고 그의 손에 쥐어진 두 자루의 칼은 그들의 목덜미에서 싸늘한 미소를 지으며 번쩍이고 있었다.

"저것이 바로 점창파 최후의 절초라는 후예사일인가! 처음 봤다……."

남궁상이 진심으로 감탄하며 말했다.

"저도 처음입니다. 아마 지난 백 년 동안 저걸 본 사람은 우리가 처음이었겠죠."

"전설의 부활… 이란 건가……."

확실히 저것은 그렇게 불릴 만한 자격이 있었다.

"저 위력! 저 빠르기! 소문 이상이로군요."

모용휘 역시도 같은 검객으로서 그 초절한 위력에 적절한 경의를 표했다.

"휘, 자넨 봤나?"

"아뇨. 중간까지밖에 못 봤습니다."

"나도 거기까지가 한계였네."

"직접 상대한다면 위험하겠군요. 막는 것은 불가능하겠습니다."

"그래. 미리 피하는 것밖에 달리 수가 없겠어."

"그것이 가장 합리적인 대응책이겠지요."

남궁상과 모용휘가 자신의 검초를 가지고 나눈 토론 따위는 지금 유은성의 귀에는 단 한 마디도 들어오지 않고 있었다. 그러기에는 그의 분노가 너무도 거대했다. 어느 정도인가 하면 배후를 캐낼 생각도, 심문할 생각도 들지 않을 정도였다.

"자, 그럼 이제 죽어라!"

분노에 눈이 먼 유은성은 다짜고짜 검을 내리찍으려 했다. 애당초 용서란 있을 수 없는 일이었기에 그가 내릴 수 있는 유일한 결정은 즉결처분뿐이었다.

"안 돼요, 유 대협! 검을 멈추세요! 먼저 그의 배후를 캐내야 합니다!"

흥분한 유은성을 진정시킨 것은 진소령의 목소리였다.

"지, 진 소저, 괜찮으십니까?"

진소령의 무사함을 확인한 유은성의 얼굴에 화색이 돌았다. 조금 전 야차(夜叉) 같던 모습은 온데간데없었다.

"네, 괜찮습니다. 단지 스친 것뿐이에요."

그제야 유은성은 안도의 한숨을 내쉬었다.

"휴우~ 다행입니다. 만일 진 소저께 무슨 일이라도 있다면 전……."

장황해지려는 유은성의 말을 진소령이 다시 제지했다.

"그보다 저자의 정체와 목적을 알아내는 게 우선입니다."

"알겠습니다. 당장 분부대로 시행합지요."

유은성의 고개가 다시 자신이 밟고 있는 이시건에게로 돌아갔다.

"자, 이제 네 녀석이 뭐 하는 녀석인지 술술 불어보실까?"

"크윽……."

조금 전 관통당한 상처가 다시금 불에 덴 듯 아파오자 이시건은 자신도 모르게 인상을 찌푸렸다.

'믿을 수 없어……. 천하의 내가 이런 볼품없는 꼴을 당하다니…….'

일 대 일이라면 결코 천하오검수에게도 밀리지 않는다고 생각했던 그의 자존심이 요란한 소리를 내며 부서져 내렸다.

'난 인정 못해!'

아무리 해도 납득할 수 없었다.

'이놈들이 한꺼번에 덤비지만 않았어도 이렇게 당하진 않았어.'

그는 결과에 대한 책임을 남에게 미루었다. 자신이 이기지 못한 것은 현실적으로 일어날 수 없는 일이기에 다른 데서 원인을 찾을 수밖에 없었던 것이다.

"보아하니 쉽게 말할 것 같지가 않군요. 어떻게 하면 좋겠습니까, 진 소저?"

"우선 연행해 가도록 하죠. 심문은 나중에 천천히 하도록 하고요."

"좋은 생각입니다, 진 소저. 저도 마침 그렇게 생각하고 있던 참이었습니다. 그럼……."

유은성이 허리를 굽혀 막 이시건을 포박하려던 그때였다.

"잠깐 멈추시오!"

흠칫!

유은성이 소리가 들려온 방향으로 재빨리 고개를 돌렸다. 웬 흑의복면인 하나가 한 손엔 칼을, 다른 한 손엔 조카 유운비를 끌어안은 채 서 있었다. 날카로운 칼날은 조카의 목젖 바로 위에서 싸늘한 한광을 발하고 있었다.

"운비야!"

깜짝 놀란 유은성이 외쳤다.

"네, 네가 여길 어떻게?!"

방해될까 봐 놔두고 온 아이들이었다. 여기 있어서는 안 될 아이들이었다.

"배, 백부님……."

유운비의 얼굴이 단박에 울상이 되었다. 그는 부끄러워 감히 고개를 들 수 없었다.

흑의복면인이 비웃음을 머금은 채 말했다.

"젊은이들의 혈기를 누르려고만 해서야 쓰겠소? 반항이 빠진 젊음을 젊음이라 부를 수야 없지 않겠소? 그런 거요."

반항이 젊은이의 특권이라 해도 그것이 언제나 좋은 결과를 가져오는 것은 아니었다. 오히려 대부분 나쁜 결과를 가져오기 일쑤였다. 어떻게 하는 반항이 제대로 된 반항인지 그들은 모르기 때문이다. 개중에는 자기 몸을 망가뜨리는 게 반항의 유일한 방식인 줄 아는 멍청이도 많았다.

"네, 네 녀석이……."

걱정과 분노가 한데 섞여 버린 유은성은 무슨 말을 해야 좋을지 알 수 없었다.

"걱정 마시오, 하나가 아니니!"

"뭐라고?!"

또 다른 흑의복면인 하나가 나머지 한 명을 데리고 나왔다.

"유란아!"

이번에는 진소령이 깜짝 놀랄 차례였다.

"시, 사부님……."

그녀 역시 사부 앞에서 감히 얼굴을 들지 못했다. 그 모습을 본 진소령이 탄식하며 말했다.

"내가 잠시 너의 성격을 잊었었구나……. 얌전히 기다리라 해서 기다릴 네가 아닌 것을……. 나의 실책이다."

사부의 회한 섞인 긴 한숨에 유란의 가슴은 찢어질 것만 같았다.

"사부님……."

유란의 두 눈에 금세 그렁그렁한 눈물이 맺혔다.

"자자, 두 분 모두 그 자리에 그대로 서 계시길 바라오. 더 이상 가까이 오면 손이 떨려 이 두 사람의 목에 돌이킬 수 없는 상처를 입힐지도 모르니 말이오."

기회를 엿보며 조금씩 몸을 움직이던 두 사람의 신형이 그대로 멈추었다. 저쪽이 그들의 움직임을 극도로 경계하고 있는 이상 함부로 움직이는 것은 위험했다.

"어떡하시겠소, 유 대협?"

복면을 뒤집어쓰고 있는 윤이정이 재차 물었다.

"요구는 물어보나마나겠지?"

"너무 뻔한 얘기에 굳이 수고를 들일 필요가 있겠소?"

"크으으……."

부드득 이를 가는 유은성의 입에서 저절로 신음이 흘러나왔다.

어쩌면 좋단 말인가? 잡힌 놈이 누군지는 모르지만 중요 참고인임이 분명했다. 그것도 범인일 가능성이 매우 확정적으로 높은. 사사로운 정에 매달려 저 아이들을 구해야 하는가? 아니면 대의를 위해 읍참마속(泣斬馬謖)해야 하는가. 이미 피해자가 속출한 이후였다. 만일 이대로 놓아보내준다면 도대체 무슨 면목으로 그 희생자들을 대할 수 있을 것인가?

"어떻게 하면 좋겠습니까, 진 소저?"

방금 그가 한 행동은 어떤 의미에서는 비겁한 행동이었다. 자신이 저지른 행동에 대해 그녀와 죄를 나누려 하고 있었던 것이다. 하지만 혼란스러운 그로서는 그런 세세한 점까지 따지고 들 겨를이 없었다. 남궁상도 모용휘도 공손절휘도 이 일엔 감히 끼어들 수 없었기에 그들은 졸지에 방관자 신세가 되고 말았다.

"반항에도 항상 책임이 따르는 것을……."

남궁상은 누구보다 그 사실을 잘 알고 있었다.

"그러게 말입니다."

그것은 모용휘 역시 마찬가지였다.

"그 결과에 책임질 각오가 없으면 반항 따윈 꿈도 꾸지 말아야 하거늘……."

이제 유은성과 진소령이 제자들의 행동에 대한 책임을, 그 부채를 당사자 대신 떠안지 않으면 안 되게 되었다. 그것이 그들이 생각하고 있는 스승 된 자로서의 도리였다.

마침내 진소령이 결심한 듯 조용히 입을 열었다.

"할 수 없군요. 놔줄 수밖에."

다 잡은 고기였다. 그물은 펼쳐졌고 고기는 그 안에 걸려들었다. 이제 손을 뻗기만 하면 종료였다. 그러나 얄궂은 운명은 구멍 없는 그물에서 고기를 빼내가고 말았다.

세게 나가면 저쪽도 어쩔 수 없었을 터였지만, 지금으로서는 그런 생각을 할 겨를이 없었다. 두 사람 모두 사적인 정에 얽매여 객관적인 판단력이 떨어져 있었던 것이다.

"데려가라!"

분노를 억누른 채 유은성이 내뱉었다.

"잘 생각하셨소이다."

복면 밑으로 회심의 미소를 지으며 윤이정이 대답했다.

남궁상과 모용휘는 고개를 돌려 그 광경을 외면했다.

다시 제자리였다.

이시건의 분노

—음모 태동

중원표국 남창지국에 후원 깊숙이에 비밀스럽게 자리한 건물 한곳에서 한줄기 연기가 솟아올랐다. 화로 위에서 끓고 있는 것은 탕약이었다. 약재를 써는 의원의 부지런한 손놀림, 다섯 개의 화로에 연신 부채질하는 다섯 명의 하녀들, 폐가가 아닌가 의심될 정도로 조용했던 이곳이 오늘따라 부산하기만 하다.

다 달여진 탕약이 하얀 사발에 부어진다. 쟁반을 든 시녀의 움직임은 신주단지를 모시듯 공손하고 조심스럽다. 방 안에서 기다리고 있는 사람이 중원표국의 대표두이자 금강십이벽의 한 사람인 윤이정이었기 때문이다.

병상 옆에 시립해 있던 윤이정이 약이 담긴 사발을 받아 몇 번 입으로 후후 분 다음 조심스레 환자의 입으로 약을 가져갔다.

"약이 다 달여졌습니다. 식기 전에 어서……."

"……."

그러나 돌아누운 환자는 말이 없었다.

"어서 드시지요, 공자님! 이틀 동안이나 혼수상태에 계셨습니다. 허해진 몸을 보하지 않으면……."

다시 한 번 사발을 가까이 가져가며 권하자 환자는 신경질적으로 팔을 내저었다.

휙!

"어이쿠!"

윤이정은 환자의 갑작스런 팔놀림에 그만 사발을 놓치고 말았다.

쨍그랑!

바닥에 떨어진 사발이 반으로 쪼개지며 검은 물이 사방으로 비산했다.

"공자님!"

깜짝 놀란 윤이정이 환자를 불렀다. 늪에서 헤엄이라도 치는 듯이 침상에서 허우적거리듯 팔을 휘저으며 이시건은 자리에서 벌떡 일어났다. 벗겨진 상의 대신 붕대가 상처 부위를 이리저리 감싸고 있었다.

"이대로 돌아갈 수 없어, 이대로는!"

그가 신경질적이고 절망적인 목소리로 외쳤다.

"이공자, 진정하십시오. 상처에 좋지 않습니다."

이를 지켜보고 있던 윤이정이 얼른 그를 말렸다.

찌릿!

이시건의 신경질적인 시선이 윤이정에게 꽂히자 그는 가슴이 덜컹했다. 핏발 선 그의 눈에 살의가 서려 있는 것을 감지했던 것이다.

"이— 공자아……?"

짓씹은 입술 사이로 새어 나오는 농밀한 분노에 윤이정은 가슴이 철렁했다. 눈치 빠른 윤이정이 얼른 바닥에 무릎을 꿇으며 머리를 조아렸다.

"죄, 죄송합니다. 제가 실언을 했습니다, 주.군! 죽을죄를 졌습니다."

비굴하다 해도 상관없었다. 타는 듯한 분노에 기름을 끼얹을 필요는
전혀 없었다. 이성을 잃고 맹렬히 타오르는 그 불이 지금 그 자신을 집어
삼킬 수도 있는 노릇이었다. 지금은 자신의 실수를 어떻게 만회할까 급
급할 따름이었다.

"잊지 마라! 너의 주인은 이제 나라는 것을. 너는 나의 운명 아래 속해
있다는 것을. 주인의 존재를 잊은 종은 내침당하게 마련이지."

이시건이 못 박듯 말했다.

"잊지 마라! 나의 운명이 곧 너의 운명이라는 것을."

"물론입니다, 주군. 속하는 결코 잊지 않고 있습니다."

주인 된 자가 미친개처럼 날뛸 때는 가만히 있는 게 상책이었다.

"그럼 됐다."

다시 이시건은 냉정을 되찾았다(물론 본인 생각이긴 했지만). 윤이정을
일격에 때려죽이지 않은 것만 해도 그는 자신이 냉정을 찾았다고 믿고
있었지만 그의 상태로 보아선 별로 설득력이 없었다.

"이대로 돌아갈 수는 없다. 가서 뭐라고 말씀드려야 한단 말이냐? 큰
소리 떵떵 치고 갔다가 멋지게 실패하고 돌아왔다고? 내가 그분께 그렇
게 말해야겠냐?"

"그, 그럴 리가 있겠습니까."

이마에 식은땀을 뻘뻘 흘리며 윤이정이 대답했다.

'젠장! 칼날 위를 걷는 기분도 지금 이 순간보다는 상쾌할 것 같네!'

윤이정은 속으로 욕을 퍼부었다. 불붙은 석탄 위에서 맨발로 춤을 춰
도 지금 이 순간보다는 더 행복할 것 같았다.

'내가 선택을 잘못했나?'

그러나 이미 선택지는 지나갔고 다시 되돌릴 방법은 없었다. 어떻게든
동요하고 있는 주인을 진정시키고 지금의 난관을 타개하지 않으면 안 되

었다.

"안 돼! 이대론 난 파멸이야! 영원히 그 녀석의 밑에서 발이나 핥을 수밖에 없단 말이야. 그렇게는 안 돼! 난 그날 맹세했다. 어떻게든 그 잘나신 얼굴을 부숴주고야 말겠다고. 그놈이 날 쓰러뜨리고 비웃음을 짓던 그날 말이야. 내 자존심에 영원히 지워지지 않는 상처를 남긴 그놈을 난 용서하지 않아! 절대로! 반드시 후회하게 해주겠어. 그런데… 그런데……."

이대로는 그날이 오기 전에 처벌받을 수 있었다. 조직의 벌은 무겁고 엄중했다.

"걱정 마십시오, 주군. 저희들에게는 아직 방법이 남아 있습니다."

더 이상 내버려 두면 위험하다는 판단 아래 윤이정이 재빨리 개입했다.

"무슨 방법?"

"마음의 혼란이 가라앉으시면 주군께서도 금방 떠올리실 그런 방법이지요."

그는 절대 자신이 잘나서 그런 방법을 기억해 낸 게 아니라는 점을 강조했다. 자존심 강한 상사를 대할 때는 요령이 필요한 법이다.

"그래? 뭐 그거야 당연한 일이지만……."

이시건이 눈짓으로 어서 말해보라는 신호를 보냈다.

"잊으셨습니까, 주군? 청룡은장의 두 꼬맹이들을요. 그 아이들에게는 아직 '그것'이 있습니다. 그 '열쇠'만 손에 넣는다면……."

그리고 윤이정은 의미심장한 미소를 지었다. 그 다음은 말 안 해도 다 아시리라 믿는다는 그런 미소였다. 물론 이시건은 완전히 이해했다. 그는 참지 못하고 자리에서 벌떡 일어났다.

"오오, 열쇠! 그래, 그게 있었지! 그것만 손에 넣으면 다른 실수는 모두 무마할 수 있을 터! 내가 왜 진작에 그 생각을 못했지?!"

좀 전까지만 해도 거의 꺼져 가던, 불씨만 남아 있는 검은 회색 재 같던 눈동자에서 다시금 욕망의 불꽃이 일렁거리기 시작했다. 조금 전까지만 해도 절망에 허덕이던 흐릿한 눈동자가 지금은 새로운 희망으로 번뜩이고 있었다.

"나도 참! 그런 중요한 걸 여태 까먹고 있었다니! 그래! 그게 있었어, 그게. 나의 미래를 열어줄 열쇠가! 그것만 손에 넣는다면 그분께서도 날 책하진 않으실 게야, 이정!"

"예, 주군!"

"중앙표국을 친다! '십삼혈(十三血)' 전원을 소환하겠다."

"십, 십삼혈 전원을……."

윤이정이 마른침을 삼키며 중얼거렸다.

지난밤 이시건은 그들까지 필요할 일은 없을 거란 생각에 미처 데려가지 않았었다. 애송이들 사냥하는데 그럴 필요까지는 없었고, 자신의 손 하나면 충분하다고 자만하고 있었던 것이다.

"어제 그들만 있었다면 오늘 침상에 누워 있는 것은 내가 아니라 그놈들이었을 텐데……."

그러던 이시건이 고개를 세차게 저었다.

"아냐아냐, 그들이 누울 곳은 침상도 과분해! 무덤으로 쓸 차가운 땅떼기 한 뼘이면 과분하지."

"그렇고말굽쇼, 주군!"

윤이정이 맞장구쳤다.

"그럼 문제는 그 두 연놈이로군."

중앙표국을 치기 전에 해결해야 할 문제가 아직 남아 있었다.

"아미신녀 진소령과 점창제일검 유은성 말씀이시군요!"

"그놈들 말고 다른 놈들이 감히 이 몸의 골칫거리가 될 자격이 있겠느냐?"

모용휘와 남궁상에게 데일 뻔한 일은 이미 싸그리 잊어버린 듯했다.

"확실히 그 두 연놈이 도사리고 있다는 것을 뻔히 아는데도 정면으로 쳐들어간다는 것은 너무 위험한 일입니다. 설령 성공한다 해도 저희 쪽의 피해가 너무 막심합니다."

주군의 심기를 더 이상 불쾌하게 자극하고 싶지는 않았지만 윤이정은 그 점을 짚고 넘어가지 않을 수 없었다.

"인정하고 싶진 않지만, 확실히 그놈들은 강하다."

아려오는 상처 부위를 왼손으로 감싸며 이시건은 이를 갈았다. 기회가 이때라는 듯 윤이정이 몸을 앞으로 바싹 내민다.

"주군, 그에 관해서라면 저에게 방책이 있습니다. 흐흐흐흐!"

야비한 미소를 지으며 윤이정이 운을 띄웠다.

"방책?"

"예! 하루의 말미만 주신다면 멋지게 해결해 보이겠습니다."

이 순간 윤이정의 머리는 비열과 치사와 야비의 도가니 속에서 미칠 듯이 격렬하게 회전하고 있었다.

중양표국 습격 사건의 전모
—도둑맞은 비녀

여기저기에 이리저리 흩어진 기물들, 기울어진 다탁과 넘어진 의자들, 새벽까지만 해도 차근차근 정리되어 정숙하게 서랍장 속에 틀어박혀 있던 서랍이란 서랍은 몽땅 다 밖으로 열어젖혀져 있었고, 그 안에 얌전히 들어 있어야 할 옷가지나 보관품들은 모조리 바닥으로 퇴출당해 있었다.

언제나 어김없이 반복하는 새벽 수련을 마치고 기숙사 방문을 열고 들어오던 벽옥봉 남궁산산은 반쯤 열린 문 틈 사이로 펼쳐진 광경에 그만 눈이 휘둥그레졌다. 새벽에 잠자리에서 일어나 차갑고 상쾌한 새벽 공기를 마시며 검술 수련하고 온 지 아직 한 시진도 채 안 된 시간이었다.

"설마 도둑인가?!"

'누가 감히 이곳에서!'

설마하는 마음이 없잖아 있었지만 혹여 있을지 모를 만일의 사태에 대비해 몸을 잔뜩 긴장시킨 남궁산산이 막 검을 뽑으려고 하는 찰나에 귀에 익은 목소리가 아수라난장판 너머에서 들려왔다.

"없어! 없어! 없어!"

다급한 목소리와 함께 어지러운 난장판 속에서 가끔씩 불쑥불쑥 솟아나는 손의 임자는 남궁산산도 잘 알고 있었다. 손이 한 번 올라올 때마다 어김없이 하나의 물건이 하늘을 날았다. 아무래도 저 손이 이 사태의 주범인 듯했다.

휘익!

다시 한 번 손이 솟아오르자 또 무언가가 날아올랐다. 그것은 아무렇게나 뒤로 내팽개쳐진 다음 데구루루 굴러 그녀의 발치까지 굴러왔다. 불상(佛像)이었다.

'이런 것까지……'

오늘 밤 이슬을 맞으며 자고 싶지 않다면 어떻게든 말려서 좀 진정시키는 게 좋을 듯싶었다.

'에휴……'

남궁산산은 한숨을 푹 내쉰 다음 조금 큰 소리로 외쳤다.

"뭐가 없다는 거야, 진령아?"

분주하던 손의 움직임이 잠시 우뚝 멈추었다. 남궁산산은 그 기회를 놓치지 않고 계속해서 말을 이었다.

"방 안 꼴은 이게 또 뭐니? 이 방은 너 혼자 쓰는 방이 아니라구! 설마 그걸 잊은 건 아니겠지?"

"……"

전장을 연상케 하는, 참혹하다는 표현 이외에는 달리 표현할 말이 없는 아수라장 한복판에서 불쑥 머리 하나가 솟아 나왔다. 역시 예상대로 동거인이자 같은 주작단원인 진령이었다.

“산산~”

그녀를 부르는 진령의 새카만 두 눈에는 금방이라도 뚝 떨어질 것 같은 그렁그렁한 눈물이 맺혀 있었다. 흠칫 놀라 몸을 움츠리며 물었다.

“왜… 왜? 무, 무슨 일이야? 혹시 도와줄 일이 있으면 도와줄게.”

진령은 당장이라도 눈물을 쏟아낼 듯한 그런 태세였다.

“그러니까… 그게… 그게 없어졌어!”

“그러니까 뭐가? 없어진 건 알겠는데 뭐가 없어진 건지 말 안 해주면 모르잖아?”

감정의 동요가 큰 탓인지 대화가 매끄럽게 이어지지 않고 있어서 조금 답답해져 버리고 말았다.

“그러니깐, 보석함 안에 넣어뒀던 비녀가 없어졌어!”

그러자 남궁산산이 물었다.

“그 예쁜 벽옥색의?”

“응!”

진령이 고개를 한 번 끄덕였다.

“꽃과 봉황이 조각되어 있는?”

“응응!”

진령이 약간 흥분하며 고개를 두 번 끄덕였다.

“네가 항상 머리에 하고 다니는?”

“응응응!”

더욱 흥분한 진령이 고개를 마구 연달아 세 번 끄덕였다.

“내가 한번 빌려 달랬다가 단호하게 거절당한 바로 그?”

“응응응응응, 그래! 바로 그거야! 그게 없어졌어. 고모님한테 열두 살 생일 선물로 받은 거란 말야!”

“진 여협이?”

평소 소중히 여기고 있다는 것은 알고 있었지만 그런 사연이 있는 줄은 몰랐던 남궁산산이었다.

"응! 평소 검밖에 모르는 고모님에게 받은 거의 유일하게 여성적인 물건이었단 말야. 내가 그걸 얼마나 애지중지했는데."

그런데 바로 그게 없어진 것이다.

"혹시 새벽 수련하다가 떨어뜨린 것 아냐?"

남궁산산과 마찬가지로 새벽 수련을 걸러본 적이 없는 진령이었다. 오늘도 자신보다 조금 늦게 준비를 하고 있는 진령을 보고 먼저 나왔던 참이었다. 그러나 진령은 고개를 가로저었다.

"아냐, 그럴 리 없어. 새벽 수련에는 어울리지 않고 움직임도 격렬하니까 자칫 잘못하면 상하거나 분실될 염려가 있을 것 같아서 수련할 때는 하지 않고 함에 넣어둔단 말야. 오늘 나갈 때도 머리끈 꺼내면서 분명히 확인했단 말야. 그런데… 그런데……."

귀신이 무슨 조화라도 부렸는지 그사이에 감쪽같이 사라지고 만 것이다.

"다른 건 없어진 것 없어? 그 옥비녀 외에도 이런저런 팔면 돈 될 만한 장신구들이 꽤 있었잖아?"

비록 무인이라고는 하지만 그전에 성숙한 여인들이기에 어느 정도의 필수라 할 만한 장신구들이 꽤 있었다.

"아니, 그것만 없어졌어. 심지어 두고 간 전낭도 그대로 있는걸?"

"이상하네… 돈이 든 전낭도 안 가져가고 그것만 가져가다니."

상식적으로 이해가 가지 않는 일이었다.

"잘 생각해 봐. 뭔가 또 중요한 게 없어진 거 아냐?"

"음… 그러고 보니 편지도 한 통 없어졌어."

"편지?"

“응.”

“‘궁상 씨’ 이외의 외간 남자한테서 받은 편지야? 불륜의 사실이 적나라하게 적혀 있는?”

그렇다면 진령이 저렇게 당황하는 이유도 이해할 만했다.

“아냐!”

새빨개진 얼굴의 진령이 빽 소리쳤다.

“아니면 아니지 왜 그렇게 열을 내니? 네가 당황하길래 혹시나 그런 편진가 했지. 그럼 누구 편진데?”

시시하다는 어조로 남궁산산이 물었다.

“울 고모한테서.”

“진 여협한테서?”

“응.”

“이상하네. 그럼 진 여협하고 관계된 것만 없어진 거잖아?”

“그러고 보니 그러네.”

확실히 없어진 두 물건 모두 고모랑 관련된 물건뿐이었다.

“왜 가져갔을까?”

“글쎄…….”

그 점이 가장 풀리지 않는 수수께끼였다.

“혹시… 진 여협을 사모하는 변태 짓 아냐? 애소저회에 있는 누군가의 짓이라거나…….”

“그거, 의외로 설득력있네.”

그들이라면 진짜 저지를지도 몰랐다.

“하지만 여긴 금남(禁男) 구역이야. 남정네들이 쉽게 들어올 수 있는 곳이 아니라구. 그런 능력자라 해봤자 대사형 정돈데 그 대사형은 지금 감옥에 있잖아?”

진령이 말했다.
"그것도 그렇네. 그럼 도대체 누구지?"
도무지 짐작조차 가지 않았다.

두 장의 서찰(書札)
─꿈은★이루어진다

틱틱틱틱!

빠르게 움직이는 발이 이슬 맺힌 풀잎을 스친다. 풀들은 그 무게에 잠시 고개를 숙이는 듯했으나 자신의 연약한 목을 짓누르던 발이 사라지는 순간 이내 다시 고개를 치켜든다. 몇 방울의 이슬만이 자신을 박차는 반동에 팅겨 올라 밤공기 속으로 사라질 뿐이었다. 다급한 듯 인영의 호흡이 거칠다.

"헉헉!"

풀잎 위를 걸으면서도 아래 풀이 상하지 않는다는 초상비의 경지를 펼쳐 보이는 인물은 기품이 넘치는 여인이었다. 풀잎 위를 질주하는 그녀의 왼손에는 꽃과 봉황 무늬가 돋을무늬로 새겨진 벽옥색 옥비녀를 힘껏 움켜쥐고 있었다. 희미한 달의 파편과 별빛이 여인의 얼굴에 드리워진 밤의 장막을 살짝 들어올렸다. 바로 아미신녀 진소령이었다.

풀잎 위를 다급히 박차며 나는 제비처럼 달려가는 그녀의 오른손에는 한 장의 서찰이 와락 구겨진 채 들려 있었다. 검도의 높은 경지에 올라 부동심을 익힌 그녀였지만, 현재 그녀의 얼굴은 마치 시간에 뒤쫓기기라도 하는 듯 초조함으로 가득 차 있었다.

문제의 발단은 술시(오후 9시) 경에 도착한 한 장의 서찰 때문이었다. 누가 언제 어떻게 놓아두었는지 모를 그 서찰이 탁자 위에 덩그러니 놓여 있는 것을 발견한 것은 막 잠자리에 들 채비를 하던 차였다.

전략(前略).

그제는 신세가 많았소. 당신의 사랑스런 조카를 인질로 잡고 있으니 자정까지 서문(西門) 삼십 리 밖에 있는 관제묘로 오시오. 물론 다른 사람에게 알리지 말고 혼자 와야 하오. 그렇지 않으면 예쁜 조카 아이의 안전과 미모는 보장할 수 없소. 혹시 믿지 못할까 봐 여기에 증거 하나를 동봉하오. 물론 오지 않아도 상관없소. 그대 조카의 목을 베어 소금에 절인 후 상자에 담아 그대에게 보내는 것도 하나의 훌륭한 복수가 될 테니 말이오. 안 그렇소? 육체의 상처보다 마음의 상처가 더 오래간다는 이야기도 있지 않소. 그럼 기다리겠소.

—풍류공자.

정신이 들었을 때 이미 그녀는 닫힌 성벽을 뛰어넘어 벌판 위를 달리고 있었다. 서찰의 진위를 확인하는 것은 나중에 해도 늦지 않았다. 아무에게도 알리지 않고 그녀는 밤이 뒤덮인 벌판을 달렸다. 어차피 지금 사람을 보내 알아본다 해도 시간이 부족했다. 서찰을 보낸 이는 그 시간까지 계산하고 있었음이 분명했다. 설혹 구 할 구 푼 구 리의 안전이 보장된다 해도 나머지 일 리의 가능성을 확인하기 위해서 그녀는 마찬가지로 이 길을 달렸을 터였다. 어떻게 키운 아인데! 혹시 덮쳐 왔을지 모를 위험을 두 눈 뜨고 바라보고만 있을 수는 없었다. 게다가 그녀를 위협하기 위해 감히 조카 아이인 진령을 이용한다는 발상을 가진 놈들 자체가 이 하늘 밑에 존재한다는 사실을 그녀는 절대로 용납할 수 없었다.

"기다려라, 령아! 이 고모가 반드시 구해주마. 만일 그 아이에게 티끌만 한 상처라도 하나 입힌다면……."

그것은 상상하기조차 끔찍한 일이었다.

"그 누구도 결코 가만두지 않겠다!"

탁탁탁탁탁!

진소령은 경공의 속도를 더욱 높였다. 마음이 흐트러지면 덩달아 기도 흐트러지는 것이 순리. 통제가 느슨해진 기는 낭비되게 마련이다. 그녀는 자신이 빠른 속도로 지쳐 가고 있다는 것도 모른 채 앞으로 앞으로 달려나갔다.

'만일 이것이 함정이라면…….'

거기까지 생각이 안 미친 것은 아니었다. 하지만 그곳에는 유은성이 있었다.

전언 한마디 남기지 않고 온 것이 걱정이긴 했으나 이미 돌이킬 수 없는 후회였다. 그럴 경황은 없었다.

지금은 그를 믿고 자신은 앞으로 나가야만 했다.

야심한 밤.

근엄한 얼굴로 방문을 나선 유은성의 얼굴은 딱딱하게 굳어 있었다. 어둠이 짙게 깔린 정원 한가운데 잠시 발을 멈춰 선 그는 날카로운 눈빛으로 조심스럽게 주위를 둘러보았다. 보이는 것은 캄캄한 어둠, 들리는 것은 귓가를 스치는 차가운 밤바람, 그 외엔 아무런 기척도 느껴지지 않았다. 같은 동작을 세 번 더 반복하고 나서야 그는 이 정원 주위에 아무도 없다는 것을 확신했다. 그제야 비로소 유은성은 몸을 살짝 비튼 다음 한 손으로 입을 가렸다. 그리고는…….

"큭큭!"

두 번 웃었다.

"쿡쿡쿡!"

한번만으로 참을 수 없었는지 다시 웃음이 새어 나왔다. 그러고 나서 그는 즉시 원래의 근엄한 모습으로 복귀했다. 그러나 다시 세 발짝을 걸은 후 똑같은 동작으로 몸을 비틀고는 '쿡쿡' 두 번 더 웃었다. 그는 다시 한 번 주위를 조심스레 두 번 훑어본 다음 품속에 고이 간직하고 있던 것을 꺼내 진지하고 심각한 시선으로 그것을 바라보았다. 그것은 한 장의 서찰이었다. 중요한 점은 그 서찰이 바로 그리도 그가 일편단심으로 사모하던 한 여성이 보낸 편지라는 것이었다. 그것도 이 야심한 밤에.

'더 이상은… 더 이상은……'

아아, 이 일을 어쩌면 좋단 말인가. 더 이상은 자제할 수 없었다. 긴장한 얼굴을 더 이상 유지할 수 없었다. 마치 표정이 녹아내릴 것만 같았다. 헤벌쭉 웃음이 나오는 것을 막을 도리가 없었다. 볼이 발그레해진다. 눈이 가자미눈이 되어 곡선을 그린다. 침이 떨어지지 않는 게 그나마 불행 중 다행이었다. 들썩들썩, 벌써부터 어깨를 덩실거리는 몸은 춤을 추고 싶어 난리법석을 피우고 있었나.

'아, 안 돼! 내가 이러면 안 되지. 아이들도 보고 있을지 모르는데……'

그러나……

"쿡쿡쿡."

이 서찰을 볼 때마다 입이 귀에 걸리는 것을 막을 도리가 없었다. 이십 년 순정이 드디어 결실을 맺으려 하는지도 모르는 역사적인 순간이었다. 날카로운 이성으로 엄격히 통제되던 마음의 뚜껑이 열리자 감정이 용천수처럼 터져 나왔다.

"크크크! 쿡쿡쿡! 음풋풋풋!"

그는 한참을 더 소리 죽여 웃어야만 했다.

뎅뎅~

그때 술시 말을 알리는 징소리가 울렸다.

"음, 내가 이럴 때가 아니지. 분명 자정까지라고 했지. 서둘러야겠다."

표국을 빠져나가기 위해 유은성은 발걸음을 빨리했다. 약속 시간에 늦을 수야 없는 일이었다.

"좋은 일이 있으신가 봅니다, 유 대협?"

정문을 지키던 표사 둘이 다가오는 유은성을 발견하고는 포권하며 인사했다.

"아, 자네들 야밤에 수고하네. 잠시 밖에 볼일이 있어 그러는데 나갈 수 있겠나?"

"물론입니다. 다녀오십시오."

보초를 서고 있던 표사 둘이 서둘러 정문 한 켠에 달린 야간 통행용 보조문을 열며 대답했다.

"그래, 고맙네. 그럼 다녀오겠네. 자네들도 수고하게나."

표국 문을 나선 유은성의 신형은 곧 골목의 어둠 속으로 사라졌다. 그의 손에는 조금 전 품속에서 꺼낸 서찰 한 장이 고이 모셔져 있었다.

*　　　　*　　　　*

달은 얇게 휘어진 채 밤하늘에 쓸쓸히 걸려 있었다.

중앙표국 역시 단잠에 빠져 있었다. 몇몇 보초만이 순번에 따라 긴장 감없는 번을 돌고 있을 뿐이다. 표국 정문 앞에서 타오르는 두 개의 화톳불은 다만 정문 주위의 어둠과 밤의 이슬을 쫓아내 줄 뿐 하늘과 땅에 가득 찬 어둠을 몰아내기에는 역부족이었다. 그래도 밤의 냉기를 쫓아주기에 중앙표국의 보초 두 명에게 있어서는 가장 고마운 존재들이었다. 오늘도 어제와 다름없이, 아무 일도 없이 지루하기만 했다.

그곳으로부터 십 장 밖, 화톳불의 열과 빛이 미치지 않는 나뭇가지 밑에서 어둠이 꿈틀거렸다. 전신에 검은 야행의를 두르고 얼굴에 복면을 쓴 사내의 가슴에는 '겁(劫)' 자가 새겨져 있었다. 바로 윤이정이었다.

오늘은 청룡은장을 멸문시켰을 때와는 또 달랐다. 그때는 외곽에 존재하고 있었기에 화려하고 시끌벅적하게 공격하는 것이 가능했지만, 이런 큰 시가지의 한복판에 존재하는 표국을 암습하기 위해서는 요란함이 철저히 배제된 은밀함이 필요했다.

유은성의 모습이 거리의 어둠 속으로 완전히 녹아드는 것을 확인한 후에야 이시건은 비로소 고개를 돌려 옆에 있던 윤이정을 쳐다보았다.

"자네의 예상이 들어맞았군. 훌륭하네."

"과찬의 말씀입니다."

"진가 계집은 어떤가?"

"반 시진 전에 이미 담장을 넘어 날아가는 것을 확인했습니다. 정말 빠른 속도라 더 이상 뒤쫓지는 못했습니다만……."

"상관없다. 안에 없는 것만 확인한 걸로 충분해."

그의 기준에서 그 나머지는 모두 염두 대상에서 제외되어 있었다.

"그럼 이제 저곳에 유유히 걸어 들어가 열쇠를 손에 넣는 일만 남았군."

이시건이 만족한 듯 고개를 끄덕였다.

"바로 그렇습니다. 별다른 힘을 들이지 않고 말입니다. 그 연놈들에게 복수하는 것은 그 후라도 늦지 않습니다, 주군."

윤이정이 곧바로 맞장구쳤다.

저쪽으로 아주 약간 기울어져 있던 무력의 균형은 그 상태를 유지하던 큰 무게 추 두 개가 동시에 빠짐으로 인해 이쪽으로 완전히 기울어지게 되었다. 그의 입가에 맺힌 야비한 미소는 그 사실에 대한 확신을 나타내고 있었다. 요리는 끝났고, 이제는 젓가락으로 편히 집어먹기만 하면 끝나는 것이었다. 남은 것은 소소한 뒤처리뿐. 그들은 그렇게 생각했다.

지금 중앙표국 남창지국은 절체절명의 위기에 몰리고 말았다. 유경영 남매의 미래도 지금 이 순간 차가운 운명의 낫 아래 놓여 있었다. 그러나 그들은 한 가지 사실을 간과하고 말았다. 세상은 광대하고 광활하기 때문에 인간의 인지로 그 세계를 완벽히 파악하는 것은 불가능하다는 것을. 시작과 끝조차 알 수 없는 우연이 만들어낸 교란 현상은 때론 말도 안 된다는 표현이 무색할 만한 우발적인 사건들을 종종 만들어내곤 한다는 것을. 그리고 그것은 때때로 완벽히 쌓아 올렸다고 자부한 이성과 이지의 장엄한 금자탑을 거대한 해일이 지나간 후의 초라한 해변처럼 아무런 흔적조차 남기지 않고 휩쓸고 지나가 버린다는 것을.

예측을 불허하는 잔혹한 운명의 교란은 최선의 선택이 되었어야 할 것을 최악의 선택으로 만들어 버렸다. 왜 일이 그렇게 되어버렸는지 업(業)의 그물이 너무나 복잡하게 얽히고설켜 있는 탓에 그 궁극적인 원인을 정확히 집어낸다는 것은 불가능했다. 하지만 그 과정 중에 일이 그렇게 되어버리고 말았다는 것만은 엄연한 사실이었다. 때때로 그냥 어쩌다 보니라고밖에 표현할 수 없는 일이 사람이나 세계의 운명을 바꾸는 일은 역사 속에서 사실 흔히 있는 일이었다.

일이 틀어진 것은 이들의 잘못이 아니었다. 비록 일이 그렇게 되었다고 해서 이들이 무능한 것은 더 더욱 아니었다. 그들은 자신들이 저지른 악업에 대해 정말 최선을 다했다. 그들이 자신의 기량 내에서 최선을 다했다는 것은 인정해야만 한다. 그런데도 그것이 실패한 이유를 굳이 따지고자 한다면 하늘의 뜻─이라 쓰고 변덕이라 읽는─이라고밖에 달리 표현할 말이 없다.

혈풍의 날개
—십삼혈 등장

"아직 저 안에는 중앙표국 남창지국의 전력 거의 대부분이 남아 있는 상태입니다만… 이 인원으로 충분하겠지요, 주군?"

윤이정이 마지막 확인차 물었다.

"걱정 마라! 이번엔 확실히 조력자도 있으니. 그 두 연놈만 없다면 이런 조그만 표국의 말살 처리 따윈 그들에게 누워서 떡 먹기지."

누워서 떡 먹다가 목이 메어 체하는 수도 있다는 사실은 지금 그의 머릿속에 들어 있지 않았다.

"'그들' 말씀이시군요. 지금 도대체 어디에……."

주위에 보이는 것은 어둠뿐이고 느껴지는 것은 그림자 아래에 몸을 숨긴 부하들의 기척뿐이었다.

"알고 싶나?"

이시건이 입가에 한줄기 미소를 머금었다.

"그들은 항상 피를 부르는 자리에 함께 있지. 바로 지금 여기에!"

이시건이 팔을 위로 번쩍 들어올리는 신호와 동시에 그의 뒤에 시립하
듯 하나의 핏빛 그림자가 나타났다. 기척도 없이, 아무런 전조도 없이 땅
에서 피어나는 아지랑이처럼 그것은 홀연히 모습을 드러냈다. 붉은 아지
랑이였다.

'십삼혈인데 한 명?'

하고 윤이정이 의아하게 생각한 순간, 하나의 그림자가 좌우로 좌르륵
갈라졌다. 각각 여섯씩 정확히 열셋. 순식간에 시뻘겋게 물든 붉은 옷자
락을 펄럭이며 열세 명의 사내가 이시건의 등 뒤에 도열했다. 그 모습이
마치 피를 불러오는 불길한 날개처럼 보였다.

"소개하지. 이번에 일을 함께하게 된 든든한 동지, 붉은 혈풍을 몰고
올 나의 핏빛 날개, '십삼혈' 이라네!"

그의 날개가 불러올 '피의 참극' 을 상상하는 이시건의 입가에 잔인한
미소가 퍼져 나갔다.

'저들이 바로 그! 소문으로 들은 적이 있다. 피를 부르는 미치광이들,
혈풍의 전조(前兆), 자신들이 조직에 충성하는 이유는 오직 하나! 마음껏
죽이고 죽이고 또 죽일 수 있기 때문이라고 말하고 다니는 살인광들! 저
들이 나타난 곳에는 피가 끊이지 않는다고 했던가…….'

나름대로 조직에서 한 부대를 이끌고 있는 윤이정이지만 내심 긴장하
지 않을 수 없었다.

'저런 놈들까지 몽땅 끌고 오다니. 오늘 주군의 각오가 보통이 아니구
나!'

그때 이시건이 배후에 도열해 있던 십삼혈을 향해 명령했다.

"셋만 남아 나를 지켜라. 나머지는 반으로 갈라져 한쪽은 열쇠를, 나
머지 한쪽은 중앙표국주 장우양을 비롯한 윗대가리들을 제거해라. 정보
에 따르면 꼬마는 표국 가장 깊숙한 곳에 위치한 모옥에 거하고 있다. 국

주의 거처는 말하지 않아도 알 것이다."

"존명!"

피에 물든 듯한 붉은 옷자락이 펄럭이자 이내 그들의 모습은 이시건의 등 뒤에서 사라졌다.

"장우양이 죽었다는 신호가 오면 그때 돌격한다. 그때까지 우린 기다린다."

"어떻게 처분하면 좋겠습니까?"

처리 방법을 묻는 윤이정의 질문에 이시건이 상처 부위를 감싸 쥐었다.

"그걸 물어볼 필요가 있을까?"

아직도 관통당한 상처가 불에 덴 듯 화끈거리며 그를 괴롭히고 있었다.

"모두 죽여라!"

그의 입가에 잔인한 미소가 맺혔다.

"끄응, 전날에 술을 너무 많이 마셨나……."

갑작스런 요의에 노인이 약한 신음 소리를 내며 자리에서 일어났다. 모든 술과 안주가 공짜로 무한정 제공되다 보니 보통 때보다 자작을 많이 하게 된 모양이었다.

"그러니까 뒷간이 어디더라……. 귀찮게… 내공으로 태워 버릴 수도 없고……."

하지 못하는 게 아니라 안 하는 거였다.

"그러고 보니 옛날에 소피 보러가는 게 도무지 귀찮다고 삼매진화를 몸속에 일으켜 오줌을 증발시키는 방법을 시도해 봤던 녀석 하나가 있긴 있었는데 말야."

모두들 실패를 예상했지만 그는 그 예상을 깨고 성공했다. 그리고 죽었다.

"그 녀석, 요독(尿毒)에 중독돼 죽었지 아마."

아무래도 물에 녹지 않은 요독이 밖으로 배출되지 못하고 신장에 축적되어 그대로 썩어 들어갔고, 얼마 후 피오줌을 싸며 죽었다. 그 후로는 아무도 그 일을 시도하려 들지 않았다.

"아함~ 정말 귀찮다니깐."

노사부는 하품을 하며 어슬렁어슬렁 뒷간을 향해 걸어갔다. 그런데 그 모습을 숨어서 지켜보는 이들이 있었다.

"어떻게 할까요, 대형?"

십삼혈 중 다섯째인 오혈이 일혈을 향해 물었다.

"뭘 그런 걸 묻냐? 그냥 죽여라."

살인, 살인, 살인!

그것은 그들의 유일한 장기이자 특기였다.

"옙, 하지만 절차는 밟아야죠."

"번거롭게 뭘 그런 걸 묻냐? 우리가 언제부터 사람 죽이는 데 이런저런 절차를 거쳤다고 말야."

"그럼 다녀옵죠."

"조용히 끝내라."

"걱정 마십쇼, 대형."

"녀석, 벌써부터 피가 고픈가 보군."

저 노인네도 곧 이승을 하직하겠군. 일혈은 그렇게 확신했다. 그러나 그는 곧 그 확신을 뒤집지 않으면 안 되었다.

'응?'

갑자기 일혈의 눈이 크게 떠졌다.

노인의 뒤를 잡으러 몰래 접근해 들어간 오혈이 갑자기 풀썩 땅에 쓰러지는 것이었다. 노인은 그것을 알지 못하는지 계속해서 앞으로 느릿느릿 걸어나갔다.

"칠제, 저게 어찌 된 일이냐?"

당황한 일혈이 물었다.

"아, 아무래도 오형이 죽은 것 같습니다, 대형."

"죽어? 무슨 일이 있었다고 죽어? 저 노인이 뭔가 수작이라도 부렸단 말이냐? 삼제, 넌 봤냐?"

"아무것도 못 봤습니다, 대형."

삼혈 역시 어리둥절한 표정으로 고개를 가로저었다.

"구제(九弟), 넌?"

"저 역시 아무것도 못 봤습니다. 그럼 대형께서는 뭔가 보셨습니까?"

구혈이 되물었다.

"아니, 나도 못 봤다. 이게 어찌 된 일이냐? 오제가 지병이라도 있어서 갑작스레 쓰러지기라도 했단 말이냐?"

"심장마비 같은 것 말입니까? 설마 그럴 리가요. 저번에 살인하러 갈 때까지만 해도 팔팔했잖습니까? 몇십 명 때려잡고도 멀쩡했는데요? 평생 살인을 일삼으며 살겠다고 호언장담하던 사람 아니었습니까? 저토록 쉽게 갈 사람이 아닙니다."

칠혈이 고개를 가로저었다.

"설마 저 노친네가?"

어슬렁어슬렁 아무 일도 없다는 듯 걸어가는 노인의 등을 바라보며 일혈이 중얼거렸다.

"설마 그럴 리가요?"

칠혈이 부정했다.

“맞습니다. 뭔가 수작을 부렸다면 우리들이 눈치 못 챘을 리가 있겠습니까?”

구혈 역시 부정했다.

“역시 그렇겠지…….”

칠혈과 구혈의 적극적인 부정에 일혈도 동의했다.

“정보대로라면 진가 년과 유가 놈은 모두 표국 밖으로 유인했다고 했잖나? 저 노인은 그럼 누구냐?”

“요인 정보에 기록되어 있지 않은 것을 보니 그냥 평범한 노인네 아닐까요, 대형?”

“글쎄다… 모르는 일이지. 이번엔 삼제랑 칠제, 구제, 너희들이 합공해 보거라.”

일혈이 지시했다.

“저런 비척거리는 노인넬 상대로 천하의 십삼혈이 세 명씩이나 가세해야 합니까? 우리 세 명이면 일이백 명짜리 어지간한 중소문파 하나쯤은 하루 반나절 만에 전멸시킬 수 있습니요.”

삼혈이 불만스럽다는 투로 말했다.

“유비무환이다. 잔말 말고 준비해라. 어차피 혼자서 살인하나 셋이서 살인하나 똑같은 살인 아니냐. 저 노인네를 제거하고 국주 장우양을 찾아 지국주 장우경과 함께 최우선적으로 제거한다. 물론 나머지 놈들도 다 죽여야 하고. 오늘 우린 바쁘단 말이다. 더 이상 이곳에서 지체할 수는 없다.”

“그 청룡은장의 꼬맹이들은 어떻게 합니까?”

“그건 이제(二弟)와 다른 동생들이 맡을 거다. 그러니 그쪽은 걱정할 것 없다, 삼제.”

“흐흐, 오랜만의 대량 살인이군요. 벌써 피가 뜨거워집니다. 제가 칠제랑 구제와 함께 후딱 다녀옵지요."

삼혈이 포악한 미소를 지으며 전음을 보냈다.

"그때까지 참고 있겠다. 다녀와라, 삼제."

이때 노인은 막 뒷간 문을 열고 들어간 참이었다.

"이런! 구란내 나는 곳에 들어가 버렸군. 저런 데서 뒈지면 꽤 꼴사나울 텐데?"

삼혈이 안됐다는 투로 혀를 차며 말했다.

"그러게 말이오. 똥통에 빠져 버리면 어디 시체라도 수거하겠습니까, 삼형."

"칠형 말이 맞습니다. 그냥 밖에서 찌르고 끝내죠."

"그게 좋겠다. 하나, 둘, 셋, 하면 동시에 찌르세."

"좋죠."

합의가 끝나기 무섭게 셋은 뒷간의 뒤와 좌우 양옆에 포진했다. 물론 아무런 기척도 내지 않았다.

"모두 준비됐나? 하나… 둘……"

"셋!"

약속대로 셋은 동시에 칼을 내질렀다.

수욱―!

날카로운 칼날이 소리 하나 없이 나무판을 뚫고 들어갔다.

'성공이군!'

조금 떨어진 나무 위에서 그 모습을 지켜보던 일혈은 속으로 회심의 미소를 지었다.

'역시 기우(杞憂)였나?'

아무래도 오제의 사인은 다른 곳에 있는 모양이었다. 나중에 확인해 볼 필요가 있을 것 같았다.

‘그러면 그렇지! 나 정도의 고수가 못 알아챌 정도의 움직임이란 게 있을 수가 있나! 아니, 분명히 몸은 움직이지 않았어. 그건 확신해! 설마 전설 속에나 나오는 마음으로 사람을 죽이는 경지도 아닐 테고 말야…….’

심살(心殺)의 경지라니. 그런 건 이야기 속에서나 나오는 얼토당토않은 꿈같은 얘기였다.

‘어?

그런데 뭔가 이상했다.

‘근데 왜 이리 조용해?

뒷간 안에서 비명이 울려 퍼지지 않은 것은 물론이고, 칼을 찔러 넣은 동생 세 명도 마치 얼어붙기라도 한 듯 꼼짝도 하지 않고 있었다.

“삼제, 칠제, 구제, 지금 뭐 하고 있는 게냐? 분뇨 냄새가 기분 좋아 그러고 있는 게냐? 빨리 돌아들 와라.”

그러자 미약한 삼제의 전음성이 들려왔다.

“대, 대형, 뭐, 뭔가 이상…….”

그러나 삼혈의 목소리는 허공중으로 사라진 것처럼 감쪽같이 끊겼다.

“이봐, 삼제! 삼제!”

열심히 전음으로 불러보았지만 삼혈은 물론이고 칠혈과 구혈까지도 대답이 없었다. 자신 정도의 고수에게 저 정도 기리는 진음을 보내는 데 있어 아무런 장애가 되지 못했다. 그건 동생들도 마찬가지였다. 그런데 갑자기 전음이 끊겼다는 것은 동생들의 신상에 무슨 일이 일어났다는 이야기였다.

끼이이이익!

기분 나쁜 마찰음을 내며 굳게 닫혔던 뒷간 문이 열린 것은 바로 그때였다. 보일 리가 없는데도 일혈은 무의식중에 몸을 긴장시켰다.

“아함~”

여전히 졸린 눈을 한 노인 한 명이 거나하게 기지개를 켜며 그곳으로부터 걸어나왔다.

‘이, 이럴 수가! 어떻게? 문 쪽은 피해서 아무것도 보이지 않았을 텐데?’

조금 전 동생 세 명이서 동시에 칼을 찔러 넣었음에도 불구하고 백의 노인은 생채기 하나 없었다.

“으하아암! 그럼 다시 자볼까……”

하품을 한 번 크게 한 노인은 뒤도 돌아보지 않고 자신의 숙소를 향했다.

끼이이이이이익!

멀어져 가는 노인의 등 뒤에서 뒷간 문이 기분 나쁜 소리를 내며 저절로 닫혔다. 동시에 칼을 내뻗은 채 뻣뻣하게 굳어 있던 사내 세 명이 풀썩 마른 짚단처럼 바닥에 쓰러졌다.

“아, 아우들아!”

일혈이 다급한 경악성을 터뜨리며 평생 의좋게 살인을 일삼자며 혈주(血酒)로 맹세했던 동생들을 향해 날아갔다. 서둘러 맥을 짚어보았으나, 아우 셋의 맥들은 모두 싸늘히 침묵하고 있을 뿐이었다. 아직 식지 않은 약간의 온기만이 싸늘한 죽음의 기운과 뒤섞여 손가락 끝을 타고 올라왔다. 넷 모두 사인은 같았다. 그러나 그 누구에게도 상흔은 발견되지 않았다.

“으으으으으!!”

일혈은 감정이 북받쳐 올랐다. 눈앞에서 아우 네 명이 어이없이 횡사하자 눈이 뒤집혀져 버린 것이었다.

“내 이 늙은이를!”

이성적 판단을 상실한 그는 하룻강아지 범 무서운 줄도 모르고 노사부를 향해 달려갔다. 그의 마음속을 차지하고 있는 것은 오로지 복수심뿐이었다. 잠의 여운에 취해 있는 노인의 발걸음은 느릿느릿했기에 금방 따라잡을 수 있었다. 단 한 발짝만 도약해서 칼을 내려치면 충분할 것 같았다. 그가 가진 가장 강한 그 비장의 초식 일초라면 죽이지 못할 인간은 없었다. 노인의 등 뒤는 완전 무방비 상태였다.

'받아라!'

혈왕살(血王殺)!

일혈은 자신이 다종다량의 살인을 원활히 하기 위해 익혀두었던 초식 중 최강의 초식을 전력을 다해 발출했다. 그리고 그것이 일어났다.

'어? 뭐, 뭐지?

그것은 일혈이 노인의 텅 빈 등을 향해 살기를 모두 개방했을 때 일어났다. 마치 지옥의 입구가 열린 듯한 느낌이었다. 심연 깊은 곳에서 뭔가가 튀어나와 그를 향해 달려들었다. 그것은 너무나 두렵고 살기등등했으며, 또한 잔인했다. 자신이 그동안 죽였던 모든 사람들이 그를 죽이기 위해 달려들었다. 그 수가 셀 수 없이 많아 마치 대군세가 진격하는 듯했다. 그 희생자의 대군세를 진두지휘하고 있는 이는 바로 그가 죽였던 그의 부모와 형제들이었다. 그의 몸은 마치 마비된 듯 얼어붙어 있어 그 대군세가 자신을 난도질하며 지나쳐 가는 것을 그저 멍하니 지켜볼 도리밖에 없었다. 그들의 칼이 그를 스쳐 지나갈 때마다 치명적인 일격을 당한 것처럼 고통이 엄습했다.

환상인지 아닌지는 이미 중요하지 않았다. 그것은 끔찍한 고통과 공포 그 자체였다. 그리고 마지막으로 가장 두려워하는 이가 그를 향해 달려들었다. 그는 두려움을 이기지 못하고 정신을 놓아버리고 말았다. 일혈이 두려움에 떨며 마지막으로 본 그것은 바로 '자기 자신'이었다. 그는 자신의 혼백(魂魄)을 때리는 그 충격을 이기지 못하고 그대로 죽어버렸다. 그리고 노사부는 한 발짝 막 들어올렸던 발을 내려놓았다.

억겁처럼 길게 느껴진 그 일은 찰나의 순간에 일어난 일이었다.

"응? 뭔 일 있었나?"

잠시 멈춰 서서 주위를 한 번 두리번거리던 노사부가 혼잣말처럼 한마디 했다.

"뭐야, 사소한 일인가?"

평소 사소한 일에는 신경 쓰지 않는다는 주의를 지니고 있는 노인은 아무 일도 없다는 듯이 방문을 열고 안으로 들어가 베개를 베고 이불을 덮은 후 다시 잠을 청했다.

"음냐음냐, 애들이 알아서 하겠지."

그런 사소한 일들보다는 숙면이 훨씬 더 중요했다.

"정보대로라면 꼬맹이들이 머무는 곳은 바로 저곳 서쪽 끝에 있는 별관이다."

이혈이 손가락으로 이층짜리 건물 하나를 가리키며 말했다. 일혈이 이끄는 네 아우들이 장우양과 장우경을 맡는 동안 꼬맹이들의 신변을 확보하고 열쇠를 찾는 것이 그들 다섯의 임무였다. 물론 그 임무 안에는 대량 살인도 포함되어 있었다.

"육제, 우선 네가 야경꾼이 있나 없나 가서 살펴보거라."

그러나 아무런 응답도 없었다.

"육제, 왜 대답이 없나?"

이혈이 약간 신경질적인 어조로 재차 말했다.

"저기 이형, 육형은 여기 없습니다."

팔혈이 대답했다.

"뭐라고? 왜 없어? 좀 전까지만 해도 분명……."

없었다. 고개를 돌리자 그곳에는 다른 아우들만 있을 뿐 육혈은 없었
다.

"이상하군. 조금 전까지만 해도 분명히 따라오고 있었지 않았느냐?"

"예, 저도 육형이 함께 있는 걸 분명히 봤습니다."

십혈이 대답했다.

"소피 보러간 게 아닐까요?"

팔혈이 의견 하나를 내놓았지만 반응은 썰렁했다.

"아니면 다른 먹음직스런 사냥감을 찾았다거나…… 특히 부녀자 같
은……."

부녀자를 폭행하고 잔인하게 살해하는 게 육혈의 취미였다.

이혈이 버럭 화를 냈다.

"임무 중에 딴 데 새지 말라고 그렇게 누누이 강조했건만! 누군 살인
하기 싫어서 안 하고 있는 줄 아나? 형제는 내버려 두고 자기 혼자만 재
미를 보려 하다니. 나중에 돌아가면 혼찌검을 내주겠다."

"좋은 생각 같습니다. 육제는 취미 생활을 즐기는 데 있어 너무 무분
별할 때가 많습니다. 한번 기강을 잡을 필요가 있습니다."

그렇게 말하는 사혈은 어린 소녀들만 골라 죽이는 데 집착하는 변태
중의 변태 살인마였다.

"쳇, 할 수 없군. 십제, 네가 갔다 와라."

또 대답이 없었다.

"십제, 넌 또 왜…… 응?"

없었다. 또 없었다. 이번에는 조금 전까지 코앞에서 말하고 있었는데
도 기척이 감쪽같이 사라져 버리고 말았다.

“이놈은 또 어디로 샌 거야?”

잠시 고개를 돌린 잠깐 사이에 벌어진 일이었다.

‘이게 어찌 된 일이지? 이놈들… 혹시 짜고서 날 골탕먹이려 하는 거아냐?’

공사를 혼동하는 거야 항상 하는 것이니 그렇다 치고, 평소 그들 사이의 의리를 생각하면 충분히 있을 수 있는 일이었다. 이럴 땐 일단 당황하기보다 십삼혈의 이인자로서 의연함을 보여줄 필요가 있었다.

“이놈이고 저놈이고 옆으로 새기만 하고. 할 수 없지! 사제, 자네가 다녀오게. 애들 군기는 나중에 잡고.”

“알겠습니다, 이형. 저도 같은 생각입니다.”

별다른 낌새가 있었던 것도 아니고 아무런 기척도 없었기에 사혈 역시 단순한 장난으로 치부했다. 작전 중에 장난치는 것도 그들 사이에서는 흔히 있는 일이었다. 그렇게 한다 해도 그들에게 긴장감이 없다고 뭐라 하는 사람은 아무도 없었다. 그들의 임무는 대부분 섬멸전이었고, 그 임무 대부분을 그들은 완벽하게—중간중간 취미 생활도 즐기면서—완수해 왔던 것이다.

이혈의 명에 따라 사혈이 별관을 향해 어둠 위로 조용히 몸을 날렸다. 혼전과 대량 학살전이 일어나기 전에 우선 열쇠를 확보해 놓는 것이 이번 작전의 요체였다. 열쇠만 손에 넣으면 나머지는 그들이 바라던 바대로 피의 축제가 이어질 터였다. 그렇게만 되면 한동안 피에 고파했던 열세 자루의 칼들이 조금은 갈증을 해소할 수 있으리라.

그러나 잠시 후,

“어라? 사제가 왜 아직도 소식이 없지?”

별관을 정탐하러 갔던 사혈로부터도 소식이 끊어졌다. 시간상 이미 돌아와 상황 보고를 끝마쳤어야 정상이었다. 그제야 이혈은 사태가 심상치 않음을 깨달았다. 장난이 아닐 수도 있다는 소름 끼치는 가정 하나가 불쑥 고개를 들이 내밀었다.

"팔제, 조심해라! 팔제……?"

지독히 불길한 예감에 이혈이 고개를 뒤로 홱 돌렸다. 없었다. 또 사라진 것이다.

'파, 팔제마저…….'

이제 남은 것은 이혈 자신 혼자뿐이었다.

그는 잔뜩 긴장해서 촉각을 곤두세운 채 조심스럽게 별관을 향해 다가갔다. 무슨 기척이든 나기만 하면 칼을 휘두를 준비를 마친 채였다.

툭!

그때 오른쪽 나무 위에서 뭔가가 툭 떨어져 내렸다. 깜짝 놀란 이혈이 질겁하며 칼을 빼 들었다.

'뭐, 뭐지?'

그것을 향해 조심스레 다가간 이혈의 눈이 휘둥그레졌다. 수백 번의 살인으로 마비된 그의 심장이 덜컹하고 강하게 맥동쳤다.

"육제……."

맨 처음 사라졌던 육제의 시체였다. 그것도 목이 삼분지 이 이상 떨어져 나간 끔찍한 모양새였다. 그의 여섯째 동생은 더 이상 부녀자를 겁탈한 후 살해하는 즐거움을 누릴 수 없게 되었다.

'이게 무슨……!'

그러나 그의 사고는 오래 이어지지 못했다.

툭!

이번에는 오른쪽 나무였다. 여전히 경계를 늦추지 않은 채 이혈은 나무 밑으로 다가갔다.

"십제……."

이번에는 목 부분이 아예 통째로 뜯겨 나가 있었다.

'마치 거대한 맹수에게 물어뜯긴 상처 같군.'

병장기로는 절대로 낼 수 없는 상처였다.

'하지만 어떤 맹수가 이리도 거대하단 말인가? 게다가 어떻게 그런 커다란 맹수가 이렇듯 아무런 기척도 드러내지 않은 채 쥐 죽은 듯 조용히 움직일 수 있단 말인가?'

그는 가능성을 따져 보기보다 있을 수 없는 일, 불가능한 일로 치부해 버렸다.

때문에 그는 나무 꼭대기에서 어둠에 묻힌 채 반짝이는 두 개의 황금빛 태양 같은 호안(虎眼)을 눈치 채지 못했다.

인간들보다 약육강식의 세계에서 살아가는 야생동물들의 육감이 더 발달하게 마련이다. 말을 얻음으로써 느낌을 소홀히 하게 된 인간들과 달리 야생동물은 여전히 살기를 감지하는 데 무척 예민하기 때문이다. 그러므로 뛰어난 야생의 사냥꾼은 사냥감에게 자신의 존재를 들키지 않기 위해 자신의 살기를 죽일 수 있어야 했다. 그리고 백무후는 가장 뛰어난 사냥꾼 중 하나였다. 천하를 통틀어도 그녀보다 뛰어난 야생의 사냥꾼은 찾기 힘들 터였다.

허접한 인간들과는 경력부터가 달랐다. 혹독한 자연과 그것을 지배하는 법칙 속에서 이백 년 이상을 살아남아 온 그녀와 인간을 애초에 비교하는 것 자체가 무례였다.

아무리 피에 전 미치광이들이라는 별칭을 지닌 십삼혈이라 해도 대자연의 거대한 힘 앞에서는 토끼처럼 무력했다.

'귀, 귀신인가……'

이혈이 생각하기엔 이런 일은 귀신의 조화가 아니고서야 도저히 일어날 리 없는 불가사의한 일이었다.

번쩍!

그때 그의 등 뒤 머리 위에서 두 개의 태양이 번쩍 빛을 발했다. 오싹 돋는 소름에 그의 발걸음이 멈추었다. 떨리는 몸을 억누르며 돌아섰다.

그러자 그곳엔 '그것' 이 있었다.

그리고 그는 '그것' 을 보았다.

"왜 아무런 신호도 올라오지 않는 거지?"

손가락으로 반대쪽 팔뚝을 톡톡 치며 자리를 어슬렁거리는 이시건의 목소리엔 짙은 초조감이 배어 있었다. 조금 전의 자신만만함은 이미 사라진 지 오래였다.

마치 장원에 집어삼켜지기라도 한 듯 월담해 들어간 열 명은 감감무소식이었다. 그렇다고 비명 소리나 싸움 소리나 경계 소리가 울려 퍼진 것도 아니었다. 그저 침묵의 늪에 가라앉기라도 한 듯 조용하기만 할 뿐이었다.

"이상하긴 이상하군요. 지금쯤 무슨 신호가 있어야 정상인데 말입니다. 설마 실패한 것은……."

윤이정의 말에 십일혈이 반대하며 나섰다.

"그럴 리가 없소. 우리 십삼혈은 지금까지 맡은 임무에서 한 번도 실패한 적이 없소."

"맞소. 십일형 말대로요. 우린 무적이오."

"그래도 혹시 모르는 일 아닌가? 난 그저 조심하자는 것뿐일세."

윤이정이 불쾌함을 참으며 말했다.

"행, 누가 있어 감히 우리 십삼혈 중 열 명을 소리 소문도 없이 없앨 수 있단 말이오? 만일 그렇게 생각하는 놈이 있다면 그게 미친놈이지."

십삼혈 중 막내가 냉소하며 말했.

‘저런 시건방진 놈을 봤나. 말하는 뽄새 좀 보게나! 제발 별일 좀 있었으면 좋겠군. 그래야 저놈들의 얼굴이 보기 좋게 구겨지는 꼴을 볼 수 있을 테니 말이야.’

윤이정은 갑자기 그 표정을 꼭 보고 싶다는 열망에 사로잡혔다.

“어떻게 하면 좋겠습니까, 주군? 더 이상 기다려 봤자 소득이 없을 것 같습니다. 혈풍을 부른다는 십삼혈도 오늘 밤은 살랑거리는 미풍밖에 안 되는 것 같고 말입니다. 불었는지 안 불었는지 모를 그런 미풍 말입니다.”

그 말에 이시건은 하마터면 울화통이 터질 뻔했다.

“내가 직접 확인하겠다. 너희들은 나의 뒤를 따라라.”

마침내 이시건이 결정을 내렸다.

전설의 포효, 울려 퍼지다!

—호조습래(虎爪襲來)

"유 대협! 유 대협이 어떻게 여기에?"

진소령이 눈을 휘둥그렇게 뜨며 반문했다.

"예? 저, 저야 진 소저의 서찰을 받고 이렇게……."

기대했던 것과 정반대의 반응을 접한 유은성은 당황하며 품속에서 고이 간직해 놓았던 서찰을 꺼냈다.

"서찰이라니요? 전 서찰을 보낸 적이 없는데요?"

"그, 그럴 리기요! 서찰을 보낸 적이 없다니요?"

유은성에게는 청천벽력과도 같은 소식이었다. 하지만 실망할 겨를도 없었다.

"그, 그렇다면……!!"

"서, 설마!"

두 사람이 동시에 서로를 바라보았다.

                    *   *   *

“왜 그러느냐? 경영아? 선아야? 무슨 무서운 일이라도 있느냐?”

윤이정이 썩은 미소를 지으며 물었다.

“⋯⋯.”

소년은 급히 여동생을 껴안으며 한밤중에 들이닥친 불청객을 향해 경계를 눈빛을 보냈다. 소년의 눈동자에 두려움이 차올랐다.

“안심하거라. 이 숙부가 왔단다. 여긴 너희들에게 너무 위험하다. 그러니 어서 나랑 가자꾸나. 이 숙부가 너희들을 지켜주마!”

한밤중에 몰래 방 안에 잠입한 윤이정의 목소리는 자상하기 그지없었다.

“숙부님!”

아무것도 모르는 순진한 선아가 따라가려고 일어났다. 그러나 유경영이 그런 동생을 즉시 막아섰다. 한때 숙부였던 사내를 바라보는 소년의 시선에는 강한 경계심과 적개심이 한데 어우러져 있었다.

“왜 그러느냐, 경영아? 무슨 일이라도 있느냐?”

윤이정의 자상한 한마디에 소년은 심하게 몸을 떨었다. 입가에 맺힌 그 미소가 미치도록 무서웠다.

“선아야, 속지 마! 따라가면 안 돼!”

이가 딱딱 부딪친다.

“저자는⋯ 저자는⋯⋯.”

사내를 가리키는 소년의 손가락이 위아래로 세차게 떨렸다. 말은 입 안에서 맴맴 맴돌기만 할 뿐이었다.

“저자는⋯ 아버님의⋯ 아버님의⋯⋯.”

숨을 몰아쉬며 씨근거리던 소년이 마침내 외쳤다.

"아버님의 원수야!"

거의 발악에 가까운 외침이었다.

순간 윤이정의 움직임이 딱딱하게 굳었다.

"흑흑, 어떻게 나한테 그런 심한 말을 할 수가……."

윤이정은 고개를 푹 숙이며 연극을 계속하는가 싶었으나 어느새 고개를 든 그의 입에는 섬뜩한 미소가, 두 눈에는 흉포한 살기가 서려 있었다.

"어떻게 알았지?"

더 이상의 시시껄렁한 연극은 필요없다는 판단이 든 모양이었다.

"아… 아버님께서 말씀하셨죠. 가문의 비전절기가 시전되면 그에 당한 상대가 어찌 되는지를요! 그때 드러난 오른 팔뚝의 상처, 그것은 분명 용린폭의 그것이었습니다."

"흐흐흐, 애비를 닮지 않아 몇 배나 똑똑한 녀석이구나. 그 재능을 오늘 이 자리에서 꺾어야 된다고 생각하니 이 숙부도 마음이 아프구나."

"흥, 여긴 중양표국의 한복판이라구요. 제가 소리치면……."

"저런저런! 계집애 같은 말을 하는구나. 차라리 '어머머, 다가오면 소리치겠어요' 라고 하지 그러느냐?"

그의 말에는 비웃음이 역력했다.

"하지만 이건 어쩌지? 이 방 주위에는 내가 쳐놓은 차음막(遮音幕) 때문에 소리가 밖으로 새어나가지 않는 것을?"

"그, 그럴 수가……."

소년의 얼굴에 창백한 공포가 떠올랐다.

"으흐흐흐, 이제야 포기할 생각이 들었느냐? 새로운 하늘을 위해 죽어줘야겠다. 하하하, 열쇠는 이제 우리의 것이다!"

두 남매의 아버지를 죽인 바로 그 칼날이 허공중에서 번뜩였다.

"으아아아악!"

유경영은 여동생을 감싸며 눈을 질끈 감았다.

두 남매의 목숨이 풍전등화(風前燈火)인 그때, '살랑' 또 다른 바람 하나가 불어닥쳤다.

쾅!

굉음과 함께 방문이 산산조각나며 어떤 거대한 물건이 자신을 향해 날아오는 것을 본 이시건이 깜짝 놀라 외쳤다.

"뭐, 뭐지?"

그것은 너무 크고, 너무 빨랐다. 나무 위에서 윤이정이 임무를 완수하고 돌아오길 기다리고 있던 이시건이 깜짝 놀라는 것도 무리는 아니었다. 그러나 그도 고수인지라 당황하지 않고 침착하게 날아오는 물체의 위력을 반감시키며 그것을 받아냈다.

"큭!"

생각 이상으로 물체는 무거웠다.

부웅―

충격을 이기지 못하고 그의 몸이 뒤로 날아갔다.

"이, 이런!"

이시건은 이를 악물며 허공중에서 신형을 틀었다. 이대로 균형을 잃고 땅에 떨어졌다가는 자칫 치명상을 입을 위험이 있었다. 그는 몸을 두어 번 뒤집은 다음에야 간신히 조금 떨어진 나무 위에 안착할 수 있었다.

그러나 그것이 끝이 아니었다.

"헉!"

자신이 받아 든 물체의 정체를 확인한 이시건은 깜짝 놀랐다.

"이정……."

그것은 바로 방금 전 의기양양한 얼굴로 저 방 안에 들어갔던 윤이정의 몸뚱이였다. 그의 앞가슴에는 다섯 줄기의 기다란 상처가 밭고랑처럼 파여 있었고, 그곳으로부터 뭉클뭉클 피가 샘솟듯 흘러나오고 있었다.

"이게 대체……."

그러나 그의 생각은 더 이상 이어지지 못하고 말았다.

"무슨 일이냐? 이봐! 무슨 일이 있었던 거냐?"

중환자인 윤이정을 세차게 흔들며 이시건이 물었다.

"쿨럭, 쿨럭! 도… 도……."

"'도'가 뭘 어쨌다는 거냐?"

이시건이 신경질적인 목소리로 물었다.

"도, 도망…… 태, 태양이……."

'도망?'

갑자기 웬 도망이란 말인가?

흠칫!

등 뒤에서 한겨울의 얼음처럼 서늘한 기운을 느낀 것은 그때였다.

'뭐, 뭐지? 이 한기는?'

이시건은 신경을 쭈뼛 세우며 조심스레 고개를 돌렸다.

번쩍!

방금 전 윤이정이 목격했던 것과 똑같은 두 개의 황금빛 태양을 그 역시도 목격하고 말았다.

"으아아아악!"

그의 입에서 저절로 비명이 터져 나왔다.

*　　·　　*　　　　*

파바바바밧!

빠른 속도로 풀잎을 박차며 그들은 달렸다. 초록 풀잎에 매달린 밤이슬들이 무수한 방울이 되어 튀어 올랐다. 그러면 그럴수록 그들은 더욱 멀리 더욱 빠르게 도약했다.

"지, 진 소저!"

진소령은 뒤를 돌아보지 않았다.

"표국이 위험해요."

아미신녀 진소령과 낙일검 유은성은 중앙표국을 향해 전속력으로 달렸다.

'부디 내가 갈 때까지 아무 일도 없기를…….'

*　　　　*　　　　*

콰쾅!

천둥 치는 듯한 소리와 함께 아름드리 나무가 백무후의 일격에 박살났다. 이시건은 나무를 방패로 해서 겨우 목숨을 부지할 수 있었지만 큰 대가를 치러야 했다. 그의 왼쪽 얼굴 대부분도 아름드리 나무와 함께 날아가 버렸던 것이다.

"크아아아아악!"

피가 튀었다. 뼈까지 닿는 큰 상처였다. 다섯 개의 발톱은 가차없었고, 그중 세 개의 상처가 가장 컸다. 살아 있는 게 기적이었다.

"내, 내 얼굴이… 내 잘생긴 얼굴이……."

얼빠진 목소리로 이시건이 중얼거렸다. 아무래도 생명보단 그쪽이 더 우선인 모양이었다.

'도망쳐야 해!'

아픔을 제대로 느낄 새도 없었다. 어떻게든 이 자리에서 도망쳐야 한다는 생각만이 그의 머릿속을 가득 지배하고 있었다.

이시건이 자신의 일격을 피한 게 의외였는지 백무후가 다시 발톱을 치켜들었다.

"에잇!"

다급해진 이시건은 아직도 멍하니 안고 있던 윤이정을 냅다 던졌다.

퍽!

웬 파리가 날아오냐는 듯 백무후는 앞발을 가볍게 휘둘러 윤이정을 쳐냈다.

"꾸웨에에에에엑!"

아직 의식이 남아 있던 윤이정의 입에서 처참한 비명이 터져 나왔다.

'이, 이때다!'

잠깐 틈을 보인 이때가 기회라고 생각한 그는 미친 듯이 몸을 날렸다.

어쭈!

분명 백무후의 눈은 그렇게 말하고 있었다. 감히 자신 앞에서 도망가다니 가당치도 않은 일이라 생각한 이 유능한 사냥꾼은 도망가는 사냥감을 잡기 위해 몸을 날렸다.

이시건과 백무후의 차이가 순식간에 좁혀졌다.

"시, 십삼혈! 막아라!"

왼쪽 얼굴에서 피를 철철 흘리며 이시건이 외쳤다.

"대체 뭘?"

그러던 십일혈과 십이혈과 십삼혈의 눈이 금세 휘둥그레졌다.

"저, 저게 뭐지?"

그들도 자신의 눈을 한번 비벼보고 싶었다.

"뭘 꾸물거리는 게냐?"

이시건이 멀뚱히 서 있던 십이혈을 쾌속한 금나수법으로 붙잡더니 냅
다 백무후를 향해 던졌다.

"으헉!"

방심하고 있던 십이혈은 기겁했다.

이건 또 뭐야?

꾸직!

십이혈은 단 일격에 납짝쿵 신세가 되었다.

"십이제!"

"십이형!"

형제의 죽음을 본 십일혈과 십삼혈이 분노하며 소리쳤다.

"네놈들도 가서 막아!"

이시건은 십일혈과 십삼혈마저 백무후를 향해 있는 힘껏 내던졌다. 아
무리 상처를 입었다 해도 그의 무공은 십삼혈보다 위였다.

"어어어……."

그래도 이들은 그나마 십이혈보다 조금 형편이 나았다. 적어도 마지막
최후의 몸부림은 칠 수 있었기에.

"에잇!"

"한낱 미물이!"

아마 영물을 잘못 말한 것이리라.

"죽어라! 똥개!"

십일혈과 십삼혈이 동시에 허공중에서 혈혈십삼식(血血十三式)의 살
초를 휘둘렀다.

까강!

"허걱!"

두 사람의 눈이 휘둥그레졌다.

백무후는 검기가 실린 그들의 살초를 발톱으로 가뿐하게 받아냈던 것이다. 절정고수의 공수입백인(空手入白刃)도 이보다는 못할 것 같았다. 무쇠도 자르는 그들의 검초였지만, 백무후의 발톱은 자르지 못했다.

크르르르르!

인간의 언어로 번역하면 아마도 '감히 똥개라고 했겠다……' 쯤 되겠다. 똥개라니! 이 우아한 숙녀 분께 터무니없는 모욕이었다. 숙녀를 모욕한 죄는 무거웠다.

챙강!

그녀가 발톱을 오므리자 그 안에 끼어 있던 두 자루의 칼이 그대로 동강이 나 부러졌다.

픽! 픽!

뭔가 깨지는 소리와 처참한 비명성이 울려 퍼졌다.

숙녀를 모독한 죄로 그들은 앞의 형제들만큼 편안하게 죽지 못했다.

이제 남은 것은 이시건 하나뿐이었다.

십일혈과 십삼혈의 발악이 너무 순식간에 끝나 버리는 바람에 이시건은 미처 도망갈 시간을 벌지 못했다.

"병신 같은 놈들! 시간 벌기용도 안 되나!"

이시건의 입에서 욕지기가 터져 나왔다. 그는 다시금 백무후를 마주 보는 형국이 되고 말았다.

황금빛 태양이 어둠 속에서 호박색 빛을 발했다. 소름이 온몸을 훑고 지나갔다.

'죽는다!'

한낱 미물로 취급하기에는 그 존재감이 너무나 컸다. 오히려 이쪽이 무시당하고 있는 듯한 그런 느낌이었다.

절대 피할 수 없을 것 같았다. 도저히 이길 수 있을 것 같지 않았다.

그제야 그는 비로소 공포란 것이 무엇인지 절절히 깨닫게 되었다.

크어어어어어어엉!

엄청난 포효가 터져 나왔다. 살아 있는 생물의 절대적 복종을 강요하는 포효의 위엄에 이시건은 그만 얼어붙고 말았다.

'이제 끝장이다!'

마침내 그는 모든 것을 포기하고 체념하고 말았다.

쉬익!

어디선가 무언가가 날아온 것은 바로 그때였다.

빡!

어디선가 날아온 목침은 정확히 백무후의 콧잔등에 명중했다. 깜짝 놀란 백무후가 자리에서 펄쩍 뛰었다.

꾸허어엉!!

구멍 뚫린 방문이 벌컥 열리며 그 속에서 버럭 호통이 터져 나왔다.

"시끄럽다! 잠 좀 자자! 잠 좀!"

범인은 바로 노사부였다.

깨갱! 끼잉~

덕분에 사람들은 전설의 백무후가 울상 짓고 침울해하는 굉장히 특이한 모습을 구경할 수 있게 되었다.

'풀렸다!'

마치 주박에 걸린 듯 굳어 있던 이시건의 몸이 움직였다.

'이때다!'

이시건은 기회를 놓치지 않고 재빨리 몸을 돌렸다.

지금 그의 몸과 마음을 지배하는 것은 오직 한 가지 생각뿐이었다.

'도망가자!'

필사적으로 줄행랑치는 그의 뇌리에 이미 부하들은 안중 어디에도 없었다.

'도, 도망가야 해! 어서 빨리!'

한시라도 이 악몽 같은 곳에서 빠져나가야만 했다. 살아남기 위한 길은 오직 그 길뿐이었다. 이미 자존심과 오기 따위는 남아 있지 않았다.

긁적긁적!

꾸우우웅!

코가 아파서 앞발로 긁느라 바쁜 백무후는 자기 일에 바빠 쫓을 생각을 하지 않고 있었다.

덕분에 이시건은 겨우 목숨을 건질 수 있었다.

크허어어엉!

백무후가 울부짖었다. 제왕의 울음소리이자 진정한 승리자의 포효였다.

그날 남창의 모든 주민들이 이 포효를 듣고 전율에 떨었다. 놀란 달이 떨어지고 새벽이 밝아왔다.

앞으로 전설이 될 새벽이었다.

이 일로 인해 이후 중앙표국의 이름은 사해만방으로 퍼져 갔고 단숨에 신화가 되었다. 여기저기서 계약이 쏟아져 들어온 것은 두말할 것도 없는 일이었다.

그리고 중원표국은 중앙표국의 급속한 성장에 심각한 위협을 느끼지 않으면 안 되게 되었다.

크허어어어엉!

포효 소리는 밤을 진동시키며 낮을 깨우고 전 남창 전체에 울려 퍼졌다. 천무학관도 예외는 아니었다. 몇몇 사람들은 이게 도대체 무슨 소린가 놀라 자리에서 벌떡 일어났다. 아미파 출신의 제자들은 알 수 없는 공포를 느끼며 서로의 몸을 꼭 껴안거나 이불 속으로 기어들어 갔다.

그 소리가 가장 미약하게 들린 곳은 아무래도 지하 감옥 쪽이었다. 지상과 같을 수는 없었다. 때문에 희미한 잔흔만이 조금 전달되었을 뿐이다. 그럼에도 비류연은 자다 말고 자리에서 벌떡 일어났다.

"음? 방금 그게 무슨 소리였지?"

귀를 기울여 보았으나 아무런 소리도 들리지 않았다. 분명 어디선가 많이 들은 듯한 익숙한 소리가 울려 퍼졌던 것 같은데……. 그러나 그것은 지금 사천 어느 곳에 사는 놈이라 이런 도시에 있을 리가 만무했다.

"환청인가? 설마 그럴 리가……."

저번의 악몽 건도 그렇고 이번의 환청 건도 그렇고 요즘 왠지 자신답지 않은 일이 자꾸만 일어나고 있었다.

"뭔가의 전조인가, 아니면 그냥 단순한 수면 부족일까……."

어느 쪽이든 달갑지 않은 일이었다.

"별일 아니면 좋겠지만……."

민감하게 발달된 예감이 자꾸만 경고를 보내고 있었다.

"에라, 모르겠다. 다시 자자."

비류연은 다시 바닥에 몸을 뉘었다. 형편없는 잠자리였지만 잠을 자는데 있어서는 때와 장소를 가리지 않고 방해자를 용서치 않는다는 것이 그가 사부로부터 배운 법도였다. 피로는 회복할 수 있을 때 회복하는 게 만일의 사태를 대비하기에 유리했다.

지금은 고민해 봐도 아무 소용이 없었다.

서둘러 중앙표국 남창지국에 도착한 진소령과 유은성은 의아한 마음을 감출 수가 없었다. 표국 전체에 불이 환하게 켜져 있긴 했지만 싸움의 기척은 전혀 느껴지지 않았던 것이다. 하지만 굳은 표정으로 정문을 지키는 표사들의 면면을 살펴보니 무슨 일이 있긴 있었던 모양이다. 긴장된 표정으로 가장 많은 사람들이 분주하게 움직이는 곳으로 들어간 그녀의 눈에 보인 것은 어린 두 남매가 서로를 꼭 껴안고 있는 광경이었다.

"너희들……."

진소령의 목소리에 귀가 쫑긋해진 여아가 자리에 벌떡 일어났다.

"으아아아아아앙! 아줌마!"

일곱 살배기 선아가 울음을 터뜨리며 달려와 진소령의 품에 와락 안겼다.

'아, 아줌마…….'

곁에서 그 호칭을 들은 유은성은 정신적 충격으로 하마터면 정신을 잃을 뻔했다. 그만큼 그 호칭은 그의 귀에 무시무시하게 들렸다.

"그래그래! 울지 말거라, 선아야. '아줌마' 가 왔으니 이제 안심해도 된단다. 내가 없는 동안 대체 무슨 일이 있었던 게냐?"

마지막 질문은 유경영을 향한 것이었다.

"진 여협, 그러니깐 그게……."

아직 공포가 가시지 않았는지 몸을 떨면서 유경영은 자신이 목격했던 바를 하나씩 이야기해 나갔다. 소년에게서 일의 자초지종을 전해 들은 진소령은 아연실색하지 않을 수 없었다.

"그래, 그 백무후가……."

소년의 이야기는 이야기 속에서나 나올 법한 것이었다.

"정말 믿기 어려운 이야기군요, 진 소저!"

유은성이 경탄 반 의심 반 섞인 표정으로 말했다.

"그래요! 그리고 그만큼 신비로운 이야기이기도 하죠. 과연 아미산의 주인이라 불릴 만한 신위군요. 우리 인간은 좀 더 자연 앞에서 겸손해질 필요가 있겠어요.”

한때 아미파에서 이 산의 진정한 주인이 누군지 알려주기 위해서라도 제자들을 동원해서 백무후와 그 무리들을 토벌하자는 의견이 나왔던 적이 있다는 것을 그녀는 잘 알고 있었다. ‘산을 빌려 쓰는 임대인 처지에 주인 행세를 해서는 안 된다. 그것은 자신의 분수를 망각한 행위며 그것은 반드시 자연의 보복을 받게 될 것이다’ 라는 한 원로의 강력한 주장에 다행히 그 의견이 기각되었지만, 만일 그대로 진행되었다면…….

그 결과의 참상은 상상만으로도 끔찍하기 짝이 없었다.

“휴우~ 정말 깜짝 놀랐습니다. 표국 사람들이 그 우렁찬 포효 소리에 깜짝 놀라 깨어났을 때는 모든 일이 끝난 후였어요. 그리고는 다시 바람처럼 사라졌죠. 하얀 뇌광이 한 번 번쩍였다가 사라진 것 같았어요.”

날아온 목침에 쫓아서 달아났다는 이야기는 하지 않았다. 진실을 말해 놓고 거짓말쟁이 취급당하는 것은 사양이었다. 아무리 진실이라고 해도 어린애의 말이라면 일단 의심부터 하고 보는 어른들의 습성을 소년은 어린 나이에도 이미 꿰고 있었다.

“너희들이 고생이 많았구나. 제대로 지켜주지 못해 미안하다.”

“아, 아닙니다. 이렇게 마음 써주시는 것만으로도 감사한걸요.”

소년의 어른스런 말에 진소령은 흐뭇한 미소를 지었다.

“과연 현 청룡은장주답게 늠름하고 어른스럽구나!”

“칭찬 감사합니다.”

쑥스러움을 감추지 못한 채 얼굴을 붉히며 유경영이 대답했다. 그런 면은 영락없는 어린애였다.

“흠, 그런데 적의 수괴인 듯 보이는 자를 놓친 게 아쉬울 따름이군요.”

“저도 설마 중원표국의 대표두이자 금강십이벽의 한 사람이 그런 파렴치한일 줄은 꿈에도 상상치 못했습니다, 진 소저.”

이것은 보통 심각한 일이 아니었다.

"좋다, 내가 너희들을 내일 철권 선생님께 데려가 주마."

진소령이 장담하며 말했다.

"저기… 철권 선생님이 누구시죠?"

처음 듣는 별호에 유경영이 되물었다.

"누구긴 누구겠니? 천무학관의 현 관주이신 마진가, 마 대협이지. 그분이 전에 내 은사님이셨단다."

"정말입니까, 진 여협? 드디어 그분을 만날 수 있는 건가요?"

드디어 꿈에도 염원하던 천무학관에 갈 수 있게 되었다는 사실에 유경영은 날 듯이 기뻤다.

"물론이지."

그 모습을 보고는 진소령이 웃으며 대답했다.

"그런데 노사부님은 어디 계시느냐?"

진소령의 물음에 유경영이 우물쭈물하며 대답했다.

"그게 저… 아직 주무세요."

그 말에 유은성이 펄쩍 뛰며 반문했다.

"뭐라고? 표국이 발칵 뒤집혔는데도 아직도 팔자 좋게 주무신단 말이냐? 그분도 참 어째서 이런 때에!"

유은성은 노사부의 그런 대도를 전혀 납득할 수 없는 모양이었다.

"피곤하신 모양입니다. 그냥 주무시게 놔두시죠?"

진소령이 옹호하고 나서자 유은성은 더욱 기분이 나빠졌다. 중년의 질투는 젊은이들보다 수배는 더 무서운 법!

"아닙니다. 제가 지금 가서 모셔오겠습니다."

그리고는 대답도 듣지 않고 성큼성큼 노사부의 숙소를 향해 보무도 당당히 걸어갔다.

"저, 저기요… 그만두는 게 좋다고 생각합니다, 유 대협."
소년 유경영의 말에 그의 발걸음이 우뚝 멎었다.
"왜 그렇게 생각하지, 경영아?"
고개를 살짝 돌린 그의 얼굴은 의아함으로 가득 차 있었다.
"그게… 저… 다치실까 봐서요."
모기만 한 목소리로 유경영이 대답했다.
"하하하, 겨우 자는 사람 깨우러 가는데 다칠 일이 무에 있겠느냐? 걱정 말거라."
유은성은 호탕한 웃음을 터뜨리며 다시 발걸음을 재촉했다.
"아니… 저… 위험한데……."
거의 들리지도 않는 체념한 목소리로 소년은 중얼거렸다. 역시 어른은 아이의 경고에 귀를 기울이지 않는 모양이었다. 어리다는 이유, 단 하나만으로!

똑똑!
"안에 계십니까, 노사부님?"
"……."
똑똑!
덜컹! 덜컹!
"계십니까? 점창의 유은성입니다. 일어나 주십시오. 밖에 일이 생겨서 그럽니다. 그럼 들어가겠습니다."
안에서 기척이 없자 유은성은 하는 수 없이 문을 열고 들어가기로 했다. 노사부가 머무는 숙소는 유씨 남매의 거처랑 같은 담 안에 있었기 때문에 문고리를 잡는 그의 모습을 모두 볼 수 있었다.
끼이이익!

경첩이 내는 마찰음과 함께 문이 조금 열렸다.

"실례……."

뻑!

느닷없이 울려 퍼진 '뻑' 소리에 어린 남매는 자신도 모르게 눈을 질끈 감았다. 저 속이 꽉 찬 소리… 기억에 있는 소리였다.

"……."

정적이 찾아왔다. 소년이 용기를 내서 질끈 감았던 눈을 빼꼼 들어올렸다. 그러자 단단한 박달나무 목침을 얼굴에 정통으로 맞고 서서히 뒤로 기울어져 가는 유은성의 모습이 그의 시야를 가득 메웠다.

"어어어어어……."

쿠당! 탕!

점창제일검이라는 명호가 무색하게 유은성은 바로 기절하고 말았다. 진소령 역시 이 돌발적인 황당 사태에 그만 말문이 막히고 말았다.

"그러길래 다치신다고 누누이 말씀드렸잖아요……."

진심이었는데도 그 진심 어린 경고를 농담으로 치부한 것은 소년이 아니라 어른 쪽이었다.

쾅!

열렸던 문이 저절로 다시 닫혔다.

아무도 다시는 그 문을 열어보려 하지 않았다.

소년, 천무학관에 서다

—신용을 지키면 보답은 언젠가 돌아오게 마련

"음, 은성이 자네도 오랜만일세! 그런데 자네 이마는 또 왜 그런가? 마치 검댕이라도 묻은 것처럼 시커멓군 그래? 무슨 일 있었나?"

막 진소령과 반갑게 인사를 나눈 마진가의 시선이 유은성의 이마에 가 멈추었다.

"아, 아닙니다, 선생님! 별일 아닙니다."

유은성이 어떻게든 손으로 어제의 멍 자국을 가려보려 애쓰며 말했다.

"그렇다면 다행이고. 난 또 점창제일검이 누구에게 한 방 맞은 줄 알고 깜짝 놀랐지 뭔가."

"그, 그러시군요……."

억지로 쥐어짜낸 자신의 미소가 일그러져 있다는 것을 유은성은 미처 발견하지 못했다.

"그래, 이 아이들인가?"

인사를 마친 마진가의 시선이 유씨 남매에게로 가서 멈추었다. 아직도 생소한 환경에 적응이 안 됐는지 소년과 소녀는 진소령 곁에 바싹 붙어 떨어지려 하지 않았다. 특히 선아의 경우가 심했는데, 사실 철권 마진가의 우락부락한 고동색 거구는 어린 여자 아이의 눈에는 괴물이나 맹수로 보일 가능성이 컸다. 게다가 마진가의 키가 워낙 크다 보니 더욱 무섭게 느껴지는 모양이었다. 여아의 표정이 울상이 되자 마진가는 아차 했다.

"이런이런. 이 할애비가 눈치가 없어서 실수를 한 모양이구나. 위만 쳐다보고 있자니 목이 많이 아팠지?"

자상한 미소를 지으며 마진가가 자신의 몸을 낮추어 어린 남매와 눈높이를 맞추었다.

"이제야 이 할애비도 이야기하기가 편하구나."

그 미소를 보고 나자 선아도 조금은 안심이 되는 모양인지 표정을 풀었다. 마진가의 자상한 시선이 소년 유경영을 향했다.

"그래, 네가 청룡은장주 유재룡의 장손인 경영이냐?"

"예, 제가 바로 청룡은장을 이어갈 유경영입니다. 아버님께서 이것을 전해 드리라 하셨습니다."

소년은 떨리는 손으로 품속에서 비단 주머니를 꺼내 두 손 모아 내밀었다. 그것을 지키기 위해 많은 생명이 교차되었다는 것을 잘 알고 있는 마진가는 엄숙한 표정으로 그것을 받아 들었다.

"한 번도 이것을 열시 않았구나?"

마진가는 의외라는 표정으로 소년을 바라보았다.

"그걸 어떻게……."

"매듭의 봉인이 그대로니까 알 수 있지. 일견 간단해 보이지만 아주 소수의 사람만이 알고 있는 봉인이지. 궁금했을 텐데 잘 참았구나."

"아버님의 유언이었으니까요……. 게다가 전 아직 어리지만 한 사람의 장사꾼입니다. 장사꾼에게 신용은 생명이라고 아버님께선 늘상 말씀하셨죠. 전 그 말씀에 따랐을 뿐입니다.”

떨지 않기 위해 최선을 다하던 소년의 눈이 크게 떠졌다. 마진가의 솥 뚜껑만 한 손이 어느새 자신의 어깨를 두드리고 있었던 것이다.

“장하구나, 장해! ‘이것’을 지켜주어 고맙구나. 이것은 앞으로 강호의 운명을 가를지도 모를 그런 물건이란다. 절대 악인의 손에 넘어가서는 안 될 그런 소중한 것이었지. 이것을 지키기 위해, 아니! 너희 아버님은 강호를 지키기 위해 돌아가신 거란다. 그러니 긍지를 가지거라!”

“아버님… 흑흑……!”

유경영은 기어이 눈물을 참지 못하고 울음을 터뜨렸다. 그동안 너무나 험난한 여정이었다. 몇 번의 생사 고비를 넘었는지 모른다. 하늘이 도와주지 않았다면 불가능했으리라.

“강호는 어떻게든 그 희생에 보답하지 않으면 안 된다. 내가 무엇을 도와주면 좋겠느냐? 내가 해줄 수 있는 일이라면 무엇이든 해주겠다.”

마진가가 엄숙한 목소리로 말했다. 열세 살 소년의 대답은 정해져 있었다.

“불타 버린 청룡은장을 다시 재건하고 싶습니다!”

한 치의 망설임도 없는 눈빛으로 소년이 대답했다.

“가문의 재건이라…… 겨우 열세 살 소년의 입에서 나올 만한 말 같긴 않구나. 정말 대견해. 암, 대견하고말고!”

마진가로서는 유경영의 부탁이 무척 뜻밖이었던 모양이다.

“그럼 도와주시는 겁니까?”

소년이 반색하며 물었다.

“물론! 지원해 주고말고. 한데… 아직 넌 어리지 않느냐? 그 큰일은 아직 네 나이로는 감당하기 힘들다고 생각하는데? 조금 더 클 때까지 기다리는 게 어떻겠느냐?”

소년은 고개를 가로저었다.

"아닙니다. 기다릴 수 없습니다. 지금 당장 시작해야만 합니다. 제 의지가 약해지기 전에 말입니다. 그리고 전 혼자가 아닙니다. 저희 청룡은장은 여기 계신 중앙표국 장우양 국주님과 합작동맹을 맺기로 이미 합의하였습니다."

마진가의 시선이 지금까지 계속해서 잊혀져 있던 장우양을 향했다. 그는 이번 사건의 관계자이면서 표물 운송에 대한 건으로 용건이 있었던 것이다.

"그게 정말입니까, 장 국주님?"

황송하다는 표정으로 장우양이 대답했다.

"정말입니다, 마 관주님. 저희 중앙표국은 청룡은장의 재건을 위해 전력을 다할 것을 여기 있는 젊은 유 장주와 이미 약속했습니다!"

장우양의 대답 역시 단호했다.

"그것이 상인들의 일치라면 더 이상 막지 않겠습니다. 장 국주님도 이번 첫 표행에 많은 어려움이 있었는데도 불구하고 어려운 표행을 무사히 마쳐 주셔서 무엇보다 다행으로 생각하고 있습니다. 더욱이 중도에 그런 커다란 위험이 닥쳤는데도 아무런 희생 없이 표물을 운송해 오시다니 정말 놀랍습니다. 저도 이번 일을 통해 이제는 중앙표국의 호송 실력을 굳게 믿게 되었습니다. 이번 사건의 일도 있고… 이번 사건에 중원표국 금강십이벽의 한 명이 연루된 것을 확인한 이상 우리 천무학관으로서도 더욱더 조심해야 할 필요가 있습니다. 아직 중원표국 전체인지 그자 개인의 독단인지 확신할 수는 없지만, 잠재 위험을 분산한다는 차원에서라도 단계적 배분이 필요한 시점이지요. 앞으로는 보다 많은 표물 운송을 중앙표국을 통해 움직이게 하고 싶군요. 앞으로 더욱 장 국주님을 귀찮게 해야겠습니다그려."

"가, 감사합니다. 그, 그런 귀찮음이라면 언제라도 환영입니다. 앞으로 더욱더 성심을 다하겠습니다."

장우양이 감격하며 대답했다. 마진가의 그 말은 분명 거래 확장 의사가 있다는 표시였다. 그것은 곧 매출 신장으로 이어진다는 이야기였다. 청룡은장과 합작하고 천무학관의 후원까지 얻게 된 중양표국은 날개 달린 호랑이가 자신을 하늘 높이 띄워줄 바람을 만난 것이나 진배없었다.

피의 부활제
—부활의 대가

웅성웅성웅성.

남궁상이 한 발짝 한 발짝 발을 내디딜 때마다 마치 바다가 갈라지듯 인파가 좌우로 흩어졌다. 모두들 흠칫흠칫 뒷걸음질치는 모습을 보며 남궁상은 땅이 꺼져라 한숨을 내쉬었다.

'에휴, 내 팔자야. 예상하지 못한 건 아니지만 이건…….'

생각보다 주변 반응이 상당히 심했다. 저런 얼굴들을 맞대고 어떻게 자초지종을 설명해야 할까? 남궁상은 자신이 없었다. 그 시선과 일그러진 표정들에 무슨 말이 담겨 있는지는 그도 잘 알고 있었다.

"끼아아아아악!"

여기까지 오면서 벌써 수십 번은 더 들었던 비명. 앞으로 얼마나 더 들어야 끝날지 알 수 없는 비명이 또 한 번 그의 귓가에 울려 퍼졌다.

"누구냐, 넌?"

알면서 뭣 하러 묻는단 말인가. 눈은 장식으로 달린 게 아니지 않는가.

"네, 네가 왜 여기에……."

못 올 곳에 온 사람 취급하지 말란 말이다.

"설마 내가 잘못 본 건가?"

그렇게 눈 부비적거리지 마. 제대로 본 거니까.

"그럼 나도 잘못 본 게 맞는 거지?"

아니라니까 그러네.

"이런 환한 대낮에 도대체 왜?"

아, 글쎄 귀신 아니래두 그러네. 이렇게 핏기가 불그스름하게 도는 싱싱한 귀신 본 적 있나?

"저 창백한 얼굴 좀 봐! 분명 원한을 품고 죽어서 그럴 거예요. 복수하리 온 거라구요. 맞아요, 틀림없어요."

"하지만 그럼 옆에 있는 저 준수한 청년은 뭐죠?"

"애인인가?"

"어머, 꺅! 그런!"

쑥덕쑥덕쑥덕! 쑤근쑤근쑤근!

걸음을 내디딜 때마다 남궁상의 얼굴은 점점 더 시뻘겋게 변했고, 주먹도 덩달아 부르르 떨렸다.

'이것들이 뚫린 입이라고 잘도!'

이럴 땐 자신의 귀에 개폐장치가 없는 게 한스러운 따름이었다.

기뻐 날뛰어야 할 부활의 첫날.

남궁상의 마음은 기쁨 대신 창피함과 분노로 가득 차 있었다. 다들 강시나 유령을 목격한 것 같은 눈으로 자신을 바라보니 마음이 편할 리 만무했다.

"다들 시선이 이상하네요?"

함께 동행한 공손절휘가 주위를 둘러보며 말했다.

"그래."

힘없는 말투로 남궁상이 대꾸했다. 이제는 제대로 대꾸할 힘도 남아 있지 않았다.

"마치 귀신이라도 보는 듯하잖아요?"

빠직!

남궁상의 머릿속에서 인내심이라는 이름의 실낱같은 끈이 '뚝' 하고 끊어졌다.

"이게 다 누구 때문이라고 생각해, 아앙?"

화를 참지 못한 남궁상이 공손절휘의 볼을 좌우로 주욱 잡아당겼다.

"엉? 엉? 엉?"

이놈 때문에 죽지만 않았어도, 이런 따가운 시선은 안 받아도 됐을 텐데……. 그렇게 생각하고 나니 잔뜩 괴롭혀 주지 않으면 성이 안 찰 것 같았다.

"으갸갸, 죄, 죄소한니안……."

볼이 좌우로 주욱 늘어난 상태에서 공손절휘가 필사적으로 대답했다. 그러나 이 정도로는 아직 모자랐다.

"죄송하다면 다야? 다냐고! 이미 배는 나루터 떠났어! 이젠 돌아오지 않는다고! 과거의 끔찍한 실수가 사과 한마디로 만회되는 줄 알아? 엉? 세상 만만하게 보지 말란 말이야, 이 애송이 도련님아!"

주욱주욱! 쭈우우우욱!

면발 뽑는 숙수의 그것과도 같은 남궁상의 손놀림에 공손절휘의 뺨이 찹쌀떡처럼 이리저리 늘어났다.

"그 손, 멈추라!"

저건 또 뭐지? 남궁상의 고개가 자연스레 돌아갔다.

"저자는 분명 무당파의……."

자신의 기억이 맞다면 현운과 같은 배분의 무당파 제자로, 그러니까 이름이…….

"이 사악한 잡것아! 어서 그 더러운 손 치우지 못할까? 당장 그러지 않는다면 이 현수님이 태상노군의 이름을 걸고 널 용서치 않겠다!"

빠직! 빠직! 빠직!

오른손에 든 엽전검과 왼손에 들린 방울, 부적 등등. 나름대로 제령 준비랍시고 해온 모양이었다.

딸랑딸랑! 딸랑딸랑!

현수가 왼손에 든 제마령을 사납게 휘둘렀다.

"훠어어이! 잡귀야 물럿거라! 훠어어어이! 잡귀야 물럿거라! 주문 이하 생략! 급급여율령(急急如律令)!"

빠지지직!

"잡귀라니? 지금 누구보고!"

공손절휘의 눈앞에서 남궁상의 신형이 순식간에 사라졌다.

귀신처럼 핏발을 세우고 갑작스레 눈앞에 나타난 남궁상을 보고는 기겁한 현수가 외쳤다.

"헉, 잡귀가 사술을!"

남궁상의 주먹에서 푸른 힘줄이 꿈틀거리며 요동쳤다.

"누가 잡귀냐! 저 하늘의 별이 되어라!"

뻑!

분노의 일격이 현수의 턱을 직격했다.

"꾸에에에엑! 구해줘~!"

저만치 날아가는 현수의 절규는 처절했지만, 그 도사를 향해 구원의 손길을 뻗는 이는 아무도 없었다.

"헉헉헉!"

분노로 인해 내공을 급격히 소모한 남궁상이 숨을 씨근덕거렸다. 이번 일격에 필요 이상으로 많은 힘을 불어넣은 탓이었다.

"저… 괜찮습니까?"

조심스럽게 다가온 공손절휘가 역시 조심스럽게 물었다.

"괘, 괜찮다."

"얼굴이 시뻘건데요?"

공손절휘가 지적했다.

"시끄러. 괜찮다면 괜찮은 거야!"

부끄러움 때문에 벌게진 얼굴로 남궁상은 걸음을 더욱 빨리했다.

좀 전의 호쾌하고 장쾌한 일격 때문에, 사람들은 잔뜩 겁에 질린 채 두려움에 떨며 이 난폭한 귀신의 원한에 희생양이 되지 않고자 더욱더 멀리 피해 다녔다.

'어서 빨리 이 상황을 타개하지 않으면……'

그때 그의 눈앞에 구세주가 나타났다. 바로 그의 친우이자 사건의 내막을 제대로 알고 있는 주작단 일행이, 남궁상의 원귀가 나타났다는 소식을 듣고 급히 달려나온 것이었다. 그러나 그들은 그동안 대사형 비류연 밑에서 단련된 민첩한 눈치를 통해 장내의 미묘한 기류를 즉각적으로 감지했다.

"이보게들! 마침 잘됐네. 자네들이 좀 뭐라고 해주게."

친구들의 존재가 오늘만큼 반가운 적이 없었던 남궁상은 그의 구세주들을 향해 손을 뻗었다.

"아아! 친구를 잃은 슬픔으로 이제는 눈앞이 제대로 보이지 않는구나!"

그가 다가오자 재빨리 두 손으로 눈을 가리며 외치는 현운의 부르짖음에, 반갑게 뻗어오던 남궁상의 손이 우뚝 멎었다.

"현운?"

"아아, 아아……! 그뿐 아니라 귀마저, 귀마저 들리지 않다니!"

“……!”

남궁상은 잠시 당황하다가 급히 현운의 옆에 있는 또 다른 친구의 이름을 불러보았다.

“노학!”

그러나 노학은 무슨 일인지 저 높은 하늘의 구름을 바라보며 혼잣말을 중얼거리고 있었다.

“으음… 궁상, 자넨 지금쯤 저 밤하늘의 북극성처럼 찬란히 빛나는 별이 되었겠지! 아아, 오늘 밤엔 새로 생긴 별을 바라보며 술잔이나 기울여야겠구나!”

“다, 당삼?”

다행히도 당삼은 그의 손을 외면하지 않았다. 남궁상의 두 손을 꼭 맞잡은 당삼이 물기 어린 눈으로 말했다.

“궁상! 귀신은 여기 오면 안 돼! 저기 위로 가야지!”

턱으로 하늘 쪽을 가리키는 모습이 더욱 얄밉게 보였다.

콰쾅!

남궁상의 머릿속에서 뭔가가 폭발했다. 이제 유일한 희망은 그토록 보고 싶었던 한 사람뿐이었다. 당삼의 손을 홱 뿌리친 남궁상은 두 눈을 희번덕거리며 사랑스런 연인을 찾았다.

다른 친구들과 한 발짝 뒤에 떨어진 곳에 그녀가 서 있었다.

“진령…….”

남궁상의 목소리가 잠겼다.

“상…….”

진령의 목소리 역시 깊게 잠겨 있었다.

“령!”

남궁상이 진령의 손을 와락 잡았다.

“흑!”

진령이 비통한 듯 고개를 돌렸다.

“상, 죽어서도 저를 잊지 못하는 당신의 마음은 가슴 미어지도록 절절하지만, 우린 이미 죽음의 강이 서로를 갈라놓은 몸. 부디 제 걱정은 마시고 편히 쉬세요.”

이 최후의 절망을 통해 남궁상은 자신의 임계점을 넘어버렸다.

“진령, 당신마저!”

콰콰콰쾅!

“크아아아아아아악!”

눈이 까뒤집힌 남궁상의 입에서 이 세상 것이라 할 수 없는 괴성이 터져 나왔다.

“다 죽었어! 크오오오오오오!”

마침내 폭발한 남궁상이 핏발 선 두 눈을 희번덕이며 주작단 단원들을 향해 달려들었다.

“끼악! 원귀가 폭주한다! 어서 영환도사를! 제령사도!”

불난 들의 메뚜기 떼처럼 주작단 단원들이 사방으로 흩어졌다.

‘장난이 너무 심했나?’

‘그러게.’

‘서 친구 많이 쌓였나 본데?’

그러나 이미 후회의 때는 늦었다.

“긴급! 긴급! 제령사랑 음양사는 지금 몽땅 당장 중앙 정원으로!”

그러나 분노한 원령의 진노를 막을 방법은 어디에도 없었다.

이후, 이 사건은 ‘피의 부활제’ 라 일컬어지며 다시는 상기하고 싶지 않은 사건 순위 십위권 안에 들게 된다.

사내가 입고 있는 옷은 허름하고 지저분한 감옥에는 전혀 어울리지 않
는 새하얀 백의였다. 쭈그리고 앉아 있던 비류연이 눈을 뜨며 사내를 바
라보았다.

"그러니깐 이름이……."

토무지 기억이 안 난다는 표정으로 비류연이 손가락을 빙빙 돌리자 그
제야 사내는 자신이 무시당하고 있다는 사실을 알았다.

"백무영일세."

"아! 그 팔가회의!"

비류연이 손뼉을 짝 쳤다.

"…구정회일세!"

애써 화를 억누르며 백무영이 대답했다.

"그 구정회의 문상님께서는 생각보다 조금 늦었네요."

"늦었다고? 난 자네랑 만날 약속, 한 적 없는 것 같은데?"

"예상대로라면 좀 더 일찍 왔어야 했죠."

"그럼 자넨 내가 뭘 하러 왔는지 알고 있단 말인가?"

그러자 비류연은 '자' 하며 수갑이 채워진 양팔을 내밀었다.

"이건 또 뭔가?"

어리둥절한 표정으로 백무영이 반문했다.

"날 풀어주러 왔잖아요?"

당연한 걸 뭐 하러 묻느냐는 투로 비류연이 대답했다.

"만일 내가 자네 사형이 확정되었다는 소식을 가지고 왔다면 어쩔 텐가?"

백무영이 반문했다.

"풋! 그거 지금 협박이라고 하는 건가요?"

그런 허접한 협박을 협박이랍시고 말할 수 있는 용기가 가상하다는 투로 비류연이 말했다.

"아닐세, 그냥 단순한 심술일세. 두려움이라곤 전혀 없군. 자넨 두렵지도 않나?"

비류연이 어깨를 으쓱하며 대답했다.

"두려워할 이유가 없잖아요. 내가 왜 두려워해야 하죠?"

"그거야……."

막상 질문을 받고 보니 잘 대답을 할 수 없었다.

"스스로 자기 운명의 주인이 된 자는 두려워하지 않아요. 자신이 만들어놓은 운명이라면야, 자신이 장차 어떻게 될지는 뻔히 아는 게 당연하죠. 예를 들어 난 오늘 풀려날 거예요. 뭣하면 내기할래요?"

비류연의 말에는 한 점 의심도 서려 있지 않았다.

"아니, 내긴 사양하겠네."

백무영이 그의 제안을 거절했다.

‘도대체 저 말도 안 되는 자신감의 원천은 어디란 말인가?’

평소 주변에서 좀처럼 구경할 수 없는 그 모습에 백무영이 한숨을 내쉬며 말했다.

“자네는 그게 자신의 운명이라고 굳게 믿고 있는 것 같군, 안 그런가?”

“물론이죠. 그 당연한 걸 이제야 아셨어요? 소문보다 머리가 나쁜 모양이네요.”

“마치 이 모든 일이 자네의 계획하에 일어났다는 투로구만.”

퉁명스런 어투로 백무영이 말했다. 그가 지금까지 만난 많은 유형의 사람 중에서도 비류연 같은 인종은 찾아볼 수 없었다. 그 생소함이 그를 더욱 불편하게 만들었다.

“당연하죠. 난 내 운명의 주인이니까. 운명에 끌려 다니는 녀석들에게 주어질 건 패배뿐이에요.”

비류연의 대답은 거침이 없었다.

“어떻게 그게 가능하단 말인가?”

“아, 그거야 사업상 비밀이죠.”

비류연이 씨익 웃으며 대답했다.

“아! 그러신가?”

백무영은 한숨을 쉬며 품에서 열쇠 하나를 꺼내 들었다.

“자네 말대로 할 수밖에 없다는 게 안타깝군.”

철컹!

맞물린 열쇠가 돌아갔다.

쇠사슬 부딪치는 소리와 함께 수갑이 땅에 떨어졌다.

“아! 이제야 좀 홀가분하네.”

비류연이 기지개를 활짝 켜며 말했다.

“따라오게.”

“어디로 가는 거죠?”

“안다며?”

“확인차 물어보는 거죠.”

“관주 집무실! 어르신들이 자네를 기다리고 있네.”

백무영이 퉁명스런 어조로 대답했다.

“어르신들? 하나가 아닌 건가?”

“따라와 보면 아네.”

똑똑!

“들어오게!”

“관주님, 분부하신 대로 데리고 왔습니다.”

집무실에는 도합 다섯 사람이 그를 기다리고 있었다.

“어, 여기 계실 줄은 몰랐네요? 잘 지내셨어요?”

진소령과는 안면이 있었기에 비류연이 먼저 웃으며 인사했다.

“오랜만이다.”

진소령도 살짝 고개를 끄덕였다.

“근데 저쪽은 처음 보는 분 같군요?”

비류연이 유은성 쪽을 가리키며 말했다.

“자네도 익히 들어봤겠지? 이분은 점창파의 검객으로 점창제일검이라 불리는 낙일검 유은성, 유 대협일세.”

“아하! 바로 그… 들어본 적이 없네요.”

비류연은 어깨를 으쓱했다.

‘뭐, 저런 놈이 다 있지…….’

심기 불편한 유은성의 마음의 소리가 들리는 듯, 구석에 서 있던 남궁상은 민망하다는 얼굴로 입맛을 다셨다. 남궁상이야 그러든 말든, 비류연은 다른 쪽으로 시선을 옮겼다.

장우양은 마진가가 붙여준 호위와 함께 아이들을 데리고 돌아간 이후였다.

그의 시선을 받은 사람은 바로 검존 공손일취였다.

"어, 할아버지도 오랜만에 뵙네요."

역시 비류연은 겁이라는 것이 없어서 그런지 검존을 향해 반갑게 손을 흔들었다.

'크으으! 저놈이……!'

공손일취는 그를 보자마자 인상을 잔뜩 찌푸렸다. 꼴 보기 싫다는 티가 역력했다. 인사도 받는 둥 마는 둥 건성이었다. 비류연도 그런 상대에게 열렬히 인사를 더 안기고 싶은 생각은 추호도 없었기에 대충 두어 번 흔든 다음 그만두었다. 대충 인사가 끝나자 마진가가 입을 열었다.

"음, 수고했네. 무영이, 자네는 그만 나가봐도 좋네."

"그건……."

백무영이 말끝을 흐렸다.

"왜 그러나? 무슨 남은 용건이라도 있나?"

"아, 아닙니다. 이만 물러가도록 하겠습니다."

백무영 자신도 이 자리에서 무슨 일이 벌어지는지 보고 싶었지만, 그의 그런 바람은 말도 꺼내보기 전에 거절당하고 말았다.

"잘 가요! 안—녀—엉!"

손을 흔들며 인사하는 비류연의 미소가 자신을 꼴좋다고 비웃고 있는 것만 같았다.

"안 돼! 용납할 수 없네!"

검존 공손일취의 대답은 단호했다.

“정말 안 돼요?”

비류연이 반문했다.

“안 돼! 절대 안 돼!”

돌아온 대답은 똑같았다.

“후회하실 텐데요?”

왜 고생을 사서 하는지 모르겠다는 표정으로 비류연은 고개를 절레절레 흔들었다. 위협적이라기보다 딱하다는 듯한 한숨이었다.

“자네, 지금 날 위협하는 건가? 겨우 시험관을 못하게 했다고?”

그런 물의를 일으킨 놈은 승천무제 시험 감독관으로 임명할 순 없다는 게 공손일취의 단호한 입장이었다.

“그럴 리가요! 동정하는 거죠.”

비류연이 활짝 웃으며 말했다. 시험 감독관에서 하차하는 것은 상관없지만 그에 따른 부수입이 없어지는 것은 중대한 문제였다.

“뭐, 뭐라고! 이, 이놈이⋯⋯!”

잘못하다가는 화병으로 돌아가실 것만 같았다.

“저기 개인적으로 저 할아버지랑 대화 좀 나눠도 될까요?”

비류연이 마진가에게 물었다.

“하, 할아버지?!”

검존 공손일취의 경악에도 아랑곳하지 않고 비류연이 물었다.

“상관없네.”

마진가가 대답했다. 감사의 답례로 고개를 살짝 숙여 보인 비류연이 검존을 향해 다가갔다. 비류연이 가까이 다가오면 다가올수록, 그의 긴 앞머리가 찰랑찰랑 다가오면 다가올수록 공손일취의 표정은 점점 더 험악해졌다.

“검존께서 왜 저러시죠, 유 대협?”

"글쎄요? 보아하니 싫어하는 기색이 역력하군요."

"검존 정도 되는 분이 일개 학생에게 저만한 농도의 감정을 내보인다니……."

"그러게 말입니다. 별 희한한 일도 다 있군요."

검존이 겨우 학생 하나를 꺼려하다니 그것 자체가 매우 특이하고 특수한 경우였다.

"방 밖으로 나가긴 그렇고, 저쪽 구석에 가서 얘기 좀 하실까요?"

남이 들을까 무섭다는 듯 손바닥으로 입을 가리고 소곤거리는 목소리로 비류연이 속삭였다.

"노부가 왜 그렇게까지 해야 하지? 노부는 거리낄 게 없으니 여기서 말하게. 큰 소리로 말해도 상관없네."

눈도 마주치기 싫다는 듯 고개를 삐딱하게 돌린 검존이 퉁명한 목소리로 대답했다.

"여기서요? 진짜로? 정말 괜찮겠어요? 후회하실 텐데요?"

"후회? 그거야말로 있을 수 없는 일이군."

비류연이 검존의 귀에다 대고 조그만 목소리로 속삭였다.

"귀여운 손자 분에 관한 건데도요?"

공손일취가 비류연을 향해 희번뜩한 두 눈을 부라렸다. 비류연은 전혀 겁먹지 않았다.

"아, 이제야 날 바라보시는군요. 대화를 할 때 상대의 눈을 외면하는 건 예의가 아니죠. 아무리 나잇살 잡수신 높은 분이라 해도, 아니, 그런 분일수록 타의 모범이 되어야 하는 것 아닐까요?"

비류연은 생글생글 웃는 얼굴로 독설을 내뱉었다. 그러나 검존은 지금 그런 사소한 부분까지 신경 쓸 여가가 없었다.

"네, 네놈이 어떻게 절휘를……."

그러잖아도 진즉 왔어야 할 기별이 단 하나도 도착하지 않았던 것이
다. 분명 남창에 도착한 지 시일이 꽤 지났을 텐데도 말이다. 직접 만나
러 오지는 않아도 안부 편지는 잊지 않고 보낼 아이였다.

'서, 설마 이 흉악무도한 싸가지가 그 아이를 납치……'

노인이 생각하기에 충분히 있을 법한 일이었다.

'만일 그 아이의 손가락 하나라도 까딱했다가는…… 그랬다가는 오늘
네놈은 검존의 검이 얼마나 무서운지 몸소 체험하게 될 것이다!'

노인의 망상은 이미 위험한 수준으로 치닫고 있었다. 벌써부터 살려달
라는 손자의 처절한 비명성이 그의 귀에 울리고 있는 듯한 착각마저 들
었다. 느닷없이 솟구쳐 나온 검존의 살기에 방 안에 있던 모두가 흠칫 놀
랐다.

'도대체 무슨 대화를 나누길래 저러지?'

대체 얼마나 가당찮은 이야기로 검존의 분노를 돋운 것일까? 비난의
화살이 유일무이한 용의자 비류연을 향해 집중되었다. 그러나 사실 비류
연으로서는 억울하기 짝이 없는 일이었다. 그는 아직 본론은 단 한 마디
도 꺼내지 않은 상태였던 것이다.

'이거야 원……'

아무리 봐도 지금의 검존은 '문답무용(問答無用)'의 상태 같았다. 그
러나 이대로 방치한다 해도 망상의 폭주가 멈출 것 같지는 않았다. 그건
비류연 자신에게도 난처한 일이었다.

이때 이미 공손일취는 머릿속으로 처참하게 죽어간 손자의 원혼을 위
로하고 있었다. 그리고 그 무덤 앞에서 피눈물을 흘리며 굳게 복수를 다
짐하고 있었다.

'절휘야, 저 하늘에서 지켜보렴. 이 할애비가 네 원수를 어떻게 갚는
지를!'

별이 된 손자를 향해 할아버지는 마음속으로 속삭였다.

"저기요, 지금 무슨 오해를 하고 계시는지는 몰라도……."

비류연의 말은 끝까지 이어지지 못했다.

"받아라! 손자의 원수!"

그것은 아무도 예상치 못한 돌발 사태였다.

쇄―액!

처절한 분노가 뒤섞인 대갈일성과 함께 검존의 검이 눈부신 속도로 비류연의 몸을 갈랐다.

"헉!"

이 느닷없는 사태에 사람들이 경악하는 것은 당연했다. 검존이 누구인가. 검성 모용정천과 '거의' 나란히 동급으로 취급받는 검도의 고수였다. 그의 검에서 뿜어지는 '지존검법'의 무궁한 변화에 적수란 '거의' 없었다. 본인은 그 '거의'라는 수식어를 엄청 싫어했지만 말이다.

슈왁!

맹주 집무실의 한쪽 벽에 사선으로 길게 금이 그어졌다. 검기가 벽 전체를 베고 지나간 것이다.

"주, 죽었나?"

유은성으로서는 그게 가장 논리적인 추론이었다. 그러나…….

"이야! 이 의자 좋은데요? 푹신푹신하고. 자단목에 물소 가죽이면 값도 꽤 나가겠는걸요?"

긴장감 떨어지는 목소리가 들린 쪽은 맹주석이었다. 어느새 비류연은 맹주 전용 의자가 자기 것인 양 그곳에 앉아 이리저리 돌려보고 있었다.

"어느새……."

"으잉? 피, 피했네?"

"지, 진짜네요?"

"어, 어떻게……."

검존 자신도 믿을 수 없는 모양인지 눈을 끔뻑거렸다.

부스스.

잘려 나간 비류연의 머리카락 몇 올이 하늘거리며 떨어졌다.

'쳇, 완전히는 못 피했군.'

비류연이 속으로 투덜거렸다. 강호의 누군가가 지금의 그 불평을 들었다면 경악하고 말았을 것이다. 다른 사람 같았으면 머리카락 몇 올로 끝날 문제가 아니었던 것이다. 명백한 살의가 깃든 검존의 일섬을 그는 받아낸 것이다.

'질문 있습니다' 라는 기세로 비류연이 손을 번쩍 들었다.

"저기요, 이유나 알고 생명의 위기에 처했으면 하거든요?"

"시침 뗄 셈이냐! 그 아이를 네가… 네가……."

감정이 복받친 검존은 더 이상 말을 잇지 못했다.

"그러니깐 그 아이가 누군데요?"

비류연이 한숨을 쉬며 물었다.

"모른단 말이냐? 네 손으로 직접 납치해서 네 손으로 이런저런 끔찍한 고문들을 한 다음, 이런저런 끔찍한 방법을 다 동원해 죽인 그 아이, 내 손자 공손절휘를 모른단 말이냐!"

공손일취의 피를 토하는 듯한 말에 중인들은 경악했다.

'아무리 간이 부었기로서니 그런 끔찍한 일을 저질렀단 말인가?'

그것은 죽음을 자청하는 것과 같았다. 근데 뭔가 조금 석연치가 않았다.

'그런데 '이런저런' 게 뭐지?'

비류연도 같은 생각이었다.

"난 아직 한마디도 안 했다고요. 게다가 '이런저런' 게 뭔지 두루뭉술하기만 하고 구체성은 하나도 없잖아요. 더군다나 난 그동안 구금되어 있었는데 무슨 수로 그 '이런저런' 많은 일들을 '이리저리' 저지른단 말입니까?"

비류연이 조리있게 요목조목 따지며 항의했다.

'그것도 그렇네.'

설득력이 있었는지 사람들이 다시 고개를 끄덕였다. 어느새 집무실은 복수의 장으로 변해 있었다.

"그리고 죽긴 누가 죽었단 말입니까?"

"시끄럽다! 네놈 말은 아무것도 듣지 않겠다!"

'꽉 막힌 노인네 같으니라고.'

아무래도 자신이 더 이상 뭘 해도 이 정신적 귀머거리 노인에게는 소 귀에 경 읽기 같았다. 자신의 말은 노인의 망상 속에서 제멋대로 비틀리고 왜곡된 채 재해석되고 있는 듯했다. 이럴 때는 침묵조차도 그 안에서 왜곡되고 만다. 대화 준비가 안 된 사람을 상대로 입을 놀리는 수고는 하고 싶지 않았다. 대신 비류연은 한곳을 향해 손짓했다.

휙휙, 좌우를 둘러본 남궁상이 손가락으로 자신의 턱을 가리키며 입을 벙긋했다.

'네? 저요?'

꿈쩍거리는 눈과 벙긋거리는 입은 그렇게 말하고 있었다. 비류연이 고개를 한 번 크게 끄덕였다. 그리고는 좌우를 한 번씩 두리번거린 후 다시 남궁상을 향해 고개를 조금 쑥 내밀었다.

'그래, 너! 여기 너 말고 누가 있냐?'

그런 뜻이었다.

남궁상의 어깨가 바람이 빠지기라도 한 듯 축 늘어졌다.

‘에효!’

한숨의 의미였다.

툭툭!

옆에 있던 유은성이 그의 등을 두 번 두들겼다.

‘아무래도 자네보고 오라는 것 같은데? 가보지 그러나?’

그런 뜻이었다.

‘에효~ 가기 싫은데~’

다시 한 번 남궁상은 고개를 푹 떨궜다.

저런 무시무시한 살기가 넘치는 곳에 가고 싶어할 사람은 그리 많지 않을 것이었다. 그때 비류연이 다시 말없이 손가락을 하나 들었다. 조금 있다가 두 개째가 들렸다.

‘하나, 둘, 셋, 넷……’

혹은,

‘한 대 맞고 올래, 두 대 맞고 올래.’

어느 쪽으로 해석하든 가긴 가야 했다. 남궁상은 떼기 싫은 발걸음을 억지로 떼야만 했다. 뒤에 서 있던 사람들이 말없이 손을 흔들었다.

‘무사히 다녀오게’, ‘행운을 비네’ 그런 의미였다.

‘거봐! 말이 없어도 대화가 가능한데 왜 이 할아버지는 말이 있어도 대화가 안 되는 거지?’

비류연으로서는 그 점이 도저히 불가해했다.

“부르셨습니까, 대사형?”

비류연의 곁에 선 남궁상이 전음으로 물었다.

“그래, 불렀다. 왜 떠냐?”

소태 씹은 듯한 남궁상의 표정을 보며 비류연이 전음으로 대꾸했다.

“떫긴요! 이런 스산한 살기를 접하면 누구나 이런 표정이 되게 마련입니다."

아직도 검존은 검을 든 채 스산한 살기를 뿌리는 중이었고, 그 살기가 비록 비류연을 향하고 있다 하나 남궁상 역시 그 여파에서 자유로울 수는 없었다.

'살기의 찌꺼기가 이 정도라면 도대체 대사형을 향한 살기의 농도는?'

고수면 고수일수록 살기를 일점에 집중하는 '기(幾)'가 뛰어난 법이다. 그러한데 상대가 어디 보통 고수인가! 별호부터가 검존이라 불리는 최절정의 고수였다. 겨우 살기의 잔재, 혹은 '여파' 정도에도 몸이 저절로 위축되는데, 그렇다면 도대체 비류연을 향한 살기는 얼마나 강력할까? 감히 상상조차 가지 않았다.

'저 검존하고도 저렇게 맞먹다니……'

비류연은 검존의 무력시위 앞에서도 조금의 꿀림도 없었다.

'하긴 저 인간이 어떤 인간인데 저 정도 일로 주눅 들겠는가.'

새삼 비류연의 저 막무가내라 해야 할지 초지일관이라 해야 할지 당최 알 수 없는 태도가 대단해 보이는 남궁상이었다.

"네가 사정을 좀 저 귀머거리 할아버지한테 말해줘라. 내 말은 들으려고 시도조차 않고, 말해봤자 믿지도 않을 것 같다. 그러니 네가 대신 내 입이 되어라."

"알겠습니다. 근데요……"

"왜?"

"여기, 움직이기가 진짜 힘드네요."

등을 짓누르는 살기는 만근의 무게를 지니고 있는지 발걸음이 쉬이 떨어지지 않았다.

"그동안 뭘 배웠냐? 또 특별 수련 목록 짜줄까?"

사제를 생각하는 대사형의 상냥한 말에 남궁상은 정신이 번쩍 들었다.

"아, 아닙니다. 갈게요. 가고말고요."

어느새 발걸음이 떨어지고 있는 남궁상이었다. 검존에 대한 공포보다 특별 수련에 대한 공포가 더했던 모양이다.

"진작 그럴 것이지… 굼뜨기는."

자신을 향한 살기를 교묘히 흘려보내며 비류연이 중얼거렸다.

곧이어 남궁상이 집무실 밖으로 나가 그곳에서 대기하고 있던 한 사람을 데리고 들어왔다. 그 인물을 본 검존의 눈이 부릅떠졌다.

"저, 절휘야! 네가 어떻게……."

"하, 할아버님……."

공손절휘는 감히 고개를 들지 못했다.

"휴~ 간신히 무마시켰군."

마진가가 진땀을 훔치며 말했다.

"그래도 다행입니다. 검존께서 납득해 주셔서요."

진소령이 말했다.

"글쎄, 과연 납득하셨는지는 의문이지만… 납득하지 않을 수도 없었겠지. 그분도 진퇴양난이셨을 걸세."

"하마터면 가문의 굴레가 손자의 인생을 망칠 뻔하지 않았습니까? 그 사실을 그분도 그만 자각하셨으면 좋으련만……."

"자네 말이 맞네. 그런 비정상적인 승부욕에 사로잡혀 있다 보면 시야가 좁아지게 마련이지. 하지만……."

그 뒷말은 진소령도 알고 있었다.

"하지만 힘들겠지요……."

나이가 들면 들수록 사고를 바꾸려 들지 않는다. 자신이 틀렸다는 것도 인정하려 들지 않는다. 장님귀머거리도 아닌데 귀를 닫고 눈을 가리는 사람이 너무 많다는 것을 진소령은 잘 알고 있었다. 그러고 보면 '그분'은 정말 대단했던 것 같다.

"음, 그건 그렇고 범인의 정체는 밝혀졌지만 포획에는 실패했으니 곤란하게 되었군."

마진가가 혀를 차며 안타까운 어조로 아쉬워했다.

"아직도 곤란한 일이 남아 있습니까, 관주님?"

유은성이 어리둥절한 표정으로 물었다.

"상황이 매우 애매하게 되었어. 자네라면 이해가 가겠지?"

마진가가 비류연을 쳐다보며 물었다.

"대충은요."

비류연이 대답했다.

"끙, 그것참 곤란하게 됐단 말일세. 자네 누명을 완전히 벗기는 데 실패해 버렸으니 말이야."

풀려나기 위한 조건은 범인을 생포해 오는 것이었는데, 실패하고 말았던 것이다.

"생각 이상으로 골칫덩이죠?"

"사실 그래서 우리도 무척 곤란하게 됐단 말일세."

"증인만으론 부족하다 이건가요?"

"바로 그걸세. 상대는 사자로 온 사람이야. 이쪽 증인 몇 명만으로 체포할 순 없지. 그랬다간 바로 외교 문제가 될 걸세. 그렇잖아도 마천각하고는 그다지 사이가 좋지 않은데 거리를 더 벌릴 수는 없네."

마진가에게도 마진가로서의 고충이 있었다.

"그 사자란 사람은 지금 어딨죠?"

"오늘 내막이라도 은근슬쩍 캐볼까 하고 호출해 봤는데, 갑자기 지병이 발작해서 거동을 못한다는 회신이 돌아왔다네."

"꾀병이군요."

비류연이 단정적으로 말했다.

"누가 그걸 모르겠나? 하지만 손쓸 도리가 없네."

"참으로 안타깝군요."

진퇴양난의 사태에 유은성은 그만 탄식을 터뜨렸다.

"그러게 말일세. 청룡은장의 멸문지화에 관여한 것으로 확인된 중원 표국의 금강십이벽 풍마도 윤이정이 그의 수하였던 것을 보면 그자를 문책하면 더 많은 정보를 얻을 수 있을지도 모르는……."

마진가의 말은 계속 이어지지 못했다. 사방을 얼어붙게 만드는 엄청난 살기가 그의 말을 멈추게 했던 것이다.

파르르르르!

진소령과 유은성의 검이 마치 주인에게 경고를 발하듯 바르르 떨렸다. 이 지독한 살기의 진원지는 바로 비류연이었다.

"방금— 뭐라고 하셨죠?"

지옥의 최하층에서나 울려 퍼질 듯한 그런 목소리가 새어 나왔다. 그동안 온갖 산전수전을 다 겪어온 노장 마진가조차 흠칫하며 긴장하지 않을 수 없는 그런 농후한 살기였다.

"음, 풍미도 윤이정이 그자의 수하였단 얘기 말인가?"

"아니, 그전에 말입니다."

"그럼 청룡은장의 멸문지화를……."

살기가 더욱 짙어지자 마치 눈에 잡힐 듯했다.

"…대답은 들을 필요가 없겠군."

왜 저 친구가 저리도 분노하지? 마진가는 순간 이해할 수가 없었다. 그러나 말을 붙일 만한 분위기는 아니었다.

"그놈들이 감히… 나의 복리(複利) 이자를……."

항상 능글능글하고 평정심이 지나치단 소릴 듣던 비류연의 입에서 증오에 찬 울림이 새어 나왔다.

"서, 설마 자네 그곳에다 돈을 예치시켜 놨었나?"

비류연은 묵묵히 고개를 끄덕였다.

"그럼 설마 전 재산을?"

비류연은 침묵으로 일관한 채 고개를 도리도리 저었다.

"설마요. 위험 분산을 위한 자금 분할은 상식이죠, 상식! 세 곳에다 나눠서 넣어놓긴 했지만……."

"그건 그나마 다행이로군."

도대체 얼마나 들어 있었길래 저렇게 분노한단 말인가? 마진가로서는 그 액수가 짐작이 가지 않았다.

"대체 얼말 넣어놨길래 그러나?"

"액수도 액수지만 그건 차후 문제죠."

"그럼?"

"망할! 그곳 이자로 노후 연금이 나가고 있었는데……."

"연금? 누구한테 말인가?"

"……."

그 질문에 비류연은 그만 입을 닫아버리고 말았다.

"게다가 내 마법 같은 복리 수익도 함께 날아가 버리고 말았죠."

"복리? 그게 그렇게 중요한가?"

복리라 함은 원금에 이자를 붙인 금액을 다시 원금으로 하여 이자가 붙는 방식을 가리키는 것이었다.

"당연히 중요하죠. 청룡은장의 예금이율은 연 일 할 팔 푼! 백 냥을 예금했다고 생각해 보세요. 일 년 뒤엔 백십팔 냥, 이 년 뒤엔 백삼십구 냥,

삼 년 뒤엔 백육십사 냥, 사 년 뒤엔 백구십삼 냥, 거기서 두 달만 더하면 이백 냥을 돌파! 즉, 계속 묻어둘 경우 사 년마다 제 원금은 두 배씩 늘어나게 되죠."

"그, 그런 건가?"

"그런 겁니다."

"자네가 그렇게 분노하는 이유도 알 만하군. 자네는 현재뿐 아니라 미래에 얻게 되리라 예정되어 있던 미래 가치까지 손실을 입게 된 것이니까 말일세."

"바로 그렇습니다. 이해가 빠르시네요. 보통 강호인들은 머리에 근육만 차 있어 이런 쪽으론 거의 문외한인데 말이죠."

"한 조직을 이끌다 보면 싫더라도 어쩔 수 없이 알게 된다네."

"시간이 지나면 지날수록 제 손실은 눈덩이처럼 불어나게 되죠. 눈덩이처럼 불어나야 될 이익 대신에 말이죠!"

그게 그의 분노의 핵심이었다.

"너무 걱정하지 말게. 이번에 중앙표국이 청룡은장의 재건을 위해 발 벗고 나선다고 했으니 말일세. 우리 천무학관도 진 빚을 생각해서 그 재건을 최선을 다해 도울 작정이네."

비류연이 의외라는 표정으로 반문했다.

"중앙표국이 말입니까? 아직 그런 이야기는 한 번도 들은 적이 없었습니다만?"

"최근에 결정된 일이라네. 며칠 되지 않았지. 하옥 중이던 자네가 아무 얘기도 못 들었다 해도 큰 흉은 아니지."

"그렇군요. 중앙표국이……."

비류연은 잠시 생각에 골몰하기 시작했다.

"아직 정확한 배후는 모르는 거군요?"

“그렇네. 확신은 있지만 증거가 없어서 말일세.”

마진가가 아쉽다는 어조로 말했다.

“크, 그때 그 녀석을 붙잡기만 했어도…….”

남궁상이 분하다는 듯 입술을 깨물었다.

“그건 자네의 실수가 아니네. 따지고 보면 그것은 내 책임이지. 내 제자 아이의 미숙함이 초래한 불행한 결과였으니 말일세. 난 그 아이의 사부로서 이 일에 대해 일말의 책임이 있음을 통감하고 있네. 그래서 나는 이번 일에 대해 책임을 질 생각이네.”

“진 소저, 사실 그건 그 바보 같은 운비 녀석 때문에 벌어진 일입니다. 유란이는 그저 말려든 것뿐이지요.”

유운비가 들었으면 억울해했을 법한 말이었다.

“그렇다면 우리들 모두의 책임이군요.”

진소령의 한탄을 들은 유은성의 마음은 헤벌쭉해졌는데, 그 이유는 그녀가 ‘우리’라는 표현을 썼기 때문이었다.

“험험, 그럼 진 소저께서는 어쩌실 생각입니까?”

표정 관리를 위해 헛기침을 두어 번 한 후 유은성이 물었다.

“그놈의 뒤를 쫓아갈 생각입니다. 그리고 다시 붙잡아 오겠습니다. 그것이 진짜 책임있는 행동이라고 생각합니다.”

“그, 그렇다는 것은 마천각으로 가신다는…….”

“그렇습니다. 단신이라도 상관없습니다.”

진소령이 한 치의 망설임도 없이 대답했다.

“안 됩니다, 진 소저! 그건 안 될 말입니다!”

유은성이 두 손을 설레설레 내저었다.

“아니오, 유 대협께서 뭐라 하셔도 전 갈 겁니다. 제자의 미숙함은 곧 그 아이를 제대로 가르치지 못한 나의 미숙함, 그 자리에 함께 있었으면

서도 그 미숙함을 메워주지 못한 나는 그 일에 대해 책임을 지지 않으면
안 됩니다."

"하지만 아무리 아미신녀라 불리는 진 소저라 해도 단신으로 마천각
에 쳐들어간다는 것은 위험천만한 일입니다."

"전 쳐들어가겠다고 한 적은 없습니다. 방문하겠다는 이야기만 했지
요."

유은성은 물러나지 않았다.

"방문이 곧 싸움이 될 테니 같은 말입니다. 좋습니다. 진 소저가 가신
다면 저 유은성도 그 자리에 함께하겠습니다."

사실 평생 함께하고 싶습니다, 라고 말하고 싶은 유은성이었다. 그러
나 그것은 아직 꿈으로 남겨두어야 했다. 이루어질지 안 이루어질지 알
수 없는 안개 속의 꿈으로.

"굳이 유 대협까지 그러실 필요는……."

"아닙니다. 따지고 보면 그 일에서 운비 녀석의 잘못도 크니까요. 제
책임도 있는 것입니다. 그러니 그 책임을 함께 나눠야 하지 않겠습니
까?"

"하지만 둘이 가는 것도 위험하긴 마찬가지네."

마진가가 지적했다.

"마천각의 삼재릭은 무궁무진하지. 그 안에 어떤 독계가 숨겨져 있을
지 그 누구도 알지 못하네. 천무학관의 관주인 나 자신조차도 실체를 파
악하긴커녕 피상적인 정보들을 취합하는 것이 고작이었네. 그나마 그것
도 간신히 얻어낸 자료들이었지."

"그럼 이렇게 하는 게 어떨까요?"

진소령과 유은성과 마진가의 시선이 한곳으로 향했다. 비류연이었다.

"무슨 묘수라도 있는가? 만일 있다면 한번 들려주게."

유은성이 재촉했다. 비류연은 그에 말에 대꾸하는 대신 마진가 쪽을
쳐다보았다.

'저놈이 왜 날 쳐다보지?'

처음엔 한없이 가벼워 보이더니 보면 볼수록 속을 알 수 없는 놈이었
다.

"관주님, 얼마 안 있으면 마천각으로 사절단이 출발하죠?"

비류연이 물었다.

"응? 그렇지. 입관 시험이 끝나면 바로일세."

"거기에는 인솔 노사가 딸리게 되고요."

"아이들끼리 보내기에는 많이 위험한 곳이야, 마천각은. 올해는 특히
더 그러하고."

때문에 그의 고민도 이만저만이 아니었다. 그래서 죽어도 가기 싫어하
는 홍까지 거의 읍소하다시피 하여—본인은 아니라고 극구 주장하겠지만—
딸려 보내려고까지 하고 있는 참이 아니던가.

"그게 몇 명 정도죠?"

"인솔 노사 말인가? 한 오륙 명 정도 선에서 결정될 걸세. 그 이상 딸
려 보내고 싶지만 그러면 저쪽에서 싫어할 테니 그럴 순 없거든. 우리도
무사부급의 고수 열댓 명이 어슬렁거리면 신경 쓰이고 말일세."

"다 정해졌나요?"

"아닐세. 빙검 관 노사와 염도 곽 노사에게는 이미 부탁해 두었지만
나머지는 아직 미정이라네. 이번엔 좀 더 신중을 기해야 할 필요가 있어
서 말일세."

인선이 쉽지 않았다. 그래서 요즘도 밤에 잠을 제대로 못 자는 마진가
였다.

"그것 때문에 요즘 고민이 이만저만이 아니라네. 자넨 이 눈 밑의 기

미가 안 보이나?”

“글쎄요, 피부가 워낙 거무튀튀해서 별로 티도 안 나는데요?”

비류연의 솔직한 감상에 마진가는 상처받은 얼굴이 되었다. 아무래도 신경 쓰이는 모양이었다. 의외로 민감한 영역이었거나. 이럴 땐 재빨리 화제를 돌리는 것이 좋았다.

“어쨌든 그럼 다행이군요. 바로 여기서 두 사람이나 당장 구할 수 있으니깐요.”

“그게 무슨… 아!”

그제야 이해가 갔다는 듯 마진가가 손뼉을 쳤다.

“과연 그런 수가 있었군!”

마진가가 감탄했다. 그런 간단하면서도 효과적인 방법이 있었는데도 다른 데 신경을 쓰느라 그만 지나치고 만 자신이 부끄러웠다.

“그런 거죠.”

비류연이 나중에 꼭 이 건에 관련된 상담비 명목과 문제 해결 명목의 조언비를 청구하겠다고 생각하며 고개를 끄덕였다.

“결정된 모양이에요.”

진소령은 이해했다.

“그, 그런가요?”

유은성은 이해 못했다.

운명의 날
—돈아! 돈아! 돈아! 나의 손바닥 안에서 춤춰라!

운명의 아침이 밝았다. 남궁상은 기지개를 켜며 잠자리에서 일어났다.
다행히 불면증은 아니었다. 잠은 충분히 잔 듯싶었다.

"잠을 못 잔다는 것 자체가 평상심을 잃었다는 증거라고. 싸우기 전에 이
미 패했다는 전조(前兆)지. 난 네가 푹 쉬고 최상의 상태를 유지하길 바란다.
불면증 따위의 시답잖은 병에 걸리면 죽을 줄 알아! 알겠어? 진짜로 못 잘 것
같으면 지금 부탁해. 단 한 방이면 즉각 꿈나라행이니깐."

사양했다. 자칫 잘못 힘주면 바로 황천행이었으니까. 아직 젊은데 벌
써부터 그런 곳을 방문하고 싶지는 않았다.
'그래도 그 말이 효과가 있긴 있었던 걸까?'
어젯밤 자신도 믿을 수 없을 정도로 숙면을 취한 남궁상이었다.
"진짜로 하게 되었군."

어제 관주 집무실에서의 '이런저런'에 관련된 것들이 대충 매듭지어
지고 자리를 파할 분위기가 되었을 때 진소령이 그를 불러 세웠다.

"남궁 소협, 그러고 보니 이런저런 일들이 있어 신경을 못 쓰긴 했지
만, 우리가 약속한 시간이 다가온 것 같네. 안 그런가?"

"그, 그렇습니다."

진소령의 출중한 기억력을 원망하며 남궁상이 대답했다.

"우리들의 약속 날짜가 언제였지?"

진소령의 물음에 남궁상은 속으로 아차 했다.

'이런! 잊고 있었다.'

그러고 보니……

"그, 그게……."

남궁상이 잠시 말을 어물거렸다.

처음 만난 날부터 계산하려고 하니 긴장된 머리가 잘 돌아가지 않았
다.

"그건 바로 내일이죠."

어물거리는 남궁상 앞에 불쑥 얼굴을 들이민 것은 바로 비류연이었다.

"내, 내일이요?"

"맞아! 내일!"

'헉! 벌써 내일이었나?'

그러고 보니 그랬던 것 같다. 대사형에게 시달리다가 그만 깜빡 잊어
버리고 만 것이다.

"너, 설마 잊고 있었던 것은 아니겠지?"

비류연의 앞 머리카락을 뚫고 전해지는 눈초리가 심상치 않았다. 숲
속 나무 사이에서 빛나는 먹이를 노리는 맹수의 눈빛 같았다.

"서, 설마요. 그럴 리가 있겠습니까?"

남궁상이 극구 부인했다.

"좋아, 일단 그렇다고 해두마. 내일 네가 이길 때까지 말이다."

남궁상은 안도의 한숨을 내쉬려다가 쿨럭거리고 말았다. 그 말인즉
슨……

'만일 지면 그 일에 대해 다시 추궁하겠다는 이야기잖아!'

이 인간이라면 충분히 그러고도 남았다.

"모든 준비는 끝났습니다. 그러니 안심하시고 약속 장소로 오시면 됩
니다."

비류연이 진소령에게 정중한 목소리로 말했다.

"준비? 무슨 준비 말인가?"

그녀는 들은 바가 없었다.

"내일 와보시면 압니다."

자신만만한 목소리로 비류연이 대답했다.

'준비? 그런 게 있었나?'

남궁상으로서도 금시초문이었다.

'그동안 감옥에 갇혀 있었잖아? 어느새 그런 준비를……'

물론 감옥 안에 갇혀 있다 해서 얌전히 있을 인간은 아니었지만… 아
무래도 할 건 다 한 모양이었다.

'자기 자신을 속박하는 건 쇠사슬이 아니라 자신의 마음뿐이라고 평
소에 큰소리 탕탕 치고 다니더니……'

설마 말로 끝나지 않고 실천으로 옮길 줄이야……. 비류연, 정말 무서
운 인간이었다. 어떤 수단인지는 대충 어림짐작이 갔다.

'고생은 나만 한 게 아니었군!'

애들이 그 준비를 하느라 무척 시달렸을 게 안 봐도 뻔했다. 자신이
살피지 못한 곳에서 힘들게 일하는 이들이 있었다. 그것이 보이지 않는

곳에서 세상을 돌아가게 하고 있었다. 그렇게 생각하니 조금 위로가 되는 남궁상이었다.

'그래도 내가 제일 고생했지!'

그 사실만은 절대로 양보 못했다.

와글와글 모여드는 군중들

—오늘은 운명의 날!

"거참! 대사형은 나서는 건 싫어하면서 판은 크게 벌이는 걸 좋아한단 말이야."

드넓은 비무장과 그곳으로 운집해 들어오는 사람들의 물결을 바라보며 노학은 한마디 하지 않을 수 없었다.

"대사형이 그랬잖아. 어느 큰 부자가 말했다고. 생각 안 하고 살 거면 모르지만, 어차피 생각하고 살 거면 크게 생각하고 사는 게 좋다. 마찬가지로 기왕 벌일 판이면 크면 클수록 좋다, 라고. 안 그래?"

현운 역시 이 규모에는 감탄하지 않을 수 없었다. 무엇보다 놀라운 것은 그들 스스로 이것을 해냈다는 것이었다.

"그건 그래. 그 때문에 괴로운 건 우리들이지만 말야."

"것두 그렇군."

계획은 대사형 비류연의 머릿속에서 나왔지만, 그것을 이루기 위한 실현 부대는 주작단 자신들이었다.

"정말 힘들었지. 지난 일주일 동안 거의 한잠도 못 잤잖아?"

"잠이라… 그러고 보니 그런 게 있긴 있었군. 할 때는 힘들었지만 그래도 막상 해놓고 보니 보람이 있는데?"

이런 게 성취감이란 것일까? 그 때문인지 자꾸만 더 좋게 만들고 싶은 마음이 저절로 샘솟았다. 그러다 보니 누가 강요하지도 않았는데 자꾸만 여기저기를 세심하게 훑어보게 되는 것이었다.

"음, 여기 빈 곳 위쪽에는 크게 현수막으로 '비무초친' 이라고 써서 붙여놓으면 어떨까?"

비무장으로 들어오는 입구 위의 공간이 현운의 눈에 딱 걸렸다. 벽면 위쪽의 텅 빈 그 공간은 무언가를 걸고 싶도록 만드는 알 수 없는 매력으로 그를 유혹하고 있었다. 그러나 옆에 있는 사람의 생각은 달랐다.

"그건 아니지. 보통 그런 건 아리땁고 싱싱한 여성이 비무를 통해 강한 남자를 찾을 때나 거는 거라구."

당삼이 말했다.

"요즘도 그거 하는 여성들이 있나? 그거 굉장히 위험한 발상이잖아?"

"하긴 좀 무모하긴 하지. 일신의 무공이 강하다 해서 다른 인격도 훌륭하다는 보장은 아무 데도 없으니까 말야. 본인의 선택이라면 존중해야겠지. 하지만 그다지 추천하고 싶은 방법은 아니지. 그건 돈이나 지위만 보고 인격은 보지 않은 채 결혼하는 거랑 같은 거잖아? 능력 하나만 보는 거니까."

"그건 그래."

당삼이 고개를 끄덕였다.

"근데 오늘 한 여인의 결혼이 걸려 있는 것은 마찬가지 아닌가? 비무초친이라 걸어도 괜찮을 것 같은데?"

금영호가 한마디 했다.

"그렇긴 해도 조금 다르지. 뭣보다 사람들이 진 여협이 신랑감 구하는 거라고 착각하면 어떻게 하겠나?"

"그것도 그렇군. 그건 좀 곤란하지……."

현운이 다시금 주위를 한번 둘러보니 이제 자리는 거의 만석이었다.

"휘이~"

현운이 나직이 휘파람을 불었다.

"어떤가? 삼성무제 결승전 같은 특별한 때나 쓰는 대연무장 비무대까지 빌려낸 나의 수완이! 굉장하지 않나?"

금영호가 뻐기듯 말했다.

"좋은 수완일세! 수고했어."

"어떻게 빌렸는지 듣고 싶지 않나?"

"나중에!"

현운의 대답은 단호했다.

"아참, 그 삼인방은 뭐 하고 있지요?"

남궁산산이 물었다.

"아, 투명 삼인방 말이지. 저쪽에서 배당판 관리하고 있어."

단목수수가 대답했다.

"아, 그래서 안 보였군."

"걔네들이야 맨날 그렇지. 하긴 옆에 있어도 입 한 번 벙긋 안 하는 사람도 있긴 있지만 말야."

화설옥이 까까머리 땡중인 일공을 가리키며 말했다.

"……."

일공은 편수반장으로 꾸벅 인사만 한번 해 보였을 뿐 다시 침묵 속으로 돌아갔다.

"진 소저는?"

“아직 안 보여요. 자기 방에 혼자 틀어박혀 있는 모양이에요.”

“그러고 보니 궁상이 녀석도 안 보이네?”

오늘의 주인공인 두 사람 모두 안 보였다.

“하긴 지금쯤 여러 가지 생각들이 머릿속을 어지럽게 가로지르고 있을 테죠.”

남궁산산이 이해가 간다는 투로 한마디 했다.

“음, 궁상이 녀석에게만큼 그녀에게도 오늘은 중요한 날이긴 하지.”

“결혼이냐, 결혼하기도 전에 과부냐 둘 중 하나로군.”

금영호가 대수롭지 않은 투로 한마디 툭 내뱉었다. 그 무뇌아스런 한마디가 여인들의 분노를 자아냈다.

“이봐욧, 뚱땡이 양반! 그게 친구로서 할 말이에요?”

“오늘 같은 날 불길하게 어떻게 그런 말을 할 수 있어요?”

“맞아, 맞아! 똥배 나왔으면 다예요? 생각이 없어도 정도가 있지.”

“에그, 저 입 하고는.”

“그냥 막아버려욧, 영원히!”

주작단의 여자들이 일제히 발끈해서 소리쳤다. 어떻게 남자들은 저렇게 때때로 아무 생각도 없이 말을 내뱉는지 불가사의하다는 것이 그녀들의 중론이었다. 수습도 못하는 주제에 말이다.

“이봐, 자네. 빨리 사과하는 게 좋을 것 같군. 생매장당하기 전에 말이야.”

현운이 팔꿈치로 그의 오른쪽 옆구리를 툭툭 치며 소곤거렸다.

“우리 오늘 시체 하나 묻어야 할지도…….”

당삼이 남은 왼쪽 옆구리를 힘껏 가격하며 속닥댔다.

“그, 그게…… 미, 미안하오. 내가 말을 잘못했소. 그러니 용서해 주시오. 내가 참말로 죽일 놈이요. 이 조동아리가 웬수요, 웬수!”

찰싹찰싹!

더 이상 주변의 등살을 견딜 수 없었는지 금영호가 자신의 주둥이를 때리며 사과했다.

“그럼 죽어용!”

여인들의 화는 쉽게 풀리지 않았다. 인심을 쌓기는 어려워도 잃기는 쉬운 법이었다.

한편 장홍과 효룡은 객석 한 켠에 자리를 튼 채 비무장을 바라보고 있었다. 윤준호도 옆에 있었다. 이런 세기의 대결을 놓친다는 것은 무척이나 안타까운 일이었다. 그들은 친구를 ‘잘’ 이라고 하기엔 껄끄럽지만, 어쨌든 하나 둔 덕에 좋은 자리를 차지할 수 있었다.

“그건 그렇고 과연 아미신녀의 인기는 대단하군요. 여기 모인 대부분의 사람들이 아미신녀의 모습을 보러 온 것일 테죠, 장 형?”

효룡이 복작복작거리는 관객들을 바라보며 감탄성을 터뜨렸다.

“그렇겠지! 이런 말하긴 뭐하지만 남궁상, 그 친군 그저 무대 소품 정도랄까.”

진소령의 존재 때문에 이 대결에 쏠린 주위의 관심은 지대했다.

“아까, 좀 전에 애소저회의 종신회장인 비연태 회장을 만났는데 흥분해서 거의 제정신이 아니더구만. 화가(畵家)들도 잔뜩 불러 모으고 말야. 무려 여덟 명이나 되더군.”

“그 사람 아직도 졸업 안 했습니까?”

장홍이 고개를 끄덕였다.

“아마 유급인 모양일세.”

“또요? 작년에도 유급이었잖습니까?”

“그랬지.”

"근데 그 많은 화가들을 다 어디다 쓴답니까?"

효룡이 반문했다.

"자세한 건 잘 모르겠지만, 신녀의 모습을 팔방에서 다각도로 잡기 위해서라고 하던데."

"과연 용의주도하군요."

비연태답다면 답다고 할 수 있었다.

"쯧, 누가 비연태 아니라고 할까 봐……."

장홍이 혀를 차며 대답했다.

"그런데 장 형, 과연 누가 이길까요?"

"글쎄, 아무리 제약이 있다 해도 역시 아미신녀 쪽 아니겠나? 단 한 가지 초식만 쓴다고 했다지만, 내가 듣기로는 그 단 하나의 초식이 바로 이기어검(以氣御劍)이라던데?"

"이기어검요? 정말로요?"

"정말."

"그럼 역시 아미신녀의 승리겠군요?"

효룡이 이런저런 식으로 계산을 굴려봤지만 답은 하나였다.

"왜? 설마 자네 남궁상에게 건 건 아니겠지?"

"아, 아니요. 설마 그럴 리가요. 하하하!"

그 당황하는 모습을 보곤 장홍이 불쑥 한마디 했다.

"건 모양이군."

"어때요, 류연? 승산이 있을 것 같아요?"

"지금으로서는 반반 정도 되겠군요."

"반씩이나요?"

"왜요? 아닌 것 같아요?"

"같은 여자라서가 아니라 저분의 기도는 굉장히 출중해요. 멀리서도
확연히 느껴지는걸요, 한 자루 검과도 같은 기운이."

"확실히 대단하긴 해요. 하지만 그에 대한 안배는 충분히 해놨다고 생
각해요. 나머진 저 친구 하기 나름이죠. 문제는 소심함인데… 주눅이나
들지 않았으면 좋겠군요. 그랬다간 죽도 밥도 안 될 테니 말이에요."

"그게 과연 가능할까요?"

"두고 봐야죠."

이제 모든 건 남궁상이 하기 나름이었다.

"대단하군."

도성이 주위를 둘러보며 감탄했다.

"동감일세. 이런 큰일을 학생 자치로 해내다니, 누군지 몰라도 그 수
단이 대단하군."

검성이 감탄하며 말했다.

"그러게요. 누군지 몰라도 상당한 실력이군요."

검후도 동의했다.

이 비무회를 주최한 이의 명단 그 어디에도 비류연의 이름은 없었다.
때문에 이들 천무삼성은 비류연이 이 일에 연루되어 있다는 사실을 꿈에
도 모르고 있었다.

"그럼 우리도 한번 걸어볼까요?"

짓궂은 표정을 지으며 검후가 말했다.

"그것 좋지. 한번 해보자고."

"검후 당신은 당연히 소령이한테 걸 테고……."

"당연하죠."

"도성, 자넨 어디다 걸 텐가?"

"음… 고민되는군."

"이긴 사람이 밥 사는 거죠?"

"물론이오. 아무리 대박이 나도 밥값을 감당할 수 있을지는 의문이지만 말이오…….."

검성이 뒷말을 흐리며 중얼거렸다.

"뭐라고요? 방금 뭐라고 했죠?"

"아, 아무것도 아니오. 아무것도. 그, 그렇지 않나, 도성?"

"응? 아, 그, 그렇지, 그렇고말고! 하하하하!"

식은땀을 흘리며 두 사람은 극구 부인했다.

"흠, 그래요?"

딴청 피우는 두 사람을 검후가 매서운 눈으로 흘깃 쏘아보았다. 천하의 천무삼성 중 과반수 이상에게 식은땀을 뻘뻘 흘리게 만들 수 있는 사람은 오직 같은 삼성인 검후 한 사람뿐이었다.

"하아…….."

수많은 군중들에 둘러싸인 비무대 위에 선 남궁상은 주위를 둘러보며 나직이 한숨을 내쉬었다. 비무장 한 켠에서 안목 품평에 참가하기 위해 쌈짓돈을 푸는 인간들이 눈에 들어왔다. 그곳은 현재 사람이 제일 북적거리고 있는 곳이기도 했다. 승률은 보지 않아도 뻔했다. 자신의 압도적인 불리! 당연한 일이었다. 그것은 상식인 것이다, 일반적인…….

'상식이라…….'

"하아~"

남궁상은 다시 한 번 한숨을 내쉬었다.

'상식을 깬다. 정말 대사형이 좋아할 만한 구도구나…….'

현실적으로 상식에 바탕을 두고 객관적으로 판단해 봤을 때 자신이 천하오검수의 일인인 진소령을 이긴다는 것은 불가능했다. 이 점은 남궁상도 인정하는 바였다. 그러니 다들 승부에서 이기고 싶다면 승률이 압도적으로 높은 진소령 쪽에 돈을 걸 수밖에 없다. 자신에게 돈을 걸지 않는 사람들의 마음은 역시 마찬가지일 것이다. 돈을 잃고 싶은 사람은 아무도 없을 테니까. 그러니 자신의 인기는 폭락하고 그에 반비례해서 배당은 폭등한다. 그래 봤자 너무 위험이 크다. 말 그대로 도박이 되는 것이다. 그러나 여기에 대사형 비류연이 끼면 이야기가 달라진다.

그는 기존의 상식을 깨고 비상식을 상식으로 만들어 버린다. 어떤 의미에선 세상을 한 번 뒤집어 버리는 것이다. 그리고는 돈을 몽땅 자기 주머니에 챙겨 넣는다. 아무리 그것이 예외적인 일이라 해도, 예외도 엄연한 현실이었다.

"이번 일만 봐도 그렇지……."

원래는 이길 수 없는 상태에서 이길 수 있는, 비록 그것이 만분지 일의 확률이라 해도 마련해 놓지 않았는가. 자신이 짊어져야 할지 모를 고위험을 분산시키기 위해, 그는 새로운 규칙을 만들어 진소령의 능력을 제한하고 그에 대비한 자신의 능력을 단기간에 강화시켰다.

'덕분에 죽을 뻔했지만…….'

지금 멀쩡하게 살아 있는 게 기적이라 할 만큼 지난 이 주간의 훈련은 혹독했다. 그 덕에 거의 무(無)에 가까웠던 절망 속에서 실낱같은 희망이 솟아났다. 물론 그 실낱같은 가능성을, 희망을 잡을 수 있느냐 없느냐는 전적으로 자신의 능력에 달려 있었다.

비무대에 오르기 바로 직전, 대사형 비류연이 자신에게 한 말이 떠올랐다.

"야, 궁상아! 너 내가 지는 도박에 돈 거는 것 본 적 있냐? 없지? 이번에도 마찬가지야. 넌 이번에 이겨. 왜냐하면 내가 거기에 돈을 걸었으니까. 그리고 난 언제나 이기니까."

세상의 진리는 오직 그것뿐이라는 듯한 자신감이 서린 말투였다.

"그건 좀 다른 문제 아닌가요? 인과의 순서가 왠지 모순된 것 같은데요?"

소심한 남궁상이 소심하게 소심한 의구심을 드러냈다.

"시끄러! 사소한 일에 신경 쓰지 마. 내가 돈을 잃을지 모를 사태에 대비 안 했을 리가 있겠냐? 그러니깐 떨지 좀 마라. 긴장 풀고 자신감을 가져. 내 돈을 짊어진 녀석이라면 좀 더 강인해야 하지 않겠냐?"

그 묘한 자신감과 응원을 가장한 괴상한 협박에 남궁상은 이상하게도 안심이 되었다.

"아미신녀 진소령이 주작단주 남궁상을 이기는 게 당연한 상식이라고? 그럼 가서 그 상식을 깨고 와. 내 사제라면 그렇게 해야 해!"

"그, 그런 억지가……."

"억지면 어때서? 그런 게 바로 일탈의 묘미라는 거다. 상식에 따라 항상 똑같이 반복되는 세계는 정체된 세계야. 죽은 세계라고! 이 세계가 한 번이라도 정체되는 것 봤냐? 없지. 있을 턱이 있나! 그럼 뭣 때문에 자꾸만 달라지는 걸까? 귀찮게 말야."

"그, 글쎄요……."

"그건 항상 예외가 존재하기 때문이지. 세상의 정체를 거부하는 교란. 명심해라! 반복된 세상의 정체된 흐름에 과감히 교란을 일으킬 수 있는 사람만이 세계를 변화시킬 수 있는 법이란 것을. 변화에 휩쓸리기보단 기왕이면 변화의 중심에 서야 되지 않겠냐? 그래야 뭐가 됐든 되는 거고, 돈도 벌 수 있는 거지."

비류연이 남궁상의 마음에 마지막으로 일침을 박았다.

"상식은 단지 거들 뿐, 그것이 전체는 아냐. 어차피 미래의 가능성은 무한대라구. 입맛대로 고르는 건 자신의 의지야. 상식의 굴레에 속박될 것인지, 그 굴레를 깰 사람이 될 건지는 네가 결정할 일이다. 넌 죽었다가 부활까지 한 몸이잖아. 자신을 가져! 가서 세계 좀 변화시키고 와라, 지겹지 좀 않게!"

"예, 대사형! 다녀오겠습니다."

이미 비류연의 능수능란한 언변의 술책에 넘어가 버리고 만 남궁상이 씩씩하게 대답하며 비무대로 향하는 입구를 향해 성큼성큼 걸어갔다.

"와아아아아아아아아!"

빛을 뚫고 나가자 우레와 같은 환호가 그를 맞이했다.

운명의 비무, 막이 오르다
—간파하지 못하면 죽는다

챙!

남궁상의 손에서 겨울 새벽의 서리처럼 푸르스름하게 빛나는 애검 섬뢰(閃雷)가 한광을 발했다. 그의 긴장된 시선이 무림의 큰 기둥 중 하나인 아름다운 삼십대 여인을 향했다.

"좋은 검이구나."

"감사합니다."

천상의 선녀처럼 아름답지만 요지(瑤池)의 구천현녀 같은 당당한 위엄 또한 갖추고 있는 그녀의 이름은 진소령. 그녀를 아는 모두는 그녀의 아름다움과 그보다 그 뛰어난 검예(劍藝)에 경의를 담아 아미신녀라는 별호를 붙여주었다.

검집에서 뽑혀 나온 검은 그녀의 분신이자 그녀 자신이었다. 진소령의 애검 '옥현(玉玄)'은 고요한 자태 속에서 뿜어져 나오는 무형의 검기로 남궁상의 심신을 짓누르며 은은히 빛나고 있었다. 이미 그 누구도 이 비무를 멈출 수는 없었다.

"드디어 여기까지 왔구나."

남궁상이 감회 어린 목소리로 자조했다. 진소령 역시 만감이 교차하긴 마찬가지였다.

"이제야 겨우 자네랑 검을 마주 들게 되었군."

남궁상이 고개를 끄덕이며 대답했다.

"그렇습니다. 여기까지 오는 데 생각 이상으로 정말 많은 일들이 있었으니까요."

어디 있다 뿐이겠는가.

"하지만 설마 죽었다 다시 부활하기까지 할 줄은 몰랐다. 생각한 이상으로 여러 가지 재주를 지니고 있는 모양이더구나."

"그, 그 일은 저에게도 예정 밖의 일이었습니다, 고모님."

공손한 목소리로 남궁상이 대답했다. 그 일에 반영된 그의 의지는 흐름을 바꾸기에는 너무 미약했다.

"또 그렇게 부르는군. 누차 얘기했다시피 난 아직 자네의 고모가 아닐세. 그러니 그 말은 아직 아껴두는 것이 좋을 걸세. 자네가 나를 이기기 전까지."

진소령이 조용하고 위엄있게 경고했다.

'역시 얼렁뚱땅은 안 되는 건가?'

하긴 그런 게 통할 사람이었다면 이 지경까지 오지도 않았을 것이다.

그 저주스런 빌어먹을 놈의 절망의 편지가 도착한 이후 자신은 언제나 눈앞에 지옥의 풍경을 걸어놓고 생활해야 했다. 오늘이 그 지옥으로부터 해방의 날이 될지 아니면 자신을 저 지옥 밑바닥으로 삼켜 버릴 최후의 날이 될지는 두고 봐야 알 일이었다.

한 가지 확실한 점은, 만일 이 비무에서 진다면 대사형이 자신을 가만

두지 않을 것이라는 것과 예외적으로 이번에는 진령도 대사형과 똑같이 나올 가능성이 엄존하고 있다는 것이었다.

"준비되었느냐?"

나직한 목소리로 진소령이 질문했다.

"준비되었습니다. 오십시오."

남궁상은 자신의 애검을 붙잡은 손아귀에 힘을 주었다.

"이기어검술만 쓰기로 약속했었지? 그것이 약속이니 사양하지 않겠다."

이 비무에는 제약이 있었고, 두 사람 모두 그것에 동의한 이상 그 제약을 지켜야만 했다.

"물론 사양하실 필요 없습니다."

사실 그건 거짓말이었다.

"난 이미 자네의 비책을 알고 있네. 그러니 그걸 감안하는 게 좋을 걸세."

남궁상이 얻었고, 진소령이 감탄했던 '초감각' 영역. 지금 그녀가 말하는 비책이란 바로 그것이었다.

"물론입니다. 걱정 마십시오."

남궁상이 씩씩하게 대답했다.

아미파(峨嵋派) 독문검법(獨門劍法).

난화검(亂花劍).

비기(秘技).

이기어검술식(以氣御劍術式).

"비상련화(飛翔蓮花)!"

피융!

진소령의 검이 하늘을 향해 한 마리 은어처럼 솟구치더니, 어지러이 허공중에 화려한 그림을 그리기 시작했다. 손에서 벗어난 검을 이처럼 자유자재로 부릴 수 있다는 것은 그녀의 어검술이 이미 조화경에 달했다는 의미였다.

"오오오오!"

그녀의 빼어난 검기는 중인들의 감탄을 자아내기에 충분했다. 그러나 그것은 보는 이에게는 무한히 아름답지만 당사자에게는 죽음의 입맞춤처럼 느껴지는 가공할 위력을 내포하고 있었다.

"이야! 요리조리 잘 피하네!"

비무대 위에서 벌어지는 두 사람 사이의 공방을 바라보며 남궁산산이 감탄성을 터뜨렸다.

"그러게 말이오. 수련이 헛되진 않은 모양이오."

함께 관전하고 있던 현운이 대답했다.

쿡쿡!

그때 그녀의 옆구리를 아프게 찌르는 손가락 하나가 있었다.

"아야! 뭐, 뭐야?"

진령이었다.

"난 아까부터 조마조마해서 잘 못 보겠어. 산산아, 지금은 어떠니?"

진령이 두 손바닥으로 얼굴을 가린 채 물었다.

"으응! 대단해!"

"뭐, 뭐가?"

"아직 살아 있어! 궁상 씨!"

남궁산산이 힘주어 대답했다.

"그, 그걸 말이라고 하니!"

여전히 눈을 가린 채 진령이 소리를 빽 질렀다.

"왜 소린 지르고 그래? 귀 아프게. 그렇게 궁금하면 직접 봐. 현실을 외면한다고 현실이 없어지겠니? 그렇게 안절부절못하며 마음 졸이느니 차라리 그냥 맞대면하는 게 더 낫겠다, 안 그래?"

"안 그래!"

진령이 빽 소리쳤다.

"쯧쯧, 궁상 씨도 불쌍하다."

남궁산산이 혀를 차며 한마디 했다.

"왜?"

진령으로서는 이유를 묻지 않을 수 없었다.

"하나뿐인 연인조차도 자길 안 믿어주잖아. 만일 신뢰하고 있다면 그렇게 두려워할 이유도 없잖아. 안 그래? 그러니 내 동생 얼마나 불쌍해?"

"아냐! 믿어!"

진령이 다시 소릴 빽 질렀다. 항의하는 그녀의 두 손은 어느새 아래로 내려져 있었다.

"우와아아아아아!"

그때 다시 함성이 울려 퍼졌다. 집요하게 남궁상을 노리며 무찔러가던 진소령의 검이 돌연 둘로 분리되었던 것이다.

'이분영!'

진령은 두 자루로 분리된 검이 연인을 향해 위협적인 변화를 일으키는 것을 직접 목도할 수 있었다.

"위험해!"

그녀의 눈이 크게 부릅떠졌다.

그녀의 비상련화 발동 초식은 화려했다.

검을 수평으로 쭉 뻗자 고요함과 침묵이 검끝에 내려앉았다. 내리누르는 듯한 정적 속에서 뭇사람들의 시선이 그녀의 검끝에 가서 멈추었다.

잠시 후 하늘에서 꽃비가 내리기 시작했다. 어느새 시작되었는지 모를 떨림에 그녀의 검끝이 파르르 진동하고 있었다. 다음 순간 열두 줄기의 빛이 폭사되었다. 어떻게 대항해야 할지 알 수 없어 우물쭈물하고 있던 남궁상은 급히 검을 들어 자신을 향해 날아오는 검기를 튕겨냈다.

"조심해, 뒤……!"

미처 경고가 끝나기도 전에 남궁상의 뒤통수에서 검이 나타났다. 흩날리던 눈꽃도, 폭사된 검기도 모두 검의 이동을 감추기 위한 허초에 불과했다.

급히 검을 면면부절 휘둘러 검막을 만들어 간신히 막아낸다. 그러나 끝이 아니다.

'이분영'의 어검분영이 날아든 것이다.

'더 이상 이 수법에 당하진 않아!'

이 수법이라면 지난 이 주간 수백 번도 넘게 체험해서 이제는 지긋지긋하다 못해 몸에 새겨져 있을 정도였다. 이 수법을 피하는 데 가장 적절한 보법을 그의 몸은 이미 알고 있었다. 그는 침착하게 보법을 밟으며 자신을 향해 날아오는 두 개의 검을 피해냈다.

진소령은 자신의 비기를 남궁상이 능숙하게 받아내자 깜짝 놀랐다.

"놀랍구나. 이 초식을 그토록 쉽게 받아내다니?"

남궁상이 쓴웃음을 지으며 대답했다.

"아마 이번이 첫 번째라면 받아내지 못했겠죠. 하지만 한 백 번쯤 반복하다 보니 없던 요령도 생기더군요. 인간의 적응력이란 건 무시무시한 모양입니다. 죽지 않고 받아내는 데 성공했으니깐요."

"호오? 명사(名師)께 수련을 받은 모양이구나!"

아무리 강호가 넓다지만 이기어검 이분영이 가능한 사람은 그리 많지 않았다.

"명사는 무슨 놈의 얼어죽을!"

그 소리를 들은 염도가 이를 갈며 한마디 했다.

"부러우면 부럽다고 하게."

빙검이 무뚝뚝한 목소리로 한마디 핀잔을 주었다. 그러나 그런 그의 차가운 얼굴에는 작은 승리감이 배어 있었다.

진소령의 표정이 더욱 진중하게 변했다.

"확실히 너의 실력은 칭찬할 만하다. 하지만 아직 자만하긴 이르다. 자만은 이걸 받고 나서 해도 늦지 않아."

아직 그녀의 실력은 바닥을 드러내지 않고 있었다. 이제 겨우 시작이었다.

"저 친구, 더 빨라졌는걸!"

관전하고 있던 현운의 입에서 침음성이 흘러나왔다. 같은 구룡인데도 자꾸만 격차가 나는 것 같아 불안한 마음이 들었던 것이다.

"진짜네! 하마터면 놓칠 뻔했는걸."

당삼도 놀랍기는 마찬가지였다.

"검이 빠르려면 발도 빨라야 하지. 검이 빨라도 발이 느리면 어차피 느린 것이니까."

빙검이 그 모습을 보고는 꽤 만족스러운 듯 고개를 끄덕였다. 그동안의 훈련이 성과가 있다는 것이 확인되었던 것이다.

"상대방과의 거리를 좁히지 못하면 아무짝에도 소용이 없지. 거리를 자기 안으로 끌어들여야 한다고 누차 강조했는데 잊지 않은 모양이군."

"흥, 지금 시비 거는 거냐?"

옆에 있던 염도가 인상을 구기며 한마디 했다.

"아! 그러고 보니 자네도 항상 검보다 발이 느리다고 사부님께 지적받 곤 했었군!"

그걸 왜 이제야 생각해 냈을까. 조금만 더 일찍 생각났더라면 훨씬 더 긴 시간을 두고 놀려먹을 수 있었을 텐데 무척 아쉽다는 투로 빙검이 말했다. 그의 표정은 여전히 무뚝뚝했다.

"이, 얼음땡이 자식이!"

염도의 얼굴이 시뻘겋게 변했다.

"흥! 하지만 이기어검의 무서운 점은 검권이 무지막지하게 넓다는 점이지. 쫄래쫄래 피하는 것만으로 해결할 수 있을까?"

"그거야 두고 봐야겠지."

진소령의 검지가 다시 위를 향해 움직였다.

"이것도 받아낼 수 있을까?"

부우우웅!

허공중에 떠 있던 진소령의 검들이 다시 둘로 갈라졌다. 즉, 합해서 도합 네 자루가 된 것이다.

"자, 이것도 받아볼 수 있을까?"

남궁상의 눈이 휘둥그레졌다.

"헉, 사분영!"

이건 정말 뜻밖의 일인지라 빙검도 놀라지 않을 수 없었다.

"어떤가, 얼음땡이? 저 사태에 대해서도 뭔가 대책이 서 있나?"

"……."

"왜 대답이 없나?"

"아니! 사분영에 대해서는 대책이 서 있지 않네."

빙검의 목소리엔 침중함이 가득했다.

"그럼 가겠네!"

진소령이 선언했다.

"아니, 저… 안 오셔도 되는데요."

남궁상이 대답했다.

그러나 진소령은 그의 대답이 들리지 않은 모양이었다.

아미파(峨嵋派) 독문검법(獨門劍法).

난화검(亂花劍).

비기(秘技).

이기어검술식(以氣御劍術式).

비상련화(飛翔蓮花) 사련화영(四蓮花影).

허공을 수놓으며 네 송이 연화가 화려한 꽃을 피우기 시작했다.

"지거라, 사련화여!"

네 송이 거대한 연화에서 흩어진 꽃잎들이 세찬 바람에 실려 남궁상을 향해 날아갔다.

"저거 위험한데?"

빙검의 목소리에 긴장감이 감돌았다. 설마 진소령의 실력이 저 정도일 줄은 미처 예상치 못했던 것이다.

'좀 더 고난이도의 상황에 대처할 수 있도록 했어야 했는데……'

자신의 수련이 너무 물렀던 게 아닌가 반성하게 되는 빙검이었다.

"것봐! 안일한 대처가 끔찍한 결과를 불러오는 법이지. 지면 자네 책임일세."

염도가 지적했다.

"무사할까요, 남궁 공자?"

나예린이 물었다.
"무사해야죠."
비류연이 대답했다.

'보인다!'
절체절명의 위급한 상황에서도 남궁상은 단 한 번의 눈깜빡임도 없이 자신을 향해 날아오는 치명적인 꽃잎들을 바라보고 있었다. 이제 막 심안의 초입 단계에 들어선 남궁상의 감각은 예민해질 대로 예민해져 있었다. 그동안의 투자가 헛되지 않았던 것이다. 그렇다면…….
'문제는 단 하나!'
과연 그의 몸이 그 속도 이상으로 움직일 수 있는가 하는 것이었다.
'버텨줘라! 내 몸아!'
그는 그가 낼 수 있는 가장 빠른 속도로 몸을 움직였다.

남궁세가(南宮世家) 독문보법(獨門步法).
전영보(電影步) 비기(秘技).
뇌광산란(雷光散亂).

남궁상의 신형이 순간 흐릿해지더니 긴 꼬리를 갈지자로 그리며 뒤쪽으로 순식간에 이동했다.
전영보라 불리는 보법으로, 번개 그림자처럼 빠른 보법이었다.
"저, 저런 빠르기를!"
친구의 수준을 한 단계 아래로 잡고 있던 현운은 경악과 함께 자신의 판단에 칼을 댈 수밖에 없었다.
"미, 믿을 수 없어!"

이대로 있다가는 뒤처지기만 할 것 같다는 위기감이 그를 엄습했다.

'위험을 무릅쓰지 않으면 소득도 없다더니…….'

갑자기 가슴이 꽉 막힌 듯 답답해졌다.

"저것이 위험을 무릅쓴 자와 그렇지 않은 자의 차이란 말인가……."

예전에는 고생하고 구박당하며 수련받던 남궁상을 참 안되고 불쌍하다고 물기 어린 눈과 연민 어린 마음으로 쳐다봤었지만, 이제는 자신을 연민해야 될 처지에 놓이게 된 것이다.

"믿을 수가 없군. 그걸 피하다니!"

자신이 내보인 비장의 초식이 무위로 돌아갔다는 사실에 진소령은 경악했다.

"뭘요. 운이 좋았습니다. 이번에는 사실 자신이 없었거든요."

남궁상의 겸손에 진소령이 고개를 가로저었다.

"아니, 자넨 자네의 실력으로 이 초식을 피해낸 것이네. 훌륭하군."

"아, 아닙니다… 아직 한참 멀었는걸요."

여전히 겸양하며 말했다.

"이렇게 되면 자넬 인정하지 않을 수 없겠군."

"그, 그럼 허락하시는 겁니까?"

남궁상이 반색하며 반문했다.

"좋네. 마지막으로 이것 하나만 받아내면 자넬 인정하고말고."

"마지막 하나… 라니요?"

"본인이 가장 최근에 얻은 성취 중 하나라네. 이걸 자네에게 보이게 된 것을 무척 기쁘게 생각하네. 오늘 첫선을 보이는 것이니 미숙함이 있더라도 이해해 주기 바라네."

'설마 또?'

그건 설마 아니겠지, 라고 생각했던 남궁상의 예상은 무참하게 무너져 내렸다.

다시 하나로 합쳐졌던 진소령의 검이 처음 둘이 되더니 다음엔 넷이 되고 그 다음은 여덟이 되었다.

도합 여덟 자루의 검이 하늘을 날자 허공중에 여덟 송이의 아름다운 연화가 피어났다.

"팔분영……."

비상련화의 최종 변환식이라 할 수 있는 공격이자 이기어검술의 최종 형태라 해도 과언이 아닌 궁극오의였다.

같은 이기어검술이라도 시전자에 따라 차원이 달라질 수 있다고 그녀는 검으로 말하고 있는 듯했다.

"어떤가? 항복하겠나? 지금 패배를 인정하면 목숨만을 건질 수 있을지 모르네."

남궁상은 고개를 가로저었다.

"전 포기하지 않습니다. 어차피 지금 두 손 들고 항복한다 해도 죽긴 마찬가지일 테니까요. 그렇다면 끝까지 운명과 싸우는 것도 나쁘지 않은 선택이라고 생각합니다."

남궁상이 의지 가득한 눈을 빛내며 당당하게 말했다.

"좋은 배짱이군. 그럼 받아보게나."

아미파(峨嵋派) 독문검법(獨門劍法).

난화검(亂花劍).

비기(秘技).

이기어검술식(以氣御劍術式).

비상련화(飛翔蓮花).

팔련화린(八蓮花閞) 난화만천(亂花滿天).

창공에 피어난 여덟 송이의 연화가 푸른 허공을 검광으로 가득 채우며
화려하게 흩어졌다.

"이제 어떡할 텐가, 얼음땡이?"
염도가 물었다.
"향이라도 한 통 사놔야겠지."
빙검이 무심한 어조로 대답했다.
"향은 왜?"
"명복은 빌어줘야 하지 않겠나?"

그 빠르기가 섬전 같다는 전영보도 비무대를 가득 메우는 꽃비 속에는
무용지물이었다. 빗속을 아무리 빨리 달려도 몸에 비가 묻는 것과 같은
이치였다.
'그렇다면 검막으로…….'
남궁상이 급히 구명절초인 성막밀밀을 시전했다.
그러나 가벼워 보이는 꽃잎 한 장 한 장에 만근거력이 숨어 있었기에
남궁상의 검막은 이 꽃비 속에서 든든한 우산이 되어주지 못했다.
챙!
"큭!"
필사적으로 쥐고 있던 남궁상의 하나뿐인 검이 손아귀가 찢어지는 충
격과 함께 허공중에 빙글빙글 바람개비처럼 회전하며 날아올랐다.

그 광경을 본 진령의 얼굴이 핼쑥해졌다. 그녀의 두 호수에 절망이 가

득 차올랐다. 비명이 터져 나왔다.

"안 돼에에에에에에에에에에!"

단말마 외침이었다.

"끝이다!"

누군가 외쳤다. 다들 고개를 끄덕였다. 더 이상 수는 남아 있지 않다. 모두들 그렇게 생각했다. 단 두 사람을 제외하고.

"아직이다!"

비류연이 자리에서 벌떡 일어나며 외쳤다.

허공중에 강제적으로 내팽개쳐진 남궁상의 검이 어느새 마치 의지가 깃든 물건처럼 움직이고 있었다. 남궁상은 필사적이었다. 그는 죽을 각오로 자신의 한계에 부딪쳤다. 그리고 뛰어넘었다.

"이기어검의 가장 큰 효용이 뭔 줄 알아? 그건 바로 의외성이야. 의표를 찌르는 의외성, 보이지 않는 한 수! 상상 밖의 한 수!"

"우오오오오오오오!"

남궁상은 자신의 두 손을 쭉 뻗어 자신을 검을 향했다. 그 검과 자신의 팔 사이에 결속이 있다고 굳게 믿으며 그는 낚시라도 하듯 두 팔을 앞으로 내던졌다. 애검 섬뢰는 그의 믿음에 보답했다.

슈우우우우욱!

살아 있는 화살처럼, 계곡을 거슬러 오르는 은빛 빙어처럼 방대하고 광활한 하늘을 가로지르는 검은 회전하고 선회하고 가속한 다음 진소령의 목 뒷덜미에 가서 우뚝 멈추었다. 그리고는 하나의 상징만 남긴 채 힘을 모두 소진하고 바닥에 내리 꽂혔다.

"헉헉헉!"

모든 기력이 썰물처럼 빠져나간 남궁상의 몸은 텁텁한 마른 모래와 마찬가지의 상태였다. 더 이상 버틸 기력 따위 한 방울도 남아 있지 않은 그의 다리가 파도에 휩쓸린 해변가의 모래처럼 스러졌다. 동시에 그의 몸이 붕괴됐다.

"상!"

깜짝 놀란 진령이 자리를 박차고 달려갔다. 죽은 줄만 알았다고 진령은 후에 당시 그 상황을 회상했다. 그만큼 남궁상의 모습은 아무것도 남기지 않은, 모든 것을 불태운 듯한 그런 모습이었다.

그 모습을 보고 있던 비류연의 입가에 미소가 맺혔다.

"이제 겨우 하나 뛰어넘었군. 이십 년 동안 자기 스스로 만들고 다져 논 한곌 말야. 저 녀석이 그 다음 한계를 뛰어넘는 건 또 언제일까?"

막 하나의 일을 끝낸 사제이자 제자에게 그는 단지 이것이 시작에 불과하다고 말하고 싶은 모양이었다. 실로 다행스러운 점은 현재 기절한 남궁상의 귀에는 그 목소리가 전혀 들리지 않는다는 사실이었다. 그러나 그의 무의식은 깊은 수면 속에서도 깨어 있었는지 진령의 따뜻한 품에 포근히 안겨 있던 남궁상의 몸이 잠시 부르르 떨렸다. 너무나 순식간에 일어난 일이라 왜 그러는지 그 이유를 짐작하는 사람은 아무도 없었다.

"어떻게… 이런 일이……."

자신의 사랑하는 조가의 품에서 곤하게 잠들어 있는—기질했다고 보는 편이 훨씬 타당한—남궁상의 파리하면서도 한편으로 안심하고 있는 무방비의 얼굴을 바라보는 진소령의 얼굴에는 아직 불신의 빛이 구름 낀 밤하늘의 별처럼 명멸하고 있었다.

그도 그럴 것이 이것은 그녀가 그려본 가상 대결 중에서도 전혀 예상하지 못한 사태였다. 남궁상의 행동은 그녀의 상상력을 뛰어넘고 말았다.

그에 대해 대신 대답을 던져 준 이는 빙검이었다.

"진 여협, 그것이 어떤 것이든 그것이 무엇인지 가장 잘 아는 방법은 그 것을 직접 몸으로 경험해 보는 것이라오. 그 경험이 이기어검을 단지 상대 하는 것, 즉 그 기술을 받아내는 것뿐이라고 생각했다면 큰 오산이외다. 그런 것은 단지 겉 핥기에 불과할 뿐, 그것만으론 이기어검의 본질에 도달 하지 못하오. 직접 이기어검을 익히는 것보다 더 효과적인 방책은 없소. 그것이야말로로 그 안으로 직접 뛰어드는 진정한 경험이라 할 수 있지요."

"직접 가르치셨단 말씀이신가요?"

"여덟 개의 어검분영을 만들어내는 그대의 존경할 만한 높은 경지에 는 한없이 미치지 못하는 미약한 수준이지만… 그렇소이다."

"정말 대단하군요. 날 꺾기 위해 그 정도까지 준비했다니 정말 놀랍군 요. 한쪽은 자신의 수가 읽히고 한쪽은 자신의 수가 끝까지 읽히지 않았 으니 읽힌 쪽이 지는 게 당연하군요."

"그것은 틀렸소."

빙검은 고개를 가로저었다.

"어째서 그렇죠?"

"당신만한 절정고수를 단지 읽어냈다는 것만으로 이기는 것은 불가능 했소. 그래서 그 읽어낸 승리의 가능성을 체현할 수 있는 몸을 만드는 데 우리는 주력했던 것이오."

"우리라……. 언제나 겨울의 난초처럼 혼자시던 빙검 노사님께서 그런 말씀을 하시다니 어떤 분이 노사님을 그렇게 변모시켰는지 궁금하군요."

빙검의 얼굴이 살짝 굳어졌다.

"그런 것은 진 여협이 관심 둘 만한 그런 것이 아니니 신경 쓰실 필요 없소. 귀중한 심력을 낭비하기만 하는 하찮은 일일 터. 모르는 것이 낫소 이다."

빙검이 정색하며 대답했다. 진소령으로서는 이런 반응이 더 낯설었다.

“어쨌든 제가 졌다는 것을 인정하지 않으면 안 되겠군요.”

진소령은 하늘을 바라보았다.

“저 자신을 과신하다니……. 산속에 틀어박혀 있던 사이에 하늘 위에 또 다른 하늘이 있다는 것을 잠시 잊어버리고 말았군요.”

남궁상이 정신을 차린 것은 바로 그때였다.

“상, 정신이 들어요?”

“여, 여긴…….”

“아직 비무대 위예요.”

“응? 비무대 위? 승부는 어찌 되었소?”

어디서 그런 힘이 솟았는지 튕기듯 벌떡 일어나며 남궁상이 물었다.

“…당신의 승리예요, 상!”

“내 승리?”

남궁상이 손가락으로 자신을 가리키며 말했다. 아직 믿겨지지 않는 모양이었다.

“그래요, 당신의 승리예요.”

그때 진소령이 조용한 걸음으로 남궁상에게 다가가더니 그의 어깨에 손을 올리며 말했다.

“남궁상, 자네의 승리일세. 진령이를… 잘 부탁하네.”

“가, 감사합니다, 고모님!”

진소령은 그 호칭에 대해 더 이상 지적하지 않았다.

“와아아아아아아아아아!”

관전석에서 일제히 비무대가 떠나갈 듯한 함성이 터져 나왔다.

진령은 기어코 울음을 터뜨리고 말았다.

이자가 복리 일수면 국가라도 파산한다

—이자의 무서움

"류연, 자네가 직접 나서겠다고?"

"물론! 도저히 그놈들을 용서할 수 없으니깐. 감히 이 몸의 돈을 건드리다니! ㅎㅎㅎㅎ! 반드시 손실된 원금에 이자까지 받아내고 말겠어. 일수 복리 이십 할로 계산해서 말이야!"

"이, 이봐! 아무리 악덕사채업자라 해도 그런 터무니없는 고금리를 일수랍시고 받진 않는다네. 그걸 내다가는 설령 국가라 해도 파산…… 서, 설마 자네?"

장홍은 뭔가 깨닫는 바가 있었다. 비류연이 씨익 웃었다.

"바로 그거지! 자산 증식에 걸림돌이 되는 위험요소는 애초부터 제거하는 게 좋아. 물론 전쟁도 큰 돈벌이가 되긴 하지만 그걸로 돈 벌 생각은 없거든!"

"뭘 어떻게 하려는 속셈인가?"

"호랑이를 잡으려면 호랑이 굴에 들어가야죠."

"하지만 바보들이 저리도 날뛰고 있는 지금, 자네가 아직 마천각에 갈 수 있는지도 확신할 수 없지 않나?"

아직도 그 건은 주위의 맹렬한 반대에 부딪쳐 계류하고 있었다. 자신의 지적에도 비류연의 미소가 여전하자 그는 묻지 않을 수 없었다.

"무슨 뾰족한 수라도 있는 건가?"

비류연은 씨익 미소 지으며 가볍게 고개를 끄덕였다.

"아저씬 한 가지 일만 해주면 돼요."

신비의 여인
——승천무제(昇天武祭)

유운비의 본선 시험 담당은 화산파의 윤준호였다.

'정말 유약하게 생겼네.'

척 보기에도 윤준호는 정말 약해 보였다.

'저렇게 약한 놈이 어떻게 이런 큰 시험의 시험관이 될 수 있었지?'

선배에 대한 존경심 따윈 눈곱만큼도 들지 않았다.

'의외로 별거 아닐지도!'

싸우기도 전에 이미 자신의 승리를 확신하며 유운비는 속으로 회심의

미소를 지었다. 그러나 그 미소는 그리 오래가지 않았다.

'어어어?'

시험 내용은 윤준호의 십 초를 적절하게 막아내는 것, 그리고 중간중

간 기회를 봐서 다섯 번의 초식을 전개하는 것이었다.

'그 정도라면 누워서 떡 먹기지!'

그런데 그토록 유약해 보이던 윤준호의 검은 의외로 끈질겼다. 바람에

흔들리는 매화나무 가지마냥 낭창낭창 휘감겨 들어오는 통에, 유운비는 검의 궤적을 번번이 놓치고 말았다. 부드럽지만 결코 꺾이지는 아니 할 '유(柔)'의 경지가 서려 있었다.

그렇다고 자신의 공격이 제대로 먹히는가 하면 그것도 아니었다. 꼴불견을 만회하기 위해서 사일검법의 절초를 필사적으로 연달아 시전했으나, 자신하던 찌르기는 매번 구사할 때마다 빗나가기 일쑤였다.

짝짝짝!

"와아아아! 정말 대단한 찌르기였어요. 이게 바로 소문난 점창의 찌르기군요."

윤준호가 박수까지 치며 순수하게 감탄했다.

'지금 저 사람 날 놀리는 건가?

그러나 그렇다고 보기엔 그 웃음이 너무 천진했다.

"전 불합격입니까?"

단 한 번도 성공하지 못했으니 그럴 가능성이 다분했다.

"아니, 합격인데?"

"예?"

"왠지 모르게 다른 사람들은 대부분 내 십 초를 못 받아내더라고. 통과한 건 자네까지 이제 겨우 다섯 명일걸? 움직임들이 너무 굼떠서 봐줄 수도 없던데, 혹시 다들 몸이 아팠나? 설마 집단 식중독은 아닐 테고……"

뒤통수를 긁적거리며 천진한 얼굴로 윤준호가 말했다.

떠헉!

유운비는 그만 말문이 막히고 말았다.

*　　　　*　　　　*

유란의 시험 감독관은 윤준호처럼 긴장감없는 상대가 아니었다.

그녀의 상대는 바로 나예린이었다.

"일 초만 막거나 피하면 된다."

나예린의 조건은 훨씬 간단했다.

승부는 눈 깜박할 사이에 났다. 어느새 턱 앞까지 다가온 검날에 유란은 검을 휘둘러 보기는커녕 겨우 반보 뒤로 물러난 것이 전부였다.

'틀렸어!'

유란은 속으로 낙심했다. 바보처럼 얼어붙었던 자신이 그렇게 한심스러울 수가 없었다.

"합격이다."

단조로운 목소리로 나예린이 말했다.

"예? 왜요?"

유란의 반문은 외침에 가까웠다.

"뭔가 불만이라도?"

"아니, 그건 아니지만… 이유는 알고 싶어서요."

"반보 움직였으니까."

여전히 무심한 어조로 나예린이 대답했다.

"예?"

유란에게는 당연히 해설이 필요한 대답이었다.

"발뒤꿈치만 들 수 있어도 합격이다. 하긴, 반보나 움직인 건 네가 처음이구나. 추가 점수를 주마."

막거나 피하는 것 따윈 애초에 기대하지도 않았다는 이야기였다.

머— 어— 엉~

당연하지 않은 것을 지극히 당연한 듯 말하는 모습에 유란은 그만 입을 쩍 벌린 채 말을 잊고 말았다.

＊　　　　＊　　　　＊

"드디어 이 순간이 왔다!"

공손절휘는 긴장을 감출 수 없었다. 드디어 기다리고 기다리던 그때가 온 것이다. 간절히 바라면서도 한편으론 영원히 오지 않길 바라던 시간. 그의 담당 시험관은 다름 아닌 칠절신검 모용휘였다.

"우린 구면이군."

모용휘는 이시건을 유인하기 위한 계책에 휘말리는 바람에 공손절휘를 본 적이 있었다.

"그렇습니다."

공손절휘가 꿀꺽 마른침을 삼켰다. 검을 차고 서 있는 모용휘의 모습에는 한 치 흔들림도 없었던 것이다.

'과연 명불허전이구나!'

그때는 언뜻 본 것뿐이었지만, 이렇게 비무 상대로 마주 서고 보니 박력이 달랐다. 저 젊은 나이에 이만한 경지를 이룰 수 있었다니. 시샘이 나는 것도 어쩔 수 없었다. 하지만 그동안 몰래 뒤를 졸졸졸 따라다니며 갖은 대책을 다 세워온 터.

'오늘이야말로 모용휘를 쓰러뜨리고 공손세가의 위상을 드높이고 말리라!'

공손절휘는 속으로 굳게 다짐했다.

그런데 생각보다 그와 모용휘의 실력 차는 컸다. 시험이 시작되고 모용휘의 검초가 날아오는 동안 공손절휘는 피하는 데만 급급할 수밖에 없었다. 반격할 실마리를 찾다가는 바로 당할 것만 같았다. 필사적으로 가문의 검법을 펼쳐 보려 했지만, 모용휘의 교묘한 공격에 막혀 번번이 맥이 끊기고 말았다.

'이, 이런!'

단 한 번도 반격다운 반격을 못해본 채 패배하는 일은 있을 수 없었다. 다소 무리한 수를 써서라도 공격해야만 했다. 공손절휘는 바싹 붙어 있는 지금 상태에선 승산이 없다고 판단하고 재빨리 지면을 박차며 모용휘로부터 떨어졌다.

'이, 이 정도 거리라면!'

모용휘는 뒤쫓지 않았다. 실력을 한번 보고 싶었던 것이다.

"하압!"

낭랑한 기합 소리와 함께 공손절휘의 검끝에서 지존검법의 절초가 펼쳐졌다.

지존검법(至尊劍法) 비기(秘技).

지존무상(至尊無上).

공손절휘의 검끝에서 화려한 검기가 폭출했다.

"스스로 간합(間合)을 만들었으니 십 점 가산!"

모용휘가 말했다.

"하지만 초식에 낭비가 심해 이십 점 감점일세."

화려하고 위력적으로 보이는 초식이었지만, 모용휘가 보기엔 너무 낭비가 많고 번잡했다. 표적에게 유효한 타격을 줄 수 있는 요소 이외의 부분에 너무 과도한 내공을 낭비하고 있었다.

"이런 건 고수들의 싸움에서 그리 효과적이지 못하다네."

굳이 별다른 초식을 쓸 필요를 느끼지 못했는지, 모용휘는 이리저리 검을 몇 번 움직여서 그것들을 막아냈다.

"내 친구 녀석이 그러더군. 아껴야 산다고. 좀 더 자신의 움직임을 절약해 보도록 하게."

어느새 공손절휘의 면전까지 다가온 모용휘가 충고했다.

"어어……."

챙!

공손세가의 상징과도 같은 보검이 핑그르르 돌며 하늘로 날아올랐다. 굳은 결심과 의지만으로는 도저히 메울 수 없는 격차라는 것이 엄연히 존재하는 것이었다. 오 장가량의 높이까지 치솟은 보검은 그대로 나가떨어져 땅에 푹 박혔다.

"과연 공손세가의 자제답군. 대단한 실력이었네."

모용휘는 빠르고 간결한 동작으로 다시금 납검하면서 감탄을 표했지만, 그의 칭찬은 공손절휘에게 조롱과도 같이 들렸다.

"놀리지 말아주십시오. 전 졌습니다. 그럼 불합격입니까?"

적의 어린 목소리로 공손절휘가 물었다.

"그게 무슨 소린가? 자네만큼 날 많이 움직이게 했던 사람은 없었네. 거의 한 발짝도 움직이기 전에 모두들 자멸하는 걸로 끝나고 말았거든. 자넨 합격일세. 축하하네."

그러나 그의 귀에 모용휘의 축하 따위는 들어오지 않았다.

처량히 땅에 꽂힌 보검을 빼 든 공손절휘는 넋 나간 자의 발걸음으로 회장을 빠져나갔다.

"왜 저러지?"

분명 합격이라 했는데도 기가 꺾여 축 처진 공손절휘의 등을 바라보며 모용휘는 고개를 갸우뚱했다. 그는 자신이 극복해야만 하는 벽이 너무 높아 그곳에만 신경을 쓰느라 공손절휘의 승부욕이나 도전 의식 같은 것은 통 알아차리지 못했던 것이다.

그 무심함이 공손절휘에게 더욱 큰 상처가 되었던 것은 두말할 것도 없다.

넋 나간 얼굴로 터벅터벅 걸어가던 공손절휘는 인적이 드문 곳을 찾자 이내 그곳에 주저앉았다. 그리고는 무릎 사이에 얼굴을 파묻고 어린애처럼 울었다.

한참을 울고 있던 그의 몸 위로 넓은 그림자가 드리워졌다. 그를 책망하기라도 하듯 따갑게 내리쬐던 햇살이 사라지자, 공손절휘는 흠칫 놀라 몸을 굳혔다. 무릎 사이에서 빼꼼히 내민 얼굴 앞에는 아름다운 손에 들린 한 장의 손수건이 기다리고 있었다.

그는 고개를 들어 위를 바라보았다. 햇살을 막아주고 그늘을 드리워준 것은 면사가 드리워진 칠흑처럼 검은 우산. 그 묵빛 우산의 주인은 흑단(黑緞)으로 지은 옷을 걸치고 한 마리 고고한 학처럼 우아하게 서 있는 여인이었다.

"덥죠?"

여인이 싱긋 웃으며 말했다. 마치 '당신의 얼굴이 엉망인 것은 더워서 땀이 흐른 탓이겠죠. 전 눈물 같은 것은 보지 못했으니 괘념치 말고 어서 받으세요' 라고 말하는 듯했다. 용수철이 튕기듯 공손절휘의 몸이 펄쩍 뛰어올랐다. 그는 긴장해서 직립부동자세를 취한 채 말을 더듬으며 말했다.

"부, 부끄러운 모습을 보였군요."

쥐구멍이 있다면 당장 뛰어들어 가고 싶었다.

"부끄럽다니요. 살다 보면 눈가에 땀이 좀 맺힐 수도 있지 않겠어요? 유독 눈가에 땀이 잘 맺히는 일이 여자들만의 특권인 건 아니잖아요?"

알면서도 일부러 모른 척해주면서 위로까지 더해주니, 그 깊은 배려에 공손절휘는 몸 둘 바를 몰랐다.

"하, 하지만……."

우산 주위에 드리워진 면사 뒤로 여인이 생긋 웃는 것 같았다.

"뭔가 분한 일이라도 있었던가요?"

"그, 그렇습니다."

"예를 들자면 시험에 떨어지는 것 같은?"

이곳에서 그것 말고 울 이유는 별로 없었다.

"아, 아닙니다. 합격했습니다."

비록 지긴 했지만 일단 합격은 합격이었다.

"그렇군요. 그럼 분한 일이란……?"

"그… 그건 패배하지 말아야 할 사람에게 패배했기 때문입니다."

풀 죽은 목소리로 공손절휘가 대답했다. 그 사실을 스스로 인정한다는 것은 무척이나 뼈아픈 일이었다. 하지만 진 것은 진 것이었고, 그것을 가지고 자신을 속일 수는 없었다.

"중대한 승부였나요?"

여인이 물었다.

"반드시 이겨야만 하는 사람이었습니다. 가문의 숙원을 걸고."

수먹을 불끈 쥐며 공손절휘가 대답했다.

"실례가 아니라면, 그토록 반드시 승리해야 할 상대가 누군지 궁금하군요."

"칠절신검 모용휘입니다!"

"아! 그 결벽……."

"예?"

"음, 아무것도 아니에요. 괜찮겠네요, 그 정도 상대였다면. 질 때도 있는 거죠. 아직 젊으시니까, 요는 포기하지만 않으면 되는 거예요."

"그, 그렇지만?"

"한 번의 패배로 좌절하다간 평생 아무것도 못해볼걸요. 게다가 떨어진 것도 아니고 합격했으니, 앞으로 몇 번이라도 도전해 볼 기회가 있는거잖아요?"

"그것도 그렇군요."

"앞으로 일 년이고 이년이고 계속 만회할 기회가 잔뜩 있으니 너무 상심해하실 필요는 없을 것 같군요. 그렇죠?"

"화, 확실히 그렇군요."

듣고 보니 일리가 있었다. 그러나 그에게 져도 된다고, 다음에 이기면 된다고 말해준 사람은 지금까지 한 명도 없었다.

"저… 소저의 방명을 물으면 실례가 될는지……."

공손절휘가 머뭇거리며 말문을 열었다.

"…글쎄요. 실례일지도 모르죠. 후훗."

현의여인의 붉은 입술 사이에서 흔들리는 방울처럼 맑은 웃음소리가 울렸다. 공손절휘는 괜히 얼굴이 달아오르는 것을 느끼며 숨을 들이켰다. 여인은 그에게 다시 한 번 아름다운 손을 뻗으며 말했다.

"자, 그럼 이만. 좋은 성적 내길 바라겠어요."

여인의 말이 끝났을 때는 어느새 어떻게 받았는지도 모를 손수건이 그의 손에 들려 있었다. 갑자기 가슴이 저릿저릿해지는 것을 느끼며 공손절휘가 당황해하는 사이, 여인은 가볍게 목례를 하더니 우아한 발걸음으로 몸을 돌렸다.

"저, 저기……."

뒤늦게 정신을 차리고 입을 열었을 때는, 그녀가 이미 검은 양산을 쓴 채 저만치 멀어진 뒤였다. 그는 신비한 현의여인의 그림자라도 붙잡아보려는 듯 무심코 손을 뻗어보았으나, 손 안에 잡히는 것은 아무것도 없었다.

"다시 만날 수 있을까……."

그는 뭔가에 홀린 듯한 멍한 눈으로 멀어져 가는 여인의 뒷모습을 하염없이 바라보았다.

＊　　　＊　　　＊

"자넨 보법이 너무 형편없어. 아직 검도 제대로 잡을 줄 모르면서 용케도 본선까지 진출할 수 있었군 그래?"

바닥에서 꼴사납게 뒹굴고 있는 수험생을 굽어보면서 남궁상이 혀를 차며 말했다.

"그, 그럼?"

대답은 이미 일초를 내뻗은 그 시점부터 결정되어 있었다.

"불합격일세."

"으아아아아아앙!"

눈물을 뽑으며 한 수험생이 시험장을 뛰쳐나갔다.

"또 울려 버렸군! 하지만 사내 주제에 겨우 이 정도 일로 질질 짜다니……."

이게 도대체 몇 번째란 말인가? 심약한 것에도 정도가 있는 법이다. 그런 정신 상태로 승천무제에 도전할 생각을 품다니, 그 무모함에 절로 감탄이 나왔다.

"다음!"

약간 짜증이 섞인 목소리로 남궁상이 외쳤다.

스르르륵.

한 여인이 어깨에 칠흑처럼 검은 우산을 걸친 채 미끄러지듯 우아하게
걸어 들어왔다.

'웬 우산?'

재질이 무엇인지는 몰라도 흑진주처럼 광택이 흐르는 검은 바탕에, 금
사와 은사로 단아하면서도 화려한 매화나무를 수놓은 우산이었다. 황금
빛 매화 가지는 가늘고 유려하면서도 당당한 절조와 의기를 품고 있었
고, 눈부시게 피어난 은빛의 꽃잎들은 보는 이의 마음이 아득해질 정도
로 아름다웠다. 남궁상의 시선은 이내 자연스레 우산의 아래쪽으로 향했
으나, 둥근 테두리를 따라 면사가 둘러쳐져 있어서 여인의 얼굴은 반이
넘게 가려져 있었다. 다만 그나마 가려지지 않은 단정한 코끝과 미려한
입술, 갸름한 턱 선을 보면 상당한 미인인 듯했다. 더구나 여인은 수수하
면서도 기품이 흐르는 부드러운 흑단 현의를 걸치고 있어서, 버들가지처
럼 호리호리한 몸매와 백옥처럼 하얀 피부가 더욱더 돋보였다.

"잘 부탁드려요."

여인이 싱긋 웃으며 말했다.

"아, 잘 부탁하오."

자신도 모르게 넋을 잃고 바라보던 남궁상이 떠듬거리며 말했다.

"시험 내용이 궁금하군요."

칠흑 우산을 비스듬히 든 현의의 여인이 차분한 목소리로 물었다.

'뭐, 뭐지? 이 박력은?'

남궁상은 시험 감독관이라는 위치에 있으면서도 내심 긴장하지 않을
수 없었다. 이 여인은 지금까지 그가 시험한 여타의 잔챙이들과는 차원
이 달랐다.

'설마 내가 압도당하고 있는 건가?'

있을 수 없는 일이다. 하지만 고요 속에서 뿜어져 나오는 여인의 기세

는 놀라울 정도였다.

"혹시 그냥 서 있기만 하면 합격인가요?"

현의여인이 재차 물었다. 우회적인 힐난이었다.

"아, 미안하오. 내용은 간단하오. 내 십 초를 모두 막거나 피해낸다면 합격이고, 동시에 나의 옷자락을 한 번이라도 건드리면 추가 점수가 있소."

"아, 그래요? 간단하군요."

현의여인이 살풋 웃으며 말했다.

'글쎄, 과연 그렇게 간단할까?'

여태껏 그 요건을 충족시킨 수험생은 한 손으로 꼽을 정도였다. 그나마 봐주면서 해서 그 정도였지, 그러지 않았으면 턱도 없었다.

"아참, 한 가지 더 물어봐도 될까요?"

"얼마든지."

남궁상이 쾌히 승낙했다.

"옷자락을 건드린 사람은 지금까지 모두 몇 명인지요?"

그 질문에 남궁상은 회심의 미소를 지으며 당당하게 말했다.

"단 한 명도 없었소."

여인은 그 대답에 놀라기는커녕 태연한 어조로 말했다.

"그럼 제가 첫 번째 사람이 되겠군요."

저 알 수 없는 자신감의 원천은 도대체 어디 있는 것일까. 남궁상은 시험 감독을 시작하고 나서 처음으로 유쾌해졌다.

"할 수 있다면 얼마든지."

남궁상이 패기 넘치는 목소리로 대답했다.

"으음, 건드리는 방법은 어떤 수단이든 괜찮나요?"

"물론!"

"…시원시원한 분이군요."

다시 한 번 여인이 소매를 입가에 가져다 대며 살짝 웃었다. 그 순간 남궁상은 문득 오싹한 기분이 들었다.

'뭐, 뭐지? 이 서늘한 기운은?'

느닷없이 뒷골에서 서늘한 한기가 느껴졌던 것이다.

'착각인가?'

아무래도 좀 피곤한 모양이었다. 그러고 보면 최근 들어 너무 무리를 하긴 했었다. 어서 끝내고 쉬었으면 좋겠다. 남궁상은 그렇게 생각했다.

"그럼 오시지요."

여인이 청했다.

우산을 든 채 지면 위를 미끄러지듯 유려하게 움직이는 여인의 모습은, 마치 빙상에서 춤을 추는 무희 같았다. 더욱 놀라운 점은 우산을 들고 있는데도 자세에 흐트러짐이 전혀 없다는 것이었다. 남궁상의 검초는 위력적이었으나, 현의여인은 정원을 산보하는 사람처럼 여유롭고 능숙한 솜씨로 요리조리 피해냈다.

'대, 대단하군!'

남궁상은 여인의 실력이 이 정도인 줄은 몰랐기에 깜짝 놀랐다. 조금 전에 느꼈던 차분한 박력은 거짓이 아니었던 것이다.

'도대체 어느 문하일까?'

과거에 비하면 이제 견문이 꽤 넓어졌다고 자부했지만, 여인의 무공 내력을 파악하기에는 역부족이었다. 역시 아직은 수업이 더 필요한 모양이었다.

아무리 생사결이 아니라 해도, 비무 도중에 이런저런 생각을 하다 보면 자연히 빈틈이 드러나게 마련이다.

여인은 그 커다란 틈을 못 본 척할 만큼은 어수룩하지 않았다.

어떤 방법이든 괜찮다면야, 되도록 시원하고 화려한 한 수를 선보이겠다고 여인은 마음을 굳힌 듯했다.

부웅!

묵빛 우산이 위로 떠오르자, 남궁상은 순간이나마 우산의 궤적에 시선을 빼앗겼다.

'아차!'

평소라면 절대 없었을, 마음의 나태가 부른 화였다. 그러나 이미 후회하기엔 늦은 때였다.

빈틈을 꿰뚫는 현의여인의 손속은 가차없었다.

쿵!

여인은 단호히 진각을 밟았다. 동시에 세찬 반탄력을 팔꿈치에 실어 남궁상의 옆구리를 날카롭게 강타했다.

"쿠웩!"

남궁상은 무시무시한 충격 속에 옆구리가 반 조각 나는 게 아닌가 하는 망상에 사로잡혔다. 피를 토하지 않은 게 이상할 정도로 지독한 고통이었다.

"방심하셨군요."

남궁상의 옆구리에 통한의 일격을 기한 여인은 아무 일도 없었던 것처럼 우아한 자세로 서서히 떨어져 내리는 우산을 받아 들었다.

빙글 돌아선 여인은 여전히 허리를 펴지 못하고 있는 남궁상을 굽어보며 생긋 웃었다.

"역시 시험 감독관 분들도 가끔은 이것저것 생각하실 게 많은가 보죠?"

남궁상은 입 안에 거품을 물고 있느라 그 말에 답해줄 수 없었다.

“자, 그럼 말씀하신 대로 합격인가요?”

“끄, 부…….”

부글부글부글!

“부……? 저는 불합격인 건가요?”

다급해진 남궁상은 있는 힘을 몽땅 쥐어짜내어 그 질문에 겨우겨우 대답해 줄 수 있었다.

“하, 하, 합격이요.”

아직도 그는 이승과 저승을 번갈아가며 헤매고 있었다.

“아, 그렇군요. 감사합니다. 다음에 또 뵙기를…….”

인사를 마친 여인은 유유히 자리를 떠났다. 그리고 시험장 한복판에는 정신이 반쯤 나간 남궁상만이 입에 흰 거품을 문 채 쓸쓸히 남겨졌다.

아미신녀마저 이겼다던 남자의 쓸쓸한 퇴락(頹落)이었다.

출발하는 젊은이들

—연비(燕飛)

"정말 괜찮겠나?"

걱정스런 얼굴로 효룡이 물었다.

"뭐가?"

태평스런 얼굴로 비류연이 반문했다.

"정말 몰라서 묻나?"

효룡은 자신이 왜 당사자보다 더 화내고 있는지 이해가 가지 않았다. 하지만 화가 닌다는 사실을 숨길 수는 없었다.

"정말로, 정말로 괜찮겠나, 류연? 자네 혼자만 빠지게 되는 걸세. 나 소저 떠나면 아마 일 년은 보지 못할걸? 게다가 자네가 아는 사람들 대부분도 이번에 거의 떠나지 않나?"

끝내 비류연은 이번 명단에서 제외되었다.

'물의를 빚었기 때문에 그에 대한 제재로서 비류연의 마천각 교류 사절단 명단에서 빼다' 는 공고가 나붙었을 때도 놀라는 사람은 그와 가까운 몇몇뿐이었다. 그 몇몇이 놀란 이유도 그 공고의 내용보다는 비류연이 그 사실을 순순히 받아들였다는 데 있었다. 이 음모의 화신이자 술책의 귀재라 불리는 인간이 이번 일을 막기 위해 아무런 조치도 취하지 않았다는 사실을 그들은 믿을 수가 없었다.

"룡룡, 그럼 내가 가지 말라고 울고불며 자네들 옷깃이라도 부여잡아야 속이 좀 풀리겠어?"

고개를 갸우뚱 꺾으며 비류연이 물었다.

"그… 그… 누가 그런 끔찍한 악몽을 원하겠나. 하지만……."

효룡은 뒤에 이을 말이 없었다.

"내 걱정일랑 하지 말고 네 걱정이나 해. 이번 여정이 그리 순탄치만은 않을 것 같으니깐 말이야."

"정말 안 갈 건가? 자네가 만일 생각이 있다면 우리들도 나설 준비가 되어 있네. 자네가 꾸민 음모에 동참해 주겠다 그 말일세."

그것이 그의 진심이었다.

"음모라니? 사람을 뭘로 보고 그러나. 내가 시도 때도 없이 음모나 꾸미고 다니는 사람으로 보이나?"

어리둥절한 표정으로 반문하는 비류연의 말에 효룡은 입을 봉했다.

"……."

때로 침묵은 긍정과 같다.

"난 괜찮아. 것보다 이번에 그 말괄량이 아가씨랑도 함께 가게 됐다면서? 잘 갔다 와."

순간 효룡의 안색이 무척 어둡게 변했다.

"돌아올 수 있다면 말이지……."

자신이 자라난 곳, 그리고 존경하고 사랑하던 형을 잃어버린 그곳. 이제 다시 그곳으로 돌아가도 되는 걸까? 그곳에 가서도 자신은 여전히 효룡일까? 아니면 또 다른 내가 될 것인가?

'과연 그러고 나서도 자신은 이들 곁으로 돌아올 수 있을까?

효룡은 그 점을 확신할 수 없었다.

"그런데 말야, 룡룡. 한 가지 물어볼 게 있네."

왠지 치렁치렁한 앞머리 저편에서 비류연의 눈이 갑자기 초롱초롱 빛을 발하는 것 같은 느낌에 효룡은 문득 불안해졌다.

"뭔가?"

"아까부터 계속 궁금했는데, 자넨 언제부터 애꾸가 되었나?"

효룡은 흠칫 놀라며 오른쪽의 안대에 손을 가져다 댔다.

"아, 이거 말인가? 그냥 그럴 만한 사연이 좀 있었다네."

그때 이진설에게 찔린 눈이 아직 완전히 회복되지 못했던 것이다. 효룡은 그 순간이 떠오르자 자기도 모르게 부르르 몸을 떨었다. 그나마 찔리는 순간 재빨리 눈을 감았기에 망정이지 안 그랬으면 무시무시한 참사가 벌어졌을 게 아닌가!

"흠, 거 굉장히 수상하군. 머리도 산발이고 말이야. 오른뺨에도 할퀸 듯한 자국이 있고 말이야……."

"헉, 보였나?"

"산발로 가리려 해도 내 눈은 속일 수 없지. 설마 그 눈도… 그 말괄량이 아가씨 소행인가?"

핵심을 정통으로 꿰뚫린 효룡은 휘청거리며 한동안 말이 없었다.

"말이 없는 걸 보니 맞는 모양이군."

"에휴, 말하자면 사연이 길다네."

물론 그렇다고 해서 비류연에게 그 자초지종을 이야기할 마음은 결코 없었다. 그 기색을 읽었는지 비류연이 재각 말했다.

"흐흠, 그렇다면 다음에 꼭 이유를 물어봐야겠군."

어떤 폭탄이 숨어 있을지 무척 기대된다는 표정이었다.

"어허, 꼭 그러지 않아도 된대도 그러나. 어흠, 난 이만 가보겠네. 이로써 한동안 못 보겠군. 몸조심하게."

"자네야말로 남 걱정할 때가 아닌 것 같군."

사실 얼핏 보면 전혀 효룡이라고 짐작할 수 없는 그런 모습이었다.

"그럼 난 이만 가보겠네."

작별 인사를 하며 효룡은 떠났다. 뒷모습을 잠시 바라보면 비류연이 혼잣말로 중얼거렸다.

"저렇게 필사적으로 정체를 감추려 하다니……. 역시 돌아가는 게 두려운 건가?"

뭐 그건 앞으로 효룡 본인이 알아서 할 일이었다. 자신은 지금 당장 해야만 하는 일이 있었다.

"그럼 이제 나도 슬슬 준비를 해야겠지?"

비류연은 자물쇠가 잔뜩 달린 전용 옷장을 열고는 몇 가지 물건들을 꺼내었다. 마지막 물건은 그가 특별 제작한 특수 금고 안에 들어 있었다. 가느다란 홈이 옆면의 테두리를 따라 패여 있고, 앞쪽의 문에는 손잡이 대신 엄지 손톱만 한 구멍 열 개가 원형으로 뚫려 있는 금고였다. 구멍들 역시 속이 막혀 있는 것을 보면, 아마도 이중 구조로 설계되어 있는 듯했다. 비류연은 옆면에 난 홈을 따라 손톱으로 몇 군데를 순서대로 누른 후, 문에 뚫린 구멍들 중 세 곳에 순서대로 손가락을 끼웠다.

찰칵, 찰칵, 찰칵, 찰칵, 찰칵.

작은 금속들이 맞물리는 소리가 들리더니, 이윽고 금고의 문이 스르르 열렸다. 비류연은 금고에 손을 넣어 마지막 물건을 꺼내 들었다. 빛이 바랜 조그만 상자였다. 상자를 쓰다듬는 손길이 무척 조심스러웠다.

비류연은 필요한 물건들을 세심하게 점검한 후 경대 앞에 앉았다. 남자 기숙사에도 경대 정도는 갖추어져 있었다. 여성용만큼 화려하진 않지만 사용하는 데는 전혀 문제가 없었다. 보통은 중중의 결벽증을 앓고 있는 모용휘가 자신의 흐트러짐을 필사적으로 찾기 위해 종종 사용하곤 하는 물건이었다.

비류연은 거울 속에 비친 자신의 모습을 한참 동안 바라보았다. 비가 오나 눈이 오나 돌아보면 언제든 그 자리에 있어주는 고마운 존재였지만, 지금은 딱히 그에 감사하고픈 마음으로 앉아 있는 것이 아니었다. 사실 앞으로도 별로 그럴 일은 없을 것 같았다. 어차피 그는 '거울 속의 나'와는 별다른 친분이 없는 터였다.

"……."

스윽!

거울을 뚫어져라 바라보던 비류연은 오른손을 들어 치렁치렁하게 내려온 자신의 앞머리를 쓸어 올려보았다.

거울 속에 낯선 얼굴이 비춰졌다. 분명 자신의 모습일진대 어쩐지 생소하게 느껴진다.

"오랜만이다, 너?"

'거울 속의 나'가 미소 지었다.

'하긴 진짜 오래됐네. 그동안 잘 지냈어? 얼굴 잊어먹겠는걸.'

거울 속의 나는 그렇게 말하고 있는 듯했다.

"다시 '그 모습'이 될 일은 없을 줄 알았는데……."

'그러게. 동감이야! 하지만 살다 보면 예측 불가능한 일도 있어야 재밌는 것 아니겠어?'

"그것도 그렇군."

비류연이 엷은 미소를 머금으며 중얼거렸다.

"역시 이 방법뿐이겠지?"

그렇다면 더 이상 지체하는 것도 시간과 체력과 심력의 낭비였다.

드르륵!

경대의 서랍을 열자 쇠로 만든 하얀 가위 하나가 보였다.

"쓸 일이 없을 줄 알았는데……."

잠시 망설이던 비류연은 이내 결심한 듯 가위를 들어올렸다.

"자, 그럼 시작해 볼까?"

그는 가위를 들어 길게 드리워져 있는 앞머리 쪽으로 서서히 가져갔다.

철컥!

벌어져 있던 가위가 쇳소리를 내며 닫혔다.

"웅……."

지금부터 너의 머리를 시험해 보겠다는 듯 입을 쩍 벌리고 있는 상자를 뚫어지게 바라보며 이진설은 고민에 빠져 있었다. 넣을 것은 많고 상자 안의 공간은 한정되어 있었다. 그것이 문제였다. 운영진 측은 여자들의 섬세함을 모르는 모양이었다. 그러나 규칙은 규칙. 표국을 통해 실어나를 짐은 상자 하나로 한정되어 있었다. 나머지는 휴대하기 위한 봇짐 정도가 고작이다 보니, 아직 싱그러운 젊은 나이의 한창 꾸미고 싶어하는 처녀가 그 짐의 구성에 대해 고민하는 것도 무리는 아니었다.

'거울, 향첩, 향낭, 갈아입을 옷 최소 열 벌… 버선, 당혜, 에또… 에또…….'

"크아아악! 역시 너무 작아!"

이진설이 참지 못하고 비명을 질렀다.

"……."

그런 이진설 옆에서 나예린은 묵묵히 자신의 짐을 챙기고 있었다. 그녀의 물품은 거의 다 백색 일색이었다.

그 모습을 한번 힐끗 훔쳐보고 나서 이진설은 다시 자신의 짐을 싸기 시작했다.

"후우~"

끙끙거리며 짐을 싸던 이진설이 갑자기 긴 한숨을 내쉬며 말했다.

"아쉽겠어요, 예린 언니."

"뭐가 말이냐?"

그 무심한 대답에 이진설은 답답하다는 듯 가슴을 쳤다.

"아이 참! 비 공자 말이에요, 비 공자! 이번에 함께 못 가게 됐잖아요."

"그렇구나."

여전히 무심한 대답이 돌아왔다. 짐을 싸던 그녀의 손길 역시 단 한 번도 멈추지 않았다.

"그렇게 계속 묵묵히 짐만 쌀 거예요?"

뾰루퉁한 목소리로 이진설이 외쳤다.

"이번 길은 한두 달로 끝날 짧은 여정이 아니지 않느냐? 짐이 많은 것도 어쩔 수 없는 일이지."

"그건 알아요. 그래서 단체로 짐을 운반해 줄 표국도 하나 섭외해 둔 상태잖아요?"

"그러니 씨둘 수 있을 때 씨두거라, 잊어버린 물건 없게. 나중에 후회해도 소용없으니 너도 잘 챙겨두거라."

그 말을 끝으로 나예린은 다시 짐 싸기에 열중했다. 그 모습을 본 이진설은 나직이 한숨을 내쉬었다.

'역시 비 공자가 같이 가지 않는 것 때문에 화가 나 있는 건가?

내색하고 있지는 않지만 여자로서의 육감이 그렇게 말하고 있었다.

"뭐 하고 있는 거냐?"

돌아보지도 않은 채 나예린이 한마디 했다.

"아, 아니에요. 뭘 넣어야 될지 자꾸만 고민이 돼서요. 아하하하하하! 자, 그럼 나도 빨리 정리를 해볼까?"

이진설은 억지웃음을 터뜨리며 다시 자신의 짐을 어떻게 꾸릴지에 대해서 고민하기 시작했다. 짐이 모두 꾸려질 때까지 더 이상의 대화는 이어지지 않았다.

나예린이 마지막으로 조심스레 집어 든 것은 아주 조그맣고 낡은 상자였다. 빛바랜 붉은색으로 미루어 짐작해 보건대 족히 십 년은 넘어 보이는 물건이었다. 표면에 새겨져 있던 정교한 봉황 무늬 조각도 지금은 그 선이 많이 흐릿해져 있었다. 나예린은 세월의 때가 묻은 그 상자를 매우 조심스럽게 쓰다듬었다.

딸깍!

조심스럽게 상자를 열자 그리운 두 개의 물건이 그녀를 반긴다. 한 자루의 은빛 단검과 칠채(七彩)로 빛나는 화려한 보요(步搖).

"……."

아련함이 그녀의 눈동자 속을 스쳐 지나간다.

"언니, 그게 뭐죠? 처음 보는 건데?"

불쑥 옆구리 쪽으로 고개를 들이민 이진설이 물었다.

"아무것도 아니다."

다시 현실로 돌아온 나예린이 상자를 닫으며 무뚝뚝한 목소리로 대답했다.

"히잉……."

울상을 지어봤자 아무 소용이 없었다.

탁!

마지막 상자를 끝으로 나예린은 짐 상자를 닫았다. 그리고는 서서 한

참을 그대로 기다렸다. 이진설의 짐 싸기가 끝나려면 아직 시간이 꽤 필요했던 것이다. 한참을 더 기다리고 나서야 나예린은 비로소 이진설의 기나긴 결단이 끝나는 것을 목격할 수 있었다.

"휴, 다 끝났어요."

이진설이 이마에 흐르는 땀을 훔치며 말했다. 나예린은 작게 고개만 한 번 끄덕여 주었다.

"그럼 가자꾸나."

나예린은 먼저 짐을 든 채 성큼성큼 걸어갔다.

"네, 언니… 아, 잠깐만요!"

막 문을 나서려는 나예린을 이진설이 급히 붙잡았다. 뒤돌아보는 나예린의 눈에 의아함이 가득했다. 그녀의 가라앉아 있는 눈에는 책망하는 빛이 역력했다. 마치 너는 왜 그리 굼뜨느라고 말하고 있는 듯했다.

그러나 이진설도 그녀 나름대로의 이유가 있어 이대로는 물러날 수 없었다.

"저……."

이진설은 용기를 내어 말을 꺼냈다. 별 시답잖은 일이라면 용서치 않겠다고 벼르고 있는 언니의 눈동자가 부담스럽기만 했다. 가련한 이진설은 더욱 용기를 북돋운다.

'도망치면 안 돼! 도망치면 안 돼! 도망치면 안 돼!'

마침내 고개를 번쩍 든 그녀의 손가락이 한쪽을 가리킨다.

"저… 검은 가지고 가셔야죠, 언니."

그 다음 펼쳐진 한순간의 광경은, 꽉 막힌 방 안에 갑작스레 불어닥친 한줄기 바람이 보여준 환상이었는지도 모른다. 그러나 이진설은 흩날리는 검은 머리카락의 고운 물결 밑에서 황혼을 담아놓은 듯 붉게 변하는 얼음 조각을 본 것 같은 착각이 들었다. 다시 확인해 보고 싶은 마음이 굴뚝같았지만, 그때는 이미 나예린의 등밖에 볼 수 없었기 때문에 얼굴을 확인하는 것은 불가능했다. 포기하지 않고 앞으로 나서려 했으나 나예린은 결코 그녀에게 섣불리 앞을 내주지 않았다. 물론 말은 한마디도 하지 않았다.

하마터면 주인과 생이별할 뻔한 애검 '빙령'을 집어 든 나예린은 침묵을 유지한 채 무거운 상자를 가뿐히 들고는 방문을 나섰다.

"같이 가요, 언니!"

이진설은 서둘러 봇짐을 든 다음 큰 짐을 덜어놓았다는 듯한 밝은 목소리로 동경하는 나예린을 부른 다음 그 뒤를 따라나섰다.

세계가 더욱 확장되기 위해 그녀를 기다리고 있었다.

"…앞으로 꽤나 험난한 여정이 여러분을 기다리고 있을 것입니다. 하지만 누구나 다 갈 수 있는 대로 한가운데에 성공이 팔자 좋게 누워 있는 법은 없습니다. 남이 가기 힘든 길을 헤쳐 나갔을 때 비로소 남이 얻을 수 없는 것을 얻을 수 있는 법입니다. 비록 그 길이 험난하다 해도 저는 여러분이 그 고난을 극복하리라 믿습니다. 여러분이 천무학관의 긍지 높고 자랑스러운 관도들이라는 사실을 잊지 말고, 학관의 명예를 실추시키는 일 없이 정정당당하게 경쟁해 줄 것을 마지막으로 당부합니다. 그럼 출발!"

길고 지루하고 독창성은 그다지 기대할 수 없었던 마진가의 연설을 끝으로 천무학관 사절단은 각자에게 지급된 말을 몰고 그들을 배웅하기 위해 활짝 열린 정문을 나섰다. 선두에는 빙검과 염도가, 그 뒤로 진소령과 유은성이 따르고 있었다. 이들 무리의 관도 대표로는 당연하다는 듯 용천명이 뽑혔다. 부대표는 마하령이었다.

처음 그 사실을 들었을 때 이 '강철의 처녀'는 매우 못마땅한 표정을 지었으나 이내 고개를 끄덕였다. 위대한 조부에게 최근 몰래 수업을 받고 있었지만 아직 승부를 낼 때가 아니라고 판단한 모양이었다. 도성의 무학은 너무 넓고 깊어 일조일석에 배울 수 있는 것이 아니었다. 진짜 자기 것으로 만들려면 아직 많은 시간이 필요했다. 용천명의 콧대를 납작하게 해주는 것은 그때 가서 해도 늦지 않다고 그녀는 자신을 진정시켰다.

물론 그녀가 분을 참은 데는 그때가 부친 마진가의 앞이었다는 사실도 크게 한몫하긴 했다. 학생들이 반반으로 갈라져 티격태격하는 모습을 보면 상심할 것이 분명하기에, 자식 된 도리로서 차마 그걸 눈앞에서 보여줄 수는 없었다. '잘 부탁하오' 라는 용천명의 말에 그녀는 가볍게 새침한 표정을 지어준 정도가 전부였다. 그리고 그 뒤를 남궁상과 진령을 앞세운 주작단이 따르고 있었다.

"드디어 떠나는군요."

검후는 높은 망루에 서서 말을 탄 나예린의 모습이 무리들과 함께 지평선 너머로 사라지는 광경을 바라보고 있었다. 제자의 실력은 익히 인정하는 바였지만 위태로운 마음이 아직은 걱정스러웠다.

'그 녀석도 없다는데 괜찮을까?'

만일 안 괜찮은 일이 생긴다면 나중에 반드시 그 죄를 묻고 말겠다고 검후는 속으로 굳게 다짐했다.

"별일없으면 좋을 텐데 말이오."

검성이 흰 수염을 쓰다듬으며 침중한 어조로 말했다.

"평상시 같으면 걱정을 안 할 텐데 시국이 시국인만큼 걱정이 되는구만."

도성도 한마디 했다.

"그러고 보니 자네 손녀딸도 저기에 끼어 있었군 그래. 그러니까 마관주 딸아이 이름이……."

검성의 기억은 거기서 중단되었다.

"쯧, 이 친구, 드디어 치매구만. 치매야. 하령일세, 마하령! 치매라서 어차피 곧 잊을 거지만 일단 기억해 두게."

짝!

"아, 맞다! 마하령이었지. 지난겨울 내내 자네가 한 수 가르쳐 준다며 붙잡고 있던 그 아이 말이지. 자네랑 만나려다 얼굴은 몇 번 봤는데 이름까진 기억을 못했네."

"입이 삐뚤어졌어도 말은 바로 해야 할 것 아닌가? 내가 붙잡고 있었던 게 아니라 귀여운 손주 녀석이 날 붙잡은 게지. 난 할애비로서 못 이긴 척 잡혀준 거고. 그 아이의 그런 강렬한 눈빛은 내 생전 처음 봤다네."

"그랬나?"

"암, 그렇고말고. 집념과 의지가 가득 찬 독기 어린 눈빛이더군. 아직도 그때 그 기억이 생생하다네. 내가 제대로 안 가르쳐 주거나 뭉그적뭉그적 발뺌하면 자결이라도 할 기세였다니깐. 나도 그땐 진땀 꽤 뺐다네."

도성의 엄살에 검성이 너털웃음을 터뜨렸다.

"허허허! 아무리 천하의 도성이라 해도 하나뿐인 손녀에겐 약할 수밖에 없는 모양이군 그래."

도성이 쓴웃음을 지으며 대답했다.

"하나뿐인 손주 녀석이니 어찌 안 귀여울 수 있겠나. 물론 그렇다고 해서 사리 분별 없이 봐주면서 가르칠 생각은 없지만 말야. 그렇게 하지도 않았고!"

"귀엽다고 노상 모든 일에 편의를 봐주는 것은 오히려 손주를 망치는
길이지."

"누가 그걸 모르나!"

기왕 손녀나 자식이 귀엽다면 그 가능성에 날개를 달아줘야 했다.

"어미 새가 아무리 뛰어난 능력이 있어도 대신 날아주지는 못한다는
것쯤은 나도 아네."

나는 연습을 하지 않은 새는 단지 추락할 뿐이었다.

"진전은 있었나?"

검성의 질문에 도성이 기다렸다는 듯 힘차게 고개를 끄덕였다.

"물론! 누구 손녀딸인데! 뚜렷한 목표를 가진 의지 강한 이는 절대 좌
절하지 않는 법이지. 그리고 반드시 성과를 내고야 만다네."

도성은 아직도 갑작스레 불쑥 자신의 방을 찾아온 손녀의 의지견강(意
志堅强)한 얼굴을 잊을 수 없었다.

"처음부터 다시 시작할 각오가 되어 있습니다. 할아버님! 부디 절 단련시
켜 주세요. 전 더 강해지지 않으면 안 돼요. 도성의 손녀라는 이름에 걸맞
게."

그때 그가 할 수 있는 대답은 오지 하나뿐이었다. 그래서 그는 지난겨
울 천무학관에 머무는 동안 계속 마하령 곁에 붙어 있었던 것이다. 의지
로 가득 찬 손녀는 예전과 다르게 열성적으로 배움에 임했고 가혹한 일
정에도 불평 한마디 하지 않았다.

"오랜만에 느끼는 '가르치는 즐거움' 이었지."

도성의 입가에 자연스레 흐뭇한 미소가 떠올랐다.

"그 아이도 그곳 홍매곡에서 무언가를 얻어온 모양이군. 우리 손자 녀

석이 그랬지. 비록 천무봉이 불의의 화겁으로 인해 아무것도 남기지 못하고 전소되긴 했지만, 아이들의 마음에는 무언가를 남긴 모양일세."

팔짱을 낀 채 검성이 고개를 주억거렸다.

"이제 그 아이들이 새로운 싸움터로 가는군요. 다들 무사했으면 좋겠어요."

검후가 조용한 목소리로 말했다. 지금 마천각은 보이지 않는 위험 변수들로 가득 차 있다는 것을 그녀는 잘 알고 있었던 것이다.

"그렇다고 우리가 거기까지 따라가서 뒷바라지를 해줄 수도 없는 노릇이 아니오? 미래는 과거를 넘겨받아 현재를 살아가는 젊은이들 스스로 여는 수밖에. 우리가 해줄 수 있는 것은 모두 해줬소. 과거를 현재로 전승시키는 것이 바로 우리에게 주어진 역할이었지. 이제 나머지 미래를 열어가는 것은 오롯이 저 아이들의 몫이야."

도성이 한마디 했다.

"무운장구(武運長久)를 빌어보세."

검성은 손자를, 도성은 손녀를, 그리고 검후는 후계자를 전송하고 있었다. 앞으로 가장 위험해질지 모르는 그곳으로 아이들을 보내는 그들의 마음은 결코 편치 않았다.

"으음… 하지만 역시 과거는 과거대로 굳건하게 버텨주지 않으면 안 되겠지?"

검성이 가볍게 기지개를 켜며 말했다.

"돌아가서 아직 미완성인 '바다 가르기'나 완성해야겠네."

완성이 얼마 남지 않았다는 그의 말투가 도성의 심기를 심히 거슬리게 했다.

"흥, 그 개꿈, 아직도 안 버렸나?"

바로 핀잔이 돌아왔다.

"개꿈인지 길몽인지는 두고 봐야지."

검성이 태평스런 어조로 한마디 했다. 검후도 지고 싶지 않은지 앞으로 나섰다.

"저도 천 마리를 이천 마리로 늘릴 방도를 찾아봐야겠네요."

남해 조류계에 비상이 걸리고도 남을 발언이었다.

"다음번엔 반드시 나도 그럴듯한 것 하나 내보일 테니 기대하게."

왠지 자신이 소외된 것 같아 도성은 기분이 나빴다. 그에게 진심 어린 우정을 나눌 친구라고는 이 두 사람뿐이라 해도 과언이 아닌데 그런 기분이 든다는 것은 썩 유쾌한 일이 아니었다.

"우린 아직 현역이야."

검성이 씨익 웃으며 말했다. 백 살이 넘었는데도 여전히 어린애 같은 무구한 웃음이었다.

"암, 그렇고말고. 늙다리 노(老)폐물로 취급당해서야 체면 문제지."

도성이 가슴을 탕탕 치며 큰소리쳤다.

"어머, 이제 시작 아닌가요? 아직 가보고 싶은 곳까지 반도 못 가봤는 걸요. 이, 삼백 년은 더 살아야죠."

이미 나이랑은 아무런 관계도 없는 얼굴을 가진 여인이 태연스레 말했다. 그들은 백 살이 넘은 작금에도 자기 연마를 게을리 할 생각이 없는 모양이었다. 이들은 아마도 죽기 바로 직전까지 자신을 갈고닦으리라. 도성도 한마디 안 하고는 못 배길 것 같았다.

"드디어 요괴가 될 결심을 굳힌 모양이구려."

초감각으로 단련된 검후의 귀는 무척 밝았다.

"뭐예요? 지금 방금 뭐라고 했어요?"

아차! 도성이 사색이 되어 손을 가로저었다.

"아, 아니오. 그냥 헛소리였소, 헛소리! 아하하하하!"

반드시 넘어서지 않으면 안 될 젊은이들의 한계가 되어주기 위해서. 천무삼성의 벽은 여전히 강호에 높게 드리운 채 만인을 굽어보는 보다 찬란히 빛나는 장벽이 될 모양이었다. 그러나 그런 그들에게도, 그들이 다른 젊은이들의 벽이듯 그들을 가로막고 있는 벽도 있었다.

"그러고 보니 대가의 모습이 아침부터 안 보이더군요. 어디로 가셨죠?"

검후가 물었다.

"아무래도 저 아이들을 따라가신 것 같소."

"그래요? 쓸 만한 아이를 찾았다더니 그 일 때문인가? 어때요, 자신의 손자가 선택된 소감이?"

자초지종을 대충 알고 있다는 말이었다. 검성이 쓴웃음을 지으며 대답했다.

"사실 그게 그렇게 좋지만은 않소. 그 녀석에게 나의 무공만으로는 부족하다는 마음이 들게 했다는 게 미안할 뿐이오. 대형께선 칼을 더욱 깊은 곳에 감추셨더군."

검성이 감탄조로 말했다.

"혹은 버렸는지도 모르죠."

"수중무검(手中無劍) 심중무검(心中無劍)의 경지란 말이오?"

검성이 자신도 모르게 외쳤다.

"심중무도(心中無刀)일세. 이래서 '검(劍)잽이' 들은 안 된다니깐."

도성이 단호한 목소리로 잘못을 정정했다. 늘상 있어왔던 일이기에 검성은 가타부타 대꾸를 하지 않았다. 대신 허리춤에 꽂혀 있는 나뭇가지, '은하' 를 툭툭 두들기며 말했다.

"이 녀석을 손에 넣은 이후로는 한판해 볼 수 있을 것 같았는데……안타깝군."

어느새 그 벽은 조금 더 먼 곳으로 이동해 있었다.

"아직 포기하지 않았어요?"

"그럼, 검후께선 포기했소?"

검후가 눈을 휘둥그렇게 뜨며 말했다.

"물론 안 했죠. 반드시 그 두 분을 넘어서자는 게 '그때' 우리가 한 약속이었잖아요. 하지만 그 약속을 잊지 않은 건 나만인 줄 알았죠. 어쨌든 백 년이나 된 낡은 약속이니까요."

그들에게도 당연히 젊은 시절이 있었다. 그 약속은 이미 아련한 추억이 되어버린 그 시절에 나눈 것이었다.

"시간 속에 퇴색되는 것은 진정한 약속이라 할 수 없소."

검성이 단언했다.

"그럼 그 약속도 함께 기억하고 있겠구먼. 비무에서 대형에게 이긴 사람에게 임자가 시집오기로 한 그 약속 말이야. 그 약속도 아직 유효하겠지?"

이것만은 꼭 짚고 넘어가야겠다는 어조로 도성이 말했다.

"노친네가 주책은. 그건 약속이 아니라 농담이었죠. 그 두 가지를 착각하지 말아요. 도성, 이 노망난 할방구야!"

검후가 한마디 쏘아주었다.

"끄응~"

도성은 그만 말문이 막혀 버렸다.

"그래도 오랜만에 뵌 대가가 정정해 보여서 다행이에요. 비실거리는 노인네에게 이겨봤자 기쁘지도 않고 진짜 실력도 입증 안 될 테니 말이에요. 완벽한 상태에서의 승리, 그것만이 가치가 있어요."

"동의하오. 맞는 말이오."

"뭐, 내가 보기엔 앞으로 백 년도 더 살 것 같더구만."

"바다 가르기를 연구하는 의미가 있겠어."

검성이 바다 가르기를 연구하는 이유도 '강 가르기'로는 대형을 이길 수 없기 때문이었다. 검후도 도성도 아직 수련과 연마와 연구를 게을리하지 않는 것은 모두 뚜렷한 목표가 그들 앞에 놓여 있었기 때문이었다. 그것은 저주이자 축복이었다. 그들의 앞을 가로막아 그들의 약함을 상기시켰다는 점에서 그것은 저주였고, 그들의 한계를 더욱 확장시킬 목표이자 원동력이 된다는 의미에서 그것은 축복이었다.

"아직 당분간은 정정할 것 같으니 가서 수련을 계속해야겠어요. 대가를 가장 먼저 쓰러뜨리는 것은 바로 나 검후예요."

"아니, 나야, 나!"

"아니지, 그건 날세."

"아니, 그러니깐 그건……."

잠시 옥신각신 말다툼이 오갔다. 적어도 강호의 거두들이 나눌 만한 수준의 대화는 아니었다.

"잠깐! 이대로는 끝이 없을 것 같네."

검성이 말다툼을 저지했다.

"그만 하세. 두고 보면 알 일 아닌가? 오늘은 이쯤에서 끝내지."

"그게 좋겠어요."

어차피 그들은 오늘도 그 벽을 뛰어넘기 위해 자신의 검과 도를 극성까지 연마하는 것을 멈추지 않을 생각이었다.

"저 아이들은 이제 밝은 곳에서 어두운 곳을 보러 가는군요."

떠나가는 무리들을 지긋한 눈빛으로 바라보며 검후가 한마디 했다.

"빛에는 그림자가 따르는 법. 정(正)과 반(反), 빛을 알고 어둠을 알며 겉에는 이면이 있다는 것을 알고 난 다음에, 그 둘을 모두 받아들여 하나로 합할 수 있을 때 저 아이들은 진정한 무인으로 거듭나겠지요."

"편협한 시선으로는 백년천년이 지나도 대성을 이룰 수 없는 법! 선입
견을 깨뜨릴 수 있는 자만이 진정한 성취를 이룰 수 있소. 그러기 위해서
는 우선 저 아이들도 단 두 가지 범주로 나누기에 이 세상은 너무나 복잡
하다는 것부터 깨달아야 할 것이오."

이 여정은 그러기 위한 여정이었다. 위험을 동반하고 있지만 그만큼
소득도 많을 터였다. 위험을 감수하지 않고서 소득을 바란다는 것은 뻔
뻔한 짓이었다.

"이제 우리가 할 수 있는 것은 지켜봐 주는 것뿐이군."

지금 이들이 천무학관을 떠난다는 것은 매우 위험한 일처럼 느껴졌다.
때문에 그들은 조금 더 이곳에 머물기로 결정했다.

*　　　　　*　　　　　*

나예린의 주위는 마치 섬과 같았다. 모두들 그녀의 곁에 서고 싶은 욕
망에 불타면서도 서로 견제하느라 감히 접근할 생각을 하지 못하고 있었
다. 혼자 돌출됐다가는 모난 돌이 정 맞는다고 주위의 질시와 비난을 암
중으로 받아야 하는데 그걸 감내할 만큼 뱃심이 큰 이는 아무도 없었다.
그걸 태연히 할 수 있었던 사람은 오직 비류연뿐이었었다. 그러나 그는
지난번의 불미스러운 사건과 그에 대한 반발로 그만 참가 자격을 박탈당
하고 말았다.

이번 사절단 구성에서 특이한 점은 막 학관에 입관한 관도들에게 참가
기회를 주었다는 점이다. 물론 아무에게나 주어진 것은 아니었다. 단 조
건이 있었다.

입관 시험에서 사(四)등 안에 들 것.

네 명인 이유는 원형으로 합격자 명단을 게시하는데, 이때 동서남북

사방을 장악하는 이들이 바로 그들이기 때문이었다. 가장 우수한 순서대로 북, 동, 남, 서의 방향으로 정해지며 각각 명칭도 있었다. 북원, 동원, 남원, 서원이 각각 그것이었다.

장래가 촉망되는 인재에게 많은 경험을 시키기 위해서라는 것이 그 명분이었다.

부려먹을 후배가 생긴다는 생각에 다들 크게 반대하지는 않았다. 놀라운 점은 그 넷 중 두 명이 여자라는 점이었다. 그중 한 명은 바로 아미신녀 진소령의 제자인 유란이었다. 다행히 유운비도 사등으로 가까스로 합격해 이 대열에 동참할 수 있었다. 나머지 남자 한 명은 바로 공손절휘였다. 여러 가지 불미스러운 일은 고도의 정치적 협상을 통해 없던 것으로 되었기 때문에 그는 시험에 참가할 수 있었다. 그러나 비류연에게 약점이 잡힌 이상 그의 앞날도 그리 밝을 것 같지만은 않을 것이라는 게 남궁상의 견해였다.

서로를 견제하느라 그 누구도 감히 접근하지 못하고 있던 금역. 그곳에 칠흑빛 주단(紬緞)처럼 윤이 흐르는 흑마가 탐스러운 갈기를 찰랑거리며 발을 들이밀더니, 곧장 나예린의 백마 곁으로 접근했다.

"저 여인은……."

남궁상의 눈이 크게 떠졌다.

저 늘씬한 흑마를 사뿐히 올라타고 있는 사람은 바로 그가 시험 때 담당했던 신비의 현의여인으로, 지금도 예의 그 흑단 현의를 걸치고 있었다. 그녀는 두 발을 가지런히 모으고 허리를 꼿꼿이 편 채 흑마 위에 다소곳이 앉아 있었다.

"왜요, 상? 아는 사람이에요?"

딴 데 정신이 팔려 있던 남궁상은 진령의 질문을 놓쳐 버리는 심각한 실수를 저지르고 말았다.

"히야… 설마 저 정도의 미인이었을 줄이야……."

"상, 방금 말을 못 들었나요?"

남궁상은 갈수록 업보가 쌓여가는 줄도 모르고, 다시금 진령의 말을 놓쳐 버린 채 상념에 젖어들었다. 면사가 드리워진 우산을 쓰고 있어서 시험 때에는 미처 확인할 수 없었던 얼굴. 은사와 금사로 매화 문양이 수놓아져 있는 묵빛 우산. 그러고 보면 지금도 햇빛 가리개용으로 그 우산을 쓰고 있지만, 얼굴을 가렸던 면사는 치워진 상태다.

'도대체 누구지?'

'끝내주는 미인인데?'

남궁상뿐 아니라 뭇 사내들의 시선이 집중되는 것도 무리는 아니었다. 우산이 그늘을 드리우고 있다고는 해도, 언뜻 보이는 눈매와 이목구비에서 충분히 미인임을 짐작할 수 있었다. 그뿐 아니라 호리호리하고 늘씬한 데다 가느다란 허리, 움직이는 동작 하나하나가 무희의 그것처럼 우아했다.

남궁상은 고개를 갸우뚱했다.

"그런데 참 이상하네? 저 여인과 그때 말고도 언제가 만난 적이 있는 듯한 기분이……."

그러나 그의 상념은 더 이상 이어지지 못했다.

"남—궁—상!"

분노로 이글이글 불타오르는 목소리에 급히 고개를 돌린 남궁상은 질겁했다.

"히에에에에엑!"

지옥의 업화를 몸에 감싼 수라(修羅)가 그곳에 있었다.

"지금 어디서 한눈을 파는 거예욧!"

빠악!

분노의 '이문정주' 가 남궁상의 옆구리를 직격했다.

"쿠에에에엑!"

처절한 비명이 울려 퍼졌다.

'어, 어찌 이리도 한 치의 오차도 없이 똑같은 곳을……!'

진령의 팔꿈치가 강타한 곳은 얼마 전 현의여인의 팔꿈치가 이미 치명적인 타격을 입혔던 바로 그곳이었던 것이다. 남궁상의 의식은 그 시점에 그만 뚝 끊어지고 말았다.

"안녕하세요."

나예린의 곁에 다가온 검은 옷의 여인이 싱긋 웃으며 인사했다.

"누구시죠?"

나예린으로서는 처음 보는 얼굴이었다.

'심연(深淵)의 눈동자…….'

여인은 이마로 흘러내리는 비단결 같은 머리칼을 자연스레 오른쪽으로 넘기고 있었다. 오른쪽 눈은 엷은 면사처럼 드리워진 비스듬한 앞머리에 살짝 가려져 있었으나, 반대편으로 드러난 왼쪽 눈에는 마치 보석과도 같은 아름다움이 있었다. 검다기보다는 짙은 빛깔의 마노처럼 다채로운 고동색을 띤, 보는 이를 빨아들일 것 같은 심연의 눈동자.

그런데…….

'이, 이럴 수가!'

갑자기 나예린의 눈이 동그래졌다.

'대체 이 여인은 누구지? 마음을 읽을 수가 없어!'

현의여인이 소매로 입가를 가린 채 살풋 웃으며 말했다.

"오랜만이에요, 린!"

'린' 이라는 호칭에 나예린의 손가락이 딱딱하게 굳었다.

여인은 쓰고 있던 묵빛 우산을 서서히 치웠다. 햇살이 여인의 얼굴을 비추자 나예린은 깜짝 놀랐다. 고동빛 마노처럼 짙고 깊은 눈동자가 햇빛을 받으면서 서서히 영롱한 금빛으로 물들어갔던 것이다. 저 눈동자와 유사한 보석을 나예린은 본 적이 있었다. 빛의 각도에 따라 고동색에서 갈색, 갈색에서 다시 황금빛으로 변하는, 가히 형언하기 어려운 빛을 발하는 아름다우면서도 위엄있는 보석! 그래 바로…….

'마치 호안석(虎眼石) 같아!'

그렇게 생각한 나예린은 다시 한 번 화들짝 놀랐다. 지금과 똑같은 말을 예전에도 한 적이 있던 것 같았다.

"서, 설마……."

묻혀져 있던 아련한 과거의 기억이 화살처럼 그녀의 가슴을 꿰뚫고 지나갔다. 침묵이 이어졌다.

호안(虎眼)의 여인이 다시 생긋 웃었다. 이제는 기억해 냈냐고 묻는 듯한 표정이었다.

"이런, 너무 섭섭한데요."

무척 상심했다는 투로 여인이 말했다.

"설마 잊어버린 거예요, 린?"

현의의 신비여인은 섭섭한 마음을 감추지 않았다.

"그, 그럴 리가… 이렇게 내가 잊을 수 있겠어요, 내 생명의 은인을……."

물론 기억하고 있었다. 육신의 생명과 함께 마음의 생명까지도 지켜주었던 이를, 어찌 잊을 수가 있겠는가.

나예린은 떨리는 목소리로 십여 년 동안 묻어두었던 그리운 이름을 꺼냈다.

"여, 연비(燕飛)!"

　　현의여인은 햇살처럼 환한 미소를 지으며 손으로 뭔가를 들어올렸다.
낯익은 보요(步搖:떨잠)가 길고 긴 기다림을 마치고 눈부신 빛의 물결을
일으키며 소리없이 전율했다.
　　"다시 한 번… 오랜만이에요, 린! 십 년 만이군요."

〈『비뢰도』 제21권에서 계속〉

비류연과 그 일당들의 좌담회

비류연: 드디어, 20권이군. 20권이란 말일세. 열 권의 두 배야, 두 배.

효룡: 정말 그러네. 설마 여기까지 올 줄이야…….

비류연: 작가도 상상 못한 일이겠지. 예전에 세 권, 네 권만으로 이야기를 끝내야 됐던 시대에는 상상도 못했던 일이니깐.

효룡: 그러게 말일세. 이 이야기도 그만큼 오래됐단 말이지. 처음 시작한 지 벌써 10년이나 됐으니깐.

장홍: 헉! 벌써 그렇게 된 건가?

비류연: 아냐, 아직 9년이야. 1년 더 남았다고.

효룡: 그런다고 젊어지는 건 아니잖아?

비류연: 룡룡, 자네도 이제 핵심을 쿠―욱 찌를 줄 알게 됐는걸? 훌륭해!

효룡: 고맙네. 그런데 이상한 점이 하나 있네, 류연.

비류연: 뭔데?

효룡: 무려 20권씩이나 됐는데도 자네한텐 왜 제대로 된 위기 한 번 없는

건가? 이번에야말로 좀 위기다운 위기를 맞나 했더니 미꾸라지처럼 교묘하게 빠져나가고 말일세.

장홍: 맞아! 나도 그게 항상 궁금했네.

비류연: 아, 그거야 내가 우주최강의 불멸무적 주인공이기 때문이지. 그런 상식도 벌써 잊은 건가? 주인공은 언제나 특별대우를 받는 법이라고.

효룡: 그런 상식, 금시초문일세. 주인공만 특별대우를 받다니! 그건 너무 불공평한 처사 아닌가?

비류연: 맞아! 불공평하지. 암, 불공평하고말고! 그래서? 세상은 원래 불공평한 거야. 절대적 평등이란 건 환상이라고. 모두에게 똑같이 대해준다면 그런 지루하기 짝이 없는 세계에 무슨 재미가 있겠어?

효룡: 장 아저씨, 저 얄미운 녀석 좀 어떻게 해보세요.

장홍: 그런다고 꿈쩍이나 할 녀석인가. 자네가 참게, 효룡 군.

효룡: (옷고름을 깨물며) 크윽! 분해!

장홍: 그러나 그렇다고 그렇게 상심할 필욘 없네. 좋은 소식도 있으니.

효룡: 좋은 소식이라뇨?

장홍: 자네 귀가 솔깃해질 만한 이야기지. 다음 권에 저 얄미운 녀석이 드디어 된통 깨진다더군. 아예 곤죽이 된다던데?

효룡: 에이~ 설마 그럴 리가요? 명색이 주인공인 자신은 불로불사에 금강불괴라며 떵떵거리며 다니고 있잖습니까. 실제로 지금까지 그럴듯한 위기도 없었고. 반박할 수 없다는 사실이 더 분해요.

장홍: 그 때문에 맨날 주변 사람들만 애꿎은 고생바가지 아닌가. 저 녀석이 떠안을 위기를 대신 떠안느라.

효룡: 그러게 말입니다. 그런데 저 뻔뻔스런 슈퍼바퀴벌레 같은 녀석에게 매운맛을 보여줄 인물이 존재하긴 존재하는 겁니까?

장홍: 글쎄, 얼핏 듣기로는 한 명 있다고 하던데.

효룡 : 그럼 그 사람일까요?

장홍 : 그건 나도 모르지. 뭐, 누가 그러든 그게 중요한가? 저 녀석이 한번 호되게 당한다는 게 중요하지. 맨날 우리 조연들만 주구장창 깨져서야 형평성이 맞지 않잖아?

효룡 : 그건 확실히 그렇죠. 그런데 그 소문 진짜겠죠?

비류연 : (갑자기 두 사람 사이로 끼어들며) 그거야 당연히 뻥이지. 그런 구라에 넘어가다니 룡룡, 아직 미숙하구나!

효룡 : 그 부담스런 손가락 좀 저리 치우게.

장홍 : 글쎄, 과연 그럴까? 이 정보의 출처는 작가한테서라는 소문이 있던데?

비류연 : 헹, 주인공은 영원불멸이야. 신도 부처도 날 어찌할 순 없을걸? 언제부터 이 코너가 다음 권 예고편으로 바뀐 거야? 본업에 충실하라고, 본업에.

장홍 : 어차피 뒷담화 코너니 이런저런 이야기가 나와도 상관없잖나. 게다가 그런 희망찬 사실이 알려지면 독자들이 얼마나 좋아하겠나?

비류연 : 홍, 나의 사랑스런 애독자들은 모두들 피눈물을 흘릴 것이다. 촛불집회라도 열지 모르지. 출판사 홈피는 다운되고 전화는 불통될 것이야. 으하하하하하!

장홍 : 저건 중증이군. 왕자병.

효룡 : 그러게요. 말기 증상인데요. 다음 권에선 좀 제대로 당했으면 좋겠네요. 이쯤에서 주인공 교체해도 괜찮은데 말이죠?

장홍 : 내 말이 그 말일세. 저 녀석만 빠지면 우리가 투 톱으로 설 수도 있지 않겠나? 휘, 자넨 계속 주연급 조연을 맡게. 준 주연인 셈이지.

모용휘 : (기뻐하며) 그, 그래도 될까요?

장홍 : 자넨 정말 욕심이 없군. 희망을 가지고 살자고, 희망을.

비류연: 망상이겠지. 망상! 나중에 실망하지나 마. 다음 권에서 두고 보자고들. 누구 말이 사실인지!

장홍&효룡: 다음 권에서 두고 보자면 누가 겁낼 줄 알고? 정의는 언제나 승리한다! 그런 유명한 격언도 모르나.

비류연: 몰라! 몰라! 몰라! 절대 몰라!

모용휘: (꾸벅!) 그럼 다음 권에서 뵙겠습니다!

.

.

.

비류연&효룡&장홍: 야, 모용휘! 왜 너 혼자 갑자기 마무리야? 우리 얘기 아직 안 끝났어.

.

.

.

모용휘: 저도 가끔은 튀어야 하지 않을까 해서요. 전 준 주연이잖아요.

.

.

.

비류연&효룡&장홍: …….

《비뢰도(飛雷刀) 장외극장('章' 外劇場)》

第一. **나에게 돈을 보여줘!**
: 마천각 도착 이후

무시무시하고 살벌하게 생긴 '귀문'을 통과할 때만 해도 영령은 더 이상 돈 낼 일이 없을 거라 생각했다. 그러나 그것은 너무 때 이른 오산이었다.

그녀들을 기다리고 있던 말쑥한 차림을 한 약간 풍채 좋은 삼십대 중반의 사내가 인사했다.

"안녕하십니다, 마천각에 처음 오신 것을 환영합니다."

사신을 '접관(접객전문관) 이칭'이라 소개한 그는 사람들을 인솔해 한곳으로 안내했다. 오른쪽 오솔길을 따라 들어간 그곳은 꽤 화려하게 지은 삼층짜리 커다란 건물이었다. 자극적인 음식 냄새와 밥 냄새와 술 냄새가 호수 바람을 타고 물씬 풍겨왔다.

"이곳이 당분간 여러분이 묵으실 공식 지정 숙박업체 '자죽루'입니다. 규칙상 노숙은 허용되지 않으니 여러분은 이곳에 이름을 등록하시고 시험 때까지 머물러 주시기 바랍니다. 질문이나 궁금한 점 있으십니까?"

이청이 한 손으로 건물을 가리키며 말했다. 영령이 손을 번쩍 들었다.

"예, 그쪽 여성 분."

"당분간이라면 얼마 정도를 말하는 거죠?"

"흠, 한 일주일쯤 걸려야 할 것 같습니다."

"설마 여기도 숙박비를 받나요?"

숙박비가 공짜라면 당분간이 얼마가 됐든 큰 문제는 되지 않는다. 그러나 만일 아니라면 당분간이 얼마인지는 매우 중요한 문제가 되는 것이다.

"이상한 말씀을 하시는군요, 그런 당연한 것을 묻다니. 당연히 숙박비를 받습니다. 여러분의 밥값, 장작비, 시설관리비를 사용하시는 여러분이 안 내면 누가 내겠습니까? 흑도에 공짜는 없습니다. 여러분도 이제 흑도에 발을 디딜 새싹들이니 그 점을 항상 잊지 말기를 당부합니다."

"역시 그렇군요."

내 그럴 줄 알았다는 투로 영령이 푹 한숨을 내쉬었다. 좀 전의 불길한 예감이 한 치의 오차도 없이 맞아떨어지는 순간이었다.

숙박비가 다른 곳에 비해 엄청나게 비싸긴 했지만, 세 번 연속으로 당하니 이제는 별다른 충격도 없었다. 익숙해진다는 것은 때때로 정신을 무디게 한다는 것을 뼈저리게 느끼며 영령은 비단 전낭에 손을 집어넣으며 긴 한숨을 내쉬었다.

'이대론 시험도 치기 전에 파산할지도……'

第二. **마천각의 시험**

"에… 우리 마천각은 부정행위를 막지 않는다. 속이는 자보다 속아 넘어가는 자가 더 나쁘다는 게 우리의 지론이다. 그러니 속일 테면 속여봐라. 단, 완벽히 속일 수 없다면 애초부터 시도하지 마라. 우린 어설픈 속임수에 대해선 가차없이 응징을 가한다. 왜냐하면 그런 끔찍한 교훈을 얻어야 두 번 다시 서투른 재롱을 부리려 하지 않을 것임을 경험을 통해 '자알~' 알고 있기 때문이다. 속임수가 전면적으로 허용되고 있는 만큼 우린 남에게 속아 넘어가지 않기 위해 철저히 훈련받았다. 다시 말하지만 속이는 자보다 그 속임수를 간파하지 못하는 멍청이에게 더 책임이 있다. 상황 대비도 없이 어수룩한 놈은 속아 넘어가도 싸! 그게 우리 마천각의 신념이다. 그러니 남을 속이려면 자신의 생명을 내놓는다는 굳은 의지로 상대를 완벽하게 속여 보이겠다는 각오를 가지고 임하기 바란다. 모두들 준비됐나?"

"예! 준비됐습니다!"

입각 희망자들이 일제히 큰 소리로 대답했다.

"우리 시험관들을 시험에 들게 하지 말기 바란다. 우린 너무 많은 속임수들을 보고 또 그것들을 파훼해 왔다. 이제 지겹다. 그런데도 아직 새롭게 시도할 만한 기발한 꼼수가 남았다면 얼마든지 시도해도 좋다. 단, 아무리 기발한 생각이라도 발각되는 순간 그 생각은 더 이상 기발하지 않게 된다는 것을 유념토록! 그때 자네들은 자신이 왜 그런 허접한 생각을 품었는지 후회하게 될 것이다. 우린 그 순간을 기쁘게 기다릴 것이다."

입각 희망자들은 모두들 숨을 죽인 채 그의 말을 경청했다. 그중에는 영령도 있었다.

'속일 테면 속여보라니…….'

시험 감독관의 일장연설은 영령의 사고방식과 전혀 반대였다. 의혹이 생기지 않을 수 없었다.

'뭐 이런 곳이 다 있지? 이래도 되긴 되는 건가?'

전면 부정행위 허용이라니……. 입각 시험이 생각보다 쉽지만은 않을 것 같았다.

"그럼 시작!"

第三. **입발림 말은 위험해**
　:금영호의 무용담

"듣고 싶지? 듣고 싶지?"

금영호가 간절한 어조로 현운에게 물었다.

"그 넓적한 얼굴, 너무 바싹 들이밀지 말게. 부담스럽네."

"그럼 듣고 싶다고 말하게."

여전히 거대한 얼굴을 치우지 않은 채 금영호가 말했다.

'숫제 협박이군.'

"그래, 내가 뭘 듣고 싶다고 해야 되나?"

"물론 삼성무제 결승전 같은 특별한 때나 쓰는 대연무장 비무대를 빌려낸 나의 수완이지."

'그러고 보니 나중에 들어준다고 했었지!'

역시 지키지 못할 약속은 함부로 내뱉지 않는 게 좋았다.

"그래, 좋은 수단이었네. 어떻게 한 건가?"

마지못해 현운이 물었다.

"어흠! 자네 뭘 좀 아는군. 담당을 구워삶느라 이 몸이 고생 좀 했지. 하지만 내 계산에 의하면 아미신녀 진소령의 이름값이면 충분히 통할 거라 계산했네."

금영호에게 있어 거래 성공담은 무인의 무용담과 그 맥을 같이했다.

"대체 어떻게 했나?"

"알고 싶나?"

"물론! 꼭 알고 싶네!"

이럴 땐 빨리빨리 맞장구 쳐주는 게 보다 빨리 끝낼 수 있는 방법이었다.

"좋아! 그럼 가르쳐 주지. 난 우선 비무대를 관리하고 있는 이 노사를 찾아갔다네. 그리고는 이렇게 말했지."

금영호가 목소리를 가다듬으며 자세를 바로잡았다.

"이 노사님! 아미신녀입니다, 아미신녀! 아시죠? 아미신녀! 엄청난 미인에 엄청나게 강하다는 그 유명한 아미파의 아미신녀 말입니다. 강호에 얼굴을 잘 안 내밀기로 유명한, 뭇 남성들의 애간장을 최강 화력으로 태우는 그 아미신녀 말입니다. 이름은 들어보셨겠죠? 보고 싶지 않으세요?"

"그때쯤 이 노사가 고개를 끄덕였겠군."

현운이 흥을 돋우기 위해 장단을 넣었다.

"그렇지. 게다가 이 노사는 마흔이 다 된 지금도 아직 미혼(未婚)이거든. 열심히 고개를 끄덕이더군."

"그래서?"

"난 때를 놓치지 않고 말했지. 역시 노사님도 그러셨군요. 저도 그렇습니다. 우린 동지군요. 게다가 아미신녀라면 바로 천하오검수의 일인 아닙니까? 그런 유명한 고수의 무공을 견식하는 것만으로도 우리 천무학관 관도들의 안계가 넓어지지 않겠습니까?"

금영호는 마치 눈앞에 이 노사가 있는 것처럼 말하고 있었다. 마치 그때를 잘라 오늘에 붙여놓은 것 같았다.

"그랬더니?"

"그야 뻔하지. 뭐라고 말하겠나? 당연히 그렇다고 말하지. 이때 이미 이 노사는 내 말을 들어줄 모든 준비 자세가 되어 있었단 그 말씀이야! 그 기회를 놓치면 내가 어찌 '대금호상회의 황금호랑이 금영호' 라고 할 수 있겠나! 난 조금 풀 죽은 목소리로 말했지. 그런데요… 노사님… 저기 상대가 천하오검수란 위명을 지닌 아미신녀인데 아무리 저희들의 부탁이라 해도 조그맣고 초라한 비무장에서 무공을 펼쳐 보이지는 않지 않겠습니까? 그… 저… 왜 체면이라는 게 있잖습니까? 체면이란 게."

"이 노사는 다시 그렇다고 했겠고?"

현운이 다시 끼어들었지만 흥분한 금영호는 말을 막지 말라며 손을 휘휘 저었다.

"이 노사님, 격이 높은 사람에겐 그에 걸맞은 대우가 필요한 법입니다. 그걸 제대로 해주지 않으면 그것 자체로 무례입니다. 그것은 천무학관의 명성에 먹칠을 하는 것과 똑같은 일입니다. 우리 대(大) 천무학관이 사람 보는 눈 없다는 소리를 들어서야 되겠습니까? 안 되죠. 암, 안 되고 말고요! 여기지기 널려 있는 작은 무대로는 도저히 격에 맞지 않습니다. 매우 특별하고 넓고 깨끗한 무대가 필요합니다!"

금영호는 그때의 여운을 즐기기 위해서 여기서 잠시 말을 멈추었다.

"그래서? 그래서 어찌 되었나?"

어느새 끼어든 노학이 그를 재촉했다.

"그랬더니 나한테 얼굴을 가까이 들이밀며 이렇게 묻더군."

그때를 재현이라도 하듯 금영호가 눈을 동그랗게 뜨고 현운의 면상 가까이로 얼굴을 들이밀었다.

"그게 어딘가?"

한껏 무게 잡은 말투였다.

"그래서 자넨 '오직 여기뿐!' 이라고 했단 말이군. 그리고 승낙을 받아 냈고."

"바로 그런 거지. 마지막에 가서 잠시 망설이긴 했지만, 관계자가 되면 혹시 아미신녀를 직접 만날 수 있을지도 모른다는 말에 흔쾌히 승낙 하더군. 에헴!"

금영호가 어떠냐는 듯, 대단하지 않느냐는 듯, 자랑스럽다는 듯 가슴을 앞으로 내밀었다. 물론 덩달아 그의 똥배도 앞으로 나왔다.

"그 똥배 좀 들이밀지 말아요, 부담스럽게시리."

남궁산산이 옆에서 불평을 한마디 했다. 며칠간의 준비 때문에 그녀의 얼굴 역시 무척 수척해져 있었다.

"어허, 이건 똥배가 아니오, 남궁 소저!"

금영호가 뱃살을 출렁거리며 항의했다.

"그게 똥배가 아니면 뭐가 똥밴데요?"

자랑스럽게 자신의 똥배를 '퉁퉁!' 치며 금영호가 뻐기는 듯한 얼굴로 말했다.

"이건 내 인격이오, 인격."

그 말에 주작단의 여성들은 모두들 황당한 표정을 지었다.

"나참, 기가 막혀서…… 남자의 똥배는 수치라는 말도 못 들어봤나?"

저런 말을 저토록 뻔뻔스럽게 말할 수 있다는 사실에 그녀들 모두 거대한 문화적 충격을 받은 모양이었다.

"아냐아냐, 저 친구 말도 일리가 있네!"

옆에서 있던 노학이 맞장구쳤다.

‘웬일로 저 녀석이 금영호의 말에 맞장구를 치지?’

항상 알부자집 도령인 금영호와 사이가 안 좋은 거지 노학이었던 것이다. 그 이유는 다음 한마디에서 밝혀졌다.

“저 녀석 인격엔 똥만 들어차 있잖아.”

그러면 그렇지. 그제야 그들은 자신의 친구 중 하나가 열이 나지 않았다는 것을 알고 안심했다.

인격의 깊이는 금방 드러났다.

“뭐라고! 죽어볼 테냐, 이 거지새끼야!”

금영호가 발끈하며 바락 소리쳤다.

“음, 역시 인격의 깊이는 똥배의 돌출 높이에 비례하지 않는군.”

당삼이 학술적인 의견을 피력했다.

“반비례일 수도 있잖아? 그 부분도 고려해야지, 당삼!”

당문혜가 지적했다.

■ 二十八. 심안(心眼)에 대한 고찰

—심안이란 무엇인가?

심안(心眼)이란 과연 무엇인가?

우리는 어떤 경지를 가리켜 심안의 경지라 칭하는가? 심안의 경지는 곧 심검(心劍)의 경지와 밀접한 연관을 맺고 있는 바 우리는 이 의문에 조금도 소홀히 대할 수 없다.

주지하다시피 대상은 하나라도 보는 관점에 따라 그 모습이 바뀐다. 어떤 객체(客體)를 받아들일 때 주체(主體)는 그 객체 중 일부분을 주체적 지향(指向)을 가지고 선택적으로 받아들인 다음 내적인 재구성 과정을 거치게 되는 것이다. 주체마다 가진 주체적 지향이 다르기 때문에 동일 객체를 인식함에 있어서도 그 결과가 천차만별로 갈라질 수 있는 것이다.

그럼 본다는 것은 무엇인가? 그것은 사실 한마디로 정의할 수 없는 행위이다. 그러나 이해를 돕기 위해 쉽게 풀어보자면 대상의 정보를 눈을 통해 받아들이는 행위를 말한다. 우리들은 뭔가를 보기 위해 집중할 때 주위의 것이 잘 보이지 않게 된다. 그러나 그것이 인식이 잘 안 될 뿐 분명 우리의 눈이 보고 있다는 사실에는 변함이 없다. 그러므로 그 사장되고 있는 정보를 뇌가 인식할 수만 있다면 훨씬 뛰어난 정보 수용 능력을 지니게 된다.

또한 빠르게 움직이는 물체의 움직임을 파악하는 능력도 개인마다 다 다르다. 어둠 속에서 물체를 보는 것 또한 다 다르다.

보는 행위는 단순히 보는 것만으로 끝나는 게 아니다. 그것을 어떻게 수용하고 해석하느냐가 관건인 것이다. 그런 의미에서 볼 때 심안이란 시력의 증대라기보다는 뇌력, 즉 인식력의 비약적 증대 및 확장이라고 보는 편이 옳다.

좀 더 비근한 예를 들자면 고도로 발달된 직관과도 같다. 즉, 그동안 계속해서 무의식중에 사상(捨象)하고 있던 정보들을 한꺼번에 받아들이고 순식간에 처리할 수 있는 능력이 바로 심안인 것이다.

그렇다면 심검이란 심안을 통해 파악된 정보와 깨달음을 순식간에 몸으로 구현(具現)할 수 있는 검도의 경지라 해도 무리가 없을 것이다.

그러므로 심안을 얻지 못한 자가 심검을 얻는다는 것은 어불성설이라 할 수 있겠다.

후략(後略)…….

무한 상상 · 공상 세계, 청어람 신무협&판타지

「표사」, 「소환전기」를 뛰어넘는
참신한 재미와 쾌감을 선사한다!

청바지와 박스티 같은 무협 소설!
쉽고 재미있는, 편한 무협을 즐겨라!

『잠룡전설』
(潛龍傳說)

잠룡전설(潛龍傳說) / 황규영 지음

"주유성?
영웅이지. 하늘이 내린 사람이야.
그 사람 게으르다고?
에이, 난 그런 소문 안 믿어.
게으름뱅이가 어떻게 그런 엄청난 일들을 해?"

강호에 내린 희대의 겁난.
하늘은 엄청 센 놈을 영웅이랍시고 내린다.
하지만…….
젠장! 엄청난 게으름뱅이다!!

무한 상상 · 공상 세계, 청어람 신무협&판타지

설봉 新무협 판타지 소설!
절대로 놓칠 수 없는 2006년 최고의 걸작!!

마야(魔爺) / 설봉 지음

강렬하다······!
절대적 무협 지존!

『마야』
(魔爺)

소사(小事)로 시작되어 천하대란(天下大亂)으로 이어지는
끝없는 피의 역사···

북검문(北劍門)과 남도문(南刀門)의 탄생이었다.

두 세력은 장강을 경계 삼아 전쟁을 방불케 하는 싸움을 벌이고 있다.
삼십 년······ 삼십 년 동안이나······.

그리고 절대 죽을 것 같지 않던 그가 죽었다.

"나를 죽인 건······ 큰 실수야.
나보다 훨씬 무서운··· 곧··· 곧 너희를······."

무한 상상 · 공상 세계, 청어람 신무협& 판타지

**"소중한 이를 지킨다는 것은 무척 힘든 일이다.
하지만 세상에서 가장 가치있는 일이기도 하지."**

휘파람 소리

『가디언 소드』
(GUARDIAN SWORD)

가디언 소드(Guardian Sword) / 신가 지음

한 번의 방심이 부른 슬픔과 좌절.
그 속에 숨은 가문의 가율이라는 금제.
스스로의 힘을 버리고 세상으로 숨는 이니안.

다시 시작된 새로운 인연은
다시금 그에게 지켜야 한다는 사명을 부여하고,
그 사명을 위해 새로운 힘에 손을 뻗는다.

가야 할 길 앞에 도사리고 있는 거대한 음모.
그의 검은 자신의 사명을 위해
청광의 오러를 찬연히 불태운다.

무한 상상 · 공상 세계, 청어람 신무협&판타지

최강의 다모와 신선풍의 사신, 최악의 악동을 한꺼번에 만나게 될 것이다!

불선다루(不善茶樓) / 송진용 지음

그곳에 그놈이 있다!
악몽(惡夢)의 시작이다!

『불선다루』 (不善茶樓)

〈선량하지 않은 찻집〉이란 뜻의 괴이한 다루는 지독한 흙바람 속에서 삐거덕거리며 용케 버티고 서 있다. 세상 사람들이 〈누런 구렁이 고개〉라고 부르는 높은 언덕 위에 외롭고 쓸쓸히 서서 바람이 잠잠해지기를 기다리는 것이다.

"내, 내, 내가 요괴의 소굴에 들어왔나 보다."

악몽(惡夢)은 이제부터다! 무법자들의 지옥!
불선다루를 침범한 자 진정한 악몽이 무엇인지 알게 되리라!

못할게 뭐 있어?!
다세포소녀
즐기면서 사는 고딩들의
Fun 뻔하고
Sex 시한 로맨스
★
〈정사〉〈스캔들〉
이재용 감독
김옥빈 · 박진우 · 이켠 · 유건 · 강별 · 이민혁 · 이용주 · 남호정 · 박혜원 · 이은성 · 이원종 · 임예진 · 박용식 · 이재용 · 김수미
2006년 8월
문제적 고딩들이 온다!

초등학생이 반드시 읽어야 할 좋은 책 49권

각 학년별로 초등학생이 반드시 읽어야할 좋은 책을
선정하여 통합논술의 기본이 되는 '올바른 독서법'을
일깨워 줍니다.

교과서와 함께하는
초등학교 통합논술

초등1학년 | 값 12,000원 / 초등2학년 | 값 9,500원 / 초등3학년 | 값 11,000원 / 초등4학년 | 값 9,500원 / 초등5학년 | 값 9,500원 / 초등6학년 | 값 11,000원

♣ 혼자 할 수 있어요.

엄마가 책 읽는 방법을 가르쳐 주어도 좋아요.
독서지도하는 선생님이 가르쳐 주어도 좋답니다.
"초등 교과서와 함께하는 **통합논술 시리즈**"는
아이 스스로 독서할 수 있도록 꾸며진 책이에요.
엄마와 선생님은 요령만 가르쳐 주시면 된답니다.

♣ 교과서의 중요한 내용이 총정리되어 있어요.

각 학년별로 중요한 교과 내용이 함께 수록되어 있어요.
초등학생은 교과서 내용을 충실하게 공부해야 합니다.
아울러 그와 병행한 독서가 대단히 중요하지요.
"초등 교과서와 함께하는 **통합논술 시리즈**"는
두가지 방법 모두 알려준답니다.

♣ 이 책은 훌륭하신 선생님들이 함께 쓰신 책이랍니다.

동화작가 선생님들이 쓰셨어요. 소설가 선생님도 쓰셨답니다.
국어 논술독서지도 선생님들도 함께 쓰셨지요.
"초등 교과서와 함께하는 **통합논술 시리즈**"는
엄마의 마음으로 모든 선생님들이 함께 꾸민 책이랍니다.